제24회 대산청소년문학상 수상 작품집

헬멧 용사가 죽인 열한 번째 악당

김희성
임동민 외

대산청소년문학상
수상 작품집

24

민음사

작품집을 펴내며

문학을 꿈꾸는 우리 청소년들의 다양한 목소리를 담은 대산청소년문학상 수상 작품집 『헬멧 용사가 죽인 열한 번째 악당』을 출간하게 되었습니다. 지난봄부터 여름까지의 뜨거웠던 열정이 이 한 권의 책으로 결실을 맺게 된 것입니다.

이번 작품집에는 어느 때보다 색채 이미지가 두드러지게 나타나고 있습니다. 무채색에 가까운 우울하고 어두운 감정에서부터 다채로운 색으로 환하게 그려지는 웃음과 청소년 특유의 유쾌한 시선이 작품집 안에 공존하고 있습니다. 하나의 세상을 이토록 다양한 색으로 그려 내는 청소년들의 작품을 통해서 우리 사회의 오늘과 내일의 모습을 새롭게 바라볼 수 있을 것입니다. 아울러 이 책을 읽는 모든 이들의 마음도 다채로운 색들로 채워지길 소망합니다.

최근 발간된 조정래 작가의 장편 소설 『풀꽃도 꽃이다』 속에는 자신의 꿈과 미래를 선택할 기회조차 얻지 못하고 대학이라는 하나의 길만 강요받는 청소년들의 시대상이 그대로 담겨 있어 우리의 마음을 무겁게 합니다. 청소년 여러분들은 앞으로 다양한 모습으로 성장하게 될 것입니다. 사람마다 각기 다른 재능을 갖고 있기에 자신의 마음과 재능이 미치는 곳에서 자기 인생의 진로를 찾고, 그것에 열심히 매진했을 때 인생의 진정한 의미를 찾을 수 있다고 생각합니다. 그것이 꼭 시와 소설을 쓰는 일이 아니더라도 삶의 밑거름이 되는 문학과 인문학에 대한 소양과 애정을 가지고 더욱 건실하게 성장하기를 기대합니다.

대산문화재단은 이런 고민을 하고 있는 청소년들에게 도움이 되고자 다양한 사업을 펼치고 있습니다. 서울시립청소년문화교류센터 위탁 운영을 통해 '진로 여행의 밤', '한중일 청소년 교류', '특성화고 창의 인력 양성 프로그램' 등의 사업을 운영하여 우리 청소년들이 '인문적 소양과 상생의 지혜를 갖춘 세계시민'으로 성장해 나갈 수 있도록 힘쓰고 있습니다. 또한 청소년 여러분에게 전인 교육의 기회와 학교 현장에서 부족하기 쉬운 인문학적 경험을 제공하기 위한 '교보인문학 석강', '길 위의 인문학' 등의 프로그램을 펼치고 있습니다. 뿐만 아니라 여러분이 대학생이 된 후에는 신진 문인의 등용문인 '대산대학문학상'과 동북아 시대를 이끌어 나갈 리더를 육성하는 '대학생동북아대장정' 사업에도 함께할 수 있습니다. 재단은 우리 청소년들이 보다 깊게 생각하고 넓게 바라보는 데 길잡이가 되어 줄 사업들을 지속적으로 시행해 나아갈 계획입니다. 계속해서 많은 관심을 가지고 참여해 주기 바랍니다.

수상 작품집 발간으로 올 한 해 동안 달려온 대산청소년문학상 관련 프로그램의 긴 여정을 마무리하며 수상자 여러분에게 축

하의 박수를 보냅니다. 그리고 수상에는 들지 못했지만 문학이라
는 이름을 공유하며 함께 땀 흘리고 정진해 온 다른 친구들에게도
격려를 보냅니다. 유난히 더위가 기승을 부렸던 올여름, 수많은
작품들을 심사하느라 고생해 주신 심사위원 선생님, 출판을 위해
힘써 주신 민음사 관계자 여러분께도 진심으로 감사의 말씀을 드
립니다.

대산문화재단 이사장

신창재

차례

시

소설

시

시 부문 심사평

　중·고등학생들을 대상으로 한 문예공모의 시 부문은 생활 서정을 기본으로 한다. 일상 또는 삶의 여러 체험들에서 생겨난 감흥을 시의 형식을 빌려 의미 있게 재구성한 글을 요청한다는 뜻이다. 이번 대산청소년문학상 응모작들이나 백일장 시편들은 대체로 이러한 테두리 안에 있었다. 그러나 일부 작품들은 청소년의 것이라고 보기 어려울 만큼의 언어적 세련을 보이고 있었다. 선자들은 이에 놀라기도 했지만 걱정스럽기도 했다. 내용을 마련하기 전에 그릇을 치장하기 바쁜 선행 학습의 그늘이 느껴져서였다. 기성 시의 조급한 흉내 내기는 창작 주체의 체질을 약화시키고 잠재력의 성장판을 닫아 버릴 위험이 있다.

　이번 문학캠프 시 부문 의제는, 중등부는 '○', 고등부는 '( )'였다. 제재에 대한 상투적인 접근을 미리 제한해 보자는 생각에서 마련된 것이었다. 두 시제 모두 하나의 기호 또는 도형이다. 이들 역시 언어이므로 의미를 담고 있는데, 기호에 담긴 잠재적 의미들을 숙고하고 이를 출발점으로 하여, 자기만의 사유와 상상을 펼쳐 보라는 의도를 지닌 것이었다. 하지만 기호의 상징성을 자신의 일상과 삶의 여러 국면에 연결 짓기가 까다로웠던 것일까. 다수의 작품들이 시제를 주체적으로 해석하고 변용해 내는 데 어려움을 겪는 듯했다.

이런 와중에서도 여러 편의 가작을 만난 것은 다행스러운 일이었다. 중등부의 동상을 받은 유현진의 시는 'ㅇ'를 '영'으로 보았는데, "나는 영으로 된 인간인가"와 같은 진지한 문장이 마음을 끌었지만, 숫자 영이 왜 괴로움이 되는가를 더 보여 주었으면 좋았을 것이다. 신예지의 시는 중학생다운 솔직함이 장점이었는데, 마지막 연이 감동적이었지만, 전체적으로 '동그라미'에 대한 진술이 설명적이고 추상적이었다. 은상을 받은 강지민은 생각에 숙성한 데가 있었으나, '명왕성'의 형상화가 다소 헐거웠다. 막연한 상념은 청소년기의 특징이라 할 수 있으나 언어의 명징성은 시의 기본이란 점을 기억했으면 좋겠다. 금상을 받은 정서은의 시에도 비슷한 문제는 있다. 「바이바이 네버랜드」는 이미지의 전개가 활달하지만, 1연("구")과 2연("삼각형")의 연결에 부자연스러움이 있다. 하지만 둥긂을 노래와 시로 연결한 것, 꿈의 실패를 아프게 그린 점은 매력적이다. 특히, 결구의 빼어남이 선자들의 마음을 움직였다.

고등부 은상을 받은 정해준의 시는 괄호를 공백으로 파악하여 흥미로웠지만, 은유에 기댄 시의 전개에 얼마간 허술한 점이 보였다. 사념이 승하니 이미지를 활용해 봤으면 좋겠다. 마지막 행은 훌륭하다. 최맑은샘은 공중에 뜬 듯한 말의 퍼레이드를 보여 주지만, 이 말들을 기율하는 중심이 불분명해 보인다. 좀 가라앉혔으면 좋겠다. 박수현의 시는 경어 투의 어조를 잘 살렸다. 비유를 활용하는 것은 좋으나, 기지와 언어유희에 기대는 건 장점일 수도 있고 약점일 수도 있을 것 같다, 권명규는 이미 시에 익숙한 면모를 지니고 있으나, 주어진 문제에 대한 집중이 필요해 보인다. 괄호라는 기호를 사물로 변형하는 과정에 다소의 혼란이 감지된다. 금상을 받은 김희성의 「마스크 방정식」은 은유를 잘 살린 작품이다. 괄호를 의문으로 여기는 가운데, 그 의문의 내용을 자기 내면의 여러 사연들로 확장시키고 있다. 매우 조숙하다.

우리를 둘러싼 현실은 나날이 각박해져 가고 있다. 모질게 경쟁해도 생존을 도모하기 어려운 시절에, 이렇게 많은 학생들이 시라는 '바보의 놀이'에 애정을 지녔다는 사실이 선자들을 뭉클하게 했다. 생존의 어려움은 생존 경쟁으로만 해결될 수 없다. 그것은 필히 생존 경쟁 자체의 반성을 필요로 한다. 그리고 시는 이 반성 행위를 제 본래의 소임으로 지니고 있다. 어떤 학생들은 이제 시의 세계에 발을 내디뎠고, 어떤 학생들은 벌써 후진이 어려울 정도로 깊이 시의 숲에 들어선 것 같다. 어느 경우이든, 저마다 시의 숲을 헤매며, 쓸모없음 속에 무슨 쓸모가 있는지 골똘히 생각해 보는 시간을 살아갔으면 한다.

심사위원 이성미 · 이영광 · 장옥관

앵무와 나

안양예술고등학교 3
김희성

어린 앵무를 데려왔다

좋아라, 나는 작은 키를 뻗어 새장 틈으로 손가락을 들이밀곤
했다
살아 있는 먹이에게 부리를 대어 보듯 손끝을 간질여 주던 선
홍빛의 혀
무지개가 뜬 날에 이름을 얻게 되었다는 앵무야
홀로 말을 걸어 보는 밤들이 새장 아래 소복했다

안녕

말랑한 혓바닥을 둥글게 말아 올릴 수 있을 때쯤
새장에 밀어 넣던 손가락으로 간지러운 시를 짓기 시작했다
북받치게 운 일기장 위로 무지개가 덮이고
새장 밖은 너무 눈부셔, 작은 날개 속으로 얼굴 감추던 앵무
나는 어느새 길들여지고 있었다

내 이름은

저녁잠이 많은 새들의 깃털은 석양빛이고

나에 대해 고백하는 일은 너무 부끄러워 비밀 일기장에 몰래
이름을 붙여 주었지

자물쇠가 걸린 새장 속 너에게만 말해 줄게

안녕, 이라고 해 봐 이름을 말해 봐

무지개가 뜬 날에 부화하는 어린 앵무들

비좁은 새장은 우리에게 너무나 아득해

혓바닥 가득 울먹이는 하늘을 풀어 놓고 앵무와 나는 무지개를
기다렸다

노래하고 싶어

새장 속 빠진 깃털에는 왜 무지개가 없지?

태양빛은 너무 눈부셔 나는 자꾸만 숨고 싶어
눈시울이 젖을 때 아주 잠깐 빛났다 사라지는 무지개를 좇아
털갈이를 마친 앵무가 꽁지깃을 세울 때
나는 꼿꼿하게 펜을 쥐었다

하늘에 줄을 긋는 한 줄기 무지개
젖은 대기의 씨줄과 날줄을 엮어 노래하고 싶어

이제야 우리는 바라던 이름을 얻게 된 걸까

앵무새는 더 이상 나를 따라 하지 않았다

마스크 방정식

안양예술고등학교 3
김희성

마스크는 우는 얼굴을 가리는 괄호

눈물을 참을 때 떨리는 입술과
말을 더듬는 혓바닥을 하얗게 지우는 방정식

짝을 잃은 앵무가 둥근 양 날개에 고개만 처박고
알록달록, 숨겨지지 않는 슬픔을 감추듯이
거짓말로 붉어진 볼과 침묵으로 패인 인중을 덮으면
나는 괄호 속에서 혼자이지만 외톨이는 아니지
외롭다는 걸 들키지는 않았으니까

미지수처럼, 첫 키스처럼
아픈 곳이 어디인지 알 수 없이 아플 때
내 얼굴을 덮는 하얀 처방
부드럽게 굽은 두 귀에 끈을 걸면 괄호 안에 모든 표정을 묶었
다 풀 수 있지

참과 거짓의 답을 구하기 위해 나의 빈 얼굴에
무엇을 써 내려가야 할까
미소와 울상으로 범벅된 겹겹의 입술을 풀고
말들이 피어나는 백지는 보이지 않는 입김으로 끼적이는데

안쪽보다 바깥쪽에 더 많은 나를 가두어 둔 나, 나, 나
버려 둔 어제의 얼굴은 또 어디선가 울고 있을까

우리는 샌프란시스코에 가

안양예술고등학교 3
권명규

우리는 샌프란시스코에 가고 있었다. 안개 속이었고 버스는 헤드라이트로 도로를 짚으며 달리고 있었다. 빠르게 달리지 않아도 심장은 달아올랐다. 교복 바지가 짧아져도 갈아입을 옷이 없던, 방구석에 앉아 창문을 반쪽만 메우는 햇빛을 뜯어먹던, 텅 빈 냉장고를 열면 풍기는 쉰내를 맡던, 우리는 무엇보다도 돈으로만 작동하는 심장에 대해 생각했다.

반지하 방이 이명처럼 몰려들던 동네는 멀리 있었다. 구불구불한 골목들과 멀어질수록 허리를 꼿꼿하게 폈다. 여전히 안개 속이었지만 마천루 위를 뛰어다니는 금두꺼비의 꿈을 꾸었다. 두꺼비가 이끄는 대로 걸으면 도시 외곽 부근에서, 발견되지 않은 금광을 몰래 매입하고 우리는 골드러시의 주인공이 될 수 있을까. 그제서야 심장이 뛰기 시작하고 생일 케이크가 우리의 앞으로 몰려들지 않을까.

우리는 샌프란시스코로 가고 있었다. 스피커에선 음악이 흘러

나왔다. 우리는 귓바퀴부터 모르는 리듬에 젖어 들기 시작했다. 네가 샌프란시스코에 간다면 잊지 말고 머리에 꽃을 꽂아야 해.* 가끔 팔랑거리는 나뭇잎들이 차창에 와 붙기도 했는데 우리는 머리에 꽃을 단 듯이 춤을 췄다. 심장의 떨림을 온몸으로 밀어내며, 교복 와이셔츠를 벗어 머리 위로 흔들기도 하며, 낄낄거리는 웃음을 웃으며, 샌프란시스코로 갔다.

자욱한 안개. 노래가 점점 늘어지고 아슬아슬한 잠을 가까스로 밀어냈을 때 누군가가 말했다. 샌프란시스코는 있을까. 물속을 더듬으면 손금 사이사이로 사금이 들어찬다던 매코비 코브는 있을까. 우리는 지도책을 넘기기 시작했다. 금문교가 검은 선으로 이루어져 있을지라도, 샌프란시스코를 찾아야 했으니까.

며칠 밤을 달려도 안개 속이었다. 버스의 엔진은 뜨거웠는데 우리의 심장은 서늘한 종잇장처럼 날카로웠다. 충혈된 눈으로 지

---

*스콧 매켄지의 노래 「샌프란시스코」의 가사.

도책을 훑어보았고 가끔 책을 찢기도 했다. 책 찢는 소리가 모르는 리듬처럼 다시 몸을 적셨고 춤을 추었고 우리는 낄낄거리며 백안으로 지도를 보기 시작했다. 인쇄된 샌프란시스코를 만지며 웃음으로 차를 할퀴어 댔다. 금화가 짤랑거리는 소리가 울리지 않았지만 우리의 꿈과 심장은 여전히 안개 속을 떠돌고 있었다.

우울 공장의 굴뚝 위를 뭉게뭉게 떠다니는

안양예술고등학교 3
박수현

아침마다 학교 언덕을 올랐다
나는 주기적으로 우울을 삼켰고 계단처럼 조금씩 낮아졌다

너희들은 많은 것을 봤다고 했지
상상은 입 밖으로 꺼내면 거짓말이 되고 소문의 단추를 풀고
들어가면 늪이 있어
매일 떠나기 위해 내려앉는 새 떼와 미친년처럼 엉킨 나뭇잎
그리고 악어의 송곳니처럼 뾰족한 말들이 고독을 만들고 있
었지
늪이 외로운 건 많은 것의 어둠만을 받아먹기 때문
너희들은 알고 있지 맨 뒤에 앉아 있는 나에 대해서
커튼이 뱉어 내는 어둠과 뒷모습에서 시작되는 그림자에 대
해서
아무도 보지 않는 뒤통수처럼 앉아 있는 나에 관해서
두 갈래로 갈라진 내 생명선과 결국 죽어야 하는 샴쌍둥이에
관해서까지

책장은 오른쪽으로만 넘어가는데 나는 지나가 버린 페이지에 남아 있어

그리고 너희들은 여전히 보고 있지

선생님이 보지 못한 내 손과 명주솜처럼 부풀어 오른 구름을

창문처럼 똑같은 정수리들 사이에서 매일 어둠을 키워 가는 나를

그러나 너희들은 모른다고 했지

내가 썩은 사과처럼 선택되지 못했던 것과 체육 시간이면 교실에 남아 있는 나에 대하여,

도루코로 자르는 햇빛에 대하여, 한 번도 먹지 않은 식판에 대하여

숟가락에 남아 있는 냉기와 봉분처럼 부풀어 오른 쌀밥에 대하여 모두 모른다고 했지

우울 공장으로 높이 올라가는 날이면 나는 축축해졌다

너희들은 매일 나를 모른다고 대답했다

누구도 부르지 않는 이름에 대하여 밟아도 퍼렇게 살아나는 잔디에 대하여

아래로만 향하는 비탈길에 대하여 너희들은 고개를 저었지

아무리 흘러가도 고이지 않는 나에 대하여 내가 오래 머무른 난간에 대하여

너희들이 빨아먹던 샐비어에 대하여 점점 투명해지던 내 발목에 대하여 너희는 계속 모른다고 대답했다

나는 계속 밑으로 내려갔고 달이 나를 따라오지 않는 날도 있었다

신드롬

서강고등학교 3
정해준

아버지가 죽자 친척들이 몰려와 집을 뒤졌다 아무것도 줄 것이
없는 어머니는, 키우던 개를 잡아 대접했다 친척들은 불평을 그치
지 않고 마당에서 하나둘 쭈그려 앉기 시작했다

대추와 마늘이 개를 간지럽힐 때마다 개가 발버둥 치며 솥을
흔들었다 거품이 끈질기게 부풀어 오르고, 양념들이 순식간에 개
를 건드린다

그럼 나는 군침을 흘린다 냄새가 좋아서 어머니가 땀을 흘리며
썰어 놓은 살코기가 하얘서 접시를 나를 때마다 훔쳐본다 개, 해
피 알 수 없는 외다리의 몸통들

컹컹 짖지도 못하고 나는 손이 뜨거웠다 끓는 개, 아버지, 솥뚜
껑을 한 손에 들고 눈을 깜박이면 몹시 앓는 것,

친척들은 평상에 앉아 개의 다리를 쫙쫙 찢어 먹었다 내 입속

에도 한 점 집어넣어 줬다 나는 열이 나서 방 안에서 혼잣말을 한다

아버지, 대문 안으로 들어온 악몽이 있어요, 아버지와 몹시 닮은 그림자들이 내 입을 들추며 냄새를 풍기고 있어요 나를 쩝쩝 씹기 위해

친척들은 큰 소리로 아버지 욕을 한다, 막걸리 잔을 부딪힐 때마다 바람이 분다 습하고 끈적한 공기가 벽에 달라붙어 맺히는 말, 따라하다가

솥에 불을 지피는 어머니에게 소리쳤다 이렇게 쉽게 죽는 것이 있을까요, 개가 조용해지는 것을 보니 나도 확, 숨이 막히고만 싶은데, 어머니는 노린내 속에서 끝까지 대답하지 않는다 어머니의 그림자가 솥뚜껑 속에서 징그럽게 익어 가고 있었다

나는 그때부터 죽기로 결심했다, 한동안 집안에 그런 말들이

유행했다
  친척들은 배부른 티가 나지 않았다
  아직도

수열의 법칙

우송고등학교 2
최맑은샘

어쩐지 죽어 가는 기분이야 나는 천천히 썩고 있어요 그래프 위의 단정한 수열이 되는 일이란, 교정기 속 치아가 숨을 죽이는 것과 비슷해요 나는 그 금속성이 내는 어눌한 발음을 자주 되새겼지만 발산하는 값의 속도를 따라잡지는 못했고 결국엔, 영원히 솟아나거나 떨어지는 병에 걸리게 된 거죠 내가 만약 목덜미 위를 기어가는 숫자를 진작에 쫓아냈더라면 아마 약간은 더 오래 건강했겠지만

매일 밤마다 길을 잃은 슬리퍼들이 학교 옥상에서 떨어진다는 괴담 속에서 나는 슬리퍼를 잃어버린 사람, 나도 모르는 사이 그것들은 왜 나를 떠나갔을까? 와이셔츠 단추마저 하나씩 달아날 무렵엔 난 무지개색 극한값을 삼킨 카멜레온이 돼요 이제 무슨 색이 될지 아무도 모르겠죠 가끔씩은 꼬리를 자르고 달아날래요 도마뱀처럼, 엄마에겐 비밀로 해 주신다면

집으로 돌아가는 길은 한없이 휘어져요 축의 가장자리를 서성

이는 멍청한 직선들처럼

　광활한 모눈종이 위의 내가 할 수 있는 일은 고작, 밤새도록 이 낯선 법칙들에 수렴하는 것뿐일까 짧게 자른 단발머리와 삐뚜름한 스타킹과 순식간에 심연에 잠기는 눈동자는 아무것도 모르지만, 어쩌면 알고 싶지 않은 건지도 몰라 나는 어설픈 뒤꿈치로 어른이 되는 법을 배워요

색청(色聽)*

대천고등학교 3
김원희

나는 푸른 안개꽃이 좋아, 꽃집에서 명랑하게
들뜬 너의 목소리는 아주 푸른 구름색
선물할 사람이 있다며 너는 나를 불렀다

너에게 꽃을 받을 사람이 부러워 퉁명스럽게 문자
수줍게 퍼지던 너의 미소, 분명 묵음인데 만연하던
눈웃음 짓던 벚꽃색,
높아지던 채도에 취해 있을 때

너는
나를 부르고

숲이나 꽃밭, 이런 데 있으면 막 음악 같은 게 들려,

---

* 음을 들으면, 음에 수반해서 색채적 직관(直觀)이 나타나는 반응.

라눙쿨루스와 튤립은 고개를 내밀고
노랑 수선화가 노래를 부르면

너와 같은 목소리일까

지금은 중저음 소리를 내는 남자의 재즈
맞아 되게 리듬감 있는 음악들
루이 암스트롱처럼 피어나는 지금, 네 목소리

나는 너의 색깔을 입안에서 되새긴다
치아 뒤로 만개하던 색들은 입을 벌리면
우수수, 쏟아질 것만 같은데

그래서 너는 무슨 꽃이 좋아

너의 입술이 꼭 피기 직전 꽃만 같아,

나를 어지럽히던 분홍, 너의 체온, 복숭아, 볼터치
손가락으로 라일락을 가리키자

선물할 사람이 있다며
나를 불렀지

심장 소리는 이제 폴짝대던 붉은색
시야가 뒤덮인다

얼룩의 재해석

해성고등학교 3
윤지영

변기 위에 앉아
다리를 오므리고 생각했다
두려움은 팬티에 묻은 핏자국처럼 오래되고 질긴 것이라고

티브이 속에서
사냥당하는 토끼가 절뚝이며 뛰어가는데
토끼를 따라 핏자국도 뛰어갔다
두려움이 피를 따라간다 끈질기게

죽음은 늘 그런 식으로 누군가를 쫓는다

앉은 곳에서 일어날 때마다
나는 자주 뒤돌아보는 습관이 생겼다
피가 배어 있을 것만 같았고

모른 척하고 싶었지만

어른이 된 것 같았다
조금씩
얼룩진 채로

내가 움직일 때
그림자는 어두웠고
내려다보는 것들에게서는
두려운 냄새가 났다

죽음이 가까이 있는 것 같다고 느꼈다
다친 토끼가 눈밭을 뛰어갈 때처럼
나타나는 것들이 얼룩의 형식을 빌려 내게 오고 있었다

주차장 비둘기들

저동고등학교 3
이정화

진달래 향보다 진한 카페인 향이 떠도는 오후
진득한 하루 끝이 자꾸만 늘어진다.
자판기 커피가
곳곳에 엎질러진 명가설렁탕 주차장
출차 사이렌이 텅 빈 공기를 채운다.
짤막한 담배꽁초가
구석에 수북하게 쌓여 있다.
바퀴의 궤적이 광고하는 전단지
도로를 향해 펄럭인다.

팔짱 낀 사람들은
한구석을 바라보고 있다.
뚱뚱한 비둘기들은
바닥에 떨어진 사람들의 시선을 쪼아 먹는다.
눈총을 삼킨 배는 유독 불룩하다.
매연으로 뒤덮인 깃털

아직 오염되지 않았다는 듯
언뜻 노을빛과 어스름 하늘빛 깃털이 비친다.

가득 찬 기공은 언제쯤 비워질까
날갯짓 하다가도 금세 닿는 바닥
그마저도 불안한 듯
뭉툭해진 발톱으로 꽉 쥔다.
주차장으로 들이치는 차들의 행렬
짧은 호루라기 소리가 요란해진다.
문득 사라져 버려도
아무도 기억하지 못할 저 날갯짓
날개를 꿈틀거리는
비둘기의 몸짓이 무겁다.
매연만 마셔도 불러 오는 헛배
여전히 소화되지 못한 날들을 꾸룩거리며
비둘기들은 뒤뚱뒤뚱 걸어가고 있었다.

아무런 사람들

청주중앙고등학교 2
이현주

아무렇지 않지? 아니 암울해
어두운 색 겉옷을 샀어야 했다 먼지 구덩이에서 살아야 했으
니까
황사 철도 아닌데 세상이 온통 먼지투성이었다

밖에 나가면 사람들은 모두 검정색 파카를 입고 다녔다
아무런 사람들이 걸어 다녔다
아무렇지 않지? 아니 아무래 아니 아니 아무렇지 않아
어떤 청년이 입은 검정 파카는 무척이나 낡아 보였는데
한번 털면 먼지가 와르르 쏟아졌다
그 청년은 그 옷을 삼 년이나 더 입을 게 분명했다

분명 새하얀 것들이 내리는 날들이어야 하는데
모두가 새카만 사람이 되어야 하는 계절이었다
아무런 사람들이 한숨을 쉴 때마다 입에서 먼지가 쏟아졌다
하늘에서 종종 새하얀 것들이 나리면

새하얀 것들은 손에 닿자마자 짠맛으로 변했다
그럴 때마다 사람들은 외투 매무새를 고쳐 잡았다

아무렇지 않지? 응 아무렇지도 않아
목에 먼지가 걸렸는지 대답이 툭툭 끊겼다
아무렇지 않은 사람들은 검정 파카만큼이나 답답했다
아무렇지 않은 계절이 흘렀고
세상은 꽃 대신 담배를 피우기 시작했다

해가 길어졌는데도 아무도 검정 파카를 벗지 않았다
아무렇지 않은 사람들은 암울했다

하천 벚꽃길을 걷다

안양예술고등학교 2
장연지

벚꽃은 바람과 항상 함께 있다
꽃잎들은 누군가 분홍색이라고 말하면 분홍이 되고
흰색이라 말하면 또다시 고개를 끄덕였다
머리 위에, 코에 닿는 꽃잎들이
북서로 떨어져 내리는 오후
바닥에는 렌즈를 닮은 벚꽃들이
짓물러 무덤처럼 쌓여 있고
바람은 모래와 머리카락을 뒤섞어 놓았다
얼마 전 내린 비에
나무 아래 올라오던 진흙은 어느덧 가라앉았고
떨어진 꽃잎들 주변으로 개미가 모여든다
따가워 비빈 눈에 렌즈가 빠진 걸 알아챘을 때
몇 걸음 되돌아가 주저앉았다
둥근 등을 가진 꽃잎들 사이로
손을 넣어 더듬더듬,
한쪽 눈을 질끈 감고 헛손질을 여러 번 한다

한참을 찾다가 손가락에 올려 두고
눈에 다시 끼운 건 분홍도 흰색도 아닌
벚꽃잎 한 장

동물원에 간다

과전여자고등학교 3
정유선

일렁이는 풍경을 훑어보다가 천천히 걸었다

썩은 울타리를 사이에 두고
구린내와 뒹구는 얼룩말과 기린 그리고
뺨에 닿는 여름의 열기

자꾸만 넘치려는 슬러시에 빨대를 꽂고 걷다 보면
노란 꽃들이 피어날 것만 같고

주변은 아이들의 웃음소리로 그득하다

차가운 얼음이 손등에 떨어지고 갈린 얼음이 맞부딪힐 때
슬러시는 조금씩 컵 밖으로 넘쳐흐르고
손 아래도 물이 뚝뚝 떨어질 때마다

우리 안의 사자는 눈동자를 굴린다

메마른 입술을 축일 수 없이 말라 버린 침샘과
울타리 너머로 뛰어들고 싶은 마음

여름 때문에 하늘은 지쳐 간다
슬러시는 이미 다 녹았고

동물원이 폐장할 시간이 되자
사자가 길게 울었다

울음을 터뜨리는
그런 모습에 나는

울고 싶은데 우는 법을 몰랐다
흔들리는 말총머리도 옷소매도 남모르게 소리를 내면서
나는 왜 여기에,
이유는 없고 알지 못하고

나뭇잎은 자꾸 몸을 비벼 대고
새가 우는 소리가 아득해질 때즈음에야 바깥으로 나갈 수 있다

손에 든 종이컵이 눅눅하다

동물들은 모두 잘 준비를 하고 베개를 다듬는다
자장가를 불러 주는 엄마의 품에 몸을 뉘이고
보이지 않는 별을 세다가 내일을 기약한다
영원하지 않을 내일을 기다리며 기대하지 않는다

아이들도 하나둘씩 떠나가고
남아 있던 어른들도 몇 남지 않았을 때에
진동하던 냄새는 점차 나아지고 모두 잠에 빠진다
다음 날 오후도 여전할 것을 알기에

차에 시동을 걸고 액셀을 밟으면 동물들은 떠나간다

손을 뻗어 봐도 닿지 않고
도로에도 별이 있는데 왜 그곳에는 별이 없을까

아스팔트 런웨이

풍암중학교 3
정서은

세계는 치자빛이다 아침에 눈을 뜬 나를 가장 먼저 맞이하던
것은 언제나 그 감각 아른아른 깜박인 그림자 속에 치자빛 이불
이 사뿐히 녹아들고 나는 이불을 걷어 낼 생각도 하지 못한 채 부
족한 잠만 축이려 들었다 간밤에는 하얗게 핀 꿈을 꿨다 깨어나기
싫은 그런 꿈

겨우 치자빛 이불을 벗어나 눈을 돌린다 치자빛으로 바랜 벽
지, 무어라 표현할 수 없는 애매모호한 무늬 그 틈에 스민 건 기억
도 나지 않는 머나먼 옛날 크레파스로 남겼던 유년기의 낙서 자국
저 위가 다른 것으로 말끔히 덮일 일은 아마 평생 없을 테다

빨아도 빨아도 새하얗게 되지 않는 치자빛 속옷에 몸을 숨긴
뒤 누런 때에 전 소맷부리와 칼라에 살갗을 부빈다 펼쳐지는 햇빛
도 치자빛 다만 조금 더 찬란할 뿐 눈을 비틀어 뜬다 색이 가만가
만 산란된다 그래 이건 무지개의 세 번째 색깔이야

식단표 속에는 언제나 클로렐라니 녹차니 하는 이름들이 의미도 없이 늘어서 있고 오늘에 처박힌 치자밥, 친구 역시도 별 의미 없이 이야기한다 난 말이지 적어도 뭔가 다를 거라 생각했어 그런데 결국은 색깔만 좀 다른 것뿐이잖아

치자빛을 한 숟갈 떠 입안에 욱여넣는다 맞아 치자빛이라고 해서 특별할 건 없지 나는 다르지 않아 스스로를 타이르고 타이른다 수급, 이라는 말이 머리 위로 떠다니지 오늘도 그저 그런 누런빛을 수급받으며 산다 차마 노랑이라고는 못하겠더라

까만 스타킹은 언젠가부터 올이 나가 있다 얼핏 쓿어 보면 찬바람이 샌다 성긴 틈새로 비치는 누런빛이 섧다 그저 색만 내는 데 그친 나의 혼곤 나의 미몽 기묘한 단맛을 토해 내는 밥알을 마저 삼켰다 안녕 치자밥 여전히 세계는 치자빛이다

바이바이 네버랜드

풍암중학교 3
정서은

내가 사는 곳에 양털 구름이 뜬다
동그랗게 뽑혀 나온 물방울들 언젠가는 비가 되어 흩어질 것
어제 찢은 사전의 쪽들은 활자를 품은 채 구가 되었고
뭉개진 낱말을 아득바득 씹어 삼키자
동심원이 혀 위에 달라붙었다

이것은 시를 쓸 수 없는 시인 꿈을 꿀 수 없는 청춘 모호한 도
형 같은 삶의 이야기다
어른이 되기 싫은 아이 발바닥을 떠난 그림자 명멸하는 반딧불
이의 이야기다
아빠 몰래 이불을 뒤집어쓰고 시를 조율할 때마다
가슴속의 삼각형이 신음했다 허락받지 못한 밤을 반복하면 세
모도 닳아 원이 될 줄 알았다
각은 도태되는 세상이었으므로

둥글어진다는 건 구겨진다는 걸까 지친다는 걸까 남겨진다는

걸까 늙는다는 걸까
　어쩌면
　부풀어 오른다는 걸까

　나는 팽창하고 싶었다 터지기 직전의 노래를 쓰고 싶었다 별의
부스럼이 되고 싶었다

　아빠가 행과 행을 이어 붙인 순간
　나의 시는 거대한 산문이 되었다

색청

원봉중학교 2
강지민

바람 소리는 파랗고
어린애 웃음소리는 샛노랗다

비 내리는 거리는 가끔 너무 난잡해
나는 눈을 감아 버리곤 했었다

그 안에서도 유독 빛나는 색들이 있었다
가만히 바라보면 소리가 다 보였다
가장 찾기 쉬운 건
역시 네 목소리였다

네 목소리는
세상에서 가장 분홍빛이다
어쩐지 아득해서
눈을 둘 곳이 없다

중학생 다운로드

목일중학교 2
신예지

남들이 말하면 그냥 넘어가는 말
내가 말하면 웃어 넘어가는 말
"저 중학생이에요."

교복으로 갈아입으면 감출 수 있지만
교복을 벗는 순간 시작되는 남들의 수군거림
옷으로라도 내 자존심을 보호하기 위해
학교가 끝나도 교복은 나와 일심동체가 된다

남들에겐 그저 답답한 옷일 뿐이지만
나에겐 없어서는 안 될 무기

남들은 다 중학생 다운로드가 완료되었는데
나만 업데이트가 안 되었나
아직도 초등학생으로 남아 있는 것 같다

메타포

송현여자중학교 3
유현진

1
체육 수업을 마친 뒤였다
친구들은 입을 아 벌리고 선풍기 아래 모여 있다
반은 조용하다 모두가 선풍기 주위를 맴돌기 바쁘다
입을 아 벌리고 주위를 맴돌아야 하는 것은 필요 이상으로 많다
덥다 그치 응 그러게
나는 지쳐서 가만히 바라만 본다
친구들은 끊임없이 주위를 맴돈다 아마도 수업 종이 치기 전까지
축축하게 젖은 몸을 최대한 웅크린다
시는 내 이름을 잊고 쓰는 것이다

2
보도블록을 내려다 밟으며 걷는다
하 얀색 빨간 색 하얀 색 빨 간색
들키고 싶지 않으니까 나는 점점 빠르게
하얀색 빨간색 하얀색 빨간색

뒤에서 누가 쫓아오는 게 나는 싫어서 점점 빠르게 더 빠르게
살려 주세요
하얀색빨간색하얀색빨간색
탁탁 발걸음 소리 하나만 퍼지는데 누가 날 보진 않을까
앞머리를 예쁘게 정리하며
하얀색빨간색은 하얀색빨간색일 뿐인데
나는 점점 무서워서 더 빠르게 하얀색빨간색이다

3
은유라는 이름을 가진 애가 있었다
전혀 문학적이지 못했던 애지만
은유라는 이름은 항상 묘했다
그 애를 부를 때 항상 '은'에 악센트를 주어 은유야 불렀지만
내 안에서 그 애의 이름은 흘러가듯 은유야 불렀다
그 애도 그랬다고 믿었다
겉으론 그렇지 않지만 속에선 그렇다고

4

꽃들이 나를 잡아먹는 꿈을 꿨어요
너 참 네 나이 때의 꿈을 꾸는구나
나는 내 나이 때의 꿈이 뭔지 몰랐다
선생님 여기선 화자의 이름이 두 개가 아닐까 생각해요
화자의 이름은 하나뿐이야
하지만 선생님 그 시는 제가 쓴 거예요

머리가 아파서 바닥을 구르자 난 보건실로 보내졌다
시간을 조금만 줬다면
화장실로 숨어들어 넥타이를 엮을 텐데
보건실에 멍하게 앉아 여름 바람을 삼키며
나는 담배를 피우는 상상을 했다
구름은 짓물러 매캐했고
뚝뚝 흘러내리는 것이 지겨워 커튼을 쳐 버렸다

소설

소설 부문 심사평

「파인딩 포레스터(Finding Forrester)」라는 아주 오래된 영화가 있다. 은둔 대작가가 흑인 청소년에게 글쓰기를 가르치는 이야기다. 독서와 창작이 일상화된 청소년이 보다 많은 사람들에게 공유될 수 있는 진짜 글쓰기를 익히고 나아가 즐긴다는 이야기다. 그 영화에 이런 말이 나온다.

"초고는 가슴으로, 퇴고는 머리로."

대산청소년문학상은 독특하다. (초고를 가슴으로 썼겠지만 초고보다는) 퇴고의 산물이랄 수 있는 단편 소설로 예심을 치른다. 그렇게 발견한 재능·감각이 충만한 미래 작가들을 한자리에 모아 본심을 치른다. 본심에서는 길다면 길고 짧다면 짧은 시간 안에 2000~2500자라는 짧은 글을 완성해야 한다. 퇴고의 시간은 주어지지 않으니 순전히 '가슴으로 쓴 초고'를 겨루는 시간이다. 그래서일까, 예심 때 인상적인 작품을 보여 주었으나 본심 백일장에서는 퇴고 능력을 발휘할 수 없기 때문인지 안타까운 글을 써낸 청소년들이 많았다.

올해 시제는 '날 웃겨 봐'였다. 여러분들이 왜 이런 웃기지도 않는 시제를 정했느냐고 불만을 터트렸는데, 심사위원들이 '가슴으로' 합의해 낸 시제였다. 우리는 다양한 생각과 감각을 읽고 싶었다. 생각하기에 따라, 접근하는 방식에 따라, 무한한 갈래가 나올 수밖에 없는 시제라고 생각했다. 우리의 모호한 진심이, 여러분 나름의 사유와 감각 등으로 환하게 빛나기를 원했다.

심사위원들의 저의가 통했던 것 같다. '가슴으로 쓴 초고'들은 정말이지 다종다양했다. 도무지 웃기 힘든 시대상을 반영하듯 대체로 웃기를 원하지 않는 색깔들이었지만, 소재와 제재의 선택, 주제 등은 천차만별이었다. 여러분의 글씨만큼이나 개성적인 글들이 좋았다.

주어진 시간 안에 주어진 분량에 맞추어 쓰되, '순발력과 재치'(제목을 짓고 소재를 선택하고 문장으로 표현한 감각과 기질)로 '한 편의 이야기'를 '진실하게'(사람과 사물, 상황에 대한 인식과 태도가 핍진한가) 썼는지, 사람(개인)과 사회(가족·세상)를 개성적으로 담아냈는지 느끼고 이해하려고 했다.

하지만 네 심사위원은 모두 소설가다. 평론의 시각보다는 자신의 창작법과 창작관으로 작품을 보는 데 익숙했다. 그래서인지 '가슴으로 쓴 초고'에 상당한 의견 차이가 있었다. 한 사람의 절대적인 지지를 얻은 작품보다 두루 인정받은 작품을 높이 샀다. 이견이 클 경우엔 예심의 단편을 참고했다. 기술자의 노련미보다는 강렬한 신선미를 격려하기로 했다.

고등부 금상 수상작 「날 웃겨 봐」에 "엄마는 아버지가 짐을 나르는 모습에서 자신이 갖지 못한 생명력을 느꼈다."라는 문장이 있다. 이 작품뿐 아니라 많은 작품에서, 일상적인 장면에서 포착한 우리 어른들이 갖지 못한 풋풋한 생명력을 느꼈다. 여러분의 생명력이 작가가 되는 날까지 마르지 않기를.

중등부 금상 수상작 「안 웃어도 돼요」에 "언젠가부터는 그 웃음이 내게 보인 호의가 아니고 그 어떤 의무처럼 느껴지기 시작했다."라는 문장이 있다. 이처럼 우리 어른들을 은근히 찔리게 만드는 진짜 웃음 드문 세상을 정확히 묘파한 문장들도 여러 작품에서 맛볼 수 있었다. 여러분의 예리함이 오래도록 마모되지 않기를.

또 한 편의 고등부 금상 수상작 「웃을 수밖에 없는 이야기」에 "당신은 보이지 않는 등 뒤로 느껴지는 완연한 인기척과 옆구리를 짓누르는 섬찟한 감각에 온몸의 근육이 긴장으로 죄어 오고 눈물이 차오른다."라는 문장이 있다. 수상 작품들은 이야기로든 문체로든 이미지로든 완연한 기척과 인상적인 감각과 어떤 긴장으로 우리를 좀 더 사로잡은 작품들이었다.

수상작품들에 대한 세세한 평은 생략한다. 스포일러에 불과할 테니까. 다시 말하건대, 예심에서 발견한 여러분의 퇴고는 매우 훌륭한 것이었다. 여러분들이 지금의 문체와 세상을 바라보는 시각을 견지하며 자라난다면 우리나라는 머지않아 괄목할 만한 작가들을 수두룩이 만나게 될 것이다.

아주 짧은 시간에 치러진 본심은 다만 한 순간의 초고였다. 백일장 경험이 많은 사람도 있었고 첫 경험인 사람도 있었다. 자기도 모르는 초능력이 발휘된 사람도 있을 것이고 가진 실력을 전혀 발휘하지 못한 사람도 있었을 테다. 수상이 목적이라면 이번 한 번으로 끝나는 것이 아니다. 마라토너의 근성으로 달린다면 기회는 얼마든지 있다. 수상하지 못한 작품들은 그저 운이 좋지 않았을 뿐이다. 그 이야기를, 문체를, 이미지를 누군가는 꼭 발견해 줄 테니 도전을 멈추지 말기를.

작가의 길은 멀고멀다. 가슴으로 쓰고 머리로 고치는 끝없는 길이다. 수상 여부와 관계없이, 문학을 사랑하는 대산재단 분들과 절정문학회 소속 대학생들, 그리고 심사위원 작가들과 또래 문우들과 함께 했던 계성원의 2박 3일이, 여러분이 작가가 되어 가는 데 소중한 경험 자산으로 오래도록 자리 잡았으면 좋겠다. 건독! 건필!

심사위원 김종광 · 김태용 · 손보미 · 함정임

먼치킨

안양예술고등학교 3
임동민

코끝이 찡해진다. 엄지에 힘을 더 준다. 힘을 줄수록 코끝은 더 찡해진다. 엄지를 콧등 쪽으로 민다. 바닷바람을 오랫동안 견딘 철근의 녹 냄새가 콧구멍 속으로 밀려든다. 나는 부둣가 끝까지 몰리고 나서야 깨닫는다. 우리의 패배를. 이것은 우리 중 일부가 사라지게 되었던 겨울의 이야기, 이것은 아무리 노력해도 이기지 못하는 일이 있다는 것을 인정하지 못했던 시절의 이야기다.

그때는, 나에게 오래된 준비 동작이 하나 있었다. 이소룡이 적을 상대하기 전 엄지로 콧등을 쓱 문지르는 동작. 상대를 제압할 만한 힘이 느껴지되 여유를 보여 주는 게 관건이다. 수업을 째거나 담을 넘을 때에도, 긴장이 되면 콧등을 문질렀다. 승부에는 언제나 준비 동작이 필요하다. 승부라는 건 예를 들면, 아이언맨이

나 토르 같은 양놈 영웅을 빠는 자식들 앞에서 이소룡이 최고라는 것을 증명해야 할 때, 특히 오늘 개봉한 마블사의 영화를 보기 위해 스마트폰으로 표를 예매하고 있는 애들을 바라보고 있으면, 피가 날 때까지 콧등을 문지르게 되는 것이다. 제발 한국 사람이면 이소룡 좀 응원합시다!

"이소룡은 홍콩 사람이야."

카림이 한심스러워 하는 눈빛으로 다가왔다. 이슬람 사람이면서, 남들을 지적할 때는 귀신같이 한국말을 잘한다. 아마도 이 부둣가 옆 당구장에서 가장 한국말을 잘하는 외국인일 것이다. 그럼에도 불구하고, 카림은 외국인이다. 매부리코와 굵은, 아니 부러운 그, 어, 저기, 그, 그것을 가진. 한참 전에 쓰리 쿠션을 하려다가 카림의 고향이 파키스탄 어쩌고라는 말을 들었지만, 상관없다. 카림은 이슬람 사람, 그리고 울 삼촌의 가장 든든한 따까리. 무엇보다 나랑 겁나게 친하다. 그거면 충분하다. 아, 중요한 것은 카림이 당구를 잘 친다는 것이다.

"카림, 오늘 낮 근무였어?"

말하면서 큐대를 올릴 때마다 카림이 등 뒤에서 장난을 친다. 아 씨, 손가락으로만 건드려도 각도가 어긋난다니까.

"나 해 뜨고 근무했어. 피, 어, 피곤합니다."

이럴 때는 또 한국말이 서툴다. 오케이, 알겠다. 그러면서 당구장은 왜 온 거야라고 하고 싶다. 가끔 내가 학교를 째고 당구장에 왔을 때 카림이 먼저 큐대를 들고 있어서 놀란 적이 한두 번이 아니었다. 그렇다고 이슬람에서 당구가 널리 유행하고 있다는 건 아니고, 그냥 카림이 당구에 환장을 하고 폭 빠져 있다. 이렇게 얘기하면 삼촌이 또 이마에 핏줄을 세우며 발끈할지도 모르겠다. 카림은 삼촌 때문에 당구장 죽돌이가 되었다.

고수가 되는 수련의 길에는 두 가지가 있다. 혼자 좌충우돌하며 고생하는 것, 그리고 이미 고수가 된 사람에게 착실히 기술을 배우는 것. 카림은 그중에서 두 번째에 속한다. 정말로 당구의 고수인 삼촌에게, 기초부터 차근차근 배우고 있다. 삼촌은 확실히 고수가 맞다. 한번은 큐대를 다루는 법을 단련하는 데 왜 기름걸레로 바닥을 윤이 날 때까지 닦아야 하느냐며, 욱한 카림이 삼촌을 향해 주먹을 치켜든 적이 있었다. 덩치만 보면 당연히 카림이 몇 수는 위다. 하지만 고수는 이런 데서 쫄지 않는다.

삼촌은 아직 당구대 밑이 더럽다면서 큐대로 바닥을 탁탁 친다. 아니, 카림을 친다. 분명 조금 전까진 바닥을 두드리던 큐대가 카림의 정강이에 꽂혀 있다. 조금 과장을 섞자면, 삼촌은 큐대를 몇 번 흔드는 것만으로 카림을 무릎 꿇게 만들었다. 윽. 무릎이 거의 땅에 닿을 뻔했던 카림이 다시 걸레 손잡이를 짚고 일어선다.

그렇다. 삼촌은 단지 당구 고수인 것만이 아니다. 이 부둣가에서 가장 근육이 빵빵한 카림이 힘도 못 쓰고 삼촌 말을 듣는 데에는 이유가 있다. 삼촌이 싸움을 잘해서가 아니다. 삼촌은 카림의 반장이다. 카림이 일하고 있는 부둣가 금속 가공 공장의 작업 4반 반장. 주변에서 낄낄대며 티브이를 보거나, 당구를 치며 씨발 씨발거리고 있는 아저씨들도 모두 삼촌 말이라면 껌벅 죽는다. 카림은 더하다. 삼촌 말이라면 정말로 부둣가 똥물이라도 퍼마실 것처럼 납작 엎드린다. 당구뿐 아니라, 삼촌은 카림의 한국 생활에 있어서 스승이라고 할 수 있다. 한국말부터 밥 먹는 것까지, 카림은 삼촌을 고스란히 빼다 박았다.

반면에 나는 이미 어렸을 적부터 혼자만의 길을 걷기로 결심했다. 이소룡이 그랬던 것처럼,* 부둣가를 무대로 종횡무진하며 실력을 키우기 위해 노력했다. 누군가 나에게 왜 삼촌의 길을 따라 걷지 않느냐고 묻는다면, 나는 이렇게 대답해 줄 것이다. 저는 절권도의 길을 걷기 때문입니다. 절권도, 그것은 이소룡이 창시한 무술, 절대적으로 이기기 위한 무술. 170센티미터 이소룡이 건장한 양놈들을 이기려면 아랫도리를 잡아 뜯는 것까진 인정해 줘야 한다. 이것을 비겁하다고 말한다면, 당신들이 오히려 비겁한 것이다. 우리는 이소룡이 지는 것을 보고 싶지 않다. 이소룡이 한국 사람이 아니라 홍콩 사람이라 한들, 설령 중국집에서 태어났다 한들, 지면 그는 이소룡이 아니다. 나도 마찬가지다. 당구 내기가 없는 날이면 늘 방파제에 걸터앉아, 공장 앞을 지나가는 아저씨들을 상대로 이미지 트레이닝을 한다. 주워 온 파이프를 앞뒤로 흔들며, 이기기 위해 필요한 각도를 생각해 본다. 그러다 보면 청바지 지퍼가 열린 팔자걸음 아저씨가 다가와서 안부를 묻는다.

이긴다, 이 정도야.

어제 혼자서 파이프 100개를 나르던 털보 아저씨, 한 손으로 허리를 받친 채 공장 문을 빠져나온다.

이긴다. 조금만 힘을 쓰면 돼.

이번엔 공장에서 받은 월급을 죄다 당구장에 바치는 것이라고밖엔 볼 수 없는, 한때는 삼촌도 꽤나 진땀 흘리게 했던 파란 모자

---

* 사실 이소룡은 스승이 있었다. 이소룡의 스승을 주인공으로 하는 영화도 있다. 영화 속에서는 이소룡만큼 허세가 많은 인물이 없다. 딱히 이소룡을 욕하려고 밝히는 것은 아니다. 그냥 그렇다는 뜻이다.

아저씨. 그가 지나가다 말고, 한 판 칠까?

……이긴다?

나는 거절했다. 이것은 결코 절권도 정신을 믿지 못해서가 아니다. 절권도를 믿기 때문에 나는 싸우지 않는다. 싸울 거라면 반드시 승리할 자신을 가져야 한다. 그러니까, 지금 내가 쫄리는 것은 주머니 속의 만 원이 날아가는 것이 두려워서가 아니라, 확실하지 않은 것에 승부를 걸지 말라는, 절권도의 가르침을 충실히 따르고 있는 것이다. 그러나 이쯤해서 또 한 번, 코끝이 찡해질 정도로 코를 문지르게 되는 것은 어쩔 수 없지만.

아무튼 수련 방법은 다르지만, 그래도 카림과 나는 의형제다. 모르는 사람들은 나이도 많은 아저씨와 의형제냐고 핀잔을 줄지도 모른다. 또 어떤 사람들은 싸가지 없이 카림이라고 이름을 막 부르는 것을 지적할 수도 있을 것이다. 그러나 카림과 나는 그런 세속의 시선을 신경 쓰는 사이가 아니다. 무엇보다 카림의 나이는 이제 겨우 스물다섯이다. 너무 늙었다고 하지 마라. 카림이 진짜 고생을 많이 해서 그렇지, 실제로도 내 형뻘이다.

물론 처음에는 나도 카림이 무서웠다. 근육질 몸, 덥수룩한 가슴털, 이상한 냄새. 삼촌만 아니었다면 아마 지금까지도 카림을 피해 다녔을지 모른다. 하지만, 역시 카림은 좋은 사람이다. 지금도 그렇다. 나랑 농담 따먹기를 하던 카림이 오토바이 소리를 듣고 당구장 문 앞으로 달려간다. 그러면서도 잊지 않고 나더러 같이 짜장면을 먹자고 수신호를 하는 카림. 도저히 친하게 지내지 않을 수가 없다. 하하.

"근데 카림, 짜장면 먹을 때마다 항상 궁금했는데, 여기에 돼지고기 들어가는 거는 알지?"

능숙하게 그릇을 쌓아서 옮기던 카림이 검지를 입에다 가져다 대고선, 쉬쉬 소리를 내며 웃는다. 절은 맨날 주야장천 하면서 참 나. 나도 따라 웃는다. 아주 자연스럽게 아저씨들이 모여 있는 휴게실로 들어간다. 문을 연 순간, 나와 눈이 마주친 삼촌이 곧바로 소리친다.

"이 새끼, 또 왔어? 너 어여 집에 안 가?"

이럴 때는 안 들리는 척하면서 자연스럽게 자리에 앉는 것이 상책이다. 덩치가 산만 한 카림의 뒤에 숨는 것이 상책이다. 그러면 발작하려던 삼촌도 궁시렁대다가 이내 잊어버릴 것이다. 어디 보자 분명히 한 그릇이 남을 텐데.

역시, 짜장면 한 그릇이 남는다. 옆에 있던 아저씨가 빨리 먹자고 공장 잠바를 벗어 탁자 위에 펼쳐 놓는다. 그 위로 짜장면 그릇을 올렸다. 보풀이 푹 가라앉고, 전기톱 돌아가는 소음을 한참 견디던 잠바는 어느새 식탁보가 되어 버린다. 요즘 강남인가 어디서는 이런 잠바가 클럽에서 여자 꼬실 때 입는 패션이라던데……. 여기서 보면 영 식탁보 말고는 쓸 데가 없다. 요새 공장에 일이 없어서 그런지, 잠바에서는 기름때보다는 담배 냄새와 당구공 때가 번들거리고 있다. 이렇게 당구장에서라도 잠바를 입고 있어 줘야 아직 공장이 돌아간다는 것을 알지, 그냥 아저씨들의 말을 들으면 이게 먹고살기 위해 노력하는 생활의 역군들이 맞는가 싶다. 잘 들어 보면 오늘 대화의 중심은 60억 분의 1 효도르와 영원한 대형, 이소룡이 차지하고 있다.

"효도르랑 이소룡이 싸우면, 그래도 효도르가 이기지 않겠어?"

"뭔 소리여. 효도르가 두 대 때릴 때 이소룡은 200대 때리지.

이소룡이 얼마나 빠른데. 자네도 두 대 때리고 200대 맞았다 치면 손해 아니겠어?"

나도 이소룡이 요즘 스타일의 격투기를 배우면 이소룡이 이길 것 같음 하면서 짜장면을 거의 비웠을 무렵이었다. 작업 3반 아저씨들 쪽에서 기가 찬다는 듯이 헛웃음 소리가 들렸다.

"아따, 이 양반들 겁나 촌스럽네. 언제 적 이소룡이요, 이소룡은 효도르가 한 대만 때리면 바로 뻗어 버릴걸?"

순식간에 대화가 멈추고, 아저씨들은 목소리가 나온 곳을 바라보았다. 3반 아저씨들이 뒤늦게 도착한 탕수육에 소스를 부으면서 웃고 있다. 하하하하…… 하하하하…… 하하하하…… 하하하하……. 그것이 메아리를 타고 우리 아저씨들에게로 돌아왔다. 평소 같으면 우리도 웃어넘길 수 있었겠지만, 이번에는 좀 위험했다. 세 번째 웃음은 위험했다. 작업 3반의 금테 안경 아저씨가 촌스럽다며 가리킨 것은 다름 아닌, 우리 삼촌이 아끼고 아껴서 일년에 몇 번 입지도 않는 한정판 이소룡 티셔츠였다. 이소룡이 이제 막 쌍절곤을 휘두르기 시작한 것처럼, 휘날리는 듯한 그림이 포인트인 오리지널 티셔츠. 삼촌은 멍한 표정을 지으며 이소룡의 근육질 몸을 손으로 더듬기 시작했고, 아저씨들은 큐대를 바닥으로 내리꽂았다.

모든 상대를 실전으로 대했던 이소룡은 어린 사람이라고 봐주는 법이 없었고, 그와는 조금 다른 모양새이긴 하지만, 우리 아저씨들도 마찬가지였던 것이다. 차라리 이 공장이 너무 더럽다거나, 우리 아저씨들 중 머리가 벗겨진 아저씨들이 많은 게 신경 쓰인다거나, 하다못해 나를 보고 얘는 왜 공부도 안 하고 여기 있는 거냐고 비아냥거렸다면 모를까, 그들은 넘지 말아야 할 선을 넘었다.

불안해졌다. 삼촌은 벌개진 눈으로 주변을 둘러보다가 쇠뭉치를 발견한다. 쇠뭉치를 발견한 삼촌을 내가 발견한다. 우리 아저씨들이 연장을 들고 당구대를 뛰어오르지는 않을까. 삼촌이 일타이피의 스킬로 3반 아저씨들의 대가리를 깨트리지는 않을까. 갑자기 뱃속의 양파가 내 식도에서 공중제비를 넘는 기분이다. 정말 3반 아저씨들이 그러면 안 되는 거였는데. 잠바를 벗고 몸을 일으킨 삼촌의 가슴팍에서 무릎 꿇은 묘가수가 보인다. 묘가수*는 상대 두목에게 끌려가서도 끝까지 이소룡을 믿어 줬었는데. 아저씨들을 어찌할 방법이 없으니까, 나도 그냥 묘가수가 되기로 했다. 그저 아저씨들을 믿는 수밖에. 내가 믿는 건 아저씨들의 이성이 아니다. 절대 무기로 사람을 때리지 않는 이소룡의 무술 정신을 믿는다.

삼촌과 아저씨들이 당구대 앞으로 나서려던 그때, 3반 아저씨들 중 가장 덩치 큰 신입 아저씨가 팔의 커다란 문신(언터쳐블라, 그것이 한글로 또박또박하게 새겨져 있었다.)을 슬쩍 드러내 보였다. 그가 손목을 돌릴 때마다 꿈틀거리는 근육, 꿈틀거리는 언터쳐블라. 3반 아저씨들이 우리를 향해 큰소리를 내기 시작했다.

"거 참, 너무 흥분하시네. 제대로 한 대 맞고 싶나."

잠깐 주춤하는 우리 아저씨들, 손에 무언가를 쥐고 있던 아저씨들은 물건을 당구대 위에 놓는다. 이제는 작업 3반 아저씨들이 다가온다. 그중에 저 문신한 아저씨는 정말 싸움을 잘하게 생겼다. 그때, 그릇을 1층에 가져다 놓으러 갔던 카림이 돌아왔다.

---

* 「용쟁호투」에 등장하는 호구, 묘가수. 내가 봤을 때 가장 암담한 인생이다. 이소룡이 이놈 구하려고 흘린 땀만 해도 식혜 두 그릇 분량은 될 것 같다. 그래도 의리가 있어서, 나는 묘가수를 의리 있는 호구라고 부르고 싶다.

70

"뭐, 뭐하는 거야?"

카림은 아직 상황 파악이 안 됐는지 손가락에 묻은 춘장을 쪽쪽 빤다.

"이슬람 불체자 새끼가, 나대고 있어."

카림이 가장 싫어하는 말, 불체자, 이슬람 새끼. 지금이 무슨 상황인지는 모르겠지만, 카림은 그 말을 귀신처럼 알아듣는다. 안 그래도 까무잡잡한 카림의 얼굴이 정말로 시커멓게 변했다. 카림은 정말 빠르게 웃통을 벗어 던졌다. 그때 3반 아저씨들 중 탕수육을 씹던 한 명이 카림을 향해 킬킬거리면서 젓가락 던지는 시늉을 했다. 테러, 테러…… 테러, 테러…… 테러, 테러…… 테러, 테러…… 웃음소리가 함께 섞여 메아리쳤다. 위험하다.

카림이 머리에 쓴 터번을 풀기 시작했다. 천을 한 꺼풀 벗길 때마다, 그의 가려져 있던 상처들이 이마에 드러나기 시작했다. 카림이 터번을 푸는 모습을 보고, 간혹 자지러지게 웃는 아저씨도 있었지만, 터번의 마지막 천이 그의 머리에서 떨어지고, 어디서 맞았는지 모를 거대한 상처들이 다 드러났을 때는 아무도 웃지 못했다. 그보다 더 큰 상처가 날까 봐, 아니 이것은 그냥 패배가 보이는 싸움이었기 때문이다. 카림이 손가락을 풀면서 작업 3반 쪽 당구대로 다가섰을 때, 그 아저씨들은 바리게이트 치듯 큐대를 앞으로 쳐올리며 뒷걸음질 쳤다.

"캐, 캐새끼들아!"

그때, 삼촌이 붉어진 얼굴을 가라앉히며 카림을 말린다. 정말 고수 같은 타이밍으로.

"카림, 스톱!"

어느새 여유를 되찾은 삼촌이, 소파에 등을 기댄 채 손짓했다.

우리 아저씨들은 카림만 빼고 다들 얼굴색이 원래대로 돌아왔다. 삼촌이 작업 3반 쪽으로 손가락을 까닥하자, 호리호리해 보이는 아저씨 하나가 달려와 고개를 숙였다. 삼촌이 말했다.

"서로 험한 말 왔다 갔다 하지 말고, 족구나 한판 하세. 우리 같은 놈들이야 뭐, 이긴 놈들 말 따르는 거 아니겠어?"

왜 당구가 아니라 족구일까? 대결을 할 때 무기를 쓰지 않는 것은 우리의 기본이다. 이소룡이 그래서가 아니다. 우리가 휘두를 수 있는 물건을 손에 쥐면, 정말로 무슨 일이 벌어질지 모르니까, 우리는 몸을 쓴다. 몸 중에서도 가장 날렵한 것, 발을 써 보자는 것이 우리의 신념이다. 3반 아저씨들도 그런 부분에서는 동의를 하는지 고개를 끄덕인다. 하긴 동의를 해야지. 나라도 카림이 저러고 있으면 일단 무슨 말이든 고개를 끄덕이게 될 것 같다. 카림은, 정말로 겁나게 크다. 크고, 대단히 흉악해 보인다. 가만히 보고 있으면 약간 우습기도 하다. 우리가 의형제가 된 것도 카림의 저 모습 때문이었으니까.

나는 원래부터 이런 분위기에 약한 것 같다. 학교에서도 마찬가지다. 나보다 훨씬 작은, 앞자리의 일진 놈이 갑자기 쌍욕을 하면, 그 순간부터 몸이 굳는 것이다. 그 자식이 삥을 뜯으려고 나를 데려갔던 어시장 뒷골목에서도 마찬가지였다. 전혀 친절하지 않을 것 같은 놈들이 일제히 나를 쳐다볼 때, 나는 파리를 어쩌지 못하고 흔들리는 말린 생선처럼 떨었다. 앞으로는 제발 잊지 말고 쌍절곤을 가지고 다니자는 생각이 간절하게 들었을 때, 그때 카림이 와 줬다. 물론 카림은 나를 구하러 온 것이 아니었다. 카림은 그냥, 인사만 했다. 문제가 있었다면 카림의 피지컬이랄까. 그가 입고 온 티셔츠 속 이소룡은 그의 가슴 쪽으로 킥을 날리고 있었다. 가슴 근육이 발달한 카림의 오른쪽 가슴에서 이소룡의 발끝은 상당히 부풀어 있던 것이다. 굳이 영화 「당산대형」* 같은 상황이 만들어질 필요가 없었다. 일진 중 한 놈이 욕을 하는 바람에, 카림은 또 흥분을 했고, 뭐니 뭐니 해도 그가 가장 잘하는 한국말은 쌍욕이었으니까. 욕을 하는 사이 애들은 흩어졌다. 그때부터 카림은 내 의형제가 됐다. 카림이 믿고 따르는 스승이 우리 삼촌인 것처럼, 내가 믿고 따르는 대형이 바로 카림이다.

내가 미동도 안 하고 눈깔만 굴리는 사이, 모여 있던 아저씨들이 하나둘 큐대를 내려놓고 당구장 문을 빠져나간다. 큐대들이 어질러진 채 놓인 당구장에서 씩씩거리고 있는 사람은 카림 하나다. 아직도 옷을 입지 않는 카림. 한편으로는 그를 빨리 달래서 데려가야지 하면서도, 거친 숨을 내쉴 때마다 커졌다가 가라앉길 반복하는 등을 보고 있으면 옷을 걸쳐 주기가 덜컥 겁나는 것이다.

솔직히 말하면 나는 방금 전에도 쫄았다. 웃기만 하던 카림이 흉신악살의 표정으로 웃통을 벗는 모습, 평상시 등신 같다고 생각했던, 공장의 아저씨들이 눈깔을 뒤집고 대거리를 하는 모습. 아, 나는 이런 것에 너무 쉽게 쫀다. 너무 쉽게 얼어붙는다. 하지만, 가끔은 그렇게 생각한다. 어찌해도 쫄게 되는 내 초식동물스러움이, 원래부터 타고난 것이라면, 나는 앞으로도 평생 그렇게 쫄고 살아야 할까. 절대로 이기지도 못하고 미리부터 겁을 집어먹어야

---

* 그런 형이 하나쯤은 있어야 한다. 그런 형이 한 번쯤 멋지게 나타나서 가오를 보여 줘야 한다. 제일 중요한 것은, 그런 형이 나에게 먼저 아는 척을 하는 것, 그래야 살 수 있을 때가 있다.

하는 졸개 1의 삶을 살아야 할까. 갑자기 화가 난다. 다리에 힘을 주고 아저씨들을 따라 나가면서 다시 속으로 말해 봤다. 나는, 졸개 1이 아니다.

아저씨들은 당구장 외부 계단을 타고 아래로 내려갔다. 3반 아저씨들의 무리가 우리 아저씨들보다 앞서서 내려가고 있었다. 작업 3반 반장 아저씨가 나를 힐끗 보고선, 너는 커서 뭐가 되려고 맨날 여기에서 죽치고 있느냐며 설교를 시작한다. 대답하지 않고 그냥 계속 걸어 내려가면, 3반 아저씨들이 입고 있던 잠바가 새로 받은 듯 반짝거렸다. 일을 안 해서 그런지, 좋은 세제를 써서 그런지는 모르지만, 낙하산으로 들어온 양반들이 진짜로 낙하산 천으로 만든 듯한 잠바를 입고 있다는 것이 우스웠다. 3반 아저씨들이라고 잘난 사람들은 아니다. 사실은 일을 열심히 안 하는 게 아니라, 실제로 할 일이 별로 없다. 공장장이랑 친분이 있든지 사촌이라든지, 그런 사람들이 모여 있는 작업반이었다. 안 그래도 일 없는 공장에서 일만 편하다 뿐이지, 오히려 이것저것 텃세에 불편해해야 하는 입장이다. 그래도, 이소룡의 후예들이 살아 숨 쉬는 이곳에 저런 배짱이 같은 사람들이 함께 있다는 사실이 불편하다. 사실은 고등학교만 졸업하면 나도 이 공장에서 일할 생각이기 때문에 더욱 그랬다. 대학은 가지 않는다. 필요한 것은 몸으로 직접 배운다. 이 얼마나 이소룡적인 마인드인가. 히죽거리면서 멈춰 있으면 삼촌이 나타난다. 삼촌이 알면 큰일 나겠지 싶어서 아직 말하진 않았지만, 삼촌이라고 별수가 없을 것이다. 공부도 못하고, 매일매일 당구장에 와서 당구 치고 자장면이나 먹으면서, 할 줄 아는 외국어라고는 카림한테서 배운 '앗살라무 알라이쿰'이 전부인 놈이 대학을 어떻게 갈 수 있을까.

그렇게 보면 나도 낙하산이다. 삼촌은 물론, 작업 4반의 아저씨들이 가장 싫어하는, 좀 더 거칠게 말하자면 극혐하는 바로 그 낙하산. 삼촌이 있으니까, 삼촌이 있어서, 나는 쉽게 이 공장에서 일할 수 있게 될 것이다. 그런 근거 없는 믿음을 은연중에 내비치면 삼촌은 아주 근엄하게 말한다. 마치 얻어맞아 가며 무술을 훔쳐 배웠다는 이소룡처럼, 대단히 힘들었던 시절을 회상하는 자세로 멋진 말을 하려고 노력한다. "그냥은 얻어 낼 수가 없어, 이것이 다 피나게 노력해서 얻은 거라고."라면서 흙이 그득한 손을 들어 내 머리를 쓰다듬는 삼촌.

　"싸움의 끝은 자기 자신을 향해 있는 것이다."

　이소룡이 남긴 대사처럼, 적어도 내 낙하산은 작업 3반의 낙하산과는 질적으로 다르다. 그들이 팽팽하게 부풀어서 바람을 견디는 정상적인 낙하산이라면, 나는 군데군데 천이 찢긴 구멍 난 낙하산. 내가 내려올 곳은, 오늘도 당구 내기에 지고, 무시당해서 화가 잔뜩 나 있는 아저씨들의 작업 4반이다. 그러니까, 커서 뭐가 될 거냐는 질문을 듣게 되면 또다시, 코를 문지르고 싶어진다.

　이윽고 공터가 등장했다. 지금 내가 말하는 공터는 나무가 심어져 있고, 운동 기구들이 놓여 있고, 그 주변을 동네 주민들이 걸어 다니는 그런 곳이 아니다. 흙바닥 중간중간에 박혀 있는 깨진 시멘트나 어디서 굴러 왔는지 모를 자갈돌들 탓에 넓다고 뛰어다니다가 발가락에 날카로운 돌이 박히는 상황이 벌어지고 만다. 그래도 이 공터는 족구하기에 딱 알맞은 사이즈에, 경기를 하다가 의라도 상하면 주먹다짐을 하기에도 딱 알맞은 사이즈였다. 이제 아저씨들은 다들 몸을 풀기 시작한다. 격하게 허리를 푸는 삼촌

앞으로 작업 3반 반장이 다가온다.

"한 10만 원 빵으로 땡깁시다. 세 판 오케이?"

삼촌은 또 무심한 눈빛으로 몇 마디 안 한다.

"우리는 카림이 주력이네, 그리 아소."

드디어 경기가 시작된다. 우리 쪽 선수는 삼촌과 카림, 그리고 그나마 젊은 피인 나다. 3반 아저씨들은 몸싸움이 아니니까 할 만하다는 듯이 미소를 짓고는, 겉가죽이 반은 벗겨진 공을 슬쩍 차올렸다.

퍼스트 라운드

경기는 생각처럼 흘러가지 않았다. 우리쪽 아저씨들은 이미 몇 대씩 얻어맞은 듯 얼굴이 시퍼렇게 질려 있었다. 젊은 놈이 한 번이라도 더 움직여야지라며 나를 다그치는 삼촌. 난 정말 열심히 뛰었다. 흰 티가 땀에 젖어 시스루가 될 때까지. 제아무리 이소룡이라도 혼자 쫄래쫄래 공을 따라가서 놓치고 오는 동료는 어찌할 수 없었을 것이다. 카림과 내 뒤로 바짝 몰려 있는 우리 아저씨들과 달리 3반 아저씨들은 학익진 진법을 펼친다. 저, 저걸어, 어떻게 뚫어. 카림이 말을 더, 더듬기 시작했다. 이 좁은 공터에서 물러날 곳은 없다. 주목을 받고 있는 게 오랜만이라 문득 등이 몹시 간지러웠다. 잠시 고개를 돌리는 사이, 삼촌이 또 엉뚱한 곳으로 공을 찼다. 개발이야, 개발. 3반 아저씨들이 건너편에서 킥킥거리는 것이 들렸지만, 신경 쓸 만한 여유가 없다. 마지막 1점, 1점, 공격권은 3반 쪽으로 넘어갔다. 막아야 한다, 막아야 한다. 그러나 무회전으로 내리꽂힌 공이 순식간에 내 발을 맞추고 코트에서 완전히 사라져 버렸다. 졌다. 순간 등 뒤의 아저씨들이 조용해진 것을 느꼈다. 눈앞이 깜깜해졌다. 그래도, 애써 침착하게 웃으면서 삼촌에게 말을 걸었다. 쫌 하네. 이소룡도 그랬다. 인정하지 않으면 발전이 없는 법, 다음 판에서는 진짜로 집중을 해 봐야겠다.

세컨드 라운드

초반은 조금 위험했다. 우리 아저씨들 사이에서 상소리가 나기 시작했다. 나도 안다. 저런 쉬운 공을 놓치면 안 됐는데. 그래도 점점 기세가 달라지고 있다. 체력이 관건이었다. 후반까지 카림의 체력을 아껴 두는 것이 중요하다. 또 발가락에 힘이 들어갔다. 두 번 공을 바닥에 튀긴다. 상대 코트 바로 앞에 공을 떨어뜨리는 카림. 상대방이 겨우 공을 받는다. 아주 높이 뜬 공, 카림은 공을 사정없이 내리꽂는다. 비록 그의 발에서 붉은 용 그림이 피어오르지는 않았지만, 나는 이소룡의 용문권을 목격한 것처럼 가슴이 뜨거워졌다. 뒤에서 흥분한 아저씨들이 등을 두드렸다. 그래, 이번 판은 우리의 승리.

그런데, 이상하다. 3반 반장 아저씨가 왜 웃고 있는 걸까. 포커페이스를 유지하는 그의 얼굴이 거슬린다. 여유 있게 발목을 풀고 있는 것이 거슬린다. 그의 발목에 채워져 있는 까만 보호대가 거슬린다. 우리 아저씨들 중 저런 물건을 가지고 있는 사람이 있었을까, 뒤를 돌아봤다. 착지에 실패한 카림이 주저앉아 발목을 감싸고 있었다. 한 번도 들어 본 적 없는 이슬람 욕이 신음 소리와 섞여 들려왔다. 아, 카림. 우리는 한 경기를 얻었고 카림을 잃었다. 타, 타, 타임!

쉬는 시간이 되자 3반 아저씨들은 다방 누나를 불렀다. 이 새끼들아, 여기 미성년자 있어! 삼촌이 입에 머금던 생수를 뱉으면서 짧게 욕설을 했다. 이건 나도 감탄이 나왔다. 3반 아저씨들도 나름대로 깡이 있어.

반면에 우리 쪽 코트는 너무 조용했다. 몇 명은 마지막으로 딜을 해 보는 게 나을 것 같다며 웃고, 또 몇 명은 손을 바들바들 떨면서 뻔하디뻔한 지갑 속을 들여다보고 있었다. 우리에게는 세 번째 판이 있다, 우리는 이길 수 있다, 아니, 이소룡의 관점으로는 이미 승리한 것과 마찬가지다!라고 말하려는 찰나, 삼촌이 경기 중 처음으로 큰소리를 내기 시작했다. 자세히 들어 보면, 그것은 울음 같기도 하고, 먼지가 쌓인 철근들이 쓰러지는 소리 같기도 했다. 결국 기억나는 말이라곤, 자그마치 10만 원이라고. 알았냐 개새끼들아!뿐인.

그래도 아저씨들은 나름대로 감명을 받은 표정으로 마지막 경기를 준비했다. 뻣소리가 날 때까지 허리를 풀고, 목을 틀고, 목에 가득한 가래를 뱉기 시작했다. 나도 괜스레 몸에 힘이 들어갔다. 정정당당하게 이기는 순간을 위해 내가 어떤 길을 걸어왔는가, 생각해 보면 다방 누나의 흔들리는 가슴 때문에 처져 있을 시간이 없었다. 그리고,

파이널 라운드

기적이 일어났다. 우리는 아직까지 3반과 동점을 유지하고 있었다. 물론 만신창이가 되어 돌아온 아저씨들을 보면서 마음이 짠하기도 했지만 잘했다고 격려해 줄 틈이 없었다. 도리어 카림은 코트 밖에서 엉덩이를 들썩거리며 왜 저것도 못 찼냐며 핀잔을 주

었다. 또 이럴 때는 한국말을 기가 막히게 잘해서 얄미워 죽겠다. 그러나 이것은 우리 아저씨들이 할 수 있는 최대의 성과가 분명했다. 카림이 나름 괜찮아졌는지, 다시 자기가 뛰겠다며 몸을 움직인다. 등신이, 그러다 더 크게 다치려고 하고 말하면 화낼까 봐 인상만 썼지만.

후반부에는 내가 센터를 맡았다. 이중에서 내가 가장 공을 많이 받았기 때문이란다. 내가 공을 많이 받게 된 이유는 그만큼 우리 아저씨들이 느렸기 때문이지, 실력과는 아무 상관이 없는데. 사실 나는 이소룡의 근육을 믿는 것도, 부리부리한 눈빛을 믿는 것도 아니었다. 이소룡이 이기는 것을 믿었다. 우리는 한 번도 이긴 적이 없었으니까. 앞에서 공을 튀기던 3반 반장 아저씨가 끝까지 페어플레이를 해 보자며 손을 흔든다. 짜증이 나지만 애써 무시하고 3반과 우리 반의 점수판을 보았다. 1 대 1. 내가 존경해 마지않는 이소룡의 관점으로 보면, 이것은 이미 승리한 것과 마찬가지, 나머지는 아무것도 아니었다. 정말로, 아무것도 아니었을 텐데.

카림은 묘기에 가까운 킥을 날리고 있었다. 3반 쪽에서 정확히 공을 받아 낸다. 그가 신은 것은 공기처럼 가볍다는 나이키 신발, 나는 맨발이다. 내가 맨발로 공을 기다리는 것은 3반 아저씨가 신고 있는 저것이, 100그램도 채 안 나간다는 사실을 몰라서가 아니다. 이소룡이 아주 조금이라도 발차기 속도를 빨리 하기 위해 싸울 때 보호대를 착용하지 않는 것, 나도 그것을 하고 싶었다. 그때 누구보다 간절한 얼굴을 한 삼촌, 이를 악물고 뺨에서 시커먼 육수가 흐르는 삼촌이 앞으로 떨어진 공을 향해 몸을 숙인다.

삼촌이 공을 향해 날았다. 「정무문」 마지막 장면처럼. 세상에서 이보다 더 간절할 수는 없는 모습으로 삼촌이 뛰었다. 아, 삼촌은 다리가 너무 짧고, 이번에는 카림이다. 춘장 냄새를 풀풀 풍기던 카림이 뛴다. 가슴 앞에 달려 있는 주머니에서 고향에 있는 가족사진이 떨어지는 줄도 모르고, 사진을 직접 발로 밟아 버렸다는 것도 모르고. 그러나 역시 공을 잡지 못한다. 아무래도 외국인이라서 그런갑다, 라고 위로해 주려는 찰나, 공이 내게로 온다. 그리고 내가 뛴다. 공을 향해, 공을 받아 내려는 나를 향해, 쫄보인 내가 뛴다. 이 한 방이면 된다. 딱 한 방이면 된다. 카림도 삼촌도 눈이 커진 채로 나를 본다. 나는 뛴다. 멋지게 다리를 펼친다. 그리고 질러 본다. 아뵤!

사람들은 소리를 지르거나 쓰러지기 시작했다. 나는 아직도 내려오지 않고 있었다. 공터를 둘러싼 담장에 기대 있던 당구장의 다른 손님들부터 돌멩이에 머리를 괴어 두고 있던 고양이까지, 일제히 나를 바라보고 있다. 왜 나를 보는 거야, 부끄러워서 그냥 달리기로 했다. 코트를 넘어서, 당구장을 넘어서, 부둣가를 지나서 집으로. 힘들어 죽을 것 같다는 생각은 아주 나중에 하기로 하고, 일단은 달리기로 했다. 뒤에선 삼촌이 소리를 지르고, 3반 반장 아저씨가 구시렁대지만, 지금은 사라져야 할 때. 다친 카림이 마음에 걸렸지만 어쩔 수 없다. 여기에 더 남아 있으면 내가 더 심하게 다칠 것만 같은, 그런 자리에 공이 가 있었다.

결국 발목이 덧난 카림이 본국으로 돌아갔다는 얘기를 들었다. 삼촌은 딱히 다른 말을 덧붙이지 않았다. 사실 그런 얘기를 할 만한 여유가 없었다. 족구 내기로부터 정확하게 한 달 뒤, 공장은 4교대에서 3교대로 인원을 줄였다. 다들 바빠서 당구는커녕 서로 대화 한번 하기도 어렵다고 했다. 나는 비감한 기분이 들었지만, 카림은 분명 고향에 가서 당구를 전파하느라 여념이 없을 것이란 생각을 했다.

처음에 말했지만, 이것은 도저히 이길 수 없었던 어떤 하루에 대한 이야기다. 죽었다 깨어나도 졸개 1은 주인공이 될 수 없다는 것을 뼈저리게 깨달은 이야기다. 그렇게 생각하면 갑자기 숨쉬기가 어려워진다. 내가 달려서 사라지던 그날, 미처 내쉬지 못한 숨들이 이제야 튀어나오는 듯, 가만히 있어도 마냥 쓰러지고 싶은. 이소룡이 떠오른다. 비운의 스타 이소룡. 이소룡은 서른두 살에 죽었다. 이소룡의 죽음을 보고서야 사람들은 깨달았다. 반칙을 해 봐도 이기지 못하는, 그런 먼치킨이 세상에 있다는 것을.

그래도 나는 아마 죽지는 않을 거다. 이렇게 숨이 가쁘다가도 언제 그랬냐는 듯이 일어나 학교에 가고, 삼촌이랑 당구 내기를 하고, 슬그머니 공장에 들어가 일을 하게 될 거다. 그러면서 조금씩 잊어 가겠지. 나의 이소룡이 처음 미국으로 떠났던 나이도, 이소룡이 다시 돌아와 귀신같이 악을 지르는 것도. 그러다 보면 어느새 카림이랑 동갑이 되어 있을지도 모른다. 삼촌과 동갑이 되어 있을지도 모른다. 아, 나는 아무래도 졸개 1, 그보다는 연약한 시민 a가 더 잘 어울릴 것도 같다. 도저히 이길 수 없는 것들에 저항하기보다는 그냥 그런 규칙이 있다며 고개를 숙이는. 카림이 나를 본다면 웃을까, 아니면 더, 더듬거리면서 비밀을 지켜 준답시고 손가락을 입에 가져다 댈까. 삼촌은 끌끌거리며 웃다가 살짝 당구 큐대를 들어 우리 대갈통을 때리겠지. 왜 그런 규칙은 잘 지켜지지 않을까 싶어서 고개를 들면, 코끝이 간지러워서 문지르게 된다. 그리고 알게 된다. 이소룡은, 나는, 이제야 쓴맛을 본 것이다.

날 웃겨 봐

안양예술고등학교 3
임동민

흑돼지, 저기 선영이 지나간다. 말 한번 걸어 봐.

지금 고개 숙인 채 속삭이고 있는 친구는 진수다. 이 자식한 테만은 들키면 안 됐었는데. 선영이를 좋아한다는 얘기로 몇 달째 나를 벗겨 먹고 있다. 나쁜 놈이라는 말로는 씨알도 먹히지 않는 놈.

이런 와중에도 선영이는 참으로 아름답다. 머리카락을 넘길 때 드러나는 치명적인 목선과 웃을 때마다 왼쪽 뺨에 새겨지는 보조개. 마치 카나에 짱 같다. 카나에 짱은 내가 처음으로 만난 여자다. 어젯밤에도 나를 향해 한참 웃어 주다가, 지금은 내 컴퓨터 속에서 깊이 잠들어 있다. 그러나 카나에 짱만으로 안 되는 것을 선영이가 가지고 있다. 왜냐고? 선영이는 사람이잖아. 랜선 밖에서 처음 만난 정말 아름다운 사람.

진수가 나를 흑돼지라고 부르는 데에는 이유가 있다. 나는 블라시안이다. 흑돼지인 나는 오타쿠고, 블라시안이다. 흑돼지, 흑돼지. 자기는 피부만 허연 백돼지인 주제에, 진수는 틈만 나면 내게 설교를 하려고 달려드는 것이다. 유머 있는 남자가 미녀를 얻는 거라니까.

엄마는 아버지가 짐을 나르는 모습에서 자신이 갖지 못한 생명력을 느꼈다고 했다. 철 지난 옷과 재고 식품을 판매하던 아버지는 새로운 사업을 하나 시작했다. 나이지리아에서 만든 수공예 액세서리들을 비싼 값에 속여 파는 것이다. 저녁에 엄마는 남은 목걸이들을 목에 걸치고 돌아온 아버지를 보며 웃는다. 아버지가 현관 앞에서 몸을 흔들 때마다 목걸이가 짤랑짤랑 부딪치는 소리를 들으면, 엄마는 더 밝게 웃는다. 아버지는 적극적인 사람이다. 자기 여자를 웃겨 줄 수 있는 적극적인 남자다.

그런 아버지를 보고 있으면 나는 누구를 닮은 건가 싶다. 아버지 몰래 빼내 온 아카시아 향 구슬 팔찌를 아직도 가방 속에 넣어 두고 있다. 일주일 전부터 선영이에게 팔찌를 주지 못해 가방 앞주머니엔 꽃향기가 가득하다. 진수가 인상을 찌푸린다. 정말 이걸 주려고 했느냐며 팔찌를 흔든다. 구슬 부딪치는 소리가 복도로 퍼져 나가기 전에, 나는 팔찌를 낚아채 책상 서랍에 숨긴다. 검붉게 달아오른 얼굴로 어떻게 하냐며 짜증을 내 본다. 당황했는지 표정이 굳어 있던 진수가 갑자기 광대뼈를 끌어올리며 알 수 없는 미소를 짓는다.

"날 웃겨 봐."

쉬는 시간이 얼마 남지 않았다며 재촉한다. 그사이 정수기 앞을 떠난 선영이는 친구들과 복도를 걸어오고 있다. 진수가 턱으로 한층 우리 교실에 가까워진 선영이를 가리킨다. 나도 광대뼈를 끌어올린다. 좋았다.

　웃겨 본 사람이라곤 카나에 짱뿐인 내가 진수를 웃기기는 쉽지 않다. 진수를 웃긴다고 해서 선영이가 웃을 확률은 더욱 없다. 그러나 내 아랫배를 쿡쿡 찌르며 재촉하는 진수를, 복도 앞에서 선영이에게 말을 거는 3반 반장을 보고 있으면 무슨 말이라도 하게 되는 것이다. 선영 짱, 반갑다능. 말이 끝나기 무섭게 진수가 웃음을 터뜨리고 만다. 숨이 끊어질 듯 목소리를 내며 입을 다물지 못한다. 웃으면서 또다시 나를 부르기 시작한다. 흑돼지, 흑돼지. 책상을 치며 소란을 피우는 진수 탓에 아이들의 시선이 우리에게 꽂힌다. 책상 서랍 속에서 흔들린 팔찌 소리가, 진수의 멈추지 않는 웃음소리가 불러들인 것이 선영이의 친구들일 줄은 진수도 나도 몰랐던 것이다.

　교실 문 앞에서 고개를 내민 아이들이 흥미롭다는 듯 우리를 바라본다. 그것을 뒤늦게 알아챈 진수는 한참 더 나를 불러 대다가 웃음을 멈춘다. 선영이가 교실 문 안으로 몸을 내민다. 카나에 짱보다도 아름다운 선영이가, 책상 앞으로 다가온다. 진수가 말없이 옆구리를 찌른다. 나도 아무 말 못하고 선영이의 큰 눈을 바라본다. 말라붙은 입술을 겨우 떼어 낸다.

　"들었어?"

　"뭘?"

　"흑돼지."

　"흑돼지?"

　선영이의 왼쪽 뺨에 깊은 보조개가 생긴다. 한 번도 들어 본 적 없는 높은 목소리로 까르르 웃는다. 보조개 밑에 살짝 묻어난 그림자를 바라보던 나는, 웃지 않는다. 선영이가 하얀 치아를 손으로 가리기도 전에 쉬는 시간 종이 울린다. 아이들은 하나둘 교실 문 앞을 벗어나고, 선영이는 내게 손을 흔든다. 웃음소리는 나와 순식간에 멀어진다.

샐러드 데이즈(Salad Days)

광주동신여자고등학교 3
정지민

*

물먹은 양배추 같잖아. 소리 없이 중얼거렸다. 지호는 언제나 샐러드바 앞에 서 있었다. 금방이라도 흘러내릴 것처럼 통이 큰 교복을 입고서. 집게를 든 손을 올리면 와이셔츠 반팔 소매가 딸려 올라갔다. 팔뚝에 걸쳐진 소매가 밑으로 족히 한 뼘은 늘어졌다. 책꽂이 뒤에 숨어 높낮이가 다른 책들 틈으로 지호를 훔쳐보고 있으면, 늘어진 소매 사이로 아직 털이 자라지 않은 보송보송한 겨드랑이와 속살에 못 미치게 하얀 러닝셔츠가 흘긋 보였다. 지호가 빠짐없이 챙겨 입는 러닝셔츠는 왠지 모르게 관음의 욕구를 자극했다. 난 입에 침이 고이는 것도 의식하지 못할 정도로 지호를 보는 데 열중해 있었다. 지호는 느릿느릿 반으로 갈린 핫도 그 빵 사이에 양상추며 토마토를 채웠다. 노란 겨자 소스 통을 꽉 쥐고 곡선을 그리자 소스가 굵게 늘어졌다. 빵 중간까지 잘 나오던 소스가 바람 빠지는 소리를 내며 끊겼다. 노란 겨자 소스가 지호의 흰 와이셔츠에 몇 방울 튀었다. 지호는 멈춰 있었다. 소스가 끊김과 동시에 시간이라도 멈춘 것처럼 그 자세 그대로 미동도 하지 않았다.

지호가 죽었다.

수학 시간이었고 한두 명을 제외하곤 모두 책상에 엎드리거나 창밖으로 노랗게 바스러지는 햇살을 멍하니 응시하고 있었다. 에어컨 바람으로 서늘한 교실과 창밖이 다른 세상인 양 정신이 몽롱한 오후였다.

건너편 건물 모서리에 시선을 던지고 있는 순간 창밖으로 떨어지는 지호와 눈이 마주쳤다. 때 아닌 눈처럼 하얗게 지호는 떨어졌다. 누군가 소리를 질렀다. 나는 여전히 창밖에서 눈을 떼지 못했다. 아무것도 없는 허공에 따가운 햇볕만 아프게 눈을 찔렀다. 누군가 사람이 떨어졌다고 했다. 아이들은 창문으로 몰려들었다. 누군가 헛구역질했고 누군가 울었고 나는 수업 시간에도 안 꺼냈던 수학 교과서를 꺼냈다.

날카롭게 깎여 한 번도 닳은 적 없는 새 연필을 쥐고 문제를 풀기 위해 골몰했다. 머리가 터질 듯이 생각했다. 그러는 동안 시끄러운 주위가 멀어졌다. 복잡하고 뜨겁게 돌아가는 머리가 서늘하고 소름 돋게 한 번에 식는 순간이 찾아온다. 전혀 다른 문제로 머리를 쥐어뜯다가 엉뚱한 문제의 해답이 떠오를 때가 있는 것이다.

짝꿍이 달려와 지금 뭘 하는 거냐며 어깨를 쳤다. 날카로운 연필심이 부러졌다. 아직 유월인데, 한여름 못지않은 더위였다.

지호와 말 한번 섞어 본 적 없던 아이들은 경찰들에게 지껄였다. 맨날 혼자 다니고, 눈동자에 초점이 없었다니까요, 빛이요! 언제든 죽어도 전혀 이상하지 않을 것 같은 느낌? 지호를 한 번이라도 제대로 본 적 있는 아이들은 말했다.

"항상 위태로워 보였는데 이상하게 죽을 것 같진 않았어요. 그냥, 그럴 애 같진 않았어요."

"뭔가 이상한 점은 없었습니까?"

"글쎄, 꼭 한 가지 꼽으라면 맨날 샐러드바에 있었다는 것 정도? 학교에서 아침 못 먹고 등교하는 애들 먹으라고 독서 동아리실에 샐러드바를 설치했거든요. 저희가 상곤데 재단 이사장이 돈이 많아서 그런지 취미가 뻴짓이에요."

지호는 언제나 샐러드바 앞에 있었다. 금방이라도 없어질 것처럼 희미하게 서 있었다. 처음부터 훔쳐보려던 의도는 아니었다. 책을 고르고 있었고 지호가 들어왔다. 시선을 뺏겼다. 마치 당연한 순서처럼 전혀 의식하지 못한 채 이어졌다. 나갈 수 없었다. 나갈 타이밍을 놓쳤기 때문이 아니었다. 왠지 내가 나타나면 지호가 실망할 것 같은 강한 예감이 발등을 짓눌렀다. 기다리는 사람이 있는 등이었다. 절대로 나일 수 없는. 금방이라도 사연이 그림자처럼 늘어질 것 같았다. 그 뒤로 책에 집중해 있다가도 누군가 오는 기척이 들리면 숨는 버릇이 생겼다.

그때부터였다. 지호를 의식하게 된 건. 지호를 알기 전엔 물 흐르듯 흘러갔던 풍경들이 어느 순간부터 턱, 턱 막혔다. 어딜 가든 지호가 있기만 하면 설사 그게 머리카락 한 올이라도 시선이 멈췄다. 나중에야 무의식적으로 내가 지호를 찾고 있다는 걸 알았다. 민들레 홀씨 같은 애였다. 하얀 게 공기 중에 떠다니면 잘 보이지도 않다가 일단 눈에 띄면 너무도 선명한, 왠지 손에 쥐어 보고 싶어 따라다니게 되는. 언제 날아가 버려도 이상하지 않은. 뿌리내릴 곳을 찾지 못해 공중을 부유하고 있는.

딱 한 번 지호와 말을 섞어 본 적이 있다. 체육 시간이었고 피구 공을 피하다 넘어져 쓸린 무릎을 씻으러 수돗가에 갔을 때였다. 체육복을 걷어 올리고 물을 튼 순간이었다. 아파? 어디선가 목소리가 들렸고, 잎이 다 떨어져 앙상한 목련 나무 뒤에서 지호가 걸어 나왔다. 갈변한 목련 잎을 밟으면서. 나는 콸콸 쏟아지는 물소리 사이에서 목련 잎이 뭉개지는 소리까지 똑똑히 들었다. 순식간에 감각이 예민해졌기 때문이었다. 동시에 머리는 멍해졌다. 어, 나는 간신히 신음에 가까운 대답을 할 수 있었다.

지호는 느릿하게 수돗가로 걸어왔다. 걸을 때마다 통 큰 바짓단 위로 가는 다리 선이 도드라졌다. 지호가 한 발자국을 내딛을 때마다 내 심장이 정확히 네 번 뛰었다. 지호는 딱 아홉 발자국을 걸어와 시멘트 바닥 위에 멈춰 섰다. 그러곤 바짓단을 크게 네 번 접으며 말했다. 나는 네가 얼마나 아픈지 몰라. 뼈가 불거진 흰 무릎이 보이고 말았다는 생각이 듦과 동시에 지호가 미끄러지듯 무릎으로 바닥을 쓸었다.

나는 순간 두 손으로 입을 막고 헉, 소리를 내며 숨을 크게 들이마셨다. 지호가 일어나 내 옆으로 와 물을 틀고 빨갛게 스크래치가 난 무릎을 씻어 내렸다. 지호가 무릎을 다 씻고 자리를 뜰 때까지 참은 숨을 내뱉을 수 없었기 때문에, 아무 말도 하지 못했다.

아직도 남아 있는 것 같은 지호의 기척처럼 수돗물 두 개가 물을 토해 내고 있었다. 그제야 나는 푸하, 더운 숨을 내뱉었다. 하지 못한 말들이 공기 중으로 흩어졌다. 아프지, 어째서. 무릎이 뜨겁게 욱신거렸다.

그때 그 세 마디 중에 한마디라도 했다면 뭔가 달라졌을지도 모른다. 지호가 죽고 그때의 기억을 되짚어 보는 지금에서야, 언젠가 포털 사이트 메인에서 본 기사가 떠올랐다. 타인에게 베푸는 친절은 사실 누군가 자기에게 베풀어 줬으면 하는 바람에서 나오는 본능적 행위라고. 지호의 서툴고 거친 투박한 친절에 한마디만, 딱 한마디만 제대로 응했다면 어쩌면, 내게 뿌리를 내렸을지도 모른다는 생각이, 지금에서야, 자꾸만.

나는 멍하니 수돗가에 서 있다가 본능적으로 한 박자 늦게 지호를 쫓았다. 꼭, 무슨 말이든 해야겠다, 처음엔 그런 의도였다.

지호가 간 쪽으로 뛰어가 보니 토끼장을 지나 돌계단 맨 위층에 지호의 뒷모습이 보였다. 급하게 계단을 올라 꼭대기에 가 보니 바로 앞에 지호가 등을 보이고 서서 폐건물을 바라보고 있었다. 학교 설립 초기 때 핸드볼부 전용으로 만들어졌다가 폐쇄되어 출입구가 셔터로 통제된 작은 체육관이었다. 갑자기 가까워진 지호를 보고 놀란 나는 나도 모르게 두 계단 아래로 내려가 몸통이 굵은 소나무 뒤에 숨었다. 지호는 한동안 그렇게 서성이다 건물 뒤로 돌아가 1층에 있는 세 번째 창문을 열고는 자연스럽게 넘어들어갔다. 나는 반쯤 허리를 숙이고 세 번째 창문 밑으로 다가가 건물 벽에 등을 딱 붙이고 수그려 앉았다. 지하실 비슷한, 페인트나 쇠 비슷한 냄새가 코끝을 스쳤다. 열린 창문으로 희미하게 목소리가 새어 나왔다. 그리고 놀랍게도 하나가 아니었다.

등에서 송골송골 솟은 땀으로 푹 젖은 체육복이 벽에 눌려 들러붙었다. 딱 붙은 허벅지가 축축했다. 더위 때문에 몽롱하기도 했고 목소리가 작아서 무슨 말을 하는지 정확히 알 수 없었다. 이쯤 되자 다른 목소리의 주인공이 누군지 궁금해서 참을 수 없었던 나는 고개를 들었다. 거기엔 이태일이 있었다. 지호의 뒷모습 뒤로.

그래, 이태일. 이 학교에서 경찰에게 지호의 죽음에 대해 단서를 줄 수 있는 사람이 있다면 이태일이 유일할 것이다. 다행히 전교에 태일이란 이름은 한 명밖에 없었다. 종례를 마치고 나는 이태일의 반 앞에 서 있었다. 친구의 어깨동무를 받아 주며 나오던 이태일이 내 부름에 뒤를 돌았다. 이태일, 따라와. 이태일이 의아한 표정으로 밖으로 나온 명찰을 가슴팍에 달린 주머니에 집어넣었다.

어디까지 가는 거야? 돌계단의 중간쯤 올라왔을 때 이태일이 물었다. 나는 그 애보다 두 계단쯤 위에 있었고 멈춘 채 몸을 돌려 밑에 있는 이태일을 내려다보며 말했다. 오늘 지호가 죽었어. 이태일의 얼굴이 확 굳었다. 이마에 힘이 들어갔는지 숱 많은 눈썹이 내려갔다.

"너는 봤어?"

"뭘?"

"지호가 죽은 거 말이야."

"아니."

거짓말 하지 마. 넌 봤잖아. 난 봤어. 차마 창밖을 보지 못하고 복도로 나갔을 때, 너는 복도 창문에 서 있었어. 똑바로 밑을 바라보고 있었어. 지호를, 지호의 죽음을. 나는 못 봤지만 넌 봤잖

아. 난 알아. 지호는 널 기다리고 있었던 거야. 샐러드바 앞에서
줄곧.

"씨팔, 그래 봤어! 근데, 그래서 뭐! 걔가 죽은 게 내 탓이야?
그래?"

"난 몰라. 근데 넌 알잖아."

이태일의 이마에 땀범벅된 머리칼이 들러붙어 있었다. 금방이
라도 달려들 것처럼 빳빳하게 고개를 쳐들고 있던 이태일이 갑자
기 가라앉으면서 어깨에 힘을 빼고 담담한 표정으로 중얼거리듯
말했다.

"그냥, 창문이 열려 있으니까 호기심에 한번 들어가 본 거였어.
파란색 타일이 보이는 게 샤워실 같았어. 거기에 지호가 있었어.
페인트 냄새가 코를 찔렀어. 다짜고짜 달려들더라고, 그 미친놈
이. 상황을 이해하고 나니 걔가 내 위에 올라타서 내 목을 조르고
있더라. 내 얼굴 바로 위에 걔 얼굴이 있었는데, 와, 무슨 눈에 초
점이 없는 거야. 실핏줄이 다 터져서 빨간 거야. 진짜 죽는 줄 알
았지. 그래서 울었어. 숨이 막혀서 엉엉 울지도 못하고 거의 흐느
꼈지. 눈 감고 거의 진짜 황천강 보기 직전이었는데 갑자기 목이
느슨해진 거야. 일단 기침을 존나게 하느라 눈도 못 떴어. 똑바로
앞을 볼 수 있게 되니까, 울고 있더라. 나 말고 지호 말이야. 그리
고 밑이 축축한 게 나도 모르게 오줌을 쌌나 봐. 살았다 싶기도 하
고 쪽팔리기도 해서 나도 그냥 마저 울었지. 누가 보면 딱 오해하
기 좋은 자세로 누구라 할 것 없이 한참을 울었어. 걔가 먼저 그치
고 나를 멀뚱멀뚱 쳐다보는 거야. 난 그냥 걔를 밀치면서 뭐야, 이
새끼야. 한마디만 했어."

근데 아까 내 목을 조르던 힘은 어디 갔는지 힘없이 나가떨어 져서는 바닥에 대자로 눕더니 대뜸 지 얘기를 하는 거야.

"작년에 아버지가 돌아가셨어. 그때부터 본드를 불기 시작했 어. 외로워서였어. 매일 아버지에게 맞으면서 알코올 중독이든 암 이든 교통사고든 당장 내일 죽어 버렸으면 좋겠다고 항상 생각했 는데 아버지가 보고 싶어서 본드를 분 거야. 우습지? 엄마 얼굴을 알았다면 좋았을 텐데."

얘기를 들으면서 주위를 둘러보니까 검은 비닐봉지가 발에 채 일 정도로 굴러다니더라고. 진짜 죽을 수도 있었구나 하는 생각이 들면서 등골이 서늘한 거야.

"나는 아버지를 50번도 더 죽였어. 일단 비닐봉지 속으로 들어 가면 아버지를 죽여야 나올 수 있어. 안 그럼 그냥 계속 맞는 거 야. 약효가 떨어질 때까지 계속. 따뜻하고 그런 걸 상상해 보려고 했는데 안 되더라고. 한 번도 그래 본 적이 없으니까 당연한 걸지 도."

그 상황도 걔가 한 말도 그냥 다 당황스럽고 엿 같았는데 무슨 말이라도 해 줘야 될 거 같았어. 운 것도 그렇고 오줌 싼 게 너무 쪽팔려서 그냥 되는대로 지껄였지.

"야, 괜찮아 새꺄. 중학교 때 본드 한번 안 해 본 애가 어디 있 냐? 이제 끊으면 돼."

"못 끊어."

"끊으면 내가 친구해 줄게."

진짜 그냥 막 한 말이었는데 웃더라. 그러니까 좀 사람 같아 보였어. 희멀건 게 꼭 귀신 같아서는. 웃고 보니 좀 만만하기도 해서 뒤통수를 냅다 갈기면서 끊으라고 욕을 했지. 실실 웃으면서 알겠대, 지호가. 다음 날에 와 보니까 비닐봉지도 싹 다 치워져 있고 본드 냄새도 안 나더라고. 1년 피우던 걸 하루 만에 끊은 거야. 믿어져? 그만큼 쉬운 거였는데 그 쉬운 걸 아무도 안 해 준 거야, 걔한테.

매일같이 그 건물에 가 봐도 덩치 큰 사내 새끼 둘이 타일 위에 쪼그려 앉아서 할 말이 뭐 있겠어. 시답지 않은 얘기나 해 주면 걔는 그냥 듣고만 있었어. 내 말이 끝나면 또 침묵. 더럽게 어색해서 그냥 밥은 먹었냐, 나 올 때까지 뭐 했냐, 이딴 거나 물어봤어. 그럼 맨날 답이 똑같았어. 안 먹었어, 그냥 있었어. 진짜 답답하고 하나도 재미없었지. 근데도 또 본드를 불까 봐, 그날 본 개 모습이 잊히질 않아서, 그냥 갈 때마다 본드 냄새 안 나는 거에 기뻐서 샐러드바에서 샌드위치를 만들어서 찾아가곤 했어.

이상하게 지호를 만나려면 항상 그 건물에 가야 했어. 신기하게 같은 학교 같은 학년인데도 마주친 적이 없었어. 그러다 언제, 어쩌다 창밖으로 지호 머리를 본 적이 있는데, 나도 모르게 창문을 닫고 창가에서 물러났어. 그제야 드는 생각이, 어쩌면 이전에 지호가 먼저 나를 발견하고도 내가 자길 발견하기 전에 도망쳤을지도 모른다, 나처럼. 그땐 왜 그러는지 정확하게 설명할 수 없었는데, 지금은 어렴풋이 알아. 무서웠던 거야, 개도 나도. 개는 버림받을까 봐, 나는 개를 완벽히 책임질 수 없을까 봐, 그러니까 버릴까 봐.

그렇게 한 달이 갔어. 금세 여름이 오고 중간고사가 코앞인 거야. 아무리 상고 다니는 새끼라지만 고삼 정도 되니까 해야겠다

싶더라고. 딱 열흘만 참으라고, 시험 끝나고 꼭 오겠다고, 그때까지 절대 본드 불지 말고 기다리라고, 안 불고 잘 기다리면 상으로 샌드위치 말고 다른 맛있는 걸 사 오겠다고 했어.

떡볶이. 지호가 떡볶이가 먹고 싶다고 했어. 대답 말고 자기 생각을 말한 게 아마 그때가 처음이었던 거 같아. 초딩 때 이후로 해본 적이 없는 새끼손가락 걸기도 하고 엄지로 도장도 찍었어.

분명 처음 의도는 그랬는데 하루 이틀 하고 보니 공부는커녕 좀이 쑤셔서 책상에 앉지도 못했지. 한 달 동안 폐건물로 하교하느라 못했던 걸 다한 거 같아. 옆 반 소미랑 영화도 보고, 하루 종일 만화방에 처박혀 있기도 하고 애들이랑 노상 까면서 술로 날밤도 새고, 친구들이랑 놀면서 일주일을 보냈지.

3일째 마지막 시험을 끝내고 애들이 당일치기로 해운대를 가재. 일주일 동안 자유를 만끽하다 보니까 그 좁고 이젠 덥기까지 한 샤워실로 돌아가기 싫은 거야. 딱 10일째 되는 날이었어. 내일 가면 되겠지, 하루 늦으면 어때. 내일 꼭 가자 하고 되뇌면서도 실은 알고 있었던 거 같아. 대한민국 흔한 남고생이 그렇듯 태어나서 한 번도 누군가를 돌봐 본 적 없는 난, 어설픈 보살핌 흉내와 부담감에 싫증이 난 거야.

밤새 마신 술로 속이 쓰린 상태로 새벽차를 타고 올라와 학교에 등교해서 종일 잠만 잤어. 그리고 6교시였나, 체육 시간이 돼서야 일어났어. 신나게 축구를 하는데 몸을 움직이니까 숙취가 좀 풀리더라고. 그러다 내가 공을 잡았어. 여자애들이 환호하는데 우쭐했어. 옆 반 동시 체육이라 소미도 있고 해서 꼭 골을 넣어야겠다 싶었지.

세 명쯤 상대편 애들을 제쳤는데 옆에서 친구 놈이 패스를 하란 거야. 무시하고 달렸지. 그리고 골대를 겨냥해서 공을 찰 준비를 했어. 근데, 눈앞에 지호가 있었어. 골대 뒤 골키퍼 옆에. 하얀 그물 뒤로 온몸이 조각조각난 것처럼 서 있었어.

근데 이상했어. 난 그 순간이 부끄러웠어. 그대로 뒤돌아 달렸어. 물론 드리블을 하면서 말야. 우리 편 애들은 무슨 상황인가 싶어 날 보고 있었나 봐. 심장이 두근거렸어. 나는 우리 편 애들을 제치고 달려가 골을 넣었어. 자살골이었지. 골을 넣고 멍하니 서 있는데, 누군가 나를 밀쳐서 인조 잔디 위로 넘어졌어. 아마 처음에 자기한테 패스하라고 했던 놈이었던 것 같아. 반 애들은 더위 먹고 잠깐 정신 나간 놈으로 기억했겠지만, 아니 아무도 몰랐겠지만.

우리 둘은 알고 있었어.

그 뒤로 지호가 눈에 띄는 일은 없었어. 아무 일도 없었던 것처럼 다시 일상으로 돌아왔어. 뒷산을 오르고 싶었던 적이 한 번도 없다면 그건 거짓말이야. 하지만 갈 수 없었어. 이번에 가면 혼자 돌계단을 올라가서 둘이 내려와야 할 것 같았어. 그리고 그대로 학교를 벗어나 정문 앞 분식집에 가서 떡볶이를 시키게 될 것만 같았어. 언제나 나는 그 파랗고 눅눅한 샤워실에 지호를 남겨 두고 혼자서 내려왔거든.

지호를 다 잊은 척하면서 아무렇지 않게, 아무것도 없이 시간은 흘렀어. 빌어먹을 샐러드바 근처에는 얼씬도 안 했지. 근데 소문이 돈 거야. 웬 미친놈이 먹지도 않을 거면서 시도 때도 없이 샐러드바 앞에 서 있는다고. 갈 때마다 있어서 거슬려 죽겠다고. 전교생 중에 지호 이름을 모르는 애가 없었지.

어느 날은 내 친구 놈이 나한테 와서 지호를 밀쳤다고, 세게 밀지도 않았는데 나자빠지더라고 자랑하듯 킬킬대면서 이야기하는 거야. 그러곤 지호한테 본드 냄새가 났다고 했어. 자기가 중학교 때 불어 봐서 잘 안다며 말이야. 신고하면 정학은 먹을 거라고, 그럼 일주일은 편하게 샐러드바를 먹겠다고 좋아했어.

그날 떡볶이를 사 들고 돌계단을 올랐어. 창문을 열자마자 본드 냄새가 훅 끼쳤어. 한동안 보이지 않던 검은 비닐봉지가 바퀴벌레처럼 파란 타일 위를 기어 다니고 있었어. 지호는 없었어.

왜일까, 나는 안심했던 것 같아. 지호가 없었던 거에, 본드 부는 모습을 직접 보지 않아도 된다는 거에. 그냥 계속 샤워실에 덩그러니 혼자 서서 기다렸어. 손에 쥔 떡볶이가 찝찝하게 밍밍한 온기를 띨 때즈음, 지호가 들어왔어.

지호는 내 예상과 다르게 울지도, 화내지도 않았어. 말없이 멈춰 서 있었어. 나는 떡볶이를 지호와 나 사이의 짧다면 짧고 멀다면 먼 거리에 던졌어. 봉지가 터졌는지 탁한 빨간색 국물이 파란 타일의 하얀 홈을 따라 길게 퍼지기 시작했어.

"샌드위치는?"

"없어. 앞으로도."

"이럴 바엔 떡볶이 따위보다 샌드위치가 더 좋아."

"네 맘대로 해. 난 상관없어."

지호와 내 쪽으로 파인 홈을 따라 퍼지던 국물이 어느 누구에게도 닿지 못하고 멈췄어. 지호가 내게 걸어왔어. 멈춰 버린 벌건 국물을 밟고서.

"이젠 비닐봉지 속에서 너를 봐. 너는 그 속에서 항상 샌드위치를 들고 와. 나는 똑같은 얘기를 듣고 똑같은 타이밍에 바람에 날리는 네 머리카락을 봐. 넌 날 때리지 않는데 너무 아파. 그런데도 깰 수 없어. 약효가 떨어질 때까지 난 아무것도 할 수 없어. 난 어떡해야 해?"

지호와 나 사이에 고작 두 걸음 정도 남았을 때였어. 달짝지근한 싸구려 조미료 냄새가 본드 냄새와 뒤섞여 찝찝한 여름 공기와 함께 샤워실을 가득 메웠어. 구질구질했어. 모든 게. 본드도 불지 않은 상태의 지호를 두려워하는 내가 제일. 땀 때문에 물먹은 솜처럼 무거운 몸을 텁텁한 더위가 짓눌렀고, 나는 폭발했어.

"날 죽여! 그냥 날 죽이란 말이야! 쉰 번이고 백 번이고 죽여!"

나는 샤워실 모서리, 하수구로 이어진 수채 구멍을 밟고 있었고 소리 지른 그 순간 뻥 뚫린 것처럼 주위가 선명해졌어. 매미 소리가 들렸어. 아직도 여름이구나, 생각했어. 날 보고 있지만 날 보고 있지 않은 지호의 텅 비어 버린 동공을 뒤로하고 나는 마침내 샤워실을 완전히 나왔어.

*

어느새 노을이 지고 있었다. 태일이의 얼굴이 반쯤 빨갛게 물들었다. 태일이도 나도 긴 얘기를 불편하게 서서 말하고 들었다.

"들어도 난 잘 모르겠어."

"넌 몰라도 돼. 중요한 건 내가 알고 그 애가 알았단 거야. 아무도 몰랐지만 우리 둘은 알았어."

"어쨌든 넌 아무것도 선택하지 않았어. 그건 잘못이야."

"난 지호를 선택하지 않는 것을 선택한 거야."

"아니, 넌 아무것도 선택하지 않았어. 지호를 선택하지도, 지호를 완벽하게 보내 주지도 못하고 있잖아."

"네가 뭘 알아?"

"복도 창문 앞에서 밑을 내려다보던 네 표정을 봤으니까. 넌 못 봤잖아. 가끔은 너 자신에 대해 생판 모르는 남이 더 잘 알 때가 있어. 우린 잘못된 선택을 할 수 있어. 네 잘못된 선택으로 지호가 죽었다고 해도 넌 잘못이 없어. 왜냐면 어리기 때문에 충분히 아프니까. 하지만 선택을 해야 해. 그래야만 네 잘못된 선택이 정당해져. 그 누구에게도 아닌 너에게."

"넌 뭔데?"

"아무것도 선택하지 못하는 사람."

*

나는 독서 동아리실에서 윌리엄 셰익스피어의 「안토니우스와 클레오파트라」를 읽고 있었다. 클레오파트라는 젊은 시절의 자신을 회상하면서 말했다. "My salad days, when I was green in judgement." 판단이 미숙했던 나의 풋내기 시절.

누군가 동아리실로 걸어오는 기척을 느낀 나는 이제 지호는 없는데도 습관처럼 책꽂이 뒤로 숨었다. 태일이었다. 태일이는 꼭 지호가 서 있던 그 자리에 서서 반으로 갈린 핫도그 빵을 집어 펼쳤다. 그리고 집게를 들어 먼저 양상추를 집었다. 앞으로 어떤 샐러드를 넣든 만들기를 시작한 이상 분명 맛있는 샌드위치가 만들어질 것이다. 기분 좋게 싱그러운 예감이 들었다.

웃을 수밖에 없는 이야기

광주동신여자고등학교 3
정지민

웃지 마라. 지금부터 당신과 일 대 일 게임을 시작하겠다. 룰은 간단하다. 당신은 이야기가 모두 끝날 때까지 웃지 않기만 하면 된다.

당신은 가장이다. 곰 같지만 당신이 보듬어 줄 수밖에 없는 아내가 있고 똑똑해서 가끔 당신을 무시하는 어린 자식 새끼가 하나 있다. 그런 당신은 출근길에 올랐다가 다시 집으로 돌아가는 중이다. 중요한 서류 가방을 놓고 와서? 만성 무좀인 당신에게 필수품인 발가락 양말을 깜빡해서? 그것도 아니면 실은 얼마 전 구조조정으로 회사에서 해고당했고 계속 출근하는 척해 왔다는 사실을 고백하러? 아니, 전부 틀렸다.

당신은 신사역 4번 출구에서 강도를 만났다. 후들거리는 다리로 방금 올라온 계단을 당신은 다시 내려가야 했다. 그는 당신의 옆구리에 총구를 들이밀고 속삭인다.

"뒤돌아보지 마. 이건 진짜 총이다."

목덜미에 닿는 숨이 간지러워 당신은 팔에 오소소 소름이 돋는다. 그 순간 당신은 총의 안전장치가 빙그르르 돌아가 철컥, 해제되는 소리를 똑똑히 들었다.

당신은 그와 함께 집으로 가는 지하철에 오른다. 말도 안 된다, 포기가 너무 쉽다고? 직접 경험해 보라. 당신은 보이지 않는 등 뒤로 느껴지는 완연한 인기척과 옆구리를 짓누르는 섬찟한 감각에 온몸의 근육이 긴장으로 죄어 오고 눈물이 차오른다. 누군가 당신을 발견하고 도움을 줬으면 좋겠지만 출근 시간의 지하철은 너나 할 것 없이 다닥다닥 붙어 뒤통수밖에 보이지 않는 데다가, 설사 누군가 우연히 고개를 돌려 울고 있는 당신을 발견하더라도 금방 스마트폰으로 고개를 박을 것이다. 그때 그가 총구를 강하게 쑤셔 박으면서 말한다. 웃어. 그래, 그때 당신은 오랜만에 기아가 야구에서 완승했다는 스포츠 기사를 읽으면서 웃고 있었다.

눈물인지 땀인지 모를 액체가 속눈썹에 매달려 눈앞이 부옇고 머리가 어지러운 당신은 지금 웃고 있다. 빌어먹을 총구 때문이다. 발이 아는 길을 따라가고 있던 당신에게 그가 말한다.

"약국에 좀 들르지."

당신은 우뚝 멈춰 선다. 앞에는 세 개의 갈림길이 있다. 맙소사, 당신은 말한다.

"길을 모르겠어요."

그는 침묵한다. 당신은 긴장으로 괄약근에 힘이 들어간다. 하지만 당신은 정말 모르겠다. 머릿속이 온통 새하얀 가운데 선명한 건 최대한 억지로 당겨 올린 입꼬리뿐이다.

"아니, 넌 알고 있어. 앞사람을 따라가면 되잖아."

당신은 무슨 소리냐고 욕을 지껄이고 싶어지지만 따라가라니까 앞에 있는 아줌마를 따라간다. 직진이다. 길을 잃은 아이들에겐 직진 본능이 있다던데. 당신은 이런 상황에 갑자기 떠오른 생각이 어이가 없어서 피식, 실소를 흘린다.

"그나마 좀 낫군."

그의 칭찬에 어쩐지 당신은 아무래도 상관이 없어진다.

아주머니를 따라가자 큰길이 나오고 진짜로 길 건너에 약국이 보인다. 당신은 손을 들고 신호등을 건너는 여유까지 보이며 뒤에서 그가 속삭이는 것들을 산다. 메탄올, 마취약, 붕대.

하얀 비닐봉지를 달랑달랑 들고 집으로 가면서 당신은 어쩐지 그가 만만해진다. 내가 재빠르게만 군다면 충분히 총을 뺏을 수 있지 않을까? 당신은 팔꿈치를 세운다. 그 순간 탕, 당신은 앞으로 고꾸라진다. 옆구리가 찢어졌고, 후벼 파이고 있고, 타고 있다.

"웃으라고 했잖아. 다 네가 자초한 거야. 예정보다 빨랐군."

그가 당신을 골목 구석으로 질질 끌고 간다. 그러곤 옷 위로 메탄올을 콸콸 들이붓는다. 당신은 아프다고 소리를 지르지만 실상은 흐느낌에 가까운 작은 소리로 새어 나온다.

"엄살이 심하군."

그는 중얼거리며 뭔가를 들이 붓는다. 마취약이다. 그러면서 다시 말한다.

"웃어."

당신은 왈칵 눈물이 차오른다. 빌어먹을, 빌어먹을. 욕을 침처럼 줄줄 흘리며 웃는다.

그가 당신의 뺨을 쳐 깨우고 당신을 뒤에서 일으켜 세운다. 정신을 차리고 눈에 보이는 건 지긋지긋한 골목길이다. 당신은 멍한 상태로 그냥 걷기 시작한다.

아직 대출이 남은 당신의 2층 주택이 보인다. 현관문 앞에서 머뭇거리는 당신에게 그가 칼을 쥐어 준다. "다 죽여." 당신은 열쇠로 문을 여는 척하다가 뒤돌아 그에게 칼을 꽂는다. 그가 당신을 엎어치고 열쇠를 빼앗아 문을 열고 유유히 안으로 들어간다. 탕, 탕. 깔끔한 총성이 두 번 울린다. 바닥에 엎어진 당신의 눈에는 피가 묻은 그의 구두 굽만 보인다.

현관문은 열려 있고 그는 사라졌다. 당신은 무릎을 꿇고 앉아 칼끝을 배에 갖다 댄다. 자, 이다음에 이어지는 당신의 행동은? 찌른다? 죽음은 가장 낭만적인 회피니까? 아니, 이번에도 틀렸다.

당신은 웃는다. 바닥에 머리를 박고 끅끅대며 몸을 들썩일 만큼 온 힘을 다해 웃는다. 그럴 수밖에, 당신은 웃을 수밖에 없지 않은가. 세상이 내 아내와 아들의 시신처럼 아무리 참혹하더라도 살아야 하기에, 웃으면서. 당신은 문득 전에도, 자주, 이런 적이 있었던 것 같은 기분이 든다.

자, 지금 당신은 웃고 있는가? 거울을 보라. 거기에 있는 우리들의 일그러진 영웅의 얼굴을 똑똑히 보라. 당신은 웃음으로써 당신의 평화와 안녕을 지켰다. 웃고 있는가? 그렇다면 이 게임의 승자는 당신이다.

회귀

고양예술고등학교 3
김하윤

노인은 돌아간다.

엊저녁에 노인은 아내의 이름을 불렀다. 밥을 먹자고 불렀다. 아내는 대답이 없었다. 노인은 숟가락을 두 개 놓으면서 다시 아내를 불렀다. 여전히 대답이 없었다. 노인은 식지 않도록 냄비 뚜껑을 덮어 두고 욕실 문을 두드렸다. 여보, 여기 있어? 대답이 없자, 노인은 문을 열었다.

아내는 거기에 없었다. 아니 아무것도 없었다. 노인은 한 번 더 부르려던 아내의 이름을 삼켜 버리며 생각했다. 잊은 건가, 또? 노인은 조용히 욕실에서 나와 부엌으로 돌아왔다. 식탁에 앉아 노인은 밥을 한 숟갈 삼켰다. 따뜻했다. 혼자 놓인 숟가락 하나가 보였다. 또 잊었구나. 노인은 고개를 숙였다. 그리고 중얼거렸다. 돌아갈 때인가?

그래서 노인은 돌아간다. 온수로 몸을 씻고 새 셔츠를 꺼내 입는다. 손톱을 깎고 냄비에 남은 국은 변기에 버린다. 집 청소는 금방 마친다. 남은 게 없어 버릴 것도 없다. 별 내용 없는 유서는 식탁 유리 아래 끼워 둔다. 거실에 매트리스를 깔고 베개를 두 개 놓는데, 하나는 새 베개다. 잠시 아내를 떠올리다 노인은 창밖을 본다. 날이 따뜻하다. 꽃이 다 진 벚나무에 새순이 돋는다. 봄바람이 불자 노인의 입가에 엷은 미소가 서린다. 기분이 유쾌하다. 노인은 거실을 한 바퀴 돈다. 온갖 생각들이 번개처럼 떠오르다 사라지고, 곧 머릿속이 깨끗해진다. 근 10년간 너무 오래 살았다는 생각을 매일 해 왔다.

모든 것을 끝낸 노인은 마침내 불을 끄고 눕는다. 편안한 자세다. 몸이 나른해진다. 양손이 저절로 마른 배에 올라가고 뱃속이 가라앉는다. 아, 이제야 죽는구나. 나이가 드니 죽을 날 정도는 가뿐히 알게 된다. 노인은 눈을 감고 참 이상했던 어제를 떠올린다. 내려간 눈초리가 행복해 보인다. 곧 어두운 집 안이 숨소리만 남고 고요해진다.

몇 분의 시간이 흐른다. 노인이 흠뻑 젖은 솜덩이처럼 힘겹게 눈을 뜬다. 옆방에서 자꾸만 물소리가 나는 탓이다. 찰랑찰랑. 일정하지만 거슬린다. 노인의 갈색 눈동자가 동그랗다. 잊고 있던 것이 기억난 듯 당황스런 표정이다. 잡념이 사라진 노인의 머릿속이 차츰 복잡해진다. 노인은 눈을 끔벅이며 고민한다. 일어날까말까, 죽을까 말까? 머잖아 노인은 팔에 힘을 준다. 발을 땅에 딛자마자 무릎이 시큰하다. 기분이 확 가라앉는다. 노인이 느릿느릿 거실 옆에 붙은 방으로 걸어간다. 옷가지 따위를 넣어 두는 작은 방이다. 문을 열자 구석에 놓인 작은 수조가 노인을 반긴다. 노인이 엉거주춤한 자세로 쭈그려 앉아 수조 속을 들여다본다. 물소리는 죄 여기서 난 것이다. 큼직한 돌 위를 본다. 거북 한 마리가 엎드려 있다.

너 왜 여기 있니? 노인이 묻는다. 거북이가, 여기, 왜? 기억해 내는 과정은 시간이 꽤 걸린다. 물을 찰박이는 거북을 몇 번이나 바라보고 나서야, 노인은 떠올린다.

잊고 있었다는 사실이 놀랍다. 막 아끼진 않아도 잊지 않고 챙겨 주던 거북이다. 노인은 서둘러 사료를 꺼내 물속에 넣어 준다. 거북이 먹는다. 뻐끔뻐끔 먹는다. 노인은 사료를 쥐었다 놓았다 하다 문득 거북의 수명을 기억해 낸다. 못해도 20년은 산다고 아들놈이 그랬던 것 같은데, 이 거북은 고작 3년밖에 키우지 못했다. 죽은 노인이야 매일같이 저를 찾아오는 봉사자가 발견하겠지만 거북은 아니다. 버려질지 팔릴지 모르는 일이다. 봉사자가 데려간다면 얄궂게 생긴 어린 딸이 만지는 것도 그것대로 싫다. 어떻게 해야 좋을지 모른다. 나름 정든 거북이다. 노인은 검지를 넣어 거북의 등딱지를 만진다. 빛바랜 주황색 육각형 무늬가 물결에 찰랑인다. 노인의 눈이 웃는다. 거북을 볼 때면 늘 이런 표정이다. 노인은 가만히 수조를 바라본다. 그러자 거북도 저를 보고 웃는 것만 같은데, 그 모습이 꼭 노인에게 위로를 건네는 듯하다. 돌아가면, 다 괜찮아질 거야. 노인은 슬슬 미소를 짓다가 중얼거린다.

"너도 돌아가고 싶으냐?"

거북이 돌 위로 기어 올라간다. 노인은 방 안을 살핀다. 그리고 얼마 안 있어 20년도 더 된 커다란 여행 가방을 찾아낸다.

거북은 아들이 줬다. 독일서부터 비행기를 태워 왔다는 말에 노인은 헛웃음을 쳤다. 아버지 혼자 있기 적적하실 것 같아서요. 친구 하세요. 바닷가에서 주웠는데 어부가 가져도 된다고 했다는 아들의 표정이 당당했다. 노인은 웃다가 릴리에게로 고개를 돌렸다. 내버려 두라는데도 거실에 앉아 30분째 꼿꼿이 농협에서 사 온 수조를 꾸미는 중이었다. 완성되어 가는 폼이 썩 괜찮았다. 노인은 물에 젖은 릴리의 새하얀 손을 보았다. 그녀는 붉은 곱슬머리를 가진 아들의 아내다.

"마흐나티 고부."

마지나타 거북. 릴리가 말하자 아들이 통역사 행세를 했다. 릴리는 노인이 독일어를 조금 한다는 걸 알면서도 늘 어색하게 한국말을 톡톡 내뱉었는데, 노인은 그 점이 못마땅했다. 이흐 베르센. 나도 안다. 노인이 부루퉁하게 독일어로 대답하면 릴리는 까르르 웃었다. 그 미소가 너무 환해서 노인은 자주 말문이 막혔다.

수조에는 돌과 풀이 잔뜩 깔렸다. 아들이 잘했다며 릴리를 칭찬했다. 머리를 쓰다듬어 주는 손톱이 가지런했다. 릴리와 결혼하고부터 아들은 손톱을 뜯지 않았다. 독일에 있으면 모든 것이 괜찮아진다는 말이 사실인 셈이었다. 노인은 새삼스레 아들을 바라보다 거북으로 눈을 돌렸다. 덩치도 큰 것이 거실을 발발 기어 다니고 있었다. 노인이 궁금해서 물었다.

"독일 거북이면 독일어만 알아듣는 거 아니냐?"

그러자 아들이 웃으면서 대답했다.

"그럼 독일어로 말씀하시면 되죠."

노인은 입을 다물었다. 대화에 끼지 못하는 릴리는 조심스레 거북을 들어 올렸다. 팔다리를 버둥거리다 물에 들어가자마자 잠잠해지는 모습이 퍽 귀여웠다. 아들은 수조를 방으로 옮겨 준 다음 사육법을 알려 주었다. 노인은 건성건성 들었다. 애초에 동물엔 별 관심이 없는 노인이었다. 나중에 양로원에나 가져가야겠다고 생각하던 참에, 릴리가 치고 들어왔다.

"나멘? 이루?"

거북이 이름 뭐냐고 물어요. 아들의 통역에 노인은 적잖이 당황했다. 속을 들켰는데 마땅히 떠오르는 답이 없었다. 그, 으음, 에이, 거북이 거북이지 뭐니……. 노인이 얼버무리자 눈치를 챈 아들이 릴리에게 귓속말로 속삭였다. 둘은 웃음을 터뜨리며 대화했다. 너무 빨라서 노인은 알아듣지 못했다. 이름은 금세 뒷전이었다. 노인은 애꿎은 수조를 손등으로 툭툭 쳤다. 거북은 바닥에 가라앉은 사료를 찾아 먹고 있었는데, 보고 있자니 배가 고팠다. 노인은 부엌으로 가 흰죽 냄비에 불을 올렸다. 그러자 릴리가 노인을 말리며 앞치마를 둘러맸다. 릴리가 만들기 시작한 저녁거리는 토마토와 밀가루가 주재료였다. 바질 향이 좁은 집 안을 가득 채웠다. 요리가 완성되었지만 노인은 수프만 몇 입 먹고 말았다. 금방 숟가락을 내려놓자 릴리가 걱정했다. 노인은 입맛이 없다며 남은 것을 몽땅 아들에게 줬다. 아들은 싹싹 긁어 먹었다. 식사를 마친 아들 부부가 설거지를 하는 동안, 노인은 냉장고에서 김치를 꺼내 몇 조각 찢어 먹었다.

비자 문제로 부부는 한국에 며칠 머물지 못했다. 아들과 노인은 서로 아쉬운 티를 내지 않았다. 릴리만 무척 섭섭한 듯 노인의 손을 잡고 쉽게 놓지 못했다. 본디 감정 표현이 많은 여자였다. 나 죽으면 울어 줄 사람이 생겼어. 오죽하면 아내가 살아 있을 때 릴리에게 이렇게 말했을까. 그것은 무뚝뚝한 노인에 대한 아내의 가

벼운 투정이기도 했다.

릴리를 달래 화장실에 보내고 노인과 아들은 공항 의자에 나란히 앉았다. 나흘 만에 돌아가느라 짐은 무겁지 않았다. 캐리어를 허벅지 사이에 끼운 채 아들은 공항 안의 푸른빛이 참 예쁘다고 했다. 노인은 대답하지 않았다. 대화를 이어 갈 이야깃거리를 생각해 내는 중이었다. 밥은 먹었니 물으려다 아침에 함께 불고기 먹은 것을 기억했고, 돈은 부족하지 않니 물으려다 그래 봤자 해 줄 수 있는 게 없다는 것을 알고 관뒀다. 애석한 정적 속에서 아들이 입을 열었다.

"호수 어때요? 호수."

"뭐가?"

"거북이 이름 말예요. 집이란 뜻이잖아요, 독일어로. 한국어 호수도 좋고."

노인은 진지한 아들의 얼굴을 보고 피식 웃었다. 이 와중에 거북 이름을 짓고 있었다는 게 참 아들다웠다. 아들은 노인의 반응을 살피려 빤히 바라보다 손사래를 쳤다.

"제가 지은 거 아니에요. 아까 릴리가 지었어요. 아시다시피 릴리가 아버지를 좀 좋아해요."

노인은 제 얼굴에 속이 다 비치나 보다 했다. 부러 얼굴을 굳히며 노인이 말했다.

"됐다. 금방 죽을 거 이름 붙여 뭐해."

"거북이 수명이 얼마나 긴데요. 잘 키우면 20년도 산대요."

"나 죽으면 그만이야."

"그런 말씀을 왜 하세요."

"참, 너 옮긴 직장은……."

휙 넘어간 질문에 아들이 시선을 피했다. 늘 이런 식이다. 불리해지면 노인은 꼭 아들의 독일 생활을 걸고넘어졌다. 못마땅하다는 듯이 한쪽 입술을 비적이면서. 아들이 대답을 않자 노인의 잔소리가 잠시 이어졌다. 집부터 돈, 아이까지 가다 끝은 그래도 고향인 한국이 좋지 하고 맺었다. 아들은 성의 없이 고개를 끄덕이다 화장실에서 나오는 릴리를 보자마자 벌떡 일어나서 손을 흔들었다. 노인은 그만 입을 닫아 버렸다. 아들이 캐리어를 챙겨 일어났다. 갈 시간이었다. 야속한 시계와 아들의 둥그런 뒤통수, 릴리의 파란 원피스를 번갈아 보던 노인이 급하게 아들의 손목을 잡았다. 아들이 돌아보았다. 노인이 멍한 표정으로 아들을 바라보다가 물었다.

"호수?"

그러자 아들이 활짝 웃었다.

"네에. 호수요, 아버지. 집이란 뜻이요."

노인은 수조째로 거북을 가방에 넣으려고 애쓴다. 거북의 몸이 몇 번이나 뒤집힌다. 화가 났는지 배가 불그스름하다. 노인은 고민하다 결국 가방을 버리고 통을 찾아 씻는다. 접때 릴리가 사 온 이동용 통인데, 크기가 작고 윗부분에 숨구멍이 숭숭 뚫려 있다. 씻으면서 노인은 슬슬 졸리기 시작한다. 하기야 죽으려다 일어났으니까. 씻은 통을 찬장에 넣어 두고 노인은 화장실로 향한다. 손을 씻고 얼굴을 매만진다. 주름살이 깊다.

바다까지는 멀지 않다. 택시로 15분이면 금방이다. 다만 모래사장 입구에서 바다까지 제정신으로 걸어갈 수 있을지가 의문이다. 온몸이 축축 처진다. 수건에 붙은 얇은 머리카락을 떼어 내다가 노인은 순간 하려던 일을 까먹어 버린다. 밖으로 나와 물이 튄 수조를 보고 나서야 기억해 낸다. 돌려보내러 가지, 참. 찬장에서 통을 꺼내 돌과 거북을 넣은 다음 뚜껑을 덮는다. 노인은 집을 나선다.

봄이다. 초저녁인데 햇빛이 아직 남아 있다. 몇 걸음 못 가고 노인은 아파트 앞 벤치에 앉아 뚜껑을 연다. 빛을 못 받아 노상 등딱지가 젖어 있는 거북이다. 통을 조금 높이 들어 올리자, 거북이 돌 위로 슬금슬금 올라와 일광욕을 한다. 무늬가 살살 말라 가는 게 신기하다. 양손으로 통을 꼭 쥐고 노인은 등받이에 눕듯이 기댄다. 모든 것이 평화롭다. 보충 수업을 끝낸 아이들이, 퇴근하는 어른들이 군데군데서 걸어온다. 노인의 등 뒤엔 아까 창가에서 본 벚나무가 한 그루 서 있다. 노인은 통을 옆에 내려놓고 나무를 한 번 만져 본다. 보기보다 거칠다. 수십 년 전의 벚꽃이 꿈처럼 떠오른다. 문지르다가 노인의 손가락이 나무껍질에 살짝 찔린다. 핏방울이 고인다. 아프다. 문득 많은 감정들이 몰려와 노인은 회상을 멈춰 버린다. 여러모로 벚나무는 노인에게 좋은 기억이 아니다. 베게센(vergessen). 잊자. 중얼거리다가 노인은 놀란다. 독일에서 하도 달고 산 말이라 지금도 불쑥불쑥 튀어나오는 단어다. 노인은 애써 바다를 떠올린다. 근처에 있다는 것을 알고도 몇 번 가보지 못한 곳. 푸른 물과 비추는 달과 흰 거품과 가는 모래를 그려본다. 금세 기분이 괜찮아진다. 노인은 얼른 통을 집어 든다. 거북이 만족스럽게 물속으로 들어간다. 점점 어두워진다. 저만치에는 벌써 가로등이 켜졌다. 노인은 걷는다. 조금만 나가면 택시를 잡을 수 있다.

그때 노인은 서른이었고, 사내였다. 병이니 삼대독자니 갖은 이유를 대며 파병을 피하고 나니 가난이 그를 목 빠져라 기다리고 있었다. 어머니의 임종과 아내의 임신도 한꺼번에 찾아왔다. 가진 돈을 모조리 쏟아 장례를 치르고 사내는 무작정 파독 광부를 신청했다. 여든 명 중 한 명이 뽑히는 경쟁에서 사내는 운 좋게 선택받았다. 통보를 받자마자 사내는 아내에게 품 큰 원피스를 하나 얻어다 주었다. 임신한 여자는 갈 수 없었다. 가는 날에 사내는 한 손으로 여행 가방을 들고 다른 손으로 아내의 떨리는 어깨를 감쌌다. 다행히 무리 없이 배에 오를 수 있었다. 좁은 화물선에는 가난한 파독 광부와 그 가족들이 빼곡히 들어차 있었다. 끝도 없이 펼쳐진 푸른 바다를 바라보며 아내는 별로 부르지 않은 배를 쓸었다. 가는 내내 선창엔 아내 혼자였다. 사내는 멀미를 심하게 했다.

광부 일은 고되었다. 기본적인 독일어를 깨우치는 데만 넉 달이 걸렸다. 탄광 관리인은 나이에 비해 덩치가 어마어마했는데, 시퍼런 눈동자와 탁한 금발머리를 볼 때마다 사내는 매번 기함했다. 아침 6시에 일어나 지하로 내려가면 40도가 넘는 지열 속에서 8시간 이상을 일했다. 처음엔 꽤 기운차던 광부들도 대포 소리가 반복해서 들리면 곧 조용해졌다. 사내는 아예 입을 닫아 버렸다. 마냥 묵묵히 일만 했다. 할 말도 들을 말도 없었다. 돈이 간절했다. 간호사 일을 끝내고 먼저 돌아와 기절하듯 잠든 아내 옆에서, 사내는 가끔 베갯잇에 묻은 아내의 울음을 찾아내곤 했다.

아내는 조산했다. 독일에 온 지 꼭 150일째 되는 날이었다. 집주인 노파가 핏덩어리를 받고 탯줄을 끊어 주었다. 밤늦게 노파가 돌아가고 나서 아내는 억지로 몸을 일으켜 소파에 앉았다. 제 몸이 아닌 것 같았다. 피가 몽땅 빠져나가고 뼈마디 하나하나가 으스러지는 기분이었다. 캔 수프를 따려는데 손끝에 감각이 없었다. 피식 웃음이 나왔다. 소파는 등받이의 솜이 다 빠져서 허리가 힘없이 기울어졌다.

물에 잠긴 기분이었다. 숨을 고르게 내쉬며 아내는 사내를 생각했다. 광산에 있느라 끝내 함께 있어 주지 못했다. 사내의 반응이 자꾸만 상상되었다. 으응, 그래. 아들을 낳았니. 수고했다. 무뚝뚝한 남편. 가정만 생각하지만 그래도 아쉬운 건 어쩔 수 없는 사람. 아내는 애써 고통을 떨쳐 내며 포대기에 싸여 잠든 아이를 가만히 바라보았다. 예쁜 아이였다. 너무 예뻐서, 특히 속눈썹이 유난히 길어서 어쩐지 제 아이 같지가 않았다. 아내는 창밖으로 시선을 옮겼다. 날이 어둑해지고 있었다.

가로등과 달빛. 광부들의 숙소는 낮은 아파트가 비좁게 모여 있었다. 간판을 가려도 한국의 느낌은 없었다. 아내는 별이 총총 박힌 밤하늘을 구경하다가 문득 강렬한 향수를 느꼈다. 집에 가고 싶다. 집에 가고 싶어. 여보, 집에 가고 싶어요. 부푼 배를 쓰다듬으며, 아내는 천천히 베란다로 향했다. 하얗게 튼 살이 자꾸만 부러진 손톱에 걸렸다. 달빛이 아내의 몸을 쓸었다. 볼품없이 마른 몸이군. 달빛이 말했을 것이라고 아내는 생각했다. 그러자 병원 생각이 났다. 피 범벅의 거즈와 실눈을 뜨고 놓는 주사가 떠올랐다. 아내는 눈을 감았다 떴다.

아내는 계속해서 걸음을 옮겼다. 봄바람이 아내의 볼을 스치고 지나갔다. 바깥에 벚나무가 있었다. 빛을 받아 반쯤 희었다. 아내는 벚꽃을 바라봤다. 만개해서 예뻤다. 사내와 살던 고향에도 꼭 같은 벚나무가 있었다. 울컥 눈물이 흘러나오는 것을 아내는 꾹 참았다. 가까운 곳에서 독일인 부부가 싸우는 소리가 들려왔다.

아내는 미소를 지었다. 그리고 중얼거렸다. 아아, 돌아가야겠어. 아내는 난간을 잡았다. 떨어질 바닥은 가시덤불이었다. 고요한 밤이었다. 아이의 규칙적인 숨소리를 들으면서, 아내는 몸을 기울였다. 그때.

"여보."

사내의 목소리가 들렸다. 낮은 목소리가 아내의 텅 빈 뱃속으로 울려 퍼졌다. 아내는 꿈인가 싶어 눈을 떴다. 거기에 사내가 있었다. 벚나무 밑에서 그림자가 드리워진 얼굴로 아내를 올려다보고 있었다. 아내는 사내를 보았다. 둘의 눈이 마주쳤다. 갈색 눈동자가 동그랗게 아내를 보다가, 싱긋 웃었다. 사내가 물었다.

"뭐해?"

아내는 대답했다. 아무것도 아녜요. 사내가 물었다. 아들이라면서? 아내는 고개를 끄덕였다. 창백한 볼이 움푹 패었다. 사내도 웃었다. 바람이 불자 벚꽃 잎 몇 개가 사내의 머리 위에 떨어졌다. 어서 올라와요. 아내의 말에 사내는 들고 있던 봉지를 흔들었다.

"고기 사 왔어. 미역국 끓여 줄게."

거실에서 아이가 숨소리를 냈다. 아내는 푸스스 웃으며 말했다.

"얼른 오세요."

사내는 몇 걸음 옮기다가 멈춰 섰다. 아내는 베란다 창틀에 팔을 기대고 사내를 바라보았다. 사내가 다시 고개를 들었다. 아내가 눈썹을 올리며 물었다. 왜요? 섬연한 그 목소리에 사내는 말했다.

"우리 꼭 돌아갈 거야."

선명한 목소리였다. 바람이 불었고, 그 소리에 묻히지 않게 아내가 대답했다.

"그럼요."

어느새 밤이 깊었다. 사내는 계단을 오르고, 아내는 아이를 안았다. 그날 밤에 사내는 아내를 껴안고 말했다. 너무 늦었지? 아내는 사내의 가슴에 얼굴을 묻었다. 그제야 편안해졌다. 돌아갈 거야. 사내의 말에 아내는 대답했다. 그럼요, 그럼요. 돌아가야죠. 따뜻한 봄바람이 베란다로 흘러 들어왔다.

그러나 그들은 그 후로도 오랫동안 돌아가지 못했다.

노인은 택시를 탄다. 바다로 가 주시오. 기사는 곧장 출발한다. 노인은 통에 손을 가지런히 포개고 앉아 라디오를 듣는다. 모르는 여자가 모르는 소설의 구절을 낭독한다. 얼핏 릴리의 목소리와 닮은 것도 같다.

"우리는 모두 돌아가고 싶은 곳이 있어요. 그곳이 집이든, 고향이든, 그리운 사람이든……."

평범한 문장인데도 노인은 왠지 가슴이 뛴다. 감수성이 풍부해진 것도 늙은이의 장점이라면 장점이다. 귀 기울여 듣고 있는데, 별안간 기사가 라디오를 꺼 버린다. 터널에 들면서 지직거리는 소리가 영 거슬렸던 모양이다. 노인은 섭섭한 마음이 든다. 그러나 다시 틀어 달란 말은 않는다.

차가 빠르게 달린다. 어느새 밤이 다 되어 간다. 조용하던 기사가 거울로 눈을 마주치며 묻는다.

"바다엔 왜 가세요?"

"거북이 고향 보내러 가오."

그러자 기사가 하하 웃는데, 어쩐지 어이없는 웃음이다. 노인이 인상을 찌푸리며 기사를 보자 기사가 정색한다.

"웃겨서 웃은 게 아닙니다. 그냥, 그런 이유는 처음 들어 봐서요."

노인은 대꾸를 않는다. 기사는 말이 많다. 핸들을 잡은 손을 달싹이며 말을 시작한다.

"제가 고향이 부산이거든요. 아닌 거 같지요? 올라온 지 20년이 넘으니까 사투리도 다 까먹었어요. 참. 부산이 또 바다가 장난이 아니잖아요. 여기는 잽도 안 됩니다. 제가 고향에서⋯⋯."

그러나 어쩌다 보니 '여기'에 도착해 버린다. 택시가 멈추자 기사가 어색하게 말을 끊는다. 노인은 신경 쓰지 않는다. 돈을 내고 차에서 내린다. 기사가 뒷머리를 긁는다. 조금 안쓰럽다고 노인은 생각한다. 그러나 걷자마자 시큰한 무릎 통증에 금방 잊어버린다. 노인은 크게 비틀거린다. 어두워서 눈이 잘 보이지 않는다. 가물가물한 눈을 감았다 뜨며 노인은 고개를 든다. 어디서 짠 냄새가 진하게 흘러온다. 서서히 어둠에 익숙해지면서, 천천히 보이기 시작한다. 곧 눈앞에 펼쳐진 거대한 바다에 노인은 할 말을 잃는다.

마을 사람들만 아는 해수욕장이다. 깨끗하고 물도 맑다고 들었는데 얼추 사실이었다. 아까의 걱정은 금세 잊어버렸다. 노인은 입을 벌리고 걷기 시작한다. 사람이 아무도 없다. 바다라는 건, 그러니까 쉰 해 전에 배에서 아침을 게워 내다가 내려다본 것이 전부다. 밤이어서 바닷물은 푸른빛보단 검은색이다. 모래가 잘아서 노인은 순간 신발을 벗을 생각을 한다. 그래도 체면이 있는데, 아니⋯⋯. 어차피 내일이면 죽을 운명이다. 노인은 잠시 눈치를 보다가 낡은 신발을 벗어 버린다. 오른쪽 팔에 통을 끼우고 신발을 왼손으로 든다. 바다로 가로지르는 모래밭을 사뿐사뿐 걸으면서 노인은 어려진다. 청년이 되었다 소년이 된다. 부드럽다. 자꾸만 웃음이 비집고 나온다. 거북보다 제가 먼저 돌아온 기분이라고 노인은 생각한다.

아들은 잘 컸다. 말 그대로 잘 자랐다. 외모만 아니라면 독일인이라 해도 무방할 정도였다. 학교도 재밌게 다니고 친구도 많이 사귀었다. 부모와 영 딴판이었다. 뭐랄까, 독일을 제 고향으로 알고 있었다. 물론 사실이긴 하지만 노인은 그것이 영 불만스러웠다. 함께 저녁을 먹을 때면 노인은 내내 당부했다. 아들아, 그래도 네 고향은 한국이라는 점을 명심해라. 아들은 그 소리를 몹시 싫어했고, 사춘기가 찾아왔을 땐 아예 듣지 않기로 했다. 온종일 독일 것만 먹고 독일 것만 말하고 독일 것만 보았다. 언제는 아내의 결혼 예물 목걸이를 여자 친구에게 줘 버려서 노인이 죽을 만큼 팬 적도 있었다. 양손을 벽에 짚은 채 아들은 고래고래 소리를 질렀다. 우리는 독일인이고 내 고향은 독일이야! 그렇게 가고 싶음 아버지 혼자 한국으로 돌아가! 한마디가 끝날 때마다 노인은 입술을 깨물고 아들의 종아리를 때렸다. 시뻘건 살갗에서 아들의 첫 생일날 몰래 보았던 아내의 눈시울을 떠올리면서.

그렇게 15년을 살았다. 열다섯이면 그곳에선 어른이나 다름없었다. 어느 날, 아들은 더 이상 독일 이야기도 한국 이야기도 꺼내지 않게 되었고 노인은 이제 됐다 싶었다. 광부 일은 진즉에 그만두고 서점과 마트에서 계산일을 했다. 돈이 어느 정도 모여 여비와 집세 정도는 충분한 듯했고, 무엇보다 많이 늙었다. 아내는 가끔 노인에게 나지막이 말했다. 여보, 이제는 말예요……. 흐리는 뒷말을 노인은 알고 있었다. 너무나 잘 알아서 준비를 했다. 집을 알아보고 한국어 책을 샀다. 독일어가 더 익숙해져 버린 가족이었다. 아들은 의외로 별말이 없었다. 노인은 이것을 철들었다는 표현으로 대체하고는 신이 나서 아들에게 이것저것을 알려 주곤 했다.

"한국은 맛있는 것도 훨씬 많고, 여기보다 더 예쁘고, 사람들도 착해. 너 분명 가서 반할 거다."

그러면 아들은 미소를 지으며 긍정했다. 그뿐이었다. 다른 말도 행동도 없었다. 그즈음부터 눈에 띄게 밖에 자주 나가긴 했지만 노인은 신경 쓸 겨를이 없었다. 마냥 한국으로 돌아간다는 생각에 아내보다도 들떠 있었다.

그리고 집을 팔기 전 날, 아들은 독일에 남겠다고 했다.

"독일은 내 고향이에요. 피는 한국 것이지만 마음은 온통 독일에 있어요. 저는 여기에 남을래요. 독일이 너무 좋아요. 사람도 음식도 문화도 변하게 두고 싶지 않아요. 친구와 함께 살 곳을 구해 놨어요. 일단은 아르바이트로 충분히 먹고살 수 있으니까 걱정 마시고, 아무튼…… 혼자 이런 결정해서 죄송해요. 하지만 저는 진짜 한국으론 못 가요. 저는 돌아갈 곳 없어요. 내 고향은 독일뿐이에요. 엄마 아버지, 정말 죄송합니다. 하지만 이미 저는 독일인이 되어 버렸잖아요……."

처음부터 끝까지 독일어였다. 말이 끝나자마자 노인은 아들의 뺨을 때렸다. 어찌나 세게 때렸는지 곧바로 푸른 멍이 피어올랐다. 아들은 고개를 돌린 채 가만히 서 있었다. 아내는 울었다. 노인이 나가라고 외쳤다. 그래, 잘난 네 고향으로 떠나. 어서! 아들이 그대로 있자 노인은 다시 한 번 손바닥을 쳐올렸다. 손톱에 긁혀 파란 뺨에 붉은 핏방울이 맺혔다. 아들은 천천히 겉옷을 챙겨 입고 집을 나섰다. 날이 추웠다.

그 후의 일을 노인은 가끔 회상한다. 밤낮을 울면서 갈등하던 아내는 결국 그리움을 이기지 못했다. 노인은 아내와 함께 한국으로 돌아왔다. 아들은 한 달에 한 번 편지를 보냈고 1년 반 만에 부부는 아들을 용서했다. 아들은 스물이 되자마자 아내의 목걸이를 받았던 여자 친구 릴리와 결혼식을 올리고 한국으로 신혼여행을 왔다. 노인이 가이드를 맡았다. 가을의 경복궁 길을 거닐면서 아들은 수시로 감탄했다. 아버지, 한국은 궁궐이 참 예쁘네요. 아름다워요. 노인은 뿌듯한 마음으로 아들의 손을 잡았다.

아내는 릴리를 많이 아꼈고, 못해 준 게 너무 많아 아들만 생각하면 가슴을 치다가, 예순다섯에 광부였던 노인 대신 폐병을 얻어 죽었다. 노인은 그때 결혼하고 처음으로 울었다. 가슴에 구멍이 뚫려 뭘 해도 채워지질 않았다. 집 안에 아내의 흔적이 너무 많아서 숨 쉬기도 벅찼다. 그때 노인은 처음으로 돌아가고 싶다는 생각을 했다. 그러나 누구에게로? 아들, 고향, 혹은 사람? 노인은 알 수 없었다. 모든 것이 알 수 없었다.

소일거리로 하던 통역 일을 그만두고, 노인은 바닷가 근처 작은 집으로 이사를 했다. 고향의 집도 알아봤지만 집값이 비쌌다. 노인은 돌아오는 기차역에서 벚꽃 하나를 따 왔다. 봄이었다.

새로운 집도 나름 좋았다. 벚나무도 바다도 마음에 들었다. 거북을 키우고, 1년에 한 번 아들 부부가 오면 그 기다림으로 노인은 시간을 보냈다. 그러면서 천천히 노인이 되어 갔다. 노인이 된 후엔 시간이 더뎠다. 언제는 파독 광부로 겪었던 일을 소설로 써 볼까도 했지만 금세 관뒀다. 하루 종일 곡괭이를 쥐던 손가락이 제 마음대로 움직이질 못했다.

노인은 벌써 두 바퀴째 모래사장을 거닐고 있다. 딱히 지치지는 않는다. 신발은 어느 파라솔 밑에 내버려뒀다. 걷는 동안 노인은 바다에서 눈을 한 번도 떼지 않는다. 새까만 밤이 되자 바다는 이제 검은 유리처럼 빛나고 있다. 노인은 이 순간이 영원했으면 하는 유치한 생각을 한다. 콱 죽어 버릴까도 생각해 보지만, 발견해 줄 사람이 없을 것이 두려워 그만둔다. 세 바퀴쯤 돌고 드디어 진이 빠진 노인은 잔잔한 파도 앞에 주저앉는다. 하얀 거품이 보그르르 몰려왔다가 떠나간다. 노인은 바닥에 기대듯 누워 하늘을 바라본다. 별이 두 개밖에 없다. 독일에서는 꽤 많이 본 것 같은데……. 애꿎은 생각은 금세 멈춘다. 오래 안 있어 그는 팔꿈치가 아파 털썩 누워 버린다. 몇 번 하늘과 바다를 번갈아 보다가 그제야 거북을 떠올린다. 노인은 엎드린 채 통을 가까이로 끌어온다. 슬슬 돌려보내 줄 때가 되었다. 거북을 살펴보던 노인이 문득 이상한 것을 깨닫는다. 통이 씻지 않은 듯 유난히 더럽다. 그러니까, 사방에 숨구멍이 뚫려 있어야 할 작은 이동용 통이,

온통 꽉 막혀 있다.

가슴이 철렁 내려앉는다. 뚜껑에 붙은 파란 락앤락 스티커가 보인다. 여태 거북을 넣어 들고 온 통은 노인의 반찬통이다. 비슷하게 생겨서 화장실에 다녀온 사이 다른 것을 가져온 듯싶었다. 노인의 손이 잘게 떨린다. 그 손으로 거북을 꺼낸다. 돌 위에 엎드린 거북은 사지를 축 늘어뜨리고 있다. 등딱지의 무늬를 보면서 노인은 갑자기 추위를 느낀다. 춥다. 너무나 춥다. 겨울바람처럼 모든 것이 매섭다. 노인은 거북을 들어 이리저리 살핀다. 자는지 뭘 하는지 알 수가 없다. 죽음이라는 단어는 쓰고 싶지 않다고 노인은 생각한다. 먼저 맥박을 확인하자, 그런데 심장이 어디 있는

지 모르겠다. 확실한 것은 몸이 차갑다는 것이다. 아아, 원래 차가웠던가? 기억이 나지 않는다. 노인은 한동안 가만히 앉아만 있다.

노인이 고개를 든다. 피곤이 파도처럼 노인의 몸을 덮쳐 오기 시작한다. 노인은 바다를 향해 고개를 돌린다. 여전히 새까만 색이다. 아직 동이 트려면 멀었다. 노인은 문득 제가 죽은 것을 안고 있다는 사실에 화들짝 놀란다. 거북은 두 눈을 꼭 감고 있다. 처음 보는 모습이다. 노인은 무릎을 끌어올려 감싸 안는다. 몸이 잘게 떨리는데도 거북을 내려놓지 못한다. 노인은 바다를 향해 고개를 돌린다. 달빛이 은은하다.

노인은 눈을 감았다가, 천천히 뜬다. 그러자 주변이 환해져 있다. 노인은 눈살을 찌푸리며 바다를 본다. 검은 바다가 어느새 새파랗게 변해서 찰랑거리고 있고, 그 너머로 분홍빛 무언가가 파도처럼 몰려오고 있다. 노인은 고개를 쭉 뺀다.

꽃잎이다. 꽃잎이 수도 없이 노인을 향해 쓸려 오고 있다. 벌써 몇 개는 노인의 곁에 다다른다. 벚꽃이다. 노인은 어디에서 온 꽃일까 떠올려 본다. 집 앞일까, 독일일까, 혹은 고향일까……? 노인은 계속해서 벚꽃 더미를 바라본다. 바다가 점점 분홍빛으로 물든다. 노인이 웃는다. 환한 웃음이다. 노인은 크게 숨을 들이쉰다. 그리운, 잊을 수 없는 향이다. 어릴 적 집 앞에 피어 있던 그 꽃향기일까? 아니면 젊은 아내에게서 맡았던 것일까? 왜 자꾸 잊을까? 왜 잊고 있었을까? 잊힐 것이 너무 많아 노인은 고개를 숙인다.

노인은 거북을 본다. 거북의 등딱지가 반질반질 달빛에 빛난다. 편안히 잠들어 있는 중이라고 노인은 생각한다. 벚꽃이 천천히 바닷속으로 녹아들고 있다. 그 모습을 바라보던 노인은 더 늦기 전에 손을 뻗는다. 그리고 꽃잎이 머물던 자리에 거북을 놓는다. 아주 조심스런 손길이다. 밤바다와 어울린다. 그 바닷속으로 노인은 거북을 밀어 준다. 차츰 물이 밀려왔다가, 밀려들어 가면서, 거북이 분홍빛 바다로 사라져 간다. 노인은 숨을 들이쉰다.

거북이 마침내 어둠 속으로 사라져 버린다. 고향으로 간다. 호수. 호수가 바다로 돌아가고 있구나. 꽃향기를 맡으며 노인은 거북의 이름을 곱씹는다. 보고 있자니 입술 사이로 가족들의 이름이 차근차근 새어 나온다. 아들의 이름을 부를 땐 조금 더 크게 달싹인다. 노인은 오랫동안 고향을 생각한다. 꽃향기가 노인의 몸을 아직까지 감싸고 있다. 쓸쓸한 밤이 깊다. 하지만 아침이 오면 노인은 집으로 돌아갈 것이다.

노인은 돌아간다.

어항이 없는 금붕어

단원고등학교 3
이영우

늦은 시간 집으로 돌아왔을 때 키우던 금붕어가 죽어 있었다. 배를 까뒤집고 물 표면에 떠올라 있는 금붕어의 모습을 보고 처음에는 잠을 자는 것이 아닐까 생각했다. 손가락으로 어항의 둥근 면을 밀어 보았지만, 출렁이는 물결을 따라 몸이 흔들리기만 할 뿐 이미 생명을 잃은 금붕어는 미동도 없었다. 마트에서 처음 사 왔을 때 작았던 몸집이 아직도 거의 그대로인 것을 보니 아마 굶어 죽은 것 같았다. 어항 옆에 놓아둔 금붕어의 밥통이 비워진 지한 달이 다 되어 가고 있었기 때문이다. 내 밥도 잘 챙기지 못하는 처지에 조그마한 몸집의 금붕어 밥까지 챙길 시간이 없었고, 금전적인 여유도 없었다.

어항을 들고 밖으로 나왔다. 말라비틀어진 풀이 널브러져 있는 화단의 흙을 삽으로 퍼내고 움푹하게 구멍이 난 곳에 금붕어를 묻어 주다가 흙먼지가 묻은 내 신발이 눈에 들어왔다. 이 신발은 언제 산 것인지 기억이 희미했다. 이제 더 이상 신을 수 없을 정도로 낡은 신발을 멀쩡하다며 신고 있는 내가 화단에 묻힌 금붕어와 비슷한 처지 같다는 생각이 들었다. 밥도 먹지 못하고 비좁은 어항만 빙빙 돌다가 죽은 금붕어처럼 좁고 어두운 집을 영영 벗어나지 못하고 가난에 찌들어 살다가 죽는 나의 모습을 종종 상상해 왔기 때문이다. 끔찍한 모습에 등골이 서늘해졌다. 그 느낌을 털어 내듯 고개를 저으며 빈 어항을 들고 자리에서 일어났다. 조잡한 조형물로 겨우 구색만 갖춘 어항을 원래 있던 곳에 다시 놓아두었다.

시간은 벌써 11시를 넘어가고 있었다. 점심을 먹은 뒤로 아무것도 먹지 않아 허기가 졌다. 배고픔은 몇 년이나 경험하고 받아들이고 있지만 도저히 적응되지 않는 것 같다. 이대로 그냥 자면 내일 학교 가는 길에 쓰러질 것만 같아 찬장을 열어 작은 컵라면을 하나 꺼냈다. 뜨거운 물을 붓고 몇 분 기다린 뒤 뚜껑을 여니 컵라면 냄새가 온 집 안에 퍼졌다. 근 몇 달째 오랜 시간을 서서 일하고 있는 편의점에서 지겹도록 맡은 냄새였다. 절로 인상이 찌푸려졌고, 한 입도 먹지 않은 것을 전부 버리고 싶은 충동이 일었지만 살기 위해서라도 먹어야 했다. 뜨거운 국물을 입김으로 식히며 라면을 넘기고 있는데, 현관문이 기분 나쁜 쇳소리를 내며 열렸다. 폐지를 줍고 돌아온 할머니의 모습이 보였다. 구부정하게 몸을 굽히고 걸어오며 허리를 두드리던 할머니는 서랍장 맨 아래 칸을 열어 꼬깃하게 접힌 천 원짜리 몇 장을 보물이라도 되는 것처럼 소중하게 넣었다. 나는 할머니의 그런 행동이 못마땅했다. 성치도 않은 몸으로 이른 새벽부터 하루 종일 무거운 폐지를 끌며 온 동네를 돌아다니는 것이 싫었다.

"할머니, 내가 나가지 말라고 했잖아요."

퉁명스러운 목소리로 타박하니 주름지게 웃은 할머니는 손을 저으며 알았다 대답하고는 방으로 들어가 버렸다. 오늘로 몇 번째인지 모르겠다. 매번 나가지 말라고 타박해도 알았다는 대답은 이때 한 번뿐이었다. 할머니는 내일 또다시 새벽부터 바깥에 나갈 것이다. 괜히 엄한 문만 노려보다가 자리에서 벌떡 일어났다. 라면은 아직 반 이상이나 남아 있었지만 더 먹고 싶지 않았다. 싱크대 안에 내용물을 전부 부어 버리고 빈 용기를 쓰레기통 안에 대충 던져 넣었다.

늦잠을 잤다. 집에서 학교까지는 40분 거리이지만 버스비가 아까워 걸어 다니는데, 그 먼 거리를 늦잠을 잔 오늘도 버스를 타지 않았다. 쉬지 않고 뛰면 가까스로 도착할 수 있는 시간이었기 때문이었다. 숨이 턱 끝까지 차오르도록 바쁘게 달음박질해 교실에 도착하는 순간 종이 울렸다. 가쁘게 숨을 몰아쉬며 가방을 걸고 자리에 앉았다. 소란스럽게 떠들던 아이들은 담임 선생님이 교실로 들어오자 쥐 죽은 듯 조용해졌다.

며칠 전에 본 중간고사 결과가 나왔다. 번호 순서대로 선생님께 성적표를 받아 가는 아이들의 표정은 제각각이었다. 예상 외로 점수가 잘 나와서 좋아하는 아이, 평소보다 점수가 나오지 않아 우울한 아이, 점수가 어떻든 무관심한 아이. 나는 무관심한 사람에 속했다. 늦은 시간까지 아르바이트를 전전하느라 자정이 넘어 집으로 돌아오는 일이 대다수이기 때문에 시간이 없기도 했지만, 애초에 공부라는 개념에 무관심하기도 했다. 덤덤히 점수를 확인하고 성적표를 반으로 접어 가방에 넣는데 무리 지어 수군거리는 아이들이 보였다. 모두 어느 한쪽만을 똑같이 바라보고 있었다. 고개를 돌려 따라간 시선 끝에는 내 뒷자리에 앉은 소연이 보였다. "이번에도 1등이겠지?", "항상 백 점이잖아.", "쟤도 진짜 악착같이 한다." 시험이 끝나고 점수에 대한 이야기가 나올 때 반 아이들은 약속이라도 한 듯 소연의 이름을 입에 올렸다. 반에서 단한 번도 1등을 놓친 적이 없을뿐더러, 전교 등수에도 꾸준히 상위권에 머무르는 성적이기 때문이었다.

소연은 문제집을 펼쳐 놓고 분주하게 펜을 움직이고 있었다. 성적표를 확인하는 시간도 아까운 듯, 소란스럽게 떠드는 분위기에서도 마치 혼자인 듯 문제를 풀고 있었다. 무리 지어 수군거리는 아이들은 문제집을 푸는 모습만 보겠지만, 더 가까이 있는 나는 소연의 다른 모습을 볼 수 있었다. 살짝만 숙이고 있던 고개가 아이들의 말 속에 자신의 이름이 오르는 순간 더 아래로 숙여졌고, 어깨를 움츠렸다. 공식을 적어 내려가는 펜이 이유 없이 멈추기도 했다. 소연은 불안해 보였다. 부유한 집안에서 좋은 성적으로 학교를 다니기에 불안하지도 조급하지도 않은 느긋하고 차분한 성격인 줄만 알았는데 소연은 가끔씩 자신의 이야기가 교실에서 들려올 때면 저렇게 어쩔 줄 몰라하는 행동을 보였다. 왠지 그런 소연이 측은했다. 수군거리는 아이들이 신경 쓰여 내 뒷자리가 보이지 않게 가려 앉으며 보지도 않을 책을 폈다. 아이들은 1교시를 알리는 종이 울리고 나서야 뿔뿔이 흩어져 자리로 돌아가 앉았다.

여느 때와 다름없이 따분한 분위기였던 교실은 점심시간, 갑자기 소란이 일었다. 반에서 모두가 함께 키우는 물고기 두 마리가 있던 어항이 감쪽같이 사라졌기 때문이었다. 가장 먼저 어항이 사라졌다는 것을 알아챈 아이는 친구와 함께 반 아이들에게 의심의 눈초리를 보내고 있었다. 잘 알아보지도 않고 무조건 친구를 의심하는 성급한 성격다운 행동이었다. 그 와중에 옆에 있던 다른 아이는 선생님께 알리는 것이 우선이 아니냐며 반을 나가 버렸다. 소란스러운 아이들 외에 무관심하게 반응하는 아이들도 있었다. 평소 어항이 있었는지 없었는지 관심조차 없었기 때문이다. 나 또한 그랬다. 밥을 챙겨 줄 여력이 없어 키우던 금붕어가 굶어 죽었던 것처럼 누군가가 알아서 챙기겠지, 하는 생각에 있는 듯 없는 듯 지내 왔기 때문이었다. 나와 가까이 앉아 있는 소연도 관심이 없어 보였다. 그 순간에도 소연은 고개를 숙이고 문제집에 집중하고 있었다. 소연은 오늘도 점심을 먹지 않았다. 문제집을 푸느라 먹지 않았는지 다른 이유로 먹지 않았는지 알 수 없었지만 소연은 꽤 많은 날을 먹지 않았다. 아무도 없었던 점심시간에 혼자만 남아 있었다면 사라진 어항의 행적을 알고 있지 않을까 하는 생각이 문득 들었다. 물어보고 싶었지만 문제를 푸는 데 열중하고 있어서 선뜻 물어볼 수가 없었다. 게다가 워낙에 말이 없고 차분한 성격에 특별한 대답을 할 것 같지도 않았다.

　너는 짐작되는 사람이 없냐고 묻는 옆자리 짝의 목소리에 교실을 무심하게 둘러보다가 모르겠다는 얼굴로 고개를 저었다. 흥미를 잃은 듯 심드렁한 표정을 짓던 짝은 자리에서 일어나 무리 지어 이야기하고 있는 아이들에게 다가갔다. 수군거리며 대화를 나누는 무리의 뒷모습을 빤히 바라보다 곧 흥미를 잃고 책상 위에 엎드렸다.

　소란스러웠던 점심시간이 끝나고 이어진 오후 수업은 매우 지겨웠다. 선생님이 칠판에 판서하는 내용을 멍한 눈으로 응시했다. 따분하게 교과서를 의미 없이 넘기기도 하고, 선생님의 눈을 피해 꾸벅 졸기도 했다. 몇 번이나 시계를 확인했지만 지루한 수업 시간은 유독 더디게 흘러가는 것 같다. 하지만 5분이 50분 같고 10분이 한 시간 같은 수업 시간은 언제나 일정하게 흘러가 수업의 끝을 알리기 마련이다. 반을 메우는 종소리에 자리를 정리하고 일어난 아이들은 책상을 밀고 청소를 시작했다. 빗자루로 바닥을 청소하던 소리는 20분도 채 안 되어 청소를 마친 아이들이 자리에 앉아 와자지껄 떠드는 소리로 바뀌었다. 하지만 종례를 하기 위해 문을 열고 들어오는 선생님의 모습이 보이는 순간 약속이라도 한 듯 순식간에 고요해졌다. 항상 웃는 낯이었던 선생님의 인상이 어딘가 오묘하게 굳어 있는 모습에 서로의 눈치를 보며 긴장하는 아이들도 있었다. 굳은 얼굴로 반을 둘러보던 선생님은 점심시간, 소란스러운 사건의 원인인 어항이 있었던 아이들의 사물함 위로 시선을 잠시 고정하고 있다가 반 아이들에게 눈을 돌렸다.

"점심시간에 없어진 어항은 다시 사 놓을 거니까 괜히 너희들 끼리 의심하지 말고, 이 일은 더 이상 신경 쓰지 말도록 해."

구구절절 사건에 대한 이야기를 늘어놓을 것 같았던 선생님의 말은 예상 외로 짧고 간단했다. 반 전체를 인솔하는 교사로서 괜한 이야기를 꺼내어 혼란스러운 상황을 만들고 싶지 않은 듯 보였다. 선생님은 귀찮은 일이 생기는 것을 지독히도 싫어하시기 때문이다.

아이들의 관심을 불러일으켰던 이야기가 끝이 났고, 반장이 분단별로 안내문을 나누어 주었다. 가장 먼저 안내문을 받은 맨 앞자리의 아이가 들떠 이야기를 꺼내는 것을 시작으로 반 전체가 다시 시끄러워졌다. 나에게 전달된 안내문을 돌려 확인한 순간 딱딱하게 표정이 굳어 버렸다. '상반기 수학여행 안내'. 종이 상단에 큼직한 크기로 박힌 글자는 1년 중 내가 가장 싫어하는 날이 다가왔음을 알렸다. 빼곡하게 채워진 글자는 전혀 눈에 들어오지 않았다. '13만 원'이라는 비용이 적힌 조그마한 글자가 종이 전체를 꽉 메우고 둥둥 떠다녔다.

"특별한 사정이 없으면 다 갔으면 좋겠고, 금요일까지 희망 여부 체크해서 반장이 걷어 와."

몇 년간 여러 선생님께 수학여행에 대한 설명을 들으면서 일찌감치 느낀 것이 있다. '특별한 사정' 같은 것은 그저 겉치레일 뿐이라는 것을. 아마도 선생님은 이미 모두가 갈 것이라 결론 내렸을 것이다. 아직 몇 달 시간이 남았지만 벌써부터 들뜬 얼굴로 친구들과 계획을 세우는 아이들이 대부분이고, 나처럼 절망적인 처지에 막막해 하는 사람은 매우 희박하기 때문이다. 자꾸만 종이 위를 떠다니는 '13만 원'이라는 글씨가 너무나도 크게 보였다. 이 돈이면 한 달치 전기 요금과 수도 요금, 그 외에 많은 것을 해결할 수 있다. 그리고 조금만 덜 먹는다면 몇 주치 밥값으로도 쓸 수 있다. 천 원, 2천 원이 아까워 40분이 넘는 거리를 매일같이 걸어 다니는 나에게 여유롭게 10만 원이 넘는 돈을 지불하고 여행을 가는 것은 명백한 사치였다. 여러 생각을 하고 있으니 어느새 종례를 끝낸 선생님이 반을 나갔다. 삼삼오오 모여 이야기를 나누는 아이들이 대부분 반을 나갈 때까지 고개를 숙인 채로 어깨를 축 늘어뜨렸다. 아이들의 이런 모습을 볼 때마다 어딘가에 멀리 동떨어진 낯선 이방인이 되는 것 같다.

아이들이 모두 집으로 돌아간 교실에는 나와 소연밖에 남아 있지 않았다. 뒤에서 말소리가 들려오는 것으로 봐서는 소연은 누군가와 통화를 하고 있는 것 같다. 소연의 목소리는 잔뜩 풀이 죽어 있었다. 그저 알겠다는 대답만 반복하며 자리에서 일어나 거북이 같은 걸음을 옮긴다. 흠집 하나 없이 말끔한 소연의 가방이 보였다. 귀에 바짝 붙이고 있는 핸드폰은 멀리서 봐도 값비싸 보인다. 부러웠다. 아이들의 부담스러운 시선을 받는 소연을 측은하게 생각했지만, 정작 측은하고 불쌍한 건 나였다. 소연마저 나가 버린 텅 빈 교실에는 나 혼자만 남았다. 꽤 오랜 시간 동안 멍하니 앉아 있던 나는 아르바이트를 가야 하는 시간이 얼마 남지 않았다는 것을 자각하고 나서야 낡은 가방을 메며 교실을 박차고 나왔다.

6시가 조금 지나서부터 시작한 아르바이트는 자정이 넘어서야 끝났다. 힘없이 집으로 돌아오는 걸음이 무거웠다. 오늘은 수학여행에 대한 생각 때문에 일에 집중할 수가 없었다. 가게의 손님에게 피해를 줄 정도로 실수가 잦아 보다 못한 사장님께 꾸중을 들어야 했다. 하지만 그런 것들보다 오늘도 아픈 몸을 이끌고 하루종일 폐지를 주웠을 할머니에게 수학여행 이야기를 꺼내야 한다는 사실이 더 무겁게 어깨를 짓눌렀다.

여러 생각을 하며 집으로 돌아왔다. 할머니는 아직도 집에 돌아오지 않았다. 낡은 가방을 바닥에 대충 던져 놓은 뒤 바닥에 누워 버렸다. 미약하게 깜빡거리는 전등이 보인다. 저 전등도 곧 갈아야 하는데, 전등은 얼마였지? 무의식적으로 가격을 먼저 따지는 습관이 이제는 생소하지도 않다. 가방에서 안내문을 꺼내 펼쳤다. 다시 봐도 막막한 비용이었다. 무의식적으로 고개를 돌려 시계를 보는 동시에 현관문이 열리는 소리가 났다. 화들짝 놀라며 손에 쥐고 있던 안내문을 등 뒤로 숨겼다. 주름 가득한 손으로 허리를 두드리며 거실로 들어온 할머니는 오늘도 어김없이 돌아오자마자 천 원짜리 몇 장을 서랍 맨 아래 칸에 소중히 넣었다. 들릴 듯 말 듯 한 머뭇거리는 목소리로 할머니를 불렀다. 듣지 않았으면 하는 바람이 무색하게 몸을 일으키던 할머니는 용케 그 말을 듣고 고개를 돌려 날 마주 보았다.

고단한 세월이 느껴지는 주름진 눈가와 구부정하게 선 할머니의 모습이 눈에 들어왔다. 등 뒤로 숨긴 안내문을 앞으로 펼쳐 보이며 수학여행을 간다는 사실을 말해야 한다. 하지만 굳게 닫힌 입술은 좀처럼 열리지 않았다. 한참을 머뭇거렸다. 결국 고개를 저으며 아무것도 아니라고 말해 버렸다. 집으로 돌아오는 내내 무엇을 말해야 하는지 셀 수도 없을 만큼 생각했는데 그 무엇도 말하지 못했다. 느린 걸음으로 방으로 들어가는 할머니의 굽은 뒷모습만 멍하니 바라보았다. 문이 닫히는 소리가 들리는 동시에 긴장했던 몸의 힘이 탁 풀려 버렸다. 나의 시선 너머에는 빈 어항이 있었다. 비좁은 집, 굶어 죽은 물고기가 있었던 빈 어항, 눈앞에 놓인 현실을 더 이상 보고 싶지 않아 눈을 감아 버렸다.

밤잠을 설쳤다. 선잠을 자며 뒤척이니 낡은 매트 옆에 대충 던져 놓은 구식 핸드폰이 요란한 소리를 내며 알람이 울렸다. 퀭한 눈을 깜빡이며 교복을 입고 집을 나왔다. 흐려지는 정신을 겨우 붙들어 매며 학교에 도착해 교실 문을 열었을 때, 교실은 평소보다 더 왁자지껄 시끄러웠다. 무리 지어 모여 있는 아이들이 많았다. 꼭 어제와 비슷한 분위기였다. 뒷자리의 아이와 이야기를 나누고 있는 짝에게 무슨 일이냐고 물어보니 나에게 조용히 속삭였다.

"그때 없어져서 선생님이 다시 사 놨던 어항 있잖아, 또 없어졌대."

짝에게서 시선을 거두고 사물함 위를 보았다. 어항은 온데간데없고 텅 빈자리만 보였다. "한 번은 모르겠는데, 두 번이면 진짜 우리 반 애가 그런 거 아니야?", "솔직히 좀 무섭다." 여기저기서 수군거리는 목소리가 들렸다. 소란스럽기만 했던 반은 묘한 냉기가 흘렀다. 서로를 의심하는 상황이었다. 그 상황에서도 자기 일에만 바쁠 뿐 무관심한 아이들도 있었다. 나 또한 그런 사람이었다. 시선을 다른 곳으로 옮기는 그 찰나의 순간에 내 눈에 보인 것은 소연의 모습이었다. 소연은 고개를 푹 숙이고 문제를 푸는 것에 열중하고 있었다. 늘상 보던 모습이었다. 하지만 오늘따라 이상했다. 수군거리는 아이들과 눈이라도 마주치면 화들짝 놀라서 고개를 수그렸다. 펼쳐 놓고 있는 문제집 위에는 무의미한 낙서들이 더 많았다. 불안하게 손톱을 뜯기도 했다. 무덤덤했던 소연의 감정이 격하게 요동치는 모습을 보는 것은 처음이었다. 결국 소연의 짝이 "괜찮아?" 하며 걱정스러운 듯 물었다. 소연은 어색하게 웃으며 고개를 끄덕이고, 다시 문제를 풀었다. 아이들의 떠드는 소리가 좀처럼 가라앉지를 않던 교실이 일순간 조용해졌다. 교탁으로 걸어오는 선생님의 표정은 딱딱하게 굳어 있었다. 교실 안을 둘러보는 선생님은 귀찮은 일이 생겼다는 감정을 역력히 드러내고 있다.

"선생님이 계속 누군지 찾고 있으니까, 다시 말하지만 너희들끼리 의심하지 말고, 좋은 일도 아니니까 여기저기 소문내지도 말고. 알았지?"

서로가 서로를 의심하는 상황에서 선생님의 말은 아이들에게

와 닿지 않았을 것이다. 입을 굳게 다물고 눈치만 보고 있는 아이들에게 선생님은 재차 대답하기를 권유했고, 아이들은 그제야 마지못해 고개를 끄덕이며 답했다. 조용히 한숨을 내쉰 선생님의 조례는 그것이 끝이었다. 선생님이 돌아섬과 동시에 아이들은 다시 약속이라도 한 듯 무리를 지어 모였다. 왁자지껄 떠드는 아이들 틈에서 밤새 한숨도 자지 못한 나는 잠시라도 잠을 자기 위해 책상 위에 엎드리려 했지만 이름을 부르는 선생님의 목소리에 고개를 들었다. 선생님은 똑바로 나를 보고 있었다. 재차 '저요?' 하고 물어도 묵묵히 고개를 끄덕이셨다. 표정이 좋지 않은 것을 보니 좋은 일로 부르는 것은 아닌 것 같았다. 천천히 자리에서 일어나 교실을 나가는 선생님의 뒤를 느린 걸음으로 따라갔다.

교무실에 돌아와 자리에 앉은 선생님의 맞은편에는 의자가 하나 놓여 있었다. 내가 멀뚱히 자리에만 서 있자 파일 안에서 종이를 꺼내던 선생님은 눈짓으로 맞은편의 의자를 가리키며 앉으라고 말하셨다. 내 앞으로 종이 한 장을 가져오는 선생님의 손짓을 무의식적으로 따라갔다. 그 시선의 끝에는 익숙한 글씨가 보였고, 그것을 확인한 순간 표정이 굳어 버렸다.

"왜 수학여행을 비희망했는지 물어봐도 될까?"

꼭 한 번은 물어볼 줄 알았지만 막상 그 순간이 눈앞에 닥쳐오니 어떻게 해야 할지 몰라 얼버무렸다. 이틀간의 짧은 여행을 떠나는 것에 지장이 있을 만큼 아픈 곳이 없다는 것을 선생님은 알고 있다. 고개를 숙이고 있어 선생님이 어떤 표정을 짓고 있는지 알 수는 없지만, 날 한심하게 보고 있을 것만 같았다. 내 앞으로 내밀고 있었던 종이를 반으로 접어 다시 파일 안에 끼워 넣은 선생님은 내 어깨 위로 손을 올리셨다. 아주 사소한 접촉이었음에도 화들짝 놀란 내가 어깨를 움츠리자 날 위로하는 듯 어깨를 토닥였다. 그리고 혹시라도 주변의 누군가 들을까 작은 목소리로 말을 꺼냈다.

"혹시 비용 때문이면 학교에서 지원을 받을 수 있는데, 그렇게 할래?"

귀가 솔깃했다. 푹 숙이고 있던 고개를 천천히 들고 선생님의 눈을 마주 보았다. 전혀 모르고 있었던 건 아니었다. 돈을 내지 않고 학교의 지원을 받아 갈 수 있다는 것은 초등학생 때부터 알고 있었다. 처음으로 고민했다. 하지만 돈을 지원받는 과정은 매우 복잡하다. 3년에 한 번 여행 갈 돈이 없어 지원받는 사람을 나열한 명단 속에 나의 이름이 들어간다는 생각이 머릿속을 스쳐 지나가자 나도 모르게 고개를 저었다. 평온했던 선생님의 얼굴 표정이 당황으로 물드는 것이 보였다. 가난하고 비참한 처지는 나 혼자 인지하고 있는 것으로 충분하다. 남에게 자랑스러운 일도 아닌데 굳이 다른 사람에게까지 알릴 필요는 없다는 생각에서 나온 고집스런 결론이었다. 한참 동안 나를 바라보던 선생님은 어색한 웃음을 지어 보이며 일단은 수업 종이 쳤으니 돌아가라고 말하셨다. 도망치듯 교무실을 나왔다. 꽉 막혔던 숨통이 한 번에 트이는 느낌이 들었다. 모두가 수업을 듣고 있어 고요한 복도 벽에 기대어 숨을 고르고 있는 나의 처지가 초라하게만 느껴졌다.

돌아온 교실은 사람 없이 한산했다. 남아 있는 사람은 책상에 엎드려 있는 소연뿐이었다. 시간표를 확인하니 체육 시간이었다. 그제야 아이들이 모두 바깥으로 나갔다는 것을 깨달은 나는 길게 한숨을 내쉬었다. 엎드려 있는 소연의 어깨를 조심스레 두드리니 몸을 움찔 떤 소연이 천천히 고개를 들었다. 왜 나가지 않았느냐고 물었다. 우물쭈물 불안하게 시선을 돌리던 소연은 몸이 아파 나가지 않았다고 작은 목소리로 대답하고는 다시 책상 위에 엎드렸다. 평소 말 한마디 없이 무뚝뚝하고 조용한 소연의 목소리는 일주일에 두 번쯤 들을 수 있을까 말까 했다. 5분의 시간조차 아까워하며 분주하게 문제를 풀던 소연이 아무것도 하지 않고 엎드려 있는 것을 보니 몸이 많이 안 좋은 듯했다. 소연에게 며칠 전부터 자꾸만 사라지는 어항에 대한 이야기가 나왔을 때 눈에 띄게 불안해하던 행동에 대해 묻고 싶었다. 어쩌면, 사라지는 어항이 너와 관련되어 있는 것이 아니냐고 단도직입적으로 물어볼 생각도 있었다. 하지만 소연은 몸을 제대로 가누지 못할 정도로 아픈 상태였다. 늦더라도 나중에 물어봐야겠다는 생각을 하며 사물함에서 체육복을 꺼냈다.

느지막이 운동장으로 나간 체육 시간이 끝나고 이어진 수업 내내 머릿속에는 소연에게 어떻게 말을 꺼낼지에 대한 생각뿐이었다. 하지만 소연은 좀처럼 몸 상태가 괜찮아 보이지 않았다. 그리고 결국, 6교시가 끝난 쉬는 시간에 집으로 돌아갔다는 소식을 들어야만 했다. 아쉬운 마음을 애써 접고 종례가 끝나는 동시에 아르바이트 시간을 맞추기 위해 분주히 학교를 나왔다. 하늘은 금방이라도 비가 내릴 듯 검은 먹구름이 가득했다. 기분이 울적해졌다.

어두운 하늘은 아르바이트가 끝날 쯤부터 비를 뿌려 대기 시작했다. 가게에서 우산을 빌리려 했지만 미처 비가 올 줄 몰랐던 다른 사람들이 우산을 모두 가져가 버렸다. 좀처럼 되는 일이 없었다. 머리 위에 손을 올리고 길을 내달렸다. 40분 정도 걸어야 하는 거리를 20여 분 만에 뛰어왔지만 교복과 머리가 흠뻑 젖어 버렸다. 부실한 가림막에 몸을 피하며 머리를 털던 나는 그대로 분주한 손짓을 멈췄다. 굳게 닫혀 있어야 하는 현관문이 활짝 열려 있었다. 안에서는 무엇인가가 부서지고 깨지는 요란한 소리가 들렸다. 열린 현관문에 고개만 들이밀었다가 옷장을 뒤엎던 누군가와 그대로 눈이 마주쳤다. 덥수룩한 수염, 취한 듯 풀린 눈동자, 낡은 트레이닝복. 익숙한 외형은 예상대로 아빠가 맞았다. 손에 들린 술병을 보고 본능적으로 도망쳐야겠다는 생각이 들었다. 하지만 가구와 식기들이 널브러진 좁은 공간을 비틀거리며 걷던 아빠가 서랍장에 손을 올렸고, 나는 악을 쓰며 온몸으로 허리춤을 붙잡고 아빠의 몸을 당겼다. 아픈 허리를 두드리며 천 원짜리 몇 장을 소중히 넣던 할머니의 모습이 환영처럼 눈에 떠다녔다. 바닥에 엎어져 있던 아빠는 깨진 술병을 던져 버리고 내 머리채를 휘어잡아 물건 다루듯 날 일으켰다.

"왜 왔어! 내가 오지 말라고 했잖아!"

매일같이 술에 빠져 살며 폭력을 일삼던 아빠가 집을 나간 이후로 다시는 돌아오지 않기를 간절히 바랐다. 찾아와 행패를 부려 경찰을 부르겠다는 말에 돌아간 지 두 달 만에 다시 끔찍한 광경을 마주해야만 했다. 여느 때처럼 들은 체도 하지 않은 아빠는 돈을 달라며 소리를 질렀다. 집 안은 아수라장이었다. 몸부림쳤지만 힘없이 휘청거리며 흔들릴 뿐이었다. 몸을 지탱하려 손을 짚다가 위태롭게 올려져 있던 어항이 바닥으로 곤두박질쳤다. 구색만 갖춘 조형물과 물이 바깥으로 쏟아져 나왔다. 어항 속의 비좁은 세상이 모두 무너졌다. 교복에서 떨어지는 물방울이 더해져 바닥이 흥건하게 젖었다. 나 또한 힘없이 무너지고 있다. 엎질러진 어항을 허망하게 보던 나는 필사적으로 발악했다. 머리채를 잡고 있던 손이 떨어진 순간 바깥으로 뛰쳐나왔다. 어디로 가고 있는지도 모르는 채 무작정 내달렸다. 어느새 비는 그쳐 있었다. 두 시간가량 내린 소나기에 몸은 이미 흠뻑 젖어 버렸다. 술에 취한 아빠가 따라오지는 못하겠지만 알 수 없는 두려움에 사로잡혀 본능적으로 뛰고 있었다.

더 이상 뛸 수 없을 정도로 숨이 차 멈춰 섰을 때는 어딘지도 모르는 곳이었다. 차오른 숨을 몰아쉬며 주변을 둘러보니 어둠 속에서 고요히 흐르는 하천이 보였다. 인도가 넓게 펼쳐져 있었고 주변에는 풀들이 무성하게 자라 있다. 편의를 위해 만든 산책로 같았다. 막연한 두려움에 무작정 달리느라 미처 생각하지 못했던 것들이 물밀 듯 쏟아져 나왔다. 수습도 하지 못한 집은 어떻게 해야 하는지, 혹시라도 돌아오던 할머니가 아빠를 마주하게 되면 어떻게 해야 하는지, 복잡한 생각들이 머릿속에서 뒤엉켰다. 가로등 몇 개만이 위태롭게 밝히는 빛에 의지하며 돌아가는 길을 찾기 위해 헤매기 시작했다. 넓게 펼쳐진 인도를 가로질러 걸어가던 나는 저 멀리서 어렴풋이 사람의 형체를 보았다. 가까이 다가갈수록 가로등 빛에 비친 형체는 더 뚜렷하게 보였다. 단정하게 갖춰 입고 있는 옷은 나와 같은 교복이었다. 인기척을 느낀 건지 고개를 돌려 나를 마주한 순간 놀란 듯 동그랗게 눈을 떴다. 몇 번을 다시 봐도 분명히 소연이었다.

"너 여기서 뭐 해?"

흐르는 하천 앞에 몸을 굽히고 앉은 소연은 물고기를 풀어 주고 있었다. 물에 젖은 손을 다급하게 뒤로 숨긴 소연은 곤란한 듯 내 시선을 피했다. 소연의 옆에는 어항이 놓여 있었다. 물고기의 크기, 비늘의 색깔, 모양 모두 교실 어항 속 금붕어였다. 반 아이들이 운동장이나 뒤뜰에서 주워 와 넣어 놓은 작은 돌이나 조잡한 조형물도 모두 같은 것이었다. 흐르는 하천 속에서 유유히 헤엄치는 금붕어를 멍하게 바라보던 소연은 나의 물음에 대답하지 못하고 고개를 숙였다. 사건이 일어나고 며칠 동안 의문만 가지고 있었던 궁금증의 해답이 퍼즐을 맞춘 듯 풀리는 순간이었다. 소연은 죄인마냥 고개를 들지 못했다. 하지만 난 왜 어항을 가져갔는지 불만스럽게 따져 물을 생각이 없었다. 아무렇지 않은 얼굴로 소연의 옆에 몸을 굽히고 앉았다.

"금붕어가 꼭 나 같았어. 주목받지만 답답하고 외로워 보여서."

나란히 몸을 굽히고 앉은 둘 사이엔 긴 침묵이 감돌았다. 하천에 풀어 준 금붕어가 저 멀리까지 헤엄쳐 갔을 때쯤, 소연은 작은 목소리로 웅얼거렸다. 그 말을 묵묵히 듣고 있던 난 천천히 고개를 끄덕였다. 작은 바람이 옆을 스쳐 지나가자 젖은 교복에서 물비린내가 훅 끼쳐 왔다. 문득 엎질러진 집 안의 어항 생각이 났다. 그리고 소연의 옆에 있던 어항을 가져온 난 그 안에서 헤엄치고 있는 금붕어 한 마리를 조심스럽게 두 손 위에 올리고 하천에 풀어 주었다. 예상치 못했던 나의 행동에 적잖이 놀란 듯 나를 돌아보는 소연을 마주 보았다.

"이제 됐지?"

하천 속에 풀어 준 금붕어가 더 생기 있게 헤엄치는 것 같았다. 그 모습을 보니 마음속에 응어리졌던 무언가가 말끔하게 사라진 듯하다. 작게 웃어 보이자 소연도 무언가 마음이 놓인 듯 따라 웃었다. 소연의 웃는 모습을 보는 것은 처음이었다. 늘 다급하게 쫓기는 듯 불안했던 감정은 조용히 흘러가는 하천을 따라 말끔하게 사라진 듯 보였다.

엉망이 되어 버린 집 안을 정리했다. 가난한 것이 부끄러워 할머니와 함께 좁은 집 안에서 힘겹게 살아가는 것을 누구에게도 알리지 않고 숨겨 왔지만, 모든 것이 정리되면 할머니에게 의견을 묻고 상황을 알릴 생각이다. 그리고 선생님을 찾아가 수학여행 비용을 지원받겠다고 말씀드렸다. 당차게 교무실 문을 닫고 교실로 돌아와 문을 연 순간 아이들과 대화를 나누고 있던 소연과 눈이 마주쳤다. 쉬는 시간 점심시간 할 것 없이 늘 펼쳐져 있었던 소연의 문제집이 덮여 있다. 아직은 서툴고 어색해 아이들의 말에 작은 목소리로 짧게 대답을 줄 뿐이지만, 소연은 조금씩 아이들과 소통하려 노력하는 중이었다. 한참 동안 눈을 마주하고 있었던 소연이 먼저 작게 웃었다. 곧 나도 따라 웃었다.

좁은 어항을 벗어나 넓은 하천에서 자유롭게 헤엄치는 금붕어처럼, 나와 소연도 좁은 세상을 벗어나기 위해 앞으로 나아가는 중이었다.

선의 마찰

한성고등학교 2
최건

나는 이곳에서 5년을 일했다.

앞쪽으로는 용도를 알 수 없는 건물들이 무심하게 늘어서 있고 뒤쪽으로는 고가를 중심으로 교회와 작은 상점들이 자리하고 있었다. 내가 일하는 곳은 컴퓨터 보안 프로그램을 개발하는 회사였는데 아직 이름이 알려지지 않았을 때도 8층 건물 전체를 다 썼다. 나는 3층에 위치한 상담부에서 일했다. 그곳에서 하루에도 몇백 통의 전화를 받았다. 어떻게든 고객의 요구에 성의껏 대답하다가도 어느 순간 나도 모르게 망연해져 종종 창밖을 바라보곤 했다. 창밖 풍경은 낮지도 높지도 않아서 내가 이 건물 사이에 완벽하게 끼어 있는 듯한 느낌이었다.

여름이 되면 다른 때에 비해 더 바빠졌다. 주로 이곳을 찾는 사람은 방학을 맞아 하루 종일 컴퓨터만 붙잡고 있는 자녀의 모습을 못 견디는 부모들이었다. 상담부에는 나 말고도 여섯 명의 팀원이 더 있었다. 모두 나보다 어렸고 능률도 높았다. 사옥 앞에는 가로 수라기엔 상당히 큰 나무들이 어두운 청록빛을 띠며 만개했다. 메타세쿼이아라고 하기에는 잎이 넓었고 플라타너스라 칭하기에도 애매한 크기였다. 나는 그것의 품종을 알지 못했지만 언제부턴가 메타세쿼이아라고 부르게 되었다. 플라타너스보다는 메타세쿼이아라는 이름이 가진 뉘앙스가 조금 더 미묘하다는 것 이외에 별다른 이유는 없었다. 이따금 그 위로 어디서 왔는지 알 수 없는 꽃잎들이 분분히 내려앉았다. 계절의 끝과 초입이 모두 메타세쿼이아에 맺혀 있었다. 이곳에선 그 광경이 전부 보였다.

*

생각해 보면 나는 언제나 일하고 있었다. 무영과 결혼한 해부터 세어 보자면 일하지 않은 날보다 일한 날이 압도적으로 많을 것이다. 얻는 직장마다 남들보다 오래 남아 있었다. 근면과 성실의 문제이기도 하겠지만 그냥 그것 외엔 달리 방도가 없었다. 늘 그랬듯이 항상 그렇게 하는 것. 그것이 마땅찮거나 불만족스럽다는 판단을 내릴 틈도 없이 일을 했다. 걱정만 한다고 생계가 도저히 유지되지 않으니까. 무영 혼자서 버는 것으로는 절대 감당이 되지 않으니까.

무영은 자꾸만 안정된 직장보다 사업에 관심을 보였다. 반지부터 목걸이, 갖은 큐빅들이 형형색색으로 반짝이는 액세서리 노점상을 운영해 보겠다면서 같이 오천만 원을 만들자고 했다. 빌려달라는 말이 아니라 같이 벌자는 말이 묘하게 마음을 울려 거절할

142

수가 없었다. 하지만 아무리 생각해 봐도 신혼부부에게 오천만 원은 적은 액수가 아니었다. 벌기에도 큰 돈이었고 쥐기에는 더더욱 큰 돈이었다. 별수 없이 친정어머니에게 이런 사정 때문에 급전이 필요하니 그동안 저축해 놓은 것 좀 빌려 줄 수 있겠느냐고 물었다. 어머니는 흔쾌히 통장을 우리에게 건네줬다. 흔쾌히, 라고 기억하는 건 나만의 착각일 것이라고 생각한다. 무영은 한 달 조금 넘어서 가게를 완전히, 말아먹었고 부서진 가계를 일으켜 보겠다며 더 큰 금액을 끌어왔다. 건드리는 대로 무영의 사업은 손쓸 새도 없이 망가지고 있었다.

그리고 무영과 갈라서려던 찰나에 민규가 들어섰다. 뜻하지 않은 임신이었지만 결혼 전부터 그토록 바라던 아이였기에 행복했다. 행복이란 단어에 부족하지 않은 행복한 시절을, 민규를 통해 보냈었다. 무영과 나는 민규와 함께 단칸방에서 살았다. 수중에 쥔 돈으로 갈 수 있던 유일한 곳이었다. 그 와중에 무영의 입장에선 장모까지 한 방에서 모시게 되었다. 가장으로서의 책임감을 느꼈던 것인지 그후 무영이 벌어 온 돈으로 민규의 돌잔치도 했다. 호시절이었다. 그때는 호시절이라는 것을 알지 못했으나 돌이켜 보니 그랬다. 산후조리가 끝나고 몇 달 뒤에 나도 근동의 김밥집에 들어가 하루에 아홉 시간씩 서서 주문을 받았다. 한 번도 지각하지 않고 빼먹지 않고 꼬박 1년을 다녔다. 덕분에 월급이 전보다 조금 올랐다. 내가 벌어 온 것으로는 공과금을 내고 무영의 수입으로는 빚을 갚았다. 모든 것이 부족하게나마 이를 맞물리며 돌아가고 있었다.

언젠가는 빚 없이 살 수 있을 것이라고, 무영과 나는 종종 기도하곤 했다. 기도의 중핵에는 미래에 대한 확신이 아니라 습관에 가까운 불안이 자리하고 있었다. 나는 관성적으로 불안했고 관성적으로 우울해지기 싫었다.

아홉 시간씩 열 시간씩 다리 한 번 제대로 구부리지도 못하고 서 있다가 집에 오면 밤엔 바닥이 온몸을 끌어당기는 것처럼 뻐근했다. 그때는 자주 눈물을 흘렸다. 달라진 역할에 맞춰 내 안의 나도 그에 맞게 나뉘어야 했는데 그게 어려웠다. 먹고사는 일은 무섭구나. 그런 말을 몇 번이고 되뇌었다. 얼마 지나지 않아 나는 무영과 헤어졌고 민규는 초등학생이 되었다. 방을 빼 줘야 될 것 같다는 주인의 말을 듣고 쫓겨나듯 다른 동네로 이사를 가야만 했다. 새로운 곳으로 이주한 지 2년째 되는 해에 나는 다시 일을 시작했다.

골목 시장을 밀어낸 자리에 대형 마트가 들어섰다. 집으로부터 걸어서 15분 정도 걸리는 거리에 위치해 있었다. 구인 광고를 보자마자 연락했고 나는 곧바로 일하게 되었다. 나는 그곳에서 여러 업무를 맡았다. 계산대에서 바코드를 찍는 날도 있었고 매장 한 켠에서 시식용 햄을 부치는 날도 있었다. 한 발자국도 더는 못 움직일 정도로 지쳐 쓰러질 것이라 여겼던 순간이 매번 갱신되었다. 하루는 등뼈 마디마디를 죽침으로 쑤시는 듯한 고통이 느껴져 그날은 일을 나가지 못했다. 척추 디스크 판정을 받고 얼마 지나지 않아 나는 업무에서 제외되었다가 자연스레 수순을 밟듯 해고되었다. 김밥집에서부터 차곡차곡 병세가 쌓였을 것이라고 짐작했다. 통증은 일상생활을 무너뜨렸고 나는 적게나마 모아 놓은 적금을 깨어 수술을 받았다.

수술 후 2주 정도가 회복 기간이라고 했다. 의사가 말해 준 대로라면 진즉 회복되어야 했는데 당최 상태는 쉽게 호전되지 않았다. 그 때문에 민규는 한동안 내 간병과 집안일을 도맡아 해 주었다. 어린 얼굴에 어린 피로감을 목격할 때마다 명치께가 저렸다. 다시 일을 하기까지 거의 1년이 걸렸다. 혼자서는 아무것도 할 수 없었으므로 나는 그 시기에 이것저것을 자주 생각했다. 두서없이 펼쳐지는 상념의 끝은 대개 나의 어머니였다. 이사를 가야 하는 상황에서 돈은 없었고 그래서 행정상으로 보자면 어머니와 민규는 새 집에서 살고 있지만 나는 여전히 옛집에 남아 있었다. 그렇게 해야 주택공사에서 나오는 보조금으로 이사를 갈 수 있었다. 어머니가 돌아가시면 동시에 보조금 역시 끊기는 상황이었다. 천천히 죽어 가고 싶어. 내 어머니는 잦은 빈도로 그렇게 말했고 그럴 때마다 나는 아무런 말도 할 수가 없었다. 천천히 죽는 것. 결국 살아간다는 의미 자체가 죽음으로 수렴하는 것이라면 어머니의 말은 장수에 대한 소망인 것인가. 그 지점에 대해선 아직도 잘 말할 수가 없다. 어쨌든 그 시절의 어머니는 그것만을 바라보았고 나는 그런 모습을 보며 가슴이 아팠다.

당장은 허리에 무리가 가지 않는 일을 해야 했다. 나는 아침에는 편의점에 있었고 파트타임이 끝나고 나면 집으로 돌아가 구직 광고란을 뒤적였다. 어느 날엔가 점장에게 전화가 왔는데 요지는 좀 쉬라는 것이었다. 허리 안 좋은데도 성실히 근무하는 걸 자신이 번연히 알고 있으니 이번 주말엔 쉬라는 것이었다. 그날은 자신이 직접 나올 것이라고 했다. 평소에도 점장에게서 융통성이 좋고 선함이 근저에 깔린 사람이라는 인상을 받고 있었으나 뜻밖의 호의에 나는 연신 감사하다고 말했다.

그 주말에 책잔치가 열렸다. 동네 작은 도서관에서 여는 행사였다. 큰 규모는 아니었지만 프로그램이 알차게 준비되어 있었고 오전 9시부터 오후 4시까지 진행을 도와줄 사람을 구한다는 전단이 도서관 앞에 붙어 있었다. 시급이 굉장히 좋았기 때문에 나로서는 하지 않을 이유가 없었다. 판단은 빠르고 실리적으로 마쳤다.

막상 당일이 되자 내가 어림잡았던 것보다도 할 일이 없었는데 행사 전 부스 설치를 위해 도서관 앞마당에 천막을 치는 것과 책상 몇 개를 붙여 놓은 본부석을 만드는 것, 음식이나 소규모 전시에 쓸 게시물을 정돈하는 것이 전부였다. 행사 내내 나는 본부석에 앉아 책잔치에 참여한 아이들이 세 개 이상의 프로그램에 참여한 것을 확인하고 포춘 쿠키를 줬다. 정말 그것이 전부였다. 청소년 자원봉사를 구해 봤으나 지원자가 없는 탓에 어쩔 수 없이 아르바이트를 쓰는 수밖에 없었다고 했다. 도서관장은 이 동네 애들은 도통 봉사 시간에 관심이 없어라고 혀를 찼다. 중간중간 "안 그래요?" 하고 내게 동의를 구하는 말을 툭 던지면 나는 중간중간 고개를 끄덕이며 포춘 쿠키를 나눠 줬다.

행사가 끝나고 뒷마무리를 하고 있던 중에 도서관장이 나를 따로 불렀다. 오늘자 수당이라면서 봉투를 내 손에 쥐어 주더니 귀 좀 빌리자는 손짓을 했다. 둘뿐인데도 도서관장은 주위를 둘러보며 낮고 작은 목소리로 무언가를 말했다. 가끔 도서관에 와서 관내 컴퓨터로 구직 사이트를 돌아다니는 모습을 봤다는 것이었다. 이 근방에 괜찮은 회사가 있다면서 내 옆구리를 쿡 찔렀다. 컴퓨터를 다루는 회사인데 거기서 전화만 받으면 된다고, 초봉도 괜찮으니 한번 다녀 보는 게 어떻겠느냐고 했다. 아무 말도 하지 않고 눈웃음만 짓자 도서관장은 내 어깨를 톡톡 치며 면접도 보지 않는다는 말을 덧붙였다. 최소한의 이력서만 작성해서 내면 된다는 말에 조금 의심이 갔지만 그런 것을 잴 상황은 아니라는 판단이 내려졌다. 채워진 항목보다 공란이 더 많은 이력서를 회사로 부치고 사흘 후에 연락이 왔다. 합격을 통보하는 전화였고 두세 가지 질문이 있었다. 답하기 어려운 것은 없었다. 내일부터 출근하라고 했다. 나는 알겠습니다라고 대답했다.

내가 일할 곳은 3층에 자리한 상담부였다. 그곳엔 자리마다 큐비클이 쳐져 있었다. 매니저라고 불리는 사람이 내가 할 일과 앉을 자리를 알려 줬다. 상담에 필요한 자료를 두 뭉텅이씩 세 개를 주며 일주일 내로 숙지해 와야 한다고 일러 주었다. 아침마다 간단하게 상담부 직원들을 불러 모아 조회를 하니 5분 뒤에 바로 옆 다목적실로 오라고 했다. 복도는 좁고 길었다. 말끔한 건물의 외관과는 대조되는 모습이었다. 한 층에 조명이 네 개 정도 있었는데 거끔내기로 두 개씩만 켜 놓아서 명암이 묘해 보였다.

조회는 '오늘도 친절히' 같은 구호를 몇 번 외치다가 끝났다. 생긴 지 얼마 되지 않은 회사여서 그런지는 몰라도 운영 방식이 어딘가 보험 회사 같은 면이 있었다. 대수롭지 않은 점이었고 크게 상관하지 않기로 했다. 상담부원은 나를 포함해 일곱 명이었다. 정확히 말하면 스무 명 정도 되어 보였다. 상담부는 전화를 받는 부서와 거는 부서로 나뉘어 있었다. 나는 받는 쪽이었다. 목소리로는 모든 희망을 끌어안은 것처럼 굴고선 얼굴은 잿빛 크레파스를 마구 분질러 놓은 듯한 수심으로 가득 차 있는 사람들. 내 얼굴에도 저런 수심이 걸리게 될까, 잠깐 생각해 봤다.

내 옆에는 미애가 앉게 되었다. 미애는 이제 막 스물다섯이 되었고 그에 맞게 자신을 꾸밀 줄 알았다. 민규를 일찍 가졌더라면 내 딸이 되고도 남았을 나이의 여자아이. 싹싹하거나 다정한 인상은 아니었으나 존재만으로도 사무실의 밝기를 끌어올리는 명랑함을 가지고 있었다. 성격에서 비롯되는 명랑함이 아닌 생물학적인 젊음에서 뿜어지는 명랑함. 그런 미애와 대조적으로 창밖에 맺힌 주위의 고층 건물들은 전부 밋밋한 색감으로 칠해져 있었다. 그리고 노후되어 있었다.

바람 불 때마다 포자처럼 날리는 페인트 부스러기.

그러면 저 밑에 있는 가게들은 포자가 싹 튼 새순들인가라며 덧없는 생각을 이어 가던 찰나에 헤드셋에서 상담이 들어온 것을 알리는 벨이 울렸다.

미애는 확실히 감각이 좋았다. 나보다 2개월 늦게 입사했지만 한 달이 넘도록 업무에 버벅대는 나와 달리 고객의 요구 사항에 재빠르게 대처할 줄 알았다. 미애만 유일하게 20대였고 나머지는 모두 30대 중반이었다. 나는 매니저와 같이 40대 초반에 속해 있었고 미애는 나와 꽤 나는 나이 차에도 나를 스스럼없이 언니라고 불렀다. 실제로 언니라고 부르는 것을 들은 적은 거의 없었다. 다른 곳에서는 어떤지 모르겠으나 이곳에선 한 방울도 새어 나가지 않을 것처럼 양 입술이 꽉 다물려 있다. 미애는 언제나 명도는 높고 채도는 낮은 얼굴을 하고 있었다. 대책 없이 밝아 보이지만 한켠에서는 농도 짙은 심려를 달고 다니는 아이. 내게 미애는 그런 사람이었다.

어느 날은 미애가 내게 다가와 말했다.

"언니."

나뿐 아니라 모두에게 말 한마디 먼저 건넨 적이 없던 미애였다. 나는 큐비클 뒤쪽으로 고개를 뺐다.

"제가 잘 아는 네일숍이 있는데 가 보실래요?"

미애가 말하는 네일숍은 회사와도 멀었지만 집과는 더 멀리 떨어져 있었다. 지인이 이번에 네일숍을 차렸는데 서비스도 기술도 좋아서 문전성시라고 했다. 미애는 이것도 그 네일숍에서 받은 거라며 손을 내밀었다. 에나멜 구두처럼 광택이 도는 검정색 위로 자줏빛 선이 잎맥처럼 피어 있었다. 예쁜 손톱이었지만 그런 것도 젊은 애들이 해야 예쁜 거라고 말했다. 네일숍이 꼭 손톱 꾸미려고 가는 곳은 아니라면서, 일단 가서 관리라도 한번 받아 보는 게 어떻겠느냐고 했다. 그러더니 자신의 가방에서 무언가를 꺼내어 내게 줬다. 80퍼센트 할인 쿠폰이었다. 친구가 자신에게 준 것이지만 특별히 내게만 주는 거라고 했다. 언니가 손은 예쁜데 손톱이 엉망이어서, 내가 속상해 가지고 그래요. 나는 멋쩍게 웃으며 그것을 받아 들었다. 남의 손톱에다가 엉망 운운하는 게 좋진 않았지만 그래도 생각해서 줬다는 것 자체가 고마웠다.

그날을 끝으로 미애와 더 얘기하지는 못한 것 같다. 미애는 1년을 다 채우기도 전에 일을 그만두었다. 정확한 사유는 알 수 없으나 불가피한 사정이 있을 것이라고 생각했다. 아마 교사 준비를 하려는 것이 아닐까, 짐작해 볼 뿐이었다. 미애는 교사가 되고 싶다고 했다. 나는 그 말을 거의 맥락 없는 수다의 종점마다 들었다. 교직 이수를 한 다음 사립고등학교에서 적당히 근무한 뒤 최종적으로는 이비에스 강사로 일하고 싶다는 것이었다. 정 안되면 학원 교사라도 하고 싶어요. 미애는 자신의 장래에 대해 얘기할 때마다 이렇게 뒷말을 붙였다. 나는 그런 미애를 볼 때마다 조금 가슴이 아팠다. 어차피 가정이고 희망인 것에 그런 방식으로 현실감을 부여하려 한다는 것이 안쓰러웠기 때문이었다.

회사에서 구직 광고를 냈지만 금세 사람이 채워지지 않았다. 제때 인원이 충당되지 않자 매니저는 일곱이서 할 일을 여섯이서 하게 되면 효율성이라는 측면에서 아주 막대한 손실이라는 말을 자주 입에 올렸다. 사무실 분위기는 눈에 띄게 가라앉았고 짧게나마 오가던 대화도 사라지고 있었다.

공석은 1년이 지나서야 메워졌다. 윤경은 내 옆으로 오게 되었는데, 오자마자 자신의 자리에 조그마한 화분 두 개를 올려놓고 모니터에다가 스티커를 덕지덕지 붙여 놓았다. 식물이 주는 위안이 사람에게서 받는 얕은 위로보다 훨씬 좋다고 했다. 그래서 자신은 평생 결혼 따위는 하지 않을 거라고 했다. 윤경은 붙임성이 좋아 한눈에 알아볼 수 있을 만큼 활달했고 유쾌했다. 자신의 어머니는 5년째 대장암 투병 중이시고 아버지는 간암 수술을 받고서 복수가 차올라 십수 년째 병상에 계신다는 말을 내게 털어놓기도 했다. 나도 다른 직원들과는 사무적인 관계 이상으로 친해지지 못했지만 윤경에게는 윤경아라고 부를 정도로 그녀와 가까워졌다.

하지만 내가 직장을 다닌 지 2년째 되던 해에 윤경은 회사를 그만두고 싶다고 했다.

회사가 입소문을 타면서 내가 받아야 하는 전화의 양도 가파르게 올라갔다. 조회마다 매니저는 기적을 거론하며 더 빠르게 성장하기 위해서는 더 많은 땀이 필요하다고 했다. 많은 양의 땀과 빠른 성장. 그런 면에서 윤경은 훌륭한 직원이었다. 갑자기 늘어난 상담 건수에 모두 허우적대고 있을 때, 윤경은 단연 독보적이었다. 혼자서 이삼백 개가 넘는 전화를 감당해 냈고 업무 평가에서도 항상 만점에 가까운 점수를 받았다. 윤경의 활달한 성격 탓에 말실수나 장난이 종종 도를 넘어서기도 했지만 그런 것을 감안하고도 윤경은 뛰어난 직원이었다.

하루는 윤경이 근무 도중 매니저에게 호출되었다. 한참 바쁜 시간대였고 그러기에 특히 윤경이 없으면 안 되는 시간대였다. 나는 매니저실로 가는 윤경을 보며 웬만큼 급한 일이 아니면 부르지 않을 텐데 무슨 일일까라는 질문을 속으로 할 틈새도 없이 밀려오는 전화를 받았다. 얼마 지나지 않아 윤경은 다시 자리로 돌아왔고 헤드셋도 끼지 않고서 울었다. 달래 줄 여력이 없어서 한 손으론 접수를 받고 다른 손으론 윤경의 등을 쓸어 주었다. 점심시간이 될 때까지 윤경은 헤드셋을 끼지 않았다. 무슨 일이 있었구나. 나는 그렇게 생각했고 윤경 때문에 마음이 아팠다. 마음 한켠의 풀숲을 헤치고 불쑥 튀어나오는, 그녀의 부재로 인해 내가 받아야 했던 전화들을 생각하지 않으려 노력했다.

정말 그년은 씨발년이야라고 윤경이 말했다.

씨발년은 매니저였다. 눈에 핏발이 선 윤경이 자꾸만 비집고 나오는 울음소리를 추스르며 말을 이어 나갔다. 점심시간 내내 이야기가 이어진 탓에 나는 편의점에서 라면과 삼각김밥을 사 가지고 와 윤경과 나눠 먹었다. 윤경은 속이 단단히 상했는지 울먹임을 참아 가며 열심히 욕을 했고 매니저와 있었던 다툼을 설명했다. 이미 알고 있던 일이지만 나는 묵묵히 들어 주었다.

이틀 전이었다. 매사에 시니컬하고 함부로 말하기를 즐겨 하는 사람인 터라 매니저와는 업무적인 대화 외에는 나누어 본 적이 없었다. 그런 사람이 회식을 하자며 부서 사람들을 불러 모은 것이었다. 자신의 아들이 이번에 국세청에서 높은 자리로 승진했다면서 한턱 크게 내겠다고 했다. 뭐 먹으러 가죠? 부서 사람들은 돌아가면서 어영부영 답했지만 매니저의 계속된 물음에도 윤경은 미동조차 하지 않았다. 살짝 기분이 상한 듯한 매니저가 그러면 윤경 씨만 빼고 가죠, 뭐. 라고 농담하듯이 툭 던졌다. 유세를 떨고 지랄이야. 윤경의 말로는 들릴 듯 말 듯 작게 말했다고 했지만 전혀 그렇지 않았다. 결국 회식은 무산되었고 매니저에게 사회생활을 전혀 못하는 거냐면서 사회 부적응자가 아니냐는 말을 들었다는 것이었다. 언니, 나 정말 여기 못 있겠어. 당장이라도 사표를 쓰고 나가겠다는 윤경을 말리긴 했지만 그후로도 며칠 동안 시도 때도 없이 나에게 하소연을 했다. 그때마다 나는 윤경을 저지했지만 계속되는 넋두리에 대꾸하기도 귀찮아서 신중히 생각해 보라는 말만 되풀이했었다. 나는 지쳐 있었고 남의 사정까지 신경 써 가며 살 여유가 없었다.

여러 달이 지나고 여러 계절이 흘러갔다.

퇴근 직전의 여백 속에서 나는 멍하니 고가 위를 지나다니는 차들의 행렬을 바라보고 있었다. 오늘 받아야 할 하루치의 전화를 다 받았다고 생각할 즈음 헤드셋에서 벨이 울렸다. 받고 나서 고객 정보를 보니 마흔이 넘은 사람이었다. 가늘고 높은 목소리가 듣는 사람의 기분에 따라 매력적일 수도 신경을 건드릴 수도 있는 음색이라고 생각했다. 여러 경우의 수를 들어 가며 어디에 해당되

152

시는지 말씀해 주세요라는 말을 하기도 전에 여자가 소리를 질렀다. 그러더니 아들에게 욕을 퍼부었다. 나와 통화 중이란 사실을 모르는 사람처럼 온갖 악다구니를 쏟고 있었다. 여자가 분을 가라앉히는 데에는 오랜 시간이 걸렸다. 여자가 말하기를 자신의 아들은 인터넷 중독이라고 했다. 잠자는 시간까지 줄여 가면서 게임을 한다고 했고 당신네 회사에서 만든 프로그램을 깔았는데도 아들이 그걸 뚫고 계속 컴퓨터 앞에서 혼을 빼놓고 있다고 했다. 방금 소리 지른 것도 아들이 방으로 들어가는 척하며 거실로 나와 컴퓨터를 켜는 모습을 봤기 때문이라고 했다. 여자는 프로그램 설치 과정 중에 보안 모드를 잘못 선택한 것 같았다. 여자는 잠깐의 정적과 함께 해결되었다고 하고선 전화를 끊었다. 나는 헤드셋을 벗고 일어나 기지개를 폈고 이내 중심을 잃고서 사무실 바닥에 쓰러졌다. 위액을 다 토해 낼 듯이 어지러웠고 귀를 정으로 때리는 것과 같은 통증이 느껴졌다. 3년째 일하던 해에 나는 메니에르병을 얻었다.

다행히도 회사에 계속 다닐 수는 있었다. 일시적으로 발병하는 것이어서 무리하게 전화 수를 올려 받지만 않으면 된다고 했다. 매니저는 다시 출근한 나를 보며 귓병에 좋다고 하는 것만 모아 만든 보약이라면서 녹차를 건네주었다. 나는 웃었고 내 자리에 앉았다.

생각해 보면 처음 들어왔던 때와는 많은 것이 달라졌다. 나는 매니저에게 그런대로 신임을 받는 사람이 되었고 여섯 명 중에서 세 명이 나가고 네 명이 새로 들어왔다. 미애가 나가고 윤경이 들어왔다. 그래도 나는 이곳에 남았고 열심히 일했다. 월급도 처음보다는 조금씩 올랐다. 월말 평가에서도 나쁘지 않은 성적을 받아

가끔씩 인센티브를 받을 때도 있었다. 평가 기준은 자명했는데 한 달간에 했던 상담 중 무작위로 세 개를 뽑아 직원의 성실성과 친절함을 평가했다. 나는 그 부분에서 좋은 점수를 받았다. 누구에게나 친절한 당신은 우리 상담부의 롤모델입니다. 이런 문구가 새겨진 봉투와 함께 상품권을 받은 적도 있었다.

윤경은 어느 순간부터 말수가 확연히 적어졌다. 아마 그즈음 윤경의 어머니가 돌아가셨던 것으로 기억한다. 윤경은 사무실에서 혼잣말처럼 중얼거리는 일이 많았고 그럴 때마다 윤경은 나를 불러 복잡다단한 속내를 털어놓았다. 그것도 오래가지는 못했고 나는 윤경의 말을 슬그머니 끊고 자리를 빠져나오다가 어느 순간부터는 아예 윤경이 이야기를 시작할 조짐이 보이면 먼저 일어섰다. 안타깝다는 마음은 들었으나 그것이 어떤 행동의 실천으로 이어지진 않았고 결정적으로 나는 타인의 사정에 귀를 기울일 만큼 여유롭지가 않았다.

그러나 윤경은 언제부턴가 나를 부르지 않았다. 언니는 정말 좋은 사람이야라는 말만 주문처럼 엉절거렸다. 그로부터 얼마나 지났던 것일까. 윤경은 얼마나 오랫동안 우울증을 앓아 왔던 것일까.

그때 좀 더 윤경의 얘기를 들어줬더라면 상황이 달라졌을까라는 생각을 한동안 했었고 언제까지 그러고 있을 수만은 없어서 다시 평소대로 전화를 받고, 받을 수밖에 없었다. 내가 직접적인 원인은 아니었을 거야라고 생각하면서도 혹시 내가 도화선의 불을 지핀 것은 아니었을까, 왜 많고많은 사람 중 하필 나에게 그런 속내를 털어놓았을까, 이런 생각들을 했었다. 정말이지 나는 한 번도 누군가의 인생에서 중핵을 틀어쥐고 있던 적이 없었다. 그리고 나는 그런 사람이 되었고 다시는 이곳에 다닐 수 없게 될지도 모르겠다고 생각했었다. 4학년이 된 민규를 보자 그런 생각을 더는 할 수 없었다.

*

이윽고 여름.

아이들의 방학과 맞물려 오전 시간에만 200통이 넘는 전화를 받아야 했다. 나는 메니에르병 덕분에 80개 정도만 받았지만 그것조차도 감당하기에 벅찬 감이 있었다. 한꺼번에 밀려드는 신경질과 고성, 욕설을 듣고 내보내는 일이 반복되었다. 이 좆같은 년이 얻다 대고 충고질이야라는 고객도 있었다. 다른 때 같으면 화를 누르기에 애를 먹었을 텐데 그날은 희한하게 그 말이 표창처럼 날아온 탓에 울음이 북받쳤다. 그럴 때마다 나는 창밖에 있는 메타세쿼이아를 바라봤다. 도심에서 자라는 탓에 다소 푸석하지만 무성하고 커다란 잎사귀를 보고 있으면 나도 모르게 심중이 차분하게 가라앉았다. 회사 앞에 있는 메타세쿼이아는 일반 가로수보다 크게 자랐다. 그래서 잎 위에 가끔 여러 가지 물질들이 바람에 실려 내려앉곤 했다. 어떤 날에는 연분홍색 꽃잎들이 수북히 위에 앉기도 했고, 비닐봉지나 살이 다 빠진 방패연 같은 것이 놓여 있기도 했다. 대서(大暑)를 지나면서 잎사귀 위에는 꽃잎들이 얹혀져 있는 빈도가 훨씬 더 많아졌다. 갑자기 어지러워지거나 심한 말을 들었을 땐 메타세쿼이아 위에 쌓인 꽃잎들을 하나하나 셌다. 힘들었지만 버틸 수 있었다. 언제든지 나를 무심코 버릴 수 있는 세계에서. 그런 나날이었다.

왜인지 그해 여름엔 육체적으로나 정신적으로나 허약해지고 있었고 나는 그것을 절실히 느꼈다. 겨울에도 방학이 있어서 여름과 그다지 다를 바가 없어 보이지만 결정적인 차이점이 있었다. 겨울철 오전 상담 수는 여름에 비해 현저히 낮았다. 그렇다고 해서 유달리 더 상담이 쇄도하는 여름도 아니었지만 나는 지쳐 가고 있었다. 나름 체력을 안배해 보아도 오후에는 일을 이어 가기가 어려워지자 나는 점심시간에서 밥 먹는 시간을 줄여 부족한 잠을 자기로 맘먹었다. 그것은 다짐보다는 규칙이었고 나는 그걸 지켰다.

하루는 너무 피곤해서 밥도 먹지 않고 잤다. 꿈도 없이 깊게 잠들길 바랐으나 꿈을 꿨다. 일어나 보니 기억나는 게 아무것도 없었다. 다만 힘을 주어 닦아도 그 자리에 언제고 남아 있는 얼룩처럼 신경 쓰이는 구석은 있었다. 꿈속에서 나는 걷고 있었다. 어디에서, 어느 쪽으로 걷고 있는지도 모른 채 걷고 있었다. 등 뒤엔 건물 한 채가 서 있었는데 자세히 살펴보지 않더라도 균열의 조짐이 느껴졌다. 그런데도 나는 계속해서 앞으로만 걸었다. 그게 내가 기억할 수 있는 전부였다. 그 외엔 생각나지 않았다. 깨어 보니 등이 조금 젖어 있었다. 악몽은 아니지만 묘한 꿈이었다. 건물은 무너졌을까. 붕괴의 징조를 목격한 사람으로서 신고라도 하는 편이 옳지 않았을까. 그저 꿈에 불과했지만 잔상은 쉽게 물러나지 않았다. 그 후로 그런 꿈을 꾸지는 않았지만 그 방이 떠오를 때마다 왠지 섬뜩해졌고 그런 느낌이 썩 달갑지 않았다.

집에 도착할 때까지 그 느낌이 가시질 않아 민규에게 전부 얘기했다. 내가 정말 그 이야기를 전부 민규에게 했을까. 부분적으로 이야기를 했는지 아닌지도 확실하지 않다. 전부 얘기해 주지 않았더라도 민규는 그때의 내 심정을 이해했을 것이다. 네가 없으면 나는 이대로 떠내려 가 버릴 거야라고 했을 때 민규는 내 어깨를 끌어안았으니까.

그 여자는 하루에도 세 번이 넘게 전화를 걸었다. 전에는 눈여겨 볼 일이 없었는데 최근 들어 이름이 자주 눈에 들어왔다. 예전엔 일주일에 두 번 정도였는데 이제는 하루가 멀도록 전화를 했다. 자식이라곤 둘 있는데 하나는 게임 중독자고 나머지는 웹 서핑 중독자라는 것이었다. 전화 내용의 주도 프로그램 문의가 아니라 자신의 신세 한탄이었다. 문제가 해결된 이후에도 여자는 계속 상담을 신청했고 다른 사람이 받으면 내 이름을 대며 그 상담원으로 바꿔 달라는 요청까지 했다. 자신의 인생사와 가족 이야기, 심지어는 친정 험담까지 했고 조금이라도 한눈을 파는 기색이 보이면 곧바로 신경질을 냈다. 날씨가 좋으니 일이 끝나는 대로 나와서 자식과 나들이를 가라는 둥 말도 안 되는 소리를 해 가며 자기 할 말만 쏟아 냈다. 금방 웃고 있다가도 주제가 전환되면 곧바로 울먹이는 여자가 섬뜩했다.
그날 나는 바람이 불 때마다 메타세쿼이아 위에 놓인 꽃잎이 옆의 나무로 옮겨 가는 풍경을 바라보고 있었다. 상담이 들어온 걸 알리는 벨이 울렸고 그 여자였다. 여자의 목소리는 날이 갈수록 작아졌고 탁해졌다. 음성만으로도 매캐한 향이 풍겨 나오는 것 같았다. 인사를 하기도 전에 여자가 입을 열었다. 다른 때보다 어조가 유난히 높고 날카로웠다. 좋지 않은 일을 막 통과한 사람처럼 잔뜩 흥분해 있었고 내뱉는 문장과 문장 사이의 밀도가 촘촘했다. 나는 창밖으로 고개를 돌렸다. 해가 좀처럼 빨리 지지 않아 사위가 밝았다.

듣고 있어요? 여자였다. 바깥을 보고 있는 동안 여자가 했던 말을 내가 놓친 것 같았다. 정황상 그래 보였다. 여자가 떨리는 숨을 천천히 내쉬는 게 여실히 들렸다. 저기요. 그쪽 말이야. 내가 내는 돈으로 월급 타고 그러는 거 아닌가? 고객이 말을 하면 들어야 될 거 아니야. 그게 그쪽 할 일이고, 안 그래?

이런 상황에서는 빠르게 대처해야 될 텐데 목구멍에 석고를 들이부은 것처럼 어떤 말도 나오지 않았다. 내가 아무런 태도도 보이지 않자 여자의 목소리가 아까보다 곤두섰다.

"사람을 말을 했으면 대답을 해야지. 그것도 못해?"

나는 크게 심호흡을 하고서 느리지만 명료하게 말했다.

"어쩌라는 거예요."

대체 나보고 어쩌라는 거야. 당신이 당신 아들 관리 개판으로 해서 난 사단을 왜 나한테 하소연하느냐고. 내가 얼마나 힘들고 얼마나 고단한지 당신이 알아? 하루에도 전화를 끊어 버리고 싶은 적이 얼마나 많은지 알아? 당신이 그걸 알아? 그걸 당신이 알아? 날씨가 화창하건 우중충하건 나랑은 상관도 없는 일이에요. 당신은 어지러워서 구역질이 나올 정도로 귀가 아파 본 적 없잖아. 나는, 남 일에 신경 써 가며 살 만큼 한가롭지 못하다고요.

이런 말은 한마디도 꺼내지 못한 채 연신 죄송합니다, 주의하겠습니다라고 고개를 조아렸다. 여자와 대면하고 있는 상황도 아니었는데 나는 고개를 조아리고 있었다. 여자는 대답도 않고 전화를 끊었다. 월말 평가 때 이게 들어가면 안 될 텐데. 마우스를 오래 쥐고 있었던지 손목 한쪽이 빨갛게 부풀어 올랐다. 부푼 자리를 조심스레 만져 가며 붓기를 가라앉히는 동안 쉴 새 없이 상담이 들어왔다. 나는 전화를 받지 않았다. 그날 내가 센 꽃잎은 백아흔 개였다.

그 일이 벌어지고 난 후 나는 처음으로 직장을 관두고 싶다고 생각했다.

나는 항상 여기 있고 지상도 지하도 아닌 그 언저리를 배회하고 있다. 그리고 언제까지나 그러고 있을 것이기에 마음이 불편했다. 지금이라도 다른 직장을 알아봐야 할까. 병까지 얻어 가며 내가 여기를 다녀야 하는 걸까. 그런데 내가 그런 걸 결정할 권리가 있나? 과연 다른 곳에 가더라도 이만큼의 대우와 월급을 받고 일할 수 있을까? 어차피 나는 출근해야 되고 그럴 수밖에 없는데 다른 곳에서도 이런 패턴을 반복하지 않을까?

그런 잡념 따윈 집어치우자고 생각했다. 성가시고 골치 아픈 일 투성이였다. 외면할 수 있는 것은 외면하고 살아도 된다고, 나는 그렇게 믿었다.

길었던 여름이 가고 가을로 넘어갈 무렵이 되어서야 네일숍에 들러보기로 마음먹었다. 미애가 주었던 쿠폰을 잊고 있다가 최근에서야 발견했다. 받아둬서 나쁠 건 없어 보였다. 한번 가 보기로 결심했다. 교통편이 애매해서 집에서 버스와 지하철을 한 번씩 갈아타야 했다. 역과 역 사이를 오가며 나는 입술을 뜯었고 손톱 새로 피가 묻어 나왔다.

순조롭게 네일숍에 도착했다. 생각보다 외양이 컸고 미애 말대로 문전성시까지는 아니더라도 꽤 유명해 보였다. 나는 직원에게 쿠폰을 보여 주었다. 케어 비용까지 다 포함돼서 할인 가능하니까 걱정하지 말라며 저기로 가시면 된다고 했다. 나는 엉거주춤하게 고개를 끄덕였다.

손톱을 다듬어 주는 직원은 일곱 명 정도 있었는데 나는 그중 가장 어린 직원에게 배정된 것 같았다. 그 여자아이는 정말로 어렸다. 아이는 어떠한 상황에서건 입가가 팽팽해지도록 웃었다. 그 모습이 낯설지가 않아 나는 심정이 묘해졌다. 그 여자아이는 내게 어머니라는 호칭을 붙여 가며 말했다. 원하는 손톱의 길이와 모양을 물었고 나는 적당히 과해 보이지 않게 해 달라고 말했다. 너무 짧지 않게 해 드릴게요, 어머니. 말끝마다 붙이는 어머니 소리가 거슬렸지만 그러려니 하고 나도 웃어넘겼다. 연황색 대리석이 깔린 바닥에 신발 앞코를 떨어뜨리며 모든 단계가 끝나기를 기다렸다. 나는 이유 없이 초조했고 불안해하고 있었다.

여자아이가 내게 자꾸만 대화를 붙이려 했다. 어머, 손님, 혹시 처음 와 보신 거예요? 좀만 더 늦게 오셨다면 손톱 다 갈라질 뻔했네요. 생긋 웃으며 그런 말을 하는 여자아이의 도를 넘나드는 친절과 호의에 나는 조금 거북함을 느끼고 있었다. 그런데도 여자아이도 웃고 나도 웃었다. 그 가게에서, 그 웃음이 점차로 사라지는 것을 나는 기이한 심정으로 감지하고 있었다. 여자아이는 색을 올리고 나서 간단한 장식을 해 보는 건 어떻겠냐고 제안했다. 망설이는 기색이 역력한 내 앞으로 여자아이는 기본 도안이라며 샘플북을 들이밀었다. 나는 통증을 참는 듯 눈을 닫은 채로 허리를 두드렸다. 빨리 집으로 돌아가 쉬고 싶었다. 가만히 앉아만 있어도 힘이 새어 나갈 정도로 나는 피로했고 그것이 역력히 눈에 보이고 있었다.

튀지 않을 정도의 연한 색으로 부탁했다. 여자아이는 어머님

나이 또래의 분들은 손이 부르트거나 굵어지시는데 어머니는 손가락이 얇고 하여서 더 욕심을 내도 괜찮다고 나를 설득했다. 어머니의 손은 충분히 그런 장식이 어울리고 하는 게 낫다는 것이었다. 나는 전화 상담을 하고 있어서 거추장스럽다고 사양했다. 아침에 귀에서 윙 소리가 난 탓에 나는 예민해져 있었다. 그때까지만 해도 둘 다 웃고 있었다. 모두가 웃고 있었다. 여자아이는 자못 아쉬운 표정을 지었다. 기술에 있어서는 나이에 비해 숙련된 듯했으나 여자아이는 아직 고객을 상대하는 법을 잘 모르는 것 같았다. 그래서 참았고, 참았으나 여자아이가 그래도 이왕 오신 김에 하시는 게 어떨까요라는 말에 나는 자리에서 일어났다.

화를 내는 것과 내지 않는 것.

그때 나는 어떻게 해야 했을까. 나는 여자아이에게 화를 냈고 온갖 욕을 섞어 가며 그 가게를 박차고 나왔다. 필요 이상의 화. 그 지점에 대해선 아직도 목에 무언가가 걸린 듯이 잘 말할 수가 없다. 나는 그걸 알 수 없었고 아마 앞으로도 알 수 없을 것이다.

"이봐 아가씨. 내가 우스워 보여? 됐다는데 왜 자꾸 하라고 그러는 건데. 내가 병신도 아니고 댁이 하라면 하고 말라면 말고 그래야 되는 건가. 그래야 되는 거냐고."

놀란 매니저와 원장이 황급하게 내 쪽으로 다가와 무슨 일이냐고 물었다. 나는 아무 말도 하지 않고선 카운터로 걸어갔고 거기서 쿠폰과 내가 별도로 지불해야 하는 비용을 탁 소리나게 올려놓고선 진짜 미친년 아니야라고 흘겨보듯이 혼잣말을 했다. 여자아이는 눈물이 그렁그렁해져서는 귀가 새빨개져 있었고 나는 그 뒤통수로 내리꽂히는 원장의 싸늘한 눈총을 보았다.

가게를 나오는 동안에도 방금의 상황을 억지로 곱씹었다. 순간 주위가 고요해지며 여자아이의 얼굴이 떠올랐고 무언가가 가라앉는 걸 느꼈다. 교차로 한복판에 무방비로 서 있는 느낌이었다. 분명 저 여자아이에게 화를 냈고, 화를 낼 만한 상황이었는데도 마음이 이상하게 떨렸다. 무언가가 엉킨 것 같았으나 그것을 알지 못해 약간 혼란스러웠다. 마른 꽃잎이 부서지듯 눈꺼풀이 조금 떨렸다.

나는 그 가게를 떠났고 그런 감정을 내 것이라 용납할 수 없었다.

*

나는 이곳에서 2년만 더 일하고 떠날 것이다. 이것은 어디까지나 나의 소망이므로 어쩌면 10년이 될지도 모른다.

민규가 이렇게 살지 않게 하려면 내가 이렇게 살아야 했다. 나는 그 말을 내 어머니에게서 들었다. 네가 나처럼 이렇게 살지 않게 하려면 내가 이렇게 살아야 한단다. 어머니를 떠올리면 저 말이 가장 먼저 떠오른다. 내 어머니는 2년 전에 돌아가셨다. 어머니는 자신이 혼수상태에 빠지게 되면 망설일 것도 없이 안락사를 하라고 말했다. 내 어머니는 곤고한 표정으로 운명했다. 나도 저런 표정으로 마지막을 맞이하게 될까. 잠깐 생각해 봤다.

민규와 나는 다시 이사를 했다. 비록 같은 동네이긴 하지만 전보다 더 나아졌다고 생각한다. 반지하라고 하기에도 애매한 위치에 있는 집이다. 택배가 올 때마다 배송장에 적힌 지층이란 단어가 아직도 어색하지만 머지않아 바로 적응될 것이다.

민규는 시인이 되고 싶다고 했다. 자신은 지금 은유로서의 질병을 앓고 있다는 말도 했던 것 같다. 그런 건 돈벌이가 되지 않는다고, 그러니 진로를 바꿔 보는 건 어떻겠느냐고 했다. 그러자 민규는 내게 책 한 권을 건네주었고 중간쯤에 보람줄이 끼워져 있었다. 여러 장에 걸쳐 형광펜으로 밑줄이 그어져 있었는데 돌이켜보면 기억나는 것은 얼마 없다. 상속과 상속에 관한 글이었다. 부만 상속이 되는 것이 아니라 가난까지도 상속이 될 수 있고 유형의 물질이 아닌 무형의 물질 역시 상속이 가능하다는 내용의 글이었던 것 같다. 나는 그대로 책을 덮어 버렸고 그 후로 그 일에 대해 더 이상 얘기하지 않았다.

새집 뒤편에 있는 근린공원에는 목련나무가 많이 있다. 새하얀 한 떨기 목련을 유심히 바라보고 있으면 나도 모르게 몇십 분이고 그곳에 서 있게 된다. 목련에서 퍼지는 은은한 향은 화창하고 개운하다. 나는 가끔씩 목련나무 밑에 앉아 바닥에 떨어진 꽃잎을 세곤 한다. 치이고 밟혀 곤죽처럼 거무죽죽하게 풀어진 것들을 제하고서라도 눈부시게 밝은 꽃잎들은 늘 수북히 쌓여 있다. 내 탓이 아니라고 말하고 싶은데 돌이켜보면 도무지 내 잘못인 것 같은 일. 그 밑에서 나는 종종 그런 일을 생각한다. 윤경을 생각했던 적도 있었다.

미애는 회사를 그만두었고 더 좋은 직장을 찾겠다고 했다. 그녀는 좋은 직장을 찾았을까. 그럴 것이라고 생각한다. 그렇게 생각하는 쪽이 훨씬 마음 편하다. 나는 여전히 이곳에서 욕을 듣고 고성을 감당한다. 메니에르병이 작동하는 순간마다 귓속의 물이 출렁거려 아무것도 못하는 상태가 된다. 예전과 무엇이 달라졌나. 나를 알고 있던 사람들은 모두 나갔다. 이곳에 나만 남아 있는 것이 불행하다고 생각하지는 않는다. 지금보다 더 나은 삶을 희망하지만 계속 여기에 머물게 된다고 해도 상관은 없다.

아직도, 가끔씩 그때의 기억이 나를 돌풍처럼 헤집고 간다.

그러고 나면 수치심이라든가 외면하고 싶은 마음이 들기에 앞서 중력처럼 모든 것을 제자리로 가라앉게 하는 어떤 감정이 나를 채운다.

언젠가 길을 걷다가 그 아이와 마주칠 순간이 올지도 모른다. 그땐 무슨 말을 해야 할까. 하지만 그런 순간 따위는 오지 않을 것이다. 나는 그것을 알고 있었다. 설령 만나더라도 늘 하던 대로 땅을 보며 걷거나 피가 배어 나오도록 아랫입술을 뜯으며 그 자리를 피해 갈 것이다. 자리로 돌아와 다시 전화를 받고, 귓속의 물이 출렁거리면 메타세쿼이아 위에 앉은 것들을 세며 살 것이다. 그렇게 살아왔으니 그렇게 살 수밖에 없을 것이다.

그러나 돌아오는 길목에서 나는 조금 울었다.

프롤레타리아

정발고등학교 3
강민지

1

어느 소설가의 오른팔은, 그가 남긴 숱한 원고 뭉치와 함께, 리바이어던의 꿈틀대는 뱃속으로 던져졌습니다. 그 젊은 작가는, 모두가 잘사는 사회를 꿈꾸는, 미친 사람이었기 때문입니다. 그의 불온한 사상은 괴물의 뱃속에서 으깨졌습니다. 아아, 불쌍도 하여라. 귀부인들은 보얗게 살이 오른 팔을 들어 낯을 가리고 웃었습니다. 기름기가 흐르는 탐스러운 팔입니다. 살롱의 신사라면 모두가 한입 크게 베어 물고 싶다고 생각할 것입니다.

2

그렇게 김은 눈을 떴다. 손바닥 크기의, 하늘도 다 담지 못할 좁은 창으로 들어오는 과분한 햇살과, 막 건져 올린 물고기가 펄쩍

165

거리며 필사적으로 뛰어오르는 것처럼 투박하게, 그의 몸을 돌다가 이따금 시퍼런 핏줄로 모습을 드러내는 그의 젊음까지 여전히, 모든 것이 그대로임을 확인하고 나서야 배가 고파 왔다.

"젠장할."

그가 우악스럽게 찬장을 열자 설진이 일었다. 여전히 햇빛은 좁은 창을 비집고 들어와 잿빛 방 안에서 소리 없는 비명을 질렀고 떠다니던 먼지는 빛을 받아 하얗게 반짝였다. 마침내 고요한 심해에 가라앉는 하찮은 부유물들. 찬장은 신경질적으로 닫히고 김은 불평했다. 주린 배를 채울 만한 것이 아무것도 없었으므로.

이어 그는 반쯤 헤진 잿빛 프록코트를 걸치고 집을 나선다. 일렬로 죽 늘어선 같은 양식의 잿빛 판잣집 사이로 사내들이 쏟아져 나왔다. 채 가시지 않은 겨울바람이 제법 매섭다. 사내들은 모두 제 겉옷을 여미느라 바쁘다. 영문을 모르는 파도처럼, 무거운 몸을 끌며 한 방향으로 우우 걸어가는 그들의 모습은 영락없이 상어에게 쫓기는 다랑어 떼였다. 그들은 간단한 눈인사조차 주고받지 않는다. 봄을 기다릴 만도 한 새 울음 역시 들리지 않는다.

일할 능력이 건재한 사내들은 일제히 어떤 건물로 향했다. 리베라토르. 거대한 회색 컨테이너를 연상시키는 그 건물은 그렇게 불렸다. 그것은 오랜 고대 제국의 언어로 '해방자'라는 뜻을 가지고 있다. 벗어날 수 없는 계급의 굴레에서 해방자라니, 우습게도.

사내들은 노동했다. 가진 것이라고는 몸뚱이뿐이었다. 가진 것 없는 그들에게 오롯이 부여된 단 한 가지 권리. 그것은, 노동할 권리다. 어쨌든 하루가 다르게 여위어 가는 아내와, 뱃속이 허전해 울음을 터뜨리는 자식들을 위해 그들은 노동했다. 그러고 나면 국가는 그들에게 일정한 수당을 지급했다. 이 얼마나 합리적인 계약

관계인가. 그들이 생산한 모든 이윤을, 상위층의 부류가 파이를 나누듯 전부 나누어 가지면, 남는 부스러기가 똑같이 배분되어 내려오는 식이었지만, 아무튼 그들은 노동했다. 그들은 그들이 받는 부스러기들이 사실은 파이였다는 것도, 그들이 피땀 흘려 얻어 낸 파이가 온전히 자신들에게 돌아오지 않는다는 것도 몰랐다. 수당이야 어쨌든 안 받는 것보다야 낫지 않은가.

그들이 걷는 반대 방향으로 말들이 끄는 붉은 마차들이 지나갔다. 김은 눈을 들어 마차를 바라본다. 귀부인의 마차다. 어린 부인과 처녀들은 부채로 입을 가리고 있었지만 날카롭게 내리깐 눈이 말하고 있었다. '더러운 프롤레타리아 족속들.'

3

프롤레타리아. 김은 그렇게 불렸다. 김뿐만 아니라 잿빛 작업복을 입은 사내 모두가 그렇게 불렸다. 김은 노동할 수 있을 만한 나이로 성장했을 때 인두로 지져 새긴 자신의 표식을 알고 있다. 그것은 전쟁이 멈춘 후 새롭게 도래한 그들 국가가 가진, 일종의 시스템이었다. 프롤레타리아는 사명감을 가지고 나라를 위해 일한다. 그들이 가진 것은 오직, 건강한 몸과 노동력뿐. 프롤레타리아는 국가가 지정한 일정한 크기의 판잣집에서, 일정한 크기의 마을을 이루고 산다. 그들은 노동에 필요한 것 외에는 교육받을 수 없다. 그들은 가난하다. 다만 국가에 의해 보호받고, 국가를 위해 일할 수 있는 자신들의 역할을 자랑스러워해야 할 뿐이다. 그들은 하루 온종일 리베라토르에서 노동한다. 그들이 생산하는 것은 사회 전반의 밑거름이 된다. 그러나 그들은 철저히 억압되고 고립되며 차별받는다. 왜냐하면 그들은 열등하기 때문이다. 그들의 열등

함은 오랜 전쟁을 통해 밝혀진 사실이다.

　김이 배정된 리베라토르 제1공장은 빛이 잘 들지 않는다. 추웠다. 작은 실수에도 감시자들의 채찍질은 비 오듯 쏟아졌다. 유리벽 너머에는 젊은 처녀들이 잿빛 작업복을 입고 신발을 만들고 있다. 하나같이 입술이 바싹 말라 있다. 저들 중 누군가는 오늘 감시자의 노리개가 되거나, 거친 구두 굽에 잔인하게 채여 죽으리라.

　그리고 얼마 지나지 않아 김의 앞으로 깡마른 노인이 쓰러졌다. 감시자는 노인의 등 위로 채찍을 갈겨 댔으나 노인은 꿈적도 하지 않았다. 노인은 이미 뻣뻣하게 굳어 있을 것이었다. 유리벽 너머 처녀들 무리에서 한 젊은 여자가 노인을 발견하고 울부짖었다. 가족인 것일까. 김은 자신의 눈먼 홀어머니를 떠올린다. 건너편 감시자가 울부짖으며 유리창을 닦던 여자의 뺨을 갈긴다. 눈이 마주쳤다. 감시자와 엮여서 좋을 것이 없었다. 김은 즉시 눈을 피했지만 곧 노인을 무자비하게 폭행하던 감시자가 노인의 죽은 몸뚱이 위로 침을 탁 뱉고는 김에게 손짓했다. 치워. 공장 바깥에 위치한 구덩이에 노인을 던져 넣으라는 지시였다.

　노인의 시신은 차가운 흙바닥을 굴렀다. 등 뒤로 쏟아지던 여자의 울음소리도 잦아들었다. 고개를 드니 한 아이가 서 있었다. 아이는 겉보기에도 곧 쓰러질 것처럼 병약하고 지쳐 보였다. 김은 배식으로 나온 빵 덩어리를 던져 주곤 아이더러 집으로 돌아가도록 일렀다. 김은 문득 하늘을 올려다본다.

　하늘은 푸르렀다, 잔인하리만치. 그리고 그길로 김은 도망쳤다. 김은 자신의 행동이 가진 연유를 모른다. 아마 인간의 원초적 본능, 그것이리라.

　어쨌든 김은 도망쳤다.

4

어느덧 해가 기울고 거리는 한적하다. 김은 하릴없이 거리를 거닌다. 이따금 개 울음소리가 들리면 감시자가 사냥개를 풀어놓 았을까 봐 어깨가 움츠러들었다. 그는 선술집으로 몸을 피했다. 돌연 시선들이 날아와 꽂힌다. 그가 잿빛 작업복을 입고 있었기 때문이리라.

"이봐, 프롤레타리아. 그 더러운 몸뚱이를 함부로 끌고 들어오 면 어떻게 되는지 가르쳐 주지."

제법 사납게 생긴 사환꾼이 성큼성큼 걸어오며 이죽거린다. 커 다란 주먹이 어지간히 매울 것 같다. 외마디 비명을 지르며 자리 에서 일어나는 여자들의 형형한 치맛자락과, 놀란 토끼 눈으로 이 쪽을 바라보는 바텐더의 넥타이, 그리고 왁자하게 웃음을 터뜨리 는 손님들의 풀어헤쳐진 와이셔츠가 어지러이 뒤섞인다. 그리고 순간, 작은 체구의 사내가 김의 앞을 막아선다.

"이 이상 소란을 일으키면 지배인을 부르겠소."

"이미 저 프롤레타리아 녀석이 들어온 것만으로 소란은 충분한 뎁쇼, 나리."

사내는 완강하다. 사환꾼은 결국 윗입술을 핥으며 발걸음을 옮 길 도리밖에 없었다. 김은 어안이 벙벙하다.

"이쪽으로. 우선 그 작업복은 벗으시오. 여기, 내 조끼를 입고."

김은 사내가 시키는 대로 옷을 갈아입었다. 체구가 서로 맞지 않아 영 우스꽝스러운 게 아니었다. 김은 멋쩍게 웃었다. 사내의 뒤에는 일행으로 보이는 남자들이 여럿 서서 김을 아래위로 훑어 보고 있었다.

"당신들은 누굽니까?"

"지식인이오."

지식인? 차림새로 보아 그들은 일반 계급인 듯했다. 김은 고개를 갸우뚱했다. 이 어리둥절한 프롤레타리아 사내의 표정을, 지식인들은 충분히 이해한 것 같았다.

"혁명의 불씨를 찾고 있소. 이 사회를, 계급에서의 해방은커녕 계급 간 이동조차 경직되어 버린 이 사회를 깨울, 몸소 등에가 되어 혁명에 불을 붙일 혁명의 불씨를."

김은 여전히 어리둥절했다. 혁명? 부르주아지를 감히 올려다보며 근근이 살아가는 프롤레타리아에게 그것이 다 무어란 말인가. 그들 중 가장 젊어 보이는 이가 말을 잇기 시작했다.

"이 사회는 죽었소. 아니면 거의 죽어 가고 있다고 보아도 좋소. 당신은 일하는 빈곤층에 대해서 들어보았겠지. 그들의 자식이 앞으로 사회에 예속되어 느낄 박탈감과 그것이 대물림되는 것에 대한 죄책감까지도. 아, 불안해하고 있구려. 그러나 당신을 원초적으로 주어진 계급으로 말미암아 책망하려는 것은 아니니. 생명을 잃은 이 나라에는 야수가 된 자본이 찢어 죽인 소외된 인간성이 하나의 유령이 되어 배회하고 있을 뿐……. 당신은 기억하시오? 당신 자신이, 프롤레타리아가 아닌 자유로운 육체를 가진 한 인간이었던 시절을?"

5

"교양 없이!"

김은 고개를 들고 자신이 부딪힌 사람을 확인하려고 했다. 재차 사과하려 해도 그는 영 머릿속이 어지러웠다. 높게 갈라지는 목소리로 미루어 김과 충돌한 사람은 여자였다. 그는 방금 막 선술집에서 뛰쳐나온 참이었다. 혁명이라느니, 해방이라느니 하는 것들은 이미 그의 뼛속 깊숙이 새겨진 어떠한 계급의식에 역행하는 것이었다. 감히 들어 본 적도, 상상한 적도 없는 무언의 압박감에 그는 숨이 막히고 피가 거꾸로 솟는 듯했다.

"어머나, 미스터 데릭!"

목소리의 주인은 김을 일으켰다. 여자 치맛자락에 걸려 넘어지다니 꼴사납군. 하며 김은 얼떨결에 여자의 팔을 붙잡고 일어서 얼굴을 확인했다. 그러나 본 적 없는 얼굴이었다. 하지만 분명, 부르주아지다, 이 사람은 부르주아지야. 하지만 발이 떨어지지 않았다. 분명 그녀는 하얗게 미소를 짓고 있었다.

"미스터 데릭, 이런 꼴로……, 어머나, 이이가 무슨 일이람, 몸에 힘이 하나도 없어."

"누, 누구십니까?"

"어머나, 가여워라. 분명 불행한 일을 당하신 거야. 이런 곳에서!"

여자는 김을 부드럽게 끌어안아 부축하고, 동시에 하수인들에게 마차를 준비하도록 일렀다. 김은, 자신을 '미스터 데릭'이라고 부르는, 이 차려입은 부르주아지 여자에게 무어라 말해야 할지 몰랐다. 그는 탈주한 프롤레타리아였다. 김이, 그녀가 반가워해 마지않는 '미스터 데릭'이라는 신사가 아님을 안다면……. 마차를 부르는 하수인의 구두 굽이 유난히 두텁고 단단해 보였다. 그는 본능적으로 소매를 들어 얼굴을 가렸다. '사람을 잘못 봤다'고 사실대로 일러 주어야 할 말이 이상하게도 목 언저리에서 더 이상 나오지 않았다.

"폴, 이일 도와 드려. 어쩜 어제만 해도 내가 주최한 살롱에 다녀가셨던 분께서!"

"괜, 괜찮습니다. 괜찮습니다."

김은 여자의 하수인이 도움을 주려고 다가오는 것을 가까스로 거절했다. 마치 그가 옷 속을 투시해 김의 몸에 새겨진 계급의 표식을 읽을 수 있기라도 하듯이. 황금빛 마차 문을 열자 그 안은 붉게 치장되어 있었다. 김의 눈에는 그것이 붉게 타오르는 맹수의 입천장만 같았다. 하지만, 마차를 타고 리베라토르에서 멀어져 어디론가 더 멀리 도망갈 수 있다면? 벌써 감시자들은 김을 찾느라 혈안이 되어 있을지도 모른다. 그들이 눈먼 어머니를 끌어냈을까? 도망쳐야 한다. 여잘 따돌리고 빙 돌아서 가면 아무 일도 없었다는 듯 공장으로 돌아갈 수 있을까?

김은 복잡한 머릿속을 정리하며 마차에 올랐다. 마차는 느리게 출발했고, 마차 창문 너머로 선술집의 입구에서 더 다가오지 못하고 부르주아지 여자와 김을 노려보는 젊은 지식인 무리가 보였다. 여자는 맞은편에 앉아 김의 시선을 따라가 보더니 김과 그들을 번갈아 보며 콧김을 흥 뿜었다.

"폴, 마차를 돌리라고 해. 난 리베라토르에 오라버닐 뵈러 가지 않겠어."

이 여자는 부르주아지면서 리베라토르와 무슨 연관이 있는 걸까. 김은 행여나 자신이 탈주한 노동자 신분으로 리베라토르의 감시자에게 넘겨질까 봐 소름이 쫙 끼쳤다. 여자는 그런 김의 마음을 읽기라도 한 듯 김에게 말했다.

"미스터 데릭, 저희 오라버니, 그래요, 제1공장의 소유주 말이에요. 곧 제2, 제3공장까지도 소유할 예정이랍니다. 어제 말씀드리고 싶었지만, 호호."

172

김은 여자를 바로 쳐다보지 못했다. 자칫 잘못하면 곧잘 리베라토르로 넘겨져 아침의 그 노인처럼, 아니, 더 심한 모습으로 죽게 될 것만 같았다.

"아까도 짐작했지만, 그들은 역시 '지식인'인가요? 그런 무리와 접촉한다니 의외예요. 살롱의 모두가 그렇게 생각할 거예요."

"저…… 부인, 혹시……."

김은 말하기도 전에 손이 떨리는 것이 느껴졌다. 젠장, 젠장, 젠장! 그것은 본능적인 두려움도, 거짓말에 대한 죄책감도 아니었다. 이제껏 그에게 멸시와 경멸의 시선만 던지던 부르주아지 귀부인이, 아무리 사람을 착각했다고 해도, 사회 하층민인 그에게 부드러운 미소와 교양 어린 말투로 예의를 갖추고 있다는 것은, 그에게 이제껏 느껴 보지 못한 이상한 감정을 불러일으켰다. 더불어 '미스터 데릭'이라는 사내에 대한 궁금증까지도.

"나, 나, 나를 어디로 데려가는 겁니까."

"그런 교양 없는 말투를 쓰시는 것도 제 관심을 끌려는 작전의 일환인가요?"

여자는 영문을 모르겠다는 듯 여전히 웃고 있었지만 김은 입을 다물었다. 부르주아지 여자들은 원래 저렇게들 웃는 것일까, 양쪽으로 잡아 올린 입아귀와 달리 눈가엔 웃음기는커녕 핏기조차 없어 보였다. 간파당했을까. 김은 여전히 불안했다. 팔짱을 끼고 다리를 꼰 채 고개를 푹 숙인 김은 금방이라도 마차와 융합되어 그 안으로 빨려 들어갈 듯했다. 마차는 먼지 날리는 더러운 거리에서 황무지를 거쳐 나무가 우거진 숲을 가로지르는 잘 정비된 길을 달렸다. 김은 이제는 아주 돌아갈 수 없을 듯했다.

"미스터 데릭, 저는 당신의 말씀을 하나도 빠짐없이 기억하고 있답니다. 정말이지 성인의 말씀보다도 주옥같았어요. 당신은 더럽고 천한 가난뱅이들을, 하등한 족속들을 사회의 발전을 저지하는 죄인이라고 하셨잖아요. 그들은 우리가 마땅히 가진 부와 권위를 위한 노력을 하는 대신 그들의 가난을 국가와, 우리 부르주아지의 탓으로 돌린다고요! 저는 그래서 나이 어린 저희 집 하녀가 제 물건을 탐냈을 때 그 아이의 더러운 본성을 이해할 수 있었죠."

김은 아무 말도 하지 않았다. 김의 육체는 어느 맹수의 붉은 입속에 잠식되고 있는 듯했다. 여자가 꺼내는 말은 지식인의 말과는 또 다른 것이었다. 그들 각자의 사상은 김의 안에서 서로를 이간질했다.

마차는 느리게 멈췄다. 마차가 멈춘 그곳은 어느 평화롭고 한적한 마을 어귀의 저택인 듯했다. 김은 잘 정돈된 길가의 블록에 반사되는 햇빛에 눈이 부셨다. 어둡고 눅눅한 컨테이너와 판잣집 따위는 볼 수 없었다. 이것이 가난인가, 김은 말로 표현하지는 못했지만 무언가 잘못되었음을 느꼈다.

마차 문이 열리자 김은 황급히 내렸다. 무슨 연유에선지 김은 발을 떼기 전에 몸을 돌려 마차 입구에 몸을 걸치고 서 있는 여자를 올려다보았다. 여자가 손을 내밀었다. 부축의 요구였다. 그녀의 의기양양한 눈은 마치 '내 손등에 키스해도 좋아요.'라고 말하는 듯했다. 김은 불현듯 속이 울렁거렸다. 그래서 김은 다시 도망쳤다.

6

김은 여전히 여자의 저택 근처에서 복잡한 머리를 안고 서성였다. 점차 해는 기울어 주변이 황금빛으로 물들었다. 김은 이러한 풍경의 아름다움마저 혼란스러웠다. 그럼에도 그의 허기진 위장은 몸을 비틀며 비명을 질렀다. 김은 프롤레타리아 주제에 아직도 굶주림 따위에 익숙해지지 못한 자신이 우스웠다. 그러고 보니 아침 식사 이후로 아무것도 먹지 못했다.

저택 문이 열리며 낮에 본 여자가 하인들의 배웅을 받으며 마차에 올랐다. 김은 마차에 바짝 따라붙었다. 길지 않은 추격 끝에 마차는 커다란 극장에 다다랐다. 조명을 받아 번쩍거리는 마차들이 차례로 돌 때마다 차려입은 남녀가 내려 사람들 무리 안에서 서로의 뺨에 키스를 했다. 김은 모자를 푹 눌러쓴 채 그들 무리 안으로, 극장 안으로 숨어들었다. 복도마다 노란 조명이 어룽졌으며 사람으로 채워져 생기 넘치는 극장은 낮에 본 풍경과는 다른 아름다움으로 빛났다.

무대와 객석이 어두워졌다. 김은 관객석 커튼 뒤로 숨어 숨을 죽였다. 이윽고 하얀 조명만이 떠올라 무대를 비추었다. 발끝으로 선 무용수들이 사뿐사뿐 춤을 추며 무대를 거닐었다. 그들의 피부는 창백하게 빛났으며, 넓게 퍼진 무용복 역시 호숫가에 떠오른 평화로운 달을 연상시켰다. 김은 눈을 크게 떴다. 프롤레타리아인 그가 피땀을 흘려 노동하는 동안 부르주아지는 무대 위의 꾸며진 허상을 보며 삶의 위안을 얻었다. 그 허상은, 분명 김의 일생을 조롱하고 있는 것임에도, 너무나 아름다워서, 김은 눈물을 흘렸다.

커튼이 내리자 사람들이 우우 빠져나왔다. 김은 물살을 역행하는 연어처럼, 그러나 달리 목표 따윈 없는 부표처럼 이리저리 부딪치며 방황했다. 그리고 마침내 김은 어느 신사와 부딪쳤다. 고개를 들어 사과하기도 전에 김은 물 밖으로 끌어낸 부표처럼 바닥을 나뒹굴었다.

"이런 더러운 자를 극장 안에 들이다니!"

시선이 느껴졌다. 여자들의 비명 소리와 비웃음 소리도 느껴졌다. 고개를 들어 보니 사내의 손에 가죽 장갑이 들려 있었다. 분명 사내는 저것으로 김의 뺨을 후려갈겼으리라. 다행히 눌러쓴 모자는 그대로였다. 경비로 보이는 사내 둘이 들어와 김의 뒷목을 잡고 일으켰다.

"그럴 것 없네. 내가 데려가지."

양장을 입은 노인이 사람들 무리를 뚫고 나와 앞을 가로막았다. 김은 영문도 모른 채 노인에게로 넘겨졌다. 그리고 부르주아지 여자가 그랬듯 노인은 김이 마차에 오르도록 했다. 다만 마차의 내부는 녹아내릴 것만 같은 짙은 푸른색이었다.

'부르주아지 양반들은 하나같이 사람을 까닭 없이 마차에 처넣는 게 취미인가 보군.'

여자와 달리 노인은 김에게 아무 말도 하지 않았다. 그들은 밤거리를 달려 커다란 저택에 도착했다. 저택의 계단을 올라 복도 끝의 문 앞에서, 노인은 겨우 입을 열어 한마디 말을 꺼낸 뒤 물러났다.

"도련님께서 분부하신 대로, 말씀하신 사내를 데려왔습니다."

"들여보내."

김은 방 안으로 들여보내졌다. 뒤로 돌려진 커다란 가죽 안락의자의 등받이가 가장 먼저 눈에 들어왔다. 팔걸이에는 흰 장갑을 낀 손이 놓여 있었다. 그 앞에 놓인 응접실의 탁상 위에는 작은 권총이 놓여 있었다. 김은 을씨년스러운 분위기의 장막을 깨고 입을 열었다.

"당신은…… 누구요?"

"그래, 궁금할 만도 하지."

안락의자에 앉아 있던 사내는 말을 마치고 몸을 일켰다. 그가 돌아서자 김은 다리가 풀려 주저앉을 수밖에 없었다. 미스터 데릭, 그의 얼굴…… 그 얼굴은 마치…….

"미스터 데릭, 당신은 날 그렇게 부르시오."

김의 앞에는 김의 것과 똑같은 얼굴을 한 사내가 서 있었다.

7

그제야 모든 정황이 들어맞았다. 사내가 양발 사이에 세워 지탱하고 있는 검은 스틱의 도금된 쇠두껍이 빛났다. 사내는 당황하는 기색 없이 안락의자를 돌려 김을 마주하고 앉았다. 그리고 김이 진정하여 스스로 일어설 때까지 기다렸다. 그 순간 김의 머릿속은 미친 듯이 혼란스러웠다. 이 사내는 누구인가. 어째서 나와 이토록 소름끼치게 닮은 용모를 하고 있는가.

"나는 내 나이 든 누이를 제외하고 다른 형제가 있다는 말은 들어 보지 못했지. 즉 당신은 내 형제가, 그래, 아니라는 말이오."

"그리고 당신은……."

사내는 도중에 말을 마치고 천천히 걸어왔다. 그리고 그는 스틱을 들어 뺨을 맞고 넘어지느라 헤진 그의 낡은 겉옷을 들추었다.

"……프롤레타리아."

사내의 언사는 모욕적이면서도 두려웠다. 사내는 아랑곳 않고 말을 이었다. 이어지는 사내의 대화는 그 자신이 중얼거리는 것 같기도, 김을 향한 것 같기도 했다.

"오늘 한 숙녀분께 흥미로운 이야기를 들었습니다. 그녀는 내가 지식인 무리와 함께했다며 나를 위선자 취급하더군요. 아마 그녀는 당신과 나를 혼동했겠지요. 당신은 '지식인' 무리의 말을 어떻게 생각하십니까?"

"……."

"모두가 잘사는 나라? 인간의 기본적인 삶을 보장한다고! 모든 사람이 잘 먹고 잘살게 된다면 나는 인간답지 못하게 됩니다. 나는 사회의 도태되는 버러지들을 보며 그들에게서 우월감을 빨아먹고 사는 존재니까 말입니다. 이건 분명 그들 이론의 패러독스입니다. 스스로를 지식인이라 칭하는 무뢰배들이, 우매한 무산계급의 헛된 망상이 참으로 우습지 않습니까?"

그는 이미 김을 바라보고 있지 않았다. 그의 스틱은 그가 격화되어 갈수록 그의 몸짓에 맞추어 점점 더 세게 바닥을 두들겼다. 김은 비틀거리며 탁상으로 몸을 이끌었다. 지식인의 말대로 우리는 모두가 똑같이 프롤레타리아여야 할까. 아니면 추악하고 더러운 본성을 인정하고 계급에 순응해야 하는 걸까. 태초에 모두가 어머니 품에서 배웠을, 이를테면 어려운 이를 도와야 한다든지, 선하게 살아야 한다든지 하는 그런 것들, 아주 간단한 인간 본연의 도덕 법칙대로 사는 것은, 왜 이렇게도 어려운 것인가. 그리고 김의 손끝에 차가운 방아쇠가 느껴졌다.

김은 방아쇠를 당겼고 총알은 사내의 가슴을 관통했다.

8

노인은 아무 말도 하지 않았다. 그때 그는 김에게 흰 수건을 건네고, 방을 치울 테니 나가 있기를 정중히 부탁했다. 어쩌면 김이

'미스터 데릭'이 된 것은 그 순간부터였는지도 모른다.

"나도 프롤레타리아입니다."

그것이 그 순간 공포에 질린 김이 노인에게 들은 한마디였다.

9

김은 극장에 퍽 자주 드나들었다. 발레단의 가장 아름다운 무용수, 그것은 옥주였다. 그는 무대가 끝날 때까지 옥주를 기다려 꽃다발이나 편지를 선물했다. 어느새 그는 비참함에 눈물 흘렸던 허상을 사랑하게 되고 만 것이다.

"앞으로는 나를 무용수라고 부르지 말아요."

"그럼, 무용수를 무용수라고 하지 뭐라고 불러?"

"예술인."

그리고 그녀는 수줍게 웃었다. 자본의 움직임을 파도 삼아 떠다니는 인간 해파리들 속에서 옥주는 의지를 가지고 자유로이 헤엄치는 인어 같았다. 그러나 옥주는 더 큰 무대로 나아가지 못하는 것을 안타깝게 생각했다. 그녀는 그녀 자신이 원하는 예술의 경지에 도달하기까지의 시간이 필요하다며 김의 구애를 한사코 마다했다. 이 얼마나 순수한 예술의 결정체인가, 그녀는 분명 희망을 춤추는 발레리나였다. 그녀는 분명 커튼 뒤에서 몸을 파는 코르티잔과는 거리가 멀었다. 그녀는 김에게 혁명의 불씨였다.

10

하지만 여전히 김은 프롤레타리아였다. 그의 몸에는 잔인한 계급의 표식이 남아 있었다. 그는 다만 우연한 계기로 표식을 숨기고 부르주아지들 사이로 숨어들었을 뿐이다. 지금 그에게는 이전에 가지지 못한 막대한 자본이 있다. 때로는 돈을 걸기도 했다. 그가 완연히 프롤레타리아였을 때는 상상도 못했던 액수의 돈이, 너무나 쉽게 손가락 사이로 들어오고 나갔다. 공장에서는 하루에도 몇 명의 사람이 혹독한 노동에 죽어 나갔지만 그것은 부르주아지 사회에서 전혀 문제가 되지 않았다. 아니, 보고조차 시원찮았다. 그가 '미스터 데릭'이라는 껍데기를 쓴 채 살아가면 살아갈수록, 그가 속한 사회의 부조리는 그의 살갗 안으로 더욱 파고들었다.

김은 그럴수록 살롱에 더 자주 얼굴을 내비쳤다. 김은 부르주아지의 사이에 숨는 것으로 그의 표식으로부터 도망쳤다. 어느 날, 한 갑부의 아들이 모두의 앞에서 연설을 하게 되었다. 그는 얼굴에 환한 미소를 띠며 말을 이었다.

"이 세상에 노력 없이 되는 일은 없습니다. 저는 인생에서 큰 고난을 겪었습니다. 다시는 그런 고난을 겪고 싶지 않습니다. 그러나 저는 승리했습니다. 그건 바로 제가 노력했기 때문입니다."

박수 소리가 터져 나왔다. 김만이 굳은 표정으로 서서 갑부 젊은이의 환한 얼굴을 바라보았다. 그는 분명, 리베라토르에서 손발톱 열 개가 번갈아 빠지도록 일을 했더랬다. 하루 온종일 채찍질을 버텼다. 그러나 그에게 돌아오는 것은 형편없는 수당과, 차가운 멸시의 시선이었다. 그것은 노력이 아니었단 말인가. 그렇다면 노력이 아니고 무엇이란 말인가. 한낱 발버둥에 지나지 않았단 말인가. 김의 손끝이 떨리고 있었다. 김은 조심스럽게 손을 들었고, 모두 김을 바라보았다.

"당신의, 그…… 소위 말하는 '고난'이란 게 무엇입니까?"

김은 조심스러웠다. 그것은 행여나 김 자신이, 그의 고난과 이 청년의 고난을 저울질해 청년이 얻은 성취를 무시하고 있을지도 모른다는, 일말의 합리화였다. 청년이 웃으며 대답했다.

"네, 할아버지가 돌아가셨습니다. 하지만 저는 온전히 할아버지의 유산을 상속받았죠."

김은 조용히 고개를 끄덕이곤 소파에 주저앉았다. 허탈했다. 그들이 말한 '사회의 버러지'는 이따위 노력을 하지 않아 비롯된 존재란 말인가.

"그리고 이 자리를 빌려 여러분께 제 약혼자를 소개하겠습니다. 최근 제가 후원하게 된 아름다운 무용수죠. 저의 도움으로 그녀는 국가에서 가장 큰 규모의 무대에 오를 예정입니다."

"아아, 결국 그 무용수 계집애하고 눈이 맞은 거야. 살롱의 남자들을 둘러앉혀 놓고 탁상 위에서 춤을 췄대."

어린 아가씨들이 수군거리기 시작하자 김은 더 견디지 못하고 뛰쳐나왔다.

11

김은 뛰쳐나와서도 연신 구역질을 해 댔다. 제법 차가워진 바람이 그의 연미복 안으로 들이닥쳤다. 그는 어쩐지 욱신거리는 그의 표식을 어루만졌다. 거리에 쓰러져 있던 핼쑥한 여인이 김을 발견하고 비틀비틀 달려왔다. 남루한 옷차림의 파리한 여자는 김의 발치께에 쓰러져 울부짖었다.

"제발, 나으리, 아이들이 죽어 가요. 자비를, 자비를 베풀어 주세요."

김은 여인을 내려다보았다. 헤진 옷 사이로 붉게 지져진 표식이 보였다. 역겨웠다. 그는 이제 무엇을 해야 하는가. 그는······.

"미스터 데릭! 샬럿이 피아노를 연주할 거예요. 거기서 뭘 하고 계시죠? 또 그 여잔 누구고요?"

젊은 아가씨들이 문가로 나와 재잘거리며 김을 불렀다. 김은 몸을 돌려 그들에게 인사하고 미소 지었다. 그의 등 뒤로 석양이 지고 있었다.

"아, 신경 쓸 것 없습니다. 그저 '프롤레타리아'일 뿐이니까요."

춘요

구암고등학교 2
김진숙

춘요는 곡예사. 곡예사이지만 이곳에 유일하게 남아 있던 무구 곡예단의 광장이 철거된 이후로 춘요는 갑자기 곡예사가 아니게 되었다. 마지막 공연을 펼친 춘요는 복장과 분장을 지우지 않은 채 집으로 돌아온다. 누가 보아도 곡예사 같은 춘요. 그렇지만 춘요는 이제 곡예사가 아니게 되었는데 그럼 어떻게 되는 걸까, 라고 나는 생각을 해 보았다. 곡예사가 아닌 춘요는 이제 어디에 소속되는 것이며 곡예사로 길러진 춘요의 몸은 어떻게 되는 것일까. 그러니까 춘요는 이제 무엇이 되는 걸까. 어느 날에 춘요는 광장이 철거되기 이전에 진행됐던 무대에서 자신이 착용했던 일본풍의 장신구들을 모조리 버리고 있었다. 춘요의 몸에는 오로지 흰 타이츠만이 입혀져 있었다. 춘요는 제 몸에서 쓸어내린 장신구들을 들여다보았다. 고요함. 춘요는 장신구들을 한참 동안 바라보더니 갑자기 나를 불러냈다. 춘요는 내게 굵은 끈을 건네주며, 자신의 골반 위를 묶어 달라고 부탁했다. 나는 춘요의 뒤에 서서 춘요의 골반 위에 굵은 끈을 휘두른다. 오래전부터 해 왔던 방식으로. 굵은 끈은 순식간에 춘요의 상체를 휘어잡았다. 춘요의 골반 위를 묶어 주는 동안 나는 춘요의 뒷머리와 뒷덜미와 등과 척추를 보게 되었다. 그 부위들 중에서도 춘요의 뒷덜미는 누가 보아도 곡예사. 가늘고 이리저리 꺾이는 목덜미가 누가 보아도 곡예사였다. 이런 곡예사. 갈 곳이 사라져 버린 곡예사. 아니지. 춘요는 이제 곡예사가 아니지. 이제 춘요는 곡예사가 아니게 되었는데 그럼 어떻게 되는 걸까. 춘요는 무엇이 되는 걸까.

어떻게 되긴. 춘요는 춘요가 되는 것이지. 춘요는 더 이상 곡예사가 아니라 그냥 춘요가 되는 것이지. 태어나는 춘요, 자라나는 춘요, 자라나는 동안에 반항심이 강했던 춘요, 반항심이 강해서 곡예사가 될 것이라고는 상상할 수도 없던 시절의 춘요로 되돌아가는 것이지. 그렇지만 지금의 춘요는 누가 보아도 곡예사. 철거 때문에 광장에서 쫓겨났지만 춘요의 몸은 누가 보아도 곡예사. 곡예사가 춘요인지 춘요가 곡예사인지 분간 지을 수 없는 정도의 아이.

원형 광장이 철거되는 동시에 곡예단 또한 사라진 지 얼마 되지 않아 춘요는 광장으로 가 봐야겠다고 집을 나서려 했다. 장기를 구겨 버리는 흰색 타이츠 위에 바지를 껴입고 상체는 어디에서 난 건지 한 번도 본 적 없던 스웨터를 입고 있었다. 며칠 동안 제대로 씻지도 않은 춘요에게서 두피 냄새가 났다. 그곳에 왜 가려는 거야. 현관 앞에 서서 이미 신발을 구겨 신고 뛰쳐나갈 준비를 하고 있는 춘요에게 물어보았다. 춘요는 파들파들 깃털을 날리듯이 웃었다.

　광장에 두고 온 것이 있어. 두고 온 것? 응, 광장에서 마지막으로 공연했을 때, 나는 분명히 그곳에 무엇인가를 두고 왔어. 그게 무엇인데? 그거? 그거. 그거. 그거. 있어, 그냥 그런 것.

　춘요가 문을 열고 나서려는 순간에 나는 춘요를 잠시 붙잡는다. 나는 춘요에게 광장에 함께 가자고 제안을 했다. 춘요의 앞에서 춘요가 모르게 기도로 침을 흘려보냈다. 춘요의 꼬리를 잡아둬야 되겠다는 생각. 아니 사실은 지금 춘요가 입은 타이츠 때문이었다. 곡예사들이 공연을 펼칠 때마다 거추장스러운 장신구들이 되도록이면 거추장스럽다고 느끼지 않도록 입는 저 흰색 전신 타이츠. 지금 그것을 입고 나가려는 춘요가 나는 불안했다. 공연과 무대 밖에 서 있는 곡예사 하나가 나는 겁이 났다. 곡예사는 오로지 공연 속의 흐름과 무대의 기류에서 움직여야 하는 것. 그러니까 춘요가 공연 밖에서 곡예사같이 타이츠를 입고 있는 것은 옳지 않은 것이라 불안한 것이었다.

　춘요와 함께 집을 나서서 여러 곡예단들이 거쳐 간 그 광장으로 향했다. 춘요는 광장을 찾아 떠나가는 길에 뛰어가고 뛰어갔다. 내가 아무리 춘요야, 춘요야, 춘요야, 춘요야, 라고 불러도 춘요는 가랑이를 끅, 끅, 벌려 가면서 광장을 향해 뛰어갔다. 껑충 껑충 뛰어가는 춘요의 등살을 따라서 나도 속도를 내 걸어갔다. 속도가 조금이라도 늦춰질 것 같으면 입을 벌리고 눈을 꾹 감은 채로 춘요의 길을 따라 걸었다. 그러지 않으면 춘요는 순식에 광장이 아니라 다른 곳으로 새어 버릴 것 같아서. 감다가 뜨는 눈 사이로 부옇게 뜬 달이 어느 곳으로도 움직이는 기색 없이 줄곧 그 자리에 있는 게 보였다. 잠시 멈췄다. 멈춘 새에 춘요는 사라졌다. 사라지고 없었다. 춘요의 등살이 가지고 있었던 기온만이 적적하게 남아 있었다. 춘요도 심장을 쥐어 잡히는 것을 느끼며 광장으로 뛰쳐 가는 길에 저 달을 보았을 것이었다. 광장의 근처에 다다르자 조금 먼 거리에서 춘요가 보였다. 분명 내가 보고 있는 곳에서는 입고 있었던 옷들이 어디로 가고 가슴 봉우리마저 조여 버리는 타이츠의 윤곽만 선명하다. 춘요는 그 자리에서 더 이상 움직이지 않고 서 있었다. 춘요가 왜 저러는 것이지. 춘요가 뛰었던 것처럼 나도 껑충껑충 뛰어가서 춘요의 옆으로 다가갔다. 춘요의 곁에서 춘요가 바라보는 곳을 따라가서 바라보았다. 광장은 철거되어 가며 사라지고 광장이 부서진 이후 남은 허물만이 바닥에서 구르고 있었다. 작동을 정지한 삽차의 거대한 삽 위에 예전에는 광장의 기둥으로 사용되었을 시멘트 구덩이가 묻어 있었다. 춘요는 눈 안에 담고 있던 것들을 게워 낸다. 부서졌네, 라고 춘요가 중얼거렸다. 부서졌네. 부서진 광장의 앞. 춘요와 나는 한참 동안 입술을 굳히고 서 있다. 잠시 후 인부들이 어딘가에서 밀려오더니 그들 중 한 명이 삽차의 운전석으로 들어가 작동을 시행한다. 가강, 가강, 소리를 내며 움직이는 거친 삽차. 그나마 조금이라도 남아 있었던 광장의 벽도 으스러져 가고 있었다. 이젠 기계의 소리가 나와 춘요를 둘러싼 광경을 메우면서, 나와 춘요 중 누군가 말을 꺼낸다고 하더라도 들을 수 없었다. 그걸 알고 있었기에 우리는 더욱 말을 꺼내지 않았다. 철거가 진행 중인 곡예단의 무대를 그려 보며 더욱 굳세게 서 있기만 했다. 저게 철거가 되면 춘요는 어떻게 되나. 곡예사가 아닌 춘요가 되어 버리니 정말로 춘요는 예전으로 돌아가나. 아주 예전으로. 이제는 깊숙이 들어가야만 하는 곳으로 돌아가나. 나와 춘요는 그래야 되나.

나는 춘요의 종.

춘요의 종이 되려고 태어난 건 아니지만 나는 춘요의 종이었다. 불가 앞에 주저앉아 있던 나를 처음으로 발견한 사람은 춘요의 할아버지. 누군가에게서 버림을 받은 나는 머리털이 모조리 깎여 버린 채 불가의 앞에 버려져 생명력을 잃어 가고 있었다. 희미한 애가 되어 가고 있을 때 나를 끌고 춘요가 있는 그 집까지 가 준 것은 춘요의 할아버지. 춘요의 할아버지는 대개 금이라고 불렸기에 나도 그를 금 씨라고 불렀다. 노파인 금 씨는 나를 업거나 들쳐 메고 갈 만한 힘이 없었기에 불가에서 집까지 걸어가는 길인 산의 오르막길을 나의 뒷덜미를 부여잡고 끌고 다녔다. 죽은 산짐승을 불구덩이에 삶으려고 끌고 가듯이. 그날 일로 내 척추 부근에는 상처가 남아 있었다. 어디에서 긁힌 것인지는 알 수 없었다. 낚싯바늘같이 생긴 상처였는데 큼지막한 것은 아니고 그냥 가끔씩 쑤시는 것. 가끔씩 쓰라리는 것.

내가 금 씨의 집에서 생활하기 시작하며 생겨난 것이 춘요였다. 춘요의 춘은 여자 이름 춘(婦), 춘요의 요는 빛날 요(曜), 춘요의 이름이 춘요가 되면서부터 나는 곤란해졌다. 춘요가 생기기 이전에 금 씨가 춘요의 어머니를 부르는 호칭이 춘요였으므로. 춘요 어머니의 실제 이름이 춘요가 아니라는 것을 알았지만 금 씨가 대개 춘요의 어머니를 그렇게 불렀으므로, 게다가 나는 본명을 알 턱도 없었으므로 나도 춘요의 어머니를 춘요 씨라고 불렀는데 춘요가 생겨 버리니 춘요의 어머니를 어떻게 불러야 할지 곤란해지는 것이었다. 금 씨는 춘요라는 이름을 가진 아이가 태어나

면서 춘요의 어머니를 춘요 에미라고 바꿔서 불렀다. 금 씨가 그
렇게 부르니까 이제는 나도 춘요 씨를 춘요 어머님이라고 부른다.
오래 지나서 춘요가 곡예사가 되었을 때야 춘요 어머님의 본래 이
름이 나홍이었다는 것을 알게 되었다. 그것도 춘요가 속한 곡예단
을 통해서. 춘요 어머니가 전국 각지를 돌아다니며 공연을 펼쳤던
곡예사였다는 것도 춘요가 곡예사가 되었을 때 알게 된 사실이었
다. 춘요가 태어나기 이전에 나홍이라는 이름을 가지고 있던 춘요
어머님이 곡예사로써 사용하던 이름이 춘요. 그래서 나홍 씨는 금
씨에게 춘요라고 불리었구나하고 생각을 했다. 가끔씩 춘요는 어
쩌면, 이라고 말을 시작했다. 어쩌면, 있잖아.

　나는 애초부터 곡예사가 되려고 태어난 것일지도 몰라. 서커스
의 규칙적인 배열들 속에서 살기 위해서. 너도 그렇게 생각할 때
있지 않아? 내 이름은 춘요잖아. 어머니가 하필 많고많은 이름들
중에서도 내 이름을 춘요로 지었다는 것은, 어머니는 내가 춘요가
되길 바랐던 게 아닐까. 그러니까, 곡예사가 되어서 그 광장을 지
키는 것을 바랐던 게 아니었던 것일까.

　춘요 씨이거나 춘요 어머니이거나 나홍 씨라고 내가 부를 수
있는 호칭도 가지고 있었지만 정작 나홍 씨를 자주 부를 기회는
없었다. 무엇보다 춘요가 태어나고 난 이후에. 춘요의 말대로 춘
요 어머니인 나홍 씨는 공중 부양을 수천 번 돌게 되는 곡예사였
으므로. 나홍 씨가 곡예사였다는 것은 춘요가 곡예단에 들어간 이
후에 알게 된 사실이었다. 그래서 춘요 씨가 무엇을 하는 사람인
지 알 수 없었을 때는 아무런 이유도 없이 할아버지와 춘요를 놔
두고 사라지는 것인 줄로만 알았다. 내가 기억하는 나홍 씨의 모

습은 어림잡아 두 개 정도. 잠에 든 춘요의 곁이거나 마당에 쓰러지다시피 서 있는 개집 안의 거미를 바라보거나. 이렇거나 저렇거나 그 두 개의 모습도 반드시 등을 보이고 있어서 나홍 씨의 얼굴을 본 것은 기억나지를 않았다.

춘요 씨. 춘요 어머니. 나홍 씨. 나홍 씨가 거미를 한참 동안 들여다보고 있는 사실은 춘요도 알고 나도 아는 일. 개 때문이었다. 개가 자꾸 짖었다. 그 개는 금 씨가 아주 오래전에 집으로 끌고 왔었던 검정색 개. 종은 알 수 없던 큰 개. 개가 짖을 때 개집으로 나가 보면 그 앞에서 나홍 씨가 주저앉아 개집의 밑바닥을 들여다보고 있었다. 개집의 밑바닥이라기보다는 개가 죽여 버린 거미였다. 개에 의해 죽어 버린 거미라기보다는 살아 있다고 발버둥을 치며 너덜거리는 다리를 움직이는 거미였다. 춘요가 여덟 살이 된 해에 개집에 쌓여 있던 거미는 총 일곱 마리. 나홍 씨는 저것을 이제는 치워야겠지 하고 빗자루를 가지고 개집으로 향했다. 그러나 도무지 치워지지 않는 개집 안 거미. 나홍 씨는 개집 앞에서 움직일 생각을 하지 않고 한참 동안 그 자리에만 서 있다. 너무 오래 치우고 있지, 라고 춘요가 내게 말했다. 그런 것 같아, 춘요야, 라고 나는 대답했다. 너무 오래 치우고 있는 것 같지. 그런 것 같아, 춘요야. 어머니는 거미를 치우기 싫은가 봐. 그런 것 같아, 춘요야. 어머니는 거미를 끔찍이 아끼시나. 그런 것 같아, 춘요야. 어머니는 춘요보다도 중요한가, 거미가. 그건 아닐 거야, 춘요야. 아니야, 맞아, 나보다 거미를 돌보는 시간이 많은데, 그런데도 거미보다 나를 중요하다고 생각할 수 있을까. 그런 건 중요하지 않아, 춘요야. 어째서. 어째서? 응, 어째서?

나홍 씨가 밤중에 지키고 있는 것은 언제나 춘요였으므로.

어두운 공간 속에서 잠들어 움직이지도 않는 것을 지키기란 아무래도 힘든 일이 아니었을까 싶어서 나홍 씨가 중요하게 여기는 것은 거미라기보다는 춘요라고 나는 생각했다. 나의 밤일은 춘요가 모르는 새에 춘요를 지키고 있는 나홍 씨의 등을 들여다보는 것. 어쨌건 나는 춘요네 집안의 종이었으니까 금 씨와 춘요와 나홍 씨가 잠들어야만 나도 겨우 누울 수 있었다. 나홍 씨는 춘요의 곁에서 한 번도 움직이지 않았다. 아마도 나홍 씨는 춘요만 바라보았다. 등살만 볼 수 있었지만 나홍 씨의 턱이 계속 춘요를 향해 있었으니 아마도 춘요만 바라보았을 것이다. 바닥에 누워 머리카락이고 눈썹이고 입술이고 모조리 벽의 방향으로 쏠린 춘요의 얼굴을 바라보는 것 같았다. 나홍 씨가 잠에 든 춘요에게 이야기를 들려준다. 나는 그 이야기와 광경을 몰래 듣는다. 내가 그 이야기를 들은 적이 없는 줄로만 알고 춘요가 종종 들려주었던 이야기. 그 이야기는 춘요야, 라고 나홍 씨의 목소리로 시작이 되었다. 춘요야.

춘요야. 달 주변의 행성들에 의하면 거미는 태초에 달에서 기생했대. 그때의 거미는 거미가 아니었단다. 거미에게는 다리가 없었대. 다리가 없어서 기어 다녔고, 기어 다니는 거미의 배딱지에 닿는 것이 달이었으니까 달은 거미의 발목이었대. 거미는 알아. 달에게도 뒷덜미가 있다는 것을 다리 없는 거미는 알고 있어. 어디에 있는지도 알고 있어. 그러나 거미는 기어 다녀야 했으므로 그 먼 거리에 있는 달의 뒷덜미에 도착하는 것은 힘겨워했단다. 대신에 거미는 하루에 열 번씩 기어가기로 했어. 거미가 왜 그러는지 알고 있니, 춘요야. 달은 자전을 하기 때문이야. 거미가 조

190

금씩 움직이고 달이 조금씩 자전을 하면 언젠가는 달의 뒷덜미에 도착하게 돼 있거든. 맞물리게 돼 있거든. 어느 날에 거미는 드디어 달의 뒷덜미에 도착했는데, 둥그런 뒷덜미가 유난히 황달같이 노랗고 냄새가 나지 않아서 사랑을 했대. 사랑을 해서 거미는 그 자리에서 움직이지를 않았어. 어쩌다가 조금 기어서 달의 뒷덜미에서 이탈해 버리면 악착같이 다시 기어서 달의 뒷덜미를 지켰어. 며칠이 지나서 달의 뒷덜미가 더러워졌어. 거미들의 배딱지에서 검은 진물이 났기 때문이야. 진물이 달에 묻었기 때문이야. 달과 거미들 중 손을 가지고 있는 사람은 없었으므로 그 진물을 지울 수 있는 것들도 없었어. 그래서 달은 자신에게서 기생하던 거미를 모조리 아래로 밀쳐 냈어. 저 아래로 떠밀려 가게 만들었어. 대신 달은 거미들에게 다리를 내어 주었대. 그리고 거미들이 떨어진 곳이 이곳이었어. 춘요야. 누군가가 말해. 누군가에 의하면 거미가 달에게서 버림받기 이전에 흘린 진물 자국이 크레이터래. 거미가 이곳으로 떨어질 때 다리가 생겼다는 것, 달을 더럽힌 죄로 무수한 다리를 갖게 되었다는 것, 어쩌면 있지, 춘요야, 나도 그런 거미들처럼 죄를 지어서 다리를 갖게 된 것이 아니었을까? 인간이라고 뭐가 다르지. 나라고 뭐가 다르지. 다리는 죄를 지어서 생기는 것이라고 생각이 돼, 춘요야. 이 어미는 그래.

그래, 거미. 나홍 씨는 춘요가 자는 도중에 꺼낸 이야기였는데도 춘요는 이 이야기를 알고 있었다. 세세한 부분까지도. 어디에서 들었는지 알 수 없었지만 언젠가부터 내가 알고 있는 이야기가 되어 있었다고 춘요는 말했었다. 언제는 그럼 그 이야기는 춘요와 함께 나홍 씨의 뱃속에서 태어났나 보다고 춘요가 그랬다. 나와 쌍둥이일 수도 있어, 나와 함께 어머니의 배에서부터 불쑥 태어난 것일 수도 있어.

　그래, 거미. 춘요가 곡예사가 되어서 현재는 철거가 진행 중인 광장에서 주로 공연을 펼치는 곡예단으로 들어간 뒤, 춘요는 나와 함께 그 광장의 인근에 있는 집으로 옮겼다. 춘요가 곡예사로서 광장으로 떠나면 나는 집을 지키고 있었다. 가끔씩 폭우나 폭설 같이 쉼 없이 쏟아지는 것들이 이곳을 점령할 때면 춘요를 데리러 집을 나서서 광장으로 나가기도 했다. 최근에 춘요와 나의 사이에서는 그런 일이 있었다. 그때는 폭우도 폭설도 아닌 그 중간쯤 되는 밀도의 물이 쏟아지던 날. 그날과 그런 일이 무엇이었냐면 춘요의 타이츠에 관한 것이라는 것. 나는 어김없이 춘요를 데리러 집을 나섰다. 춘요가 광장의 닫힌 정문 앞에서 타이츠만 입고 서 있었다. 춘요의 장기가 조여지고 있는 것이 빗발 혹은 눈발 중간의 사이로 보였다. 타이츠에 말려 붙은 살결이 낮은 기온 속에서 떨고 있었다. 춘요가 눈부셔라고 말했다. 눈부셔, 눈부셔, 눈부셔, 얼른 돌아가자, 눈부셔.

　춘요는 마지막 공연을 앞두고 열병에 시달렸다. 열병과 함께 월경까지 겹쳐 버린 춘요. 춘요는 그날 광장으로 갈 수 없을 정도의 몸을 뒤척이다가 잠들고 뒤척이다가 광장에 가려는 듯 잠시 일어섰다가 쓰러지고 다시 잠들었다. 춘요의 곁을 지켰다. 춘요가 어떻게 하든 나는 춘요의 종이었으므로 할 수 있는 것은 춘요를 지키는 일. 춘요가 누워 있는 방 안의 불은 모조리 차단했다. 그때 어디서 들어온 것인지 거미 하나가 벽을 기어 타고 내려와 춘요의 곁에서 가느다란 다리 하나를 거동했다. 거미를 저기로 치워 내거나 꾹 짜 눌러서 변기에 쑤셔 넣으려다가 가만히 놔두라는 춘요의 명령에 가만히 있었다. 춘요는 누운 채로 거미를 한참 동안 바라보았다.

거미를 놔둬. 알겠어. 거미는 죽이면 안 돼. 왜? 거미는 이미 죽었으니까. 죽었다고? 죽었다고. 왜? 왜냐고? 그래, 춘요야. 너는 기억해? 기억? 응, 기억. 기억이라니. 내가 해 주었던 이야기, 거미가 우리랑 같이 살고 있는지에 관한 이야기. 그건 죽은 게 아니라 버려진 것이지. 걔네한테는 달에게로부터 버림받은 게 죽은 거나 다름없어. 어째서? 어째서냐고? 응. 다리가 생겼잖아. 다리? 다리. 다리가 어떻다고? 다리. 다리. 기어 다닐 수 없게 되었잖아, 거미가, 죄를 지어서 받게 된 벌이 다리를 가진 것이잖아, 그건 이미 죽은 거나 마찬가지야, 거미는 죽은 거야, 껍데기만 움직이는 것이야.

나홍 씨나 춘요나 다를 것은 없었지. 춘요도 나홍 씨같이 거미를 섬기는 쪽이었으니까.

오래전에 나홍 씨가 타이츠를 입은 모습을 나는 단 한 번 보았다. 나는 춘요를 위해 몹시 길고 좁다란 거울을 구해 왔다. 춘요는 어떤 모양이지, 라고 춘요가 자꾸 물어보았기 때문이다. 춘요는 어떤 모양이지, 춘요는 어떤 모양이지. 어떤 모양이라고 정확히 형용되기보다는, 춘요는 그냥 춘요일 뿐이지. 내가 이렇게 대답하면 춘요는 어려서 알아들을 수 없었다. 춘요의 어머니 나홍 씨를 닮았지 하고 말하려 해도 정말로 춘요가 나홍 씨를 닮았는지 알 수 없었고 춘요도 나홍 씨의 얼굴을 제대로 본 적이 없었으므로, 춘요는 춘요의 모양을 알지 못했다. 나보다 긴 거울을 춘요의 집을 비추며 가져오고 난 이후로 춘요는 한참 거울 앞에만 서 있다. 춘요가 춘요를 들여다보았다. 춘요의 곁으로 다가가 춘요야, 춘요는 이렇게 생겼어 하고 말하면 춘요는 이게 춘요구나 하면서 거울 속의 춘요를 가리킨다. 그것도 얼마 가지 않아 춘요는 거울을 바라보는 일이 적어졌다. 춘요는 춘요가 어떻게 생겼는지 알게 되었으니. 춘요를 위했던 거울은 아무것도 아니게 되었던 때.

그 거울을 나흥 씨가 타이츠를 입은 채로 지켰다. 그때는 춘요가 열한 살이 되기 이전에 유달리 춘요가 이상하게 배가 아려 오고 심장이 쑤시는 것 같다고 할 때. 그해에 나흥 씨는 곡예단에서 쫓겨났다는 것을 곡예사 춘요를 통해 알게 되었다. 나흥 씨가 주특기인 공중 부양을 하다가 나흥 씨답지 않게 착지하던 도중에 다른 일원의 목뼈를 부러뜨린 것이었다. 그날에는 춘요가 잠들고 금 씨도 잠에 들었다. 나는 개집 뒤에 개집의 모서리에 골반을 대고 나흥 씨를 기다렸다. 나흥 씨가 잠들어야 나도 누울 수 있었다. 그때 내 눈 앞으로 보였던 것은 새가 자주 관통해 다니던 철조망이었다. 이 철조망 밖에서 나흥 씨는 누군가의 목뼈를 부러뜨렸겠지. 춘요 씨는 바닥보다 공중에 있는 일이 많았을 테니까. 어느 날에 나흥 씨가 이 철조망 사이로, 새 떼같이 날아들어온다 해도 그것은 기이하긴 하겠지만 이상하지는 않은 일이었을 것이다.

그 자리에서 나는 잠시 잠에 들었다. 개가 짖었다. 며칠 동안 개밥을 개에게 가져다준 적이 없었으므로 굶주렸을 개의 짖음이 기이하게 우렁찼다. 철조망과 개집 사이에서 빠져나와 나는 개의 상태를 살펴본다. 개의 입술과 구강이 기름으로 번들거렸다. 개의 목에는 쇠가 주 재질인 목줄이 묶여 있으므로 아무리 뛰쳐나간다 해도 철조망까지가 전부였다. 이것은 누군가 개에게 개밥을 가져다 주었다는 증거. 그때 거울의 반사면으로 흰색 타이츠를 입고 있는 나홍 씨를 보았다. 젖가슴과 명치와 배꼽과 다리를 가린 타이츠의 표면을 오래 바라보는 나홍 씨.

난 타이츠를 좋아해 하고 곡예사가 아니게 된 춘요가 말했다. 춘요의 살갗에 들러붙은 타이츠가 갈수록 더러워지고 흰색이 아니게 되어 갔다.

너는 거미와 달의 이야기를 기억하고 있니. 태초의 거미는 달에서 기생을 했어. 그러다가 걔네는 달에게 버림을 받았어. 그것은 죽은 거나 마찬가지인 거야. 다리가 생겼잖아. 더 이상 기어 다닐 수 없게 되었잖아. 거미가. 죄를 지어서 받게 된 벌이 다리를 가지게 되는 것이잖아. 그건 이미 죽은 거나 마찬가지야. 거미는 죽은 거야. 죽은 거미의 껍데기만 이따금씩 움직이는 것뿐이야.

타이츠를 입고 있으면 오장육부가 이리저리 뒤섞이는 것 같아. 처음에는 이런 것을 입는 것은 불편해 하고 생각을 했어. 너무 불편했으니까. 그러나 타이츠는 그래. 그렇게 장기가 본래의 자리는 어디인지도 모르면서 그냥 뒤틀리고 있다는 느낌을 받으면서도, 서서히 다리가 사라지고 있다는 것을 느껴. 있잖아. 얘야. 나는 이런 식으로라도 내가 죄를 짓지 않았다는 것을 느껴. 죄를 짓지 않았다는 생각이 들어서 나는 곡예사를 해 왔어. 어쩌면 우리 어머니도 그랬던 것이 아니었을까. 그래서 곡예사였던 게 아니었을까, 나홍 씨라고 불리는 우리 어머니가 춘요라는 이름으로. 그래서 나는 춘요가 되어 버린 게 아니었을까.

춘요가 열한 살이 되던 해. 춘요는 첫 월경을 했다. 춘요가 바짓가랑이에 끊임없이 흐르고 묻고 냄새가 나는 월경의 흔적에 기겁

해 울어 버렸다. 월경이 이렇게 빨리 시작되어도 되는가 싶었지만 춘요는 지금까지 아무런 탈 없이 자라났으므로 춘요는 더 이상 느닷없이 월경이 찾아와도 겁내지 않고 내가 알려 주었던 대로 처치를 한다. 그래서 춘요가 열한 살이 되기 이전에 배와 심장이 쑤시다고 그랬던 거였구나 하고 나는 지금까지도 살아오면서 갑자기 생각을 할 때가 있었다. 춘요가 입고 있었던 타이츠의 사타구니 부분에 생리혈이 묻었던 때. 춘요는 아파하지 않는다. 그러나 춘요가 월경 기간에 내보내는 혈의 양은 보통 처치로는 감당이 안 되었다. 그래서 춘요가 열한 살이 되기 이전에 배와 심장이 쑤시다고 그랬던 거였구나, 자주. 하고 나는 생각했다. 이렇게 많은 피를 흘려 보내고 많은 피를 보기 위해서 오래전부터 아파하고 쑤셔했구나. 곡예사 춘요에게 월경 기간이 찾아오면 광장으로부터 일찍 집에 들어와서 나의 종아리와 허벅지를 베고 눕는다. 월경 기간에 공연이 예정되어 있을 경우가 많다고 춘요는 말했다. 공연이 끝나거나 연습을 마친 후에는 다리가 조금 아파. 아주 조금 아파. 왜냐하면 나는 타이츠를 입고 있거든. 타이츠를 입고 있는데도 다리가 있는 것을 느끼고 심지어 조금씩 조이고 아파.

나홍 씨는 어디에 있나. 춘요가 곡예사가 되어 광장 근처의 집으로 옮긴 이후로 나홍 씨의 소식은 어디에도 없다. 심지어 나홍 씨의 자식인 춘요도 모르는 나홍 씨에 관한 최근의 이야기. 나와 춘요가 유일하게 알고 있는 나홍 씨에 관한 것은 우리가 아주 오래전에 살았던 그 집은 폐허가 되어 이미 무너졌고, 나홍 씨는 대피해서 다른 곳에서 살고 있다는 것이었다. 나와 금 씨와 춘요와 나홍 씨가 살았던 집. 개가 살았던 개집. 철조망. 춘요를 위해 구했던 거울. 그런 것들을 나홍 씨는 지금 갖고 있지 않고 살고 있다는 것이었다. 어머니를 찾게 되면 어떻게 할까 하고 춘요가 물어보았다. 어머니를 찾게 되면 어떻게 할까. 사실은 할 말도 없어. 어머니로구나 할 뿐이야. 그거 알아? 어머니는 내가 곡예사가 되어서 몇백 번 몇천 번의 무대를 진행해 왔는데도 찾아온 적이 없었지. 어머니는 아마도 내가 타이츠를 입고 몸을 이리저리 꺾으면서 줄을 타고 공중 부양을 하고 있는 순간에도 어디에선가 거미를 바라보고 있을 거야. 내가 거미가 된 것 같다고 느껴도 거미가 진짜 거미니까. 어머니는 진짜 거미만을 바라볼 테니까.

어느 날에 춘요는 사라지고 없었다. 타이츠를 입고 나가 버린 것이었는지 춘요의 방은 처음 이 집으로 들어오고 난 후와 다를 것이 없었다. 춘요가 사라지기 이전에 춘요는 나홍 씨에 관한 이야기를 종종 꺼냈었다. 어디로 갔을까 하는 것. 어디로 갔을까, 어디로 갔을까. 춘요가 사라지고 난 이후로 광장 철거가 빠른 시일 내에 진행 중이라는 것을 듣게 되었다. 광장이 철거되면서 사라지게 된 곡예단 속의 춘요. 춘요가 마지막 공연을 펼치던 날에 두고 왔다는 것을 찾으러 광장으로 껑충껑충 뛰어가는 것을 떠올려 보았다. 혹여나 춘요는 이미 하나의 허물이 되어 버린 그 광장에 우두커니 서 있는 것이 아닐까. 서 있는 것이 아닐까. 나는 부서진 광장을 향하여 춘요같이 껑충껑충 뛰었다. 가강, 가강, 소리도 없이 무너진 광장에서 춘요는 볼 수 없었다. 대신에 미세하고 미세하게 요동치는 것을 나는 보았다. 파들거리는 요동을 따라 움직여 보았다. 희고 검어서 얼룩진 거미와 그 거미가 낳은 새끼였다. 나는 거미와 거미의 새끼를 바라본다. 조용히. 거미와 거미의 새끼가 흰색 타이츠를 입고 광장의 안에서 무대를 지키는 것을 상상해

본다. 다리가 뻗어 나오려다가 마는 새끼 거미. 너도 죄를 지었을
까. 새끼 거미에게 물어본다. 너도 죄를 지었을까. 거미의 죄는 말
을 할 수 있는 것이 아니었으므로 거미는 내게 대답을 하지 못한
다. 광장이 아닌 광장의 얼룩이었다.

광진교

고양예술고등학교 2
박가현

1

차라리 밤은 어둡지 않다. 나는 단란한 웃음소리가 들리는 옆집을 지나쳐 집 앞에 섰다. 방금 들은 소리가 환청이기라도 한 듯 고요하다. 삑, 삑삑삑, 띠링, 철컥. 잠금장치에 비밀번호를 누르고 문이 열리기까지의 소리가 글자 그대로 귀에 박힌다. 집 안은 모든 소리를 머금고 가라앉은 것처럼 어두웠다. 문을 닫고 온 집 안의 불을 켰지만, 어둠은 그대로 스며들었을 뿐 사라지지 않았다.

형광등 빛을 받아 반짝이는 텔레비전 화면과 유리 테이블의 표면, 대리석으로 착각할 만큼 매끈하게 닦여 있는 바닥, 거실의 모든 것들이 세련된 분위기를 풍기며 자리 잡고 있다. 한 발, 두 발, 안으로 발을 뻗었지만 가구들은 미동조차 하지 않는다. 벽에는 사진 액자가 줄 맞춰 걸려 있다. 웃고 있는 결혼사진, 웃고 있는 가족사진, 웃고 있는 어린 내 사진. "우리 화목해요. 행복해요." 사진 속의 사람들이 외친다. 저 때만 해도 다 같이 사진을 찍었구나, 저 때까지는 내 몸에 상처가 없었구나. 나는 벽에서 물러났다. 화려한 집 곳곳에 숨어 있던 어둠이 발 근처까지 이글거리는 느낌이다. 휴대폰 화면을 켜고 밝기를 높게 올렸다. 문자가 하나 와 있었다. 발신인은 엄마였다. 흔치 않은 일이다.

문자 내용은 대충 이랬다. 거실 테이블에 생일 선물 올려놨음, 부모님이 바쁘니까 생일 땐 친구들하고 잘 놀았을 거라 생각함, 결론은 못 챙겨 줘서 미안함. 테이블에는 흰 봉투가 놓여 있었다. 언뜻 노란빛이 비치는 걸 보니 속에 뭐가 들어 있을지는 뻔했다. 봉투 안에는 역시 5만 원짜리 지폐 여러 장이 있었다. 하나, 둘, 셋 …… 아홉, 열. 50만 원. 결국은 돈이다. 나는 지폐를 가만히 들여다보았다. 노랗게 그려져 있는 위인의 얼굴 위에 다른 익숙한 얼굴이 보였다. 나를 쳐다보고 이죽거리는 표정. 박진수다. 손에 들려 있는 박진수의 얼굴에 화들짝 놀라 지폐를 떨어트렸다. 동시에 옆구리와 종아리가 욱신거렸다. 오늘 맞은 곳이다. 서랍에서 의약품이 담긴 상자를 찾고 옷을 들췄다. 몸 곳곳의 멍과 흉터는 없어질 기미조차 보이지 않는다. 상처마다 새로 밴드를 붙였다. 하지만 통증도, 기분도 그대로였다.

방에 들어와 문 너머로 거실을 바라보았다. 반짝거리며 빛나는 거실이 너무 어두워 눈을 감고 있는 것 같다. 나는 문을 쾅 닫아 버렸다. 돈은 책상에 던지듯 올려 두었다. 지갑에 넣어 봐야 뺏길 뿐이다.

2

쉬는 시간 종이 울리기가 무섭게 문이 열리는 소리가 들렸다. 선생님이 나가는 소리일 거라고 생각했다. 푹 숙이고 있던 고개를 들자 선생님은 그 자리 그대로 있다. 선생님, 반 아이들의 시선이 모두 뒷문에 몰려 있다. 나는 손을 모으고 아랫입술을 깨물었다. 반 아이들이 힐끔힐끔 날 보는 것도 느껴진다.

"지금 온 거야?"

"네."

그게 대수냐는 듯 대답이 날아왔다. 선생님은 출석부를 펴고 지각 체크를 했다.

"너 무단 지각이야."

"예에."

나는 아주 살짝 고개를 돌려 박진수를 보았다. 입가는 터져 있고 오른쪽 턱엔 시퍼렇게 멍이 들어 있다. 책상 밑에 가방을 팽개치는 모습은 신경질적이다. 피곤해 보이기도 한다. 눈이 마주치기 전에 고개를 돌리고 책상에 엎드렸다. 선생님이 나가는 소리가 들리고, 잠시 조용해졌던 교실 안은 평소처럼 떠드는 모습으로 돌아왔다. 오싹한 기분이 등줄기를 타고 올라왔다. 나만 불안에 떨고 있다는 걸 알려 주기라도 하듯 반은 점점 소란스러워졌다. 지금, 박진수가 나를 쳐다보고 있을까. 슬슬 가져갈 때가 되었다. 하필이면 저렇게 기분이 나빠 보일 때라니. 긴장 탓인지 옆구리, 허벅지, 맞은 흔적이 남아 있는 몸 곳곳이 아파진다. 담배꽁초가 가득한 체육관 뒤, 교실이 없는 5층 남자 화장실, 오전엔 사람이 없는 학교 분리수거장, 오늘은 어디일까. 반 아이들은 조금의 관심조차 보이지 않을 것이다. 어쩌면 속으로 안도할지 모른다. 자신이 끌려간 게 아니라서.

"뭐 씨발."

고개를 돌렸더니 박진수가 내 옆자리에 앉아 있다. 잠깐 쳐다보자마자 욕이 날아왔다. 내 짝은 엉거주춤 박진수의 자리로 가고 있다.

"왜……."

"뭐?"

아니, 아니야. 기어 들어가는 내 목소리를 3교시 시작종이 덮어버렸다. 내 심장 소리까지 덮지는 못했는지 쿵, 쿵 하고 뛰는 박동이 손가락 끝까지 울렸다. 도저히 샤프를 바로 쥘 수가 없다. 눈앞이 흐릿해 내 손이 흔들리는 건지 교과서가 흔들리는 건지조차 분간이 가지 않는다.

"자 198쪽 펴고, 미분 계수 할 차례지? 교과서 없는 애들은 짝이 보여 줘."

박진수는 깨끗한 자신의 책상 위를 손가락으로 툭툭 쳤다. 내 수학 교과서를 책상 사이에 밀어 놓아 두자, 나와 교과서의 거리가 너무 멀어졌다. 나는 옆으로 의자를 조금씩 옮겼다. 살짝, 살짝…… 딱!

깜짝 놀라 옆을 돌아보았다. 박진수가 내 머리카락을 만지면서 난 정전기 소리인 것 같다. 박진수는 계속 내 건조한 머리카락을 만지작거렸다. 처음에는 몇 가닥이었던 게, 어느새 전체를 어루만지고 있다. 어깨가 움츠러든다. 일부러 고개를 틀어 모른 척 머리카락을 뺐지만, 박진수는 아랑곳하지 않았다. 머리카락이 큰 손바닥을 스쳐 지나가고, 손가락 사이사이를 거쳐 지나간다. 머리카락 한 올마다 촉각이 있는 것 같다. 아니, 모든 촉각이 머리카락에 쏠려 있는 것처럼 느껴진다. 선생님의 입이 뻥긋거리지만 내게 들리는 소리라고는 머리카락이 서로 쓸리며 나는 소리, 심장 두 개가 뛰는 소리뿐이다. 두근두근, 쿵. 두근두근, 쿵. 쫓기듯 빠르게 뛰는 것은 분명 내 소리고, 나를 짓누르듯이 쫓아오는 무거운 소리는…….

"거기 맨 뒷자리."

선생님의 날카로운 목소리가 귀를 관통했다. 박진수는 손을 놓고 앞을 바라봤다. 고개를 돌렸다가는 눈이 마주칠 것 같아 곁눈질로 박진수를 응시했다. 눈이 빠질 듯이 아프다.

"내가 방금 뭐라고 했어?"

"글쎄요. 종달새 비슷한 이쁜 소리가 들리긴 했는데."

선생님의 갑작스러운 질문에 재깍 박진수가 대답했다. 반 아이들이 웃음을 터트리자 선생님의 표정도 조금 너그러워졌다. 박진수는 그럴 줄 알기라도 했는지 입꼬리를 씩 올렸다. 다시 수업이 시작되었다. 이제야 수업에 집중할 수 있다. 움츠러든 목과 어깨를 펴고 겨우 교과서로 시선을 옮겼다. 그때, 다시 박진수의 팔이 움직였다. 내 뒷목 쪽으로. 또 머리카락을 만지작댈 거라는 불안이 엄습했다. 하지만 내 예상은 빗나갔다. 거친 피부 군데군데에 생채기가 나 있는 손은 머리카락을 헤치고 목을 쥐었다. 작년 이맘때, 박진수가 내게 얼음물을 끼얹었을 때와 비슷한 한기가 온몸에 돈다.

목에서 손을 떼고, 교복 니트 위 척추 선을 따라 손등이 내려간다. 니트 속으로 들어온 손이 블라우스 끝을 치마에서 빼내고 그 안을 파고든다. 등, 맨살갗. 내 손이 닿는 일도 드문 곳이다. 머리카락 속을 거닐던 손가락이 그대로 등을 훑고 만진다. 천천히, 손과 등의 온도가 같아질 만큼 천천히 위로 올라간다. 이윽고 손은 브래지어에 도착한다.

중학교 때부터 지독하게 시달렸지만 이런 일은 처음이다. 나를 만지고, 더듬고, 주무른다니 이건. 머릿속이 하얘진다. 어떻게 해야겠다는 판단이 서질 않고 생각 사이를 뛰어다닌다. 멍해졌다가도 번뜩 정신이 들고, 벌벌 떨렸다가도 대책 없이 멍해진다. 티 내지 않으려고 책상을 붙잡은 손에 힘이 너무 들어가서 손가락 마디마디가 저리다. 어떻게든 몸을 틀어 봤지만 등을 쓰다듬는 손은 멈추지 않았다. 하지 말라고 소리를 지르거나 벌떡 일어나 버릴 수도 있다. 하지만 무섭다. 박진수가 몰고 올 후폭풍이 무섭고, 내가 추행당하는 걸 알더라도 모두가…… 힐끔거리는 시선 이상의 관심을 두지 않을 거라는 사실이 무섭다. 소리치며 호소해도 잠깐의 동정 말고는 아무것도 얻지 못한다. 4년째 겪고 있는 괴롭힘은 내게 그걸 가르쳐 줬다.

아무리 허리를 꼬아도 박진수의 손은 태연하게 나를 만졌다. 나는 조금이라도 거리를 두기 위해서 내 의자를 살짝 들었다. 의자를 옆으로 옮긴 순간, 서늘함이 등줄기를 탔다. 손이 브래지어의 버클을 당기기 시작했다. 나를 덮고 있던 마지막 천이 살갗을 떠나자 몸은 빠르게 식어 갔다. 그러나 땀은 한여름의 이불 속처럼 흐른다. 툭. 버클이 하나 풀리는 소리다. 고개를 돌려 박진수를 쳐다보았다. 박진수의 무미건조한 웃음은 내게 이렇게 묻는 것 같다. '어떻게 할래?' 웃음은 짙어진다. '니가 어떻게 할 수 있을 것 같아?' 나는 눈을 내리까는 것으로 대답했다.

툭. 띠리딩. 두 가지 소리가 들렸다. 브래지어가 완전히 풀리는 소리와 수업 끝을 알리는 종소리였다. 선생님이 나가자 박진수는 내 옷 속에서 손을 뺐다. 맨 뒷자리이니 아무도 못 봤을 것이다. 적어도 이상한 소문은 나지 않을 거라는 생각에 안도했다.

"야."

박진수는 의자가 뒤로 넘어가도록 세게 일어났다. 의자가 부딪치는 소리에 반 아이들이 일제히 이쪽을 쳐다보았다. 박진수는 입가에 터진 상처가 더 돋보이도록 씩 웃었다.

"따라와."

3

분리수거장? 체육관 뒤? 어디든 좋을 건 없지만 분리수거장이었으면 하는 바람이 간절하다. 체육관 뒤보다는 빨리 도착할 테니까. 브래지어가 풀린 채로 계속 걷는 건 불편하다 못해 위험했다. 아무것도 받쳐 주지를 않으니 가슴이 마음껏 오르락내리락해서 아프고, 끈은 자꾸 어깨를 넘어 흘러내리려고 한다. 당장이라도 버클을 채우고 싶지만 등 뒤로 누군가 지나갈지 모른다는 생각이 팔을 묶는다. 게다가 지갑을 교실에 두고 왔다는 것을 이제야 깨달았다. 괴롭다.

박진수가 커다란 나무가 있는 쪽으로 걸음을 틀었다. 큰 나무의 뒤편에 언뜻언뜻 건물 하나가 보인다. 사실은 건물이라고 부르기도 민망한, 커다란 쓰레기통 몇 개 위에 지붕만 얹어 놓은 꼴이다. 박진수는 분리수거장 바로 앞에서 멈췄다. 그리고 나를 내려다보았다.

"좆 같아?"

"어?"

"좆 같냐고. 니 사는 거."

'응, 너 때문에.'라고는 대답하지 못했다. 나는 고개를 끄덕였다.

"그럼 나랑 사귈래?"

"어?"

"씨발. 귀먹었냐?"

"아, 아니 잘못, 잘못 들은 것 같아서, 미안……."

아까의 충격 때문일까, 이상한 소리가 들렸다. 나는 내 귀를 툭
툭 때렸다.

"사귀자고."

내가 미쳤거나, 얘가 미쳤거나. 내가 미쳤다는 쪽이 더 유력한
것 같다. 나는 고개를 숙이고 귀를 마구 눌렀다. 제발, 정신 차려
야 한다. 돈도 두고 왔는데 말까지 못 알아들으면 얼마나 맞을지
가늠이 가지 않는다.

"왜 쌍년아. 듣기 싫어?"

"아냐, 그, 그게 아니라. 미안, 나 귀가 좀……."

박진수의 표정은 날 당장 쓰레기통에 처박겠다고 말하고 있다.
나는 계속 귀를 때렸다. 정신 차려, 정신 차려! 귀가 얼얼할 때쯤,
박진수가 내 오른손을 잡았다. 그리고 오른쪽 귀에 대고 외쳤다.

"사귀자고!"

엄청난 이명이 울린다. 삐이이이이이이. 말을 못 들은 건 아니
다. 이쯤 되면 잘못 들은 거라고 변명할 수도 없다. 하지만 이해되
지 않는다. 사귀자고? 사귀자고? 사귀자고?

"어떻게 할래?"

박진수 눈을 보면 목이 저리다. 딱 턱 정도, 저기 시퍼렇게 멍이
들어 있는 턱쯤이 보기 편하다. 나는 박진수의 턱과 입을 쳐다봤
다. 사실은 턱의 상처, 입의 상처를 쳐다봤다. 상처가 씩 웃는다.

"왜, 왜…… 왜."

"니가 어떻게 할 수 있을 것 같아?"

세게 잡혔던 오른손의 통증이 이제야 느껴진다. 얼얼하다. 그야 나는 아무것도 할 수 없겠지. 고개를 숙였다. 오른쪽 브래지어 끈이 팔꿈치까지 흘러내렸다.

"……왜? 나랑, 왜?"

"나한테 매달 30씩 주고, 내 핸드폰비도 니가 내. 그리고 나랑 같이 있을 때 계산은 전부 니가 하는 걸로."

"그거면, 돼?"

"40씩?"

나는 급히 고개를 저었다. 박진수는 실실 미소를 띠며 성큼 다가왔다. 저렇게 악의 가득한 미소를 지을 수 있는 사람이 몇이나 될까.

"넌 안 맞고 따 안 당해. 급식 혼자 안 먹어도 되고 이런 으슥한 데로 안 끌려 나와도 돼."

목젖이 오르내리는 걸 보며 끄덕였다. 박진수가 와락 날 껴안았다. 그리곤 아까처럼 내 등에 손을 집어넣었다. 차가운 손으로 맨살을 몇 번 어루만지다가 거의 벗겨져 있는 브래지어를 잡아당겼다. 팔에 흘러내린 끈을 올려 주고 버클도 채워 주었으며 블라우스 끝부분을 치마 속으로 넣어 주기까지 했다. 그렇게 끌어안은 채로, 박진수가 속삭였다.

"30."

쓰레기 냄새가 나는 첫 포옹.

4

현관문 앞에 섰다. 혼자 살기에는 너무 넓고 어두운 우리 집에 오늘도 들어와야만 했다. 거실에 눈길도 보내지 않고 내 방에 들어왔다. 책상에는 어제 올려 두었던 봉투가 그대로 남아 있다. 가방을 내려놓고 빈 지갑을 꺼냈다. 아깐 10만 원밖에 없어서 박진수에게 30만 원을 주지 못했다. 부족한 20만 원을 일단 챙겼다. 휴대폰 요금은 석 달 밀려서 14만 966원이라고 했다. 대충 15만 원을 챙기고 남은 돈은, 모두 지갑에 넣었다. 전부 박진수의 돈이 되었다.

손을 뻗어 내 등을 만졌다. 아까의 감촉은 생생하게 남아 있다. 아직 내 몸에 박진수의 손이 붙어 있는 것만 같다. 침대에 눕고 눈을 감았지만 뻣뻣하게 굳은 몸은 쉬이 풀리지 않았다. 왜 나를 만졌을까. 의문이 빗길의 발자국처럼 이어진다. 머리카락, 목, 등을 더듬고, 브래지어를 잡아당기고, 풀고, 고백하고. 왜? 박진수의 행동을 하나씩 되짚어 보았다. 결국, 마지막 의문에 도달했다. 박진수를 맞닥뜨릴 때, 나는 거울 앞에 서 있는 것 같다. 이제껏 고민했지만 이유를 찾지 못했다. 나는 팔을 뻗어 손거울을 집어 들었다. 내 얼굴이 윤곽선이 흐릿하게 잡혀 보였다. 천천히 손을 아래로 내려 목, 쇄골, 가슴, 배를 보았다. 거울에는 약간 주름이 진 교복만 비쳤지만, 내 눈에는 상처가 보였다. 파랗게 물든 흉터들이. 손거울을 배 위에 올려놓고 한숨을 쉬었다. 여전히 박진수의 손이 느껴졌다. 두근두근, 쿵. 두근두근, 쿵.

5

휴대폰 요금을 내 준 후 박진수에게 첫 문자가 왔다. '학교 끝나고 우리 집 앞으로 와.' 오늘 박진수는 학교에 나오지 않았다. 학교가 끝나고, 답장을 보냈다. '너희 집이 어디야?' 낯선 주소가 줄줄이 적힌 답장이 왔다. 나는 학교 앞길을 빙글빙글 돌다가 택시를 탔다. 기사에게 주소를 보여 주었다. 택시는 내가 한 번도 가보지 않은 방향으로 달렸다. 허름한 상가와 공터, 빌라 단지, 공사장 같은 곳을 끝도 없이 지나쳤다. 공사 소리는 차가 울릴 만큼 컸다. 쿵, 쿵, 두근두근, 쿵. 나는 고개를 숙이고 손가락을 매만졌다. 공사 소리가 들릴 때마다 고개는 짓눌리듯 점점 내려갔다.

문득 주변이 고요해졌다. 창밖을 보자 온통 물이 펼쳐져 있었다. 차의 엔진 소리까지 빨아들인 물은 조용히 흐르기만 했다. 나는 그 위를 가로질러 달리고 있다. 바닥이 보이지 않는 깊은 물 위를. 바퀴가 땅을 달리기 시작하자 언제 조용했냐는 듯 요란한 소리가 다시 귓가를 맴돌았다. 몸을 틀어 내가 건너온 다리를 바라보았다. 석판에 우둘투둘 새겨진 다리의 이름은 '광진교'. 도로의 면적만 넓을 뿐 허름하기 짝이 없는 다리였다. 회색으로 변한 콘크리트 도로의 곳곳에 갈라지고 패여 있는 자국이 보였다. 근처에 있었는지조차 몰랐던 이 다리가 어쩐지 낯설지 않았다. 나는 이상하게 마음이 울렁거리는 것을 느끼며 도로를 내려다보았다. 차는 빠르게 달려 별 볼 일 없는 다리를 금방 건너 버렸다. 다리 너머에는 지금껏 지나친 풍경들이 아득하게 펼쳐져 있었다.

도착한 곳은 주변에 있을 거라고는 상상도 해 본 적 없는 낡은 동네였다. 이 동네의 빌라는 다 비슷비슷하게 생겨서 꽤 돌아다녀야 찾을 수 있었다. 광원빌라, 201호……. 붉은 벽돌로 지어진 건물을 시들한 담쟁이 덩굴이 뒤덮고 있다. 빌라 앞에 서서 전화를 걸었다.

"왜."

"나 집 앞인데……."

"병신같이 왜 밖에 있어?"

빌라 안으로 들어와도 불이 켜지지 않았다. 축축한 계단을 올라 문 앞에서 초인종을 눌렀지만 아무 소리도 나지 않았다. 몇 번 더 눌러 봤지만 조용하기는 마찬가지였다. 한 번 더 눌렀을 때, 소리는 나지 않았지만 문은 열렸다.

"고장 난 건 왜 눌러."

"아, 고장 난 줄 몰랐어."

"병신."

박진수는 목이 다 늘어진 편한 옷을 입고 있었다. 그래서인지 곳곳의 상처가 쉽게 눈에 들어왔다. 어제까지만 해도 없었던 멍, 딱지……. 내가 가만히 서 있자 박진수가 날 집 안으로 잡아당겼다. 집은 무척이나 좁다. 내 방의 크기 정도, 혹은 더 좁아 보이기도 한다. 현관 바로 옆에 부엌이 있다. 거실은 없는 것 같다. 누렇게 때가 낀 벽과 작동은 하는지 의심스러운 냉장고, 가스레인지. 싱크대에는 건조한 설거짓거리가 쌓여 있다. 게다가 출처를 알 수 없는 시큼한 냄새가 난다. 박진수는 딱 하나밖에 없는 방으로 들어갔다. 방은 어두웠다. 움푹 팬 자국이 있는 바닥, 곳곳이 뜯겨 있는 벽, 문 한쪽이 없는 옷장, 기울어진 빨래 건조대. 어둡다. 왜 불을 켜지 않는 걸까. 고개를 들어 천장을 보았다. 천장 가운데에는 형광등이었을 깨진 유리가 붙어 있다.

박진수는 형광등 대신 구석에 놓여 있는 스탠드를 켰다. 그러나 어둠이 사라지지는 않았다.

"너 혼자 살아?"

"아니. 엄마, 개새끼, 동생하고."

"개 키워?"

"아니. 아빠 새끼."

"아……. 여기에 네 명이 사는구나."

박진수는 대수롭지 않게 이불 위에 앉았다. 멀뚱히 서 있는 나를 이상하게 쳐다봐서 나도 엉거주춤 옆에 앉았다. 교복 치마를 입고 있어서 편하게 앉을 자세를 찾기 힘들었다. 어떻게 앉아도 치마가 벌어진다. 결국 다리를 쭉 펴고 앉았는데, 다리가 길어지면 방 벽에 닿을지도 모른다는 생각이 들었다. 그만큼 방이 좁았다.

잠깐 아무런 대화도 하지 않았다. 어색함보다 좀 더 미묘한 기류가 흘렀다. 여기 왜 불렀는지는 모르지만 대충 짐작은 가능했다. 박진수의 손이 내 허벅지를 쓰다듬기 시작했을 때 짐작은 확신이 되었다. 무릎 가까이에 있던 손은 점차 치마 안쪽까지 파고들었다. 손은 거칠고 투박하지만 스타킹을 타고 내려오는 감촉은 마냥 부드럽다. 몸이 척추에서부터 딱딱하게 굳어 간다. 어떻게 해야 할까, 판단이 서질 않는다. 여기서 뿌리칠 자신도, 받아들일 자신도 없다. 아랫입술을 잘근잘근 씹다가 겨우 박진수를 쳐다봤다. 박진수는 웃고 있다. 치마는 이미 안 입은 것이나 다름없이 들춰져 있고, 속바지 안까지 손이 들어온다. 나는 눈을 감고 고개를 젖혔다. 끔찍한 이물감이 느껴진다. 손을 잡고 떨쳐내려 해 봤지만, 상대도 되지 않는 악력에 오히려 내쳐질 뿐이었다. 잇몸이 떨리도록 세게 이빨을 맞부딪혔다. 몸 전체가 딱딱하게 굳은 것이 느껴졌다.

속바지가 제자리에서 점점 내려간다. 까만 스타킹도 돌돌 말리며 벗겨진다. 이제 남은 옷가지라곤 팬티 하나밖에 남지 않았다. 뜨거워진 볼을 감싸며 눈을 떴다. 얼룩이 진 천장이 나와 얼굴을 맞대고 있었다. 그런데, 얼룩이 움직이기 시작했다. 까맣고, 더듬이를 꿈틀거리는…… 벌레가 기어가고 있다.

"아악! 지 지 진수야, 저 저거!"

"뭐?"

"위, 위에, 천장에!"

나는 무작정 박진수의 팔을 붙잡고 소리쳤다. 벌레가 있다는 게, 내 위에서 벌레가 기어 다닌다는 게 믿기지 않는다. 끔찍하다. 심지어 저렇게 까맣고 커다란 게, 집에서, 사람이 사는 집에서 나올 수가 있다니! 온몸에 소름이 돋는다. 마치 살갗마다 개미가 달라붙은 듯이, 아니면 날아다니는 잠자리 속에 서 있는 것 같은, 혹은 애벌레가 다닥다닥 붙어 꿈틀거리는 이불을 덮고 있는 느낌! 생각할수록 기괴하고 끔찍한 상상이 펼쳐진다.

"아 씨발, 니가 봐야 잡든 말든 할 거 아냐?"

"으으으, 진수야 제발……. 끔찍해……."

"놓으라고!"

박진수가 크게 소리치는 바람에 놀라 손에 힘이 풀렸다. 꼭 잡고 있던 팔을 놓쳐서 다시 잡으려고 했지만 이미 몸을 뺐는지 팔이 없다. 눈을 뜰 수도 없어서 무작정 날 감싸고 엎드렸다. 방금 그 소리에 벌레도 놀라서 떨어졌으면 어떡하지? 당장 내 옆을 기어가고 있으면? 지금 내 발가락 옆에서 긴 더듬이를 벌렁거리며…….

탁! 찍. 듣기 좋은 소리와 듣고 싶지 않은 소리가 동시에 들렸다. 잡았나? 잡은 건가? 잡아서 제대로 티슈에 쌌겠지? 눈을 떴는데 시체가 눈앞에 있다거나 하는 일은 없겠지? 그렇겠지? 그럴 거야. 그래야만 돼. 그래야 하는데.

"잡았으니까 지랄 그만 떨고 일어나."

"……진짜?"

"그럼 씨발 왜 이딴 걸로 구라를 까? 오버 오지게 한다. 벌레 갖고."

"미……안. 저런 걸 집 안에서 본 적이 없어서……."

"아 그래. 근데, 그……."

박진수가 말을 망설인다. 적어도 내가 기억하는 내에서, 나한테 할 말을 망설이는 박진수는 본 적이 없다. 할 말 못할 말 구분하지 않고 막 하는 게 보통이다. 웬일로 뜸을 들이는 걸까. 괜히 나까지 손가락을 만지작거렸다.

"나한테 뭐라고 했지?"

"어? 천장에, 제발, 끔찍해……."

"말고. 나 뭐라고 불렀냐고."

"그……. 진수야?"

"그래. 그거."

박진수는 티슈를 쓰레기통에 던져 넣고는 내 옆에 털썩 앉았다. 그러고는 내 쪽을 보지 않은 채 한참 동안 말을 하지 않았다. 아까와는 사뭇 다르게 느껴지는 정적이었다. 조금 더 시간이 흐르고, 다른 벌레가 나오지 않을까 불안해지던 참에 박진수의 목소리가 들렸다.

"괜찮네."

6

"진수야."

"어."

"박, 진, 수."

"뭐."

"듣기 좋아?"

"썩."

"……왜?"

박진수는 대답하지 않고 내 얼굴을 빤히 보았다. 내 눈이 어떻게 생겼는지, 코가 어떻게 생겼는지 외우려는 사람처럼. 그러고는 나를 끌어당겨 귀에 대고 말했다.

"영원아."

7

학생!	날라리.
너.	야.
거기.	창가 쪽.
맨 뒷자리.	잘 안 나오는 애?
그 있잖아.	쓸모없는 새끼.
아 개?	쓰레기.
지갑.	그 양아치?
딸.	개새끼.
·	·
·	·
·	·
영원	진수

우리는 이불에 누워 있다. 약간 누렇고, 여러 냄새가 뒤섞여 있는 이불 위에서 서로의 몸을 보고 있다. 진수의 몸은 깡마르고 파랗다. 여러 군데에 붓거나 멍든 부분이 있다. 나는 진수의 가슴 위 흉터에 손을 올렸다. 쿵, 쿵. 눈을 감고 심장 소리를 들었다. 진수는 멍들어 부푼 눈꺼풀을 받치고 눈을 떴다. 그 눈은 이글거리며 내 상처들을 훑었다. 목, 어깨, 팔을 거쳐 간 눈이 멈춘 곳은 옆구리였다.

"난 니가 짜증 나."

진수는 상처에 붙어 있는 밴드를 떼 버리고 그 위에 손가락을 가져다 댔다. 꾸욱, 꾹, 손가락이 누르는 곳마다 아린 통증이 되살아났다.

"금수저 새끼. 존나 짜증나."

진수는 그렇게 내 상처 위에 이름을 썼다. 이름이 새겨진 상처는 밴드를 붙이고 있을 때보다 더 무거워졌다. 나는 손바닥을 대고 있던 진수의 상처에 똑같이 이름을 썼다. 간지러웠는지 진수가 킥킥거리며 웃었다. 나는 그냥, 따라 웃었다. 우리는 서로의 상처에 이름을 새기며 키득거렸다. 내 몸에 밴드가 다 없어질 때까지.

마지막 상처에 손을 가져다 대던 진수는 문득 내 얼굴을 보았다.

"맨날 맞고 집에 가도, 엄마가 뭐라 안 하냐? 벌써 4년쨌데."

"우리 부모님은……, 집에 잘 안 오셔."

"돈은 어떻게 받는데?"

"계좌로 보내거나, 식탁에 올려 두거나, 가끔 봤을 때 주거나."

아. 진수는 짧은 감탄사를 내뱉고 흉터로 눈길을 돌렸다. 허벅지에 든 멍은 시간이 지나도 나아지지 않고 검게 변하기만 했다.

그을린 것 같은 내 흉터에 손가락이 닿았다. 차가운 손가락 끝은 이름을 덧새겼다.

"넌 어쩌다 다쳐?"

내 물음에 진수의 입매가 올라갔다. 양옆의 터진 상처는 미소를 쓰게 만들었다. 진수는 자신의 몸을 훑으며 내 이름이 덕지덕지 붙은 흉터들을 쓸었다. 그리고 하나하나 짚어 나갔다.

"주먹, 의자, 밥상 다리."

"어?"

"형광등. 이건 참이슬이고, 이건 존나 딴딴한 하이트. 누구든 개새끼 술주정은 막아야지. 근데 그걸 누가 하겠냐? 엄마? 여동생?"

아무 말도 할 수 없어서 입을 다물었다. 진수는 팔에 있는 큰 흉터와 아직 딱지가 남아 있는 상처를 만지작거렸다. 진수의 눈에 물기가 서리는 게 보였다. 난생처음 보는 그 눈은 가만히 나를 응시했다. 나는 그저 무미건조한 표정 말고는 지을 수 없었다.

"아무렇지도 않아, 맞을 땐. 아프지도 않고. 그냥 신나게 처맞는 거야. 그러다가 그 개새끼가 돌아서고, 등이 멀어지면 그때 존나……."

"아프고."

"……더럽고."

"혐오스럽고."

"개씨발 좆같고, 죽여 버리고 싶고, 존나, 그냥 씨발, 막……."

"끔찍해."

씨발. 진수가 계속 중얼거렸다. 끝도 없는 욕지거리가 방 안에

216

흘러 다녔다. 건조했던 방에 점점 수분이 차올랐다. 씨발. 그리고 한참 조용하던 진수는 물기 어린 목소리로 내게 말했다.

"미안."

처음 들어 보는 말, 처음 들어 보는 목소리. 낯설지만 놀랍지는 않다. 진수는 다시 나의 상처를 더듬었다. 스탠드의 미약한 불빛만으로도 진수가 훤히 보였다. 늘 어둠 속에서 살기 때문인가. 나는 여기가 우리 집과 다를 바 없다고 생각했다.

"개새끼는 날 개새끼라고 불러. 맞지, 개새끼의 새끼니까. 개, 새끼의, 새끼."

"우리 부모님은 날 이름으로 안 불러. 딸. 그냥 딸이야 난. 딸, 딸, 딸딸딸딸딸. 그렇게 자위하나 봐. 나를 돌봐 주고 있다고."

"엄마, 그년은 그냥 날 안 불러. 보지도 않아, 썅. 이 좁아 터진 집에서 어떻게든 안 마주치려고 아등바등한다고."

내 코끝 언저리에 진수의 숨결이 닿았다. 나는 눈을 감았다. 그래도 우리의 몸이 보였다. 진수의 얼굴이 가슴 사이를 파고든다. 주먹을 꽉 쥐고 고개를 틀었다. 진수가 작게 중얼거리는 소리가 들린다. 숨을 죽이고 그 소리에 집중했다. 진수의 팔이 내 허리를 휘감는다. 나는 그 위에 손을 얹었다. 진수는 한 가지 말만 반복하고 있었다.

"내가, 부러워?"

"……존나게."

박진수가 날 끌어안고, 니트를 위로 올려 블라우스 단추를 푼다. 치마를 올리고 다리와 다리 사이를 만진다. 언뜻 마주친 박진수의 눈 속에 내가 있다. 얼룩덜룩한 내가 보인다. 나는 귀에 속삭여도 들리지 않을 만큼 소곤거렸다.

"난 너랑 다를 게 없어."

두근두근, 쿵. 두근두근, 쿵. 머리를 뒤흔드는 우리의 심장 박동이 점점 커진다. 침범당하는 기분은 분리수거장의 쓰레기 냄새와 비슷했다.

8

멍하니 앉아 있는 내게 교복이 날아왔다.

"빨리 입어. 그 꼴로 우리 엄마 만나고 싶은 거 아니면."

그 말을 듣고도 꾸물거릴 수는 없었다. 저린 다리를 간신히 움직여 팬티를 입었다. 치마를 입으며 박진수를 흘긋 보자, 눈이 마주쳤다. 박진수가 씩 웃으며 휘파람을 불었다.

니트까지 완벽하게 교복을 입고 나서 일어났다. 팔과 다리가 저리고 몸 군데군데가 욱신거렸다. 그래도 못 걸을 정도는 아니었다. 전에는 더 심하게 얻어맞기도 했으니까. 벽을 짚고 천천히 집을 둘러보았다. 여전히 어두운 집이다. 휘잇, 휘. 경쾌한 소리가 내 귀를 감싸고 돈다. 외투를 입고 현관 앞에 섰다. 박진수가 내게 만원짜리 한 장을 건넸다.

"택시비. 걸어갈 거면 말든가."

나는 일단 돈을 받아 주머니에 쑤셔 넣었다. 신발을 신고 문을 열었다. 녹슨 경첩이 듣기 싫은 소리를 냈다. 박진수는 문 앞에서 나를 배웅했다.

"연락하면 재깍 와라."

"……응."

빌라 밖은 쌀쌀한 바람이 불었다. 콜택시를 불렀지만, 밝은 목소리의 통화 안내원은 근처에 차가 없다며 오래 기다려야 한다고 말했다. 나는 잠시 침묵하다가 전화를 끊었다. 그 자리에 몇 분이나 서 있었을까. 곧 후들거리는 다리를 한 발 한 발 옮겨 가며 걸었다. 비슷비슷한 빌라들이 줄 서 있는 거리를 지나고, 비슷하게 초라한 가게들이 모여 있는 상가를 지났다. 허름한 풍경 속에서 고개를 푹 숙이고 걷기만 하던 나는 문득 주변이 조용해지는 것을 느꼈다. 고개를 들었다. 나는 어느새 다리 위에 서 있었다. 흙먼지 긴 콘크리트의 갈라진 틈이 눈에 띄었다. 나는 그 앞에 쭈그리고 앉아 손가락을 댔다. 세로로 선을 긋고, 다시 가로로 선을 긋고, 사선을 그어 가며 글씨를 썼다. '박', '진', '수'. 온기로 쓰인 그 이름은 상처투성이인 다리와 너무도 잘 어울렸다. 나는 천천히 일어섰다. 바닥에 붙은 이름이 점점 작아 보였다.

다리 위로 차가 네다섯 대쯤 지나갔다. 그중에는 택시도 있었다. 택시는 좁은 인도 위에 서 있는 나를 천천히 지나쳐 갔다. 나는 발을 내디뎠다. 다리를 움직여 걸었다. 상처 위에 새겼던 박진수의 이름이 발밑에서 뭉개졌다. 나는 다리의 중간까지 걸어와 멈춰 서고, 난간을 붙잡았다. 깜깜한 강물에 거울처럼 내 모습이 어른거렸다. 주머니에서 굴러다니는 구겨진 만 원을 꺼냈다. 지폐 속 위인의 얼굴이 나를 보며 씩 웃었다. 나는 지폐를 찢기 시작했다. 강물 위로 찢어진 종잇조각이 떨어져 물결을 흐트러트린다. 내 모습이 흐릿하게 가려진다. 종잇조각들은 흔들리며 방금까지 강물에 비치고 있던 내 얼굴을 지웠다. 곧 종잇조각이 모두 떠밀려가고 남은 물 위에 다시 내가 보였다. 거울이 아닌 내가.

나는 다리를 건넜다. 뒤를 돌아보자 '광진교'가 새겨진 석판의 뒤로 내가 건너온 풍경이 펼쳐졌다. 나는 멈추지 않고 걸었다. 그 곳에서 점점 멀어지고 있었다.

브리즈번의 오후

저동고등학교 3
박예림

내가 사는 셰어하우스는 태양이 내리쬐는 브리즈번 해변가 앞에 위치했다. 평화로운 브리즈번의 해변과 달리 2층짜리 셰어하우스는 조용할 날이 없었다. 존은 술을 마시면 늘 접시를 깼는데 그것은 그의 이혼 사유이기도 했다. 이혼에 대한 얘기를 할 때도 그는 술과 함께였다. 존은 말이 많고 재치 있는 사람이었다.

내가 막 브리즈번에 왔을 때 존은 나를 무척이나 반가워했다. 교포 3세인 존은 시드니에 살고 있는 가족 외의 한국 사람은 처음이라며 내게 큰 관심을 표했다. 그는 한국말이 유창했다. 그는 가끔 전라도 사투리를 썼다. 나는 아마 그의 할머니가 전라도 사람일 것이라 추측했다. 그는 키가 컸고 머리카락은 갈색이었다. 하얀 피부에 콧등에는 주근깨가 있었다. 웃을 때면 콧등을 찡긋거렸는데 그것이 그의 익살맞음을 더해 주는 것 같았다.

나는 낮에는 근처 초등학교에서 한국어 강사로 일하고 밤에는 해변가에 위치한 인터넷 카페를 겸한 레스토랑에서 일하고 있었다. 강사 일은 미스 샐리가 소개시켜 준 일이었다.

초등학교 교감 선생님인 그녀는 아이들이 다양한 문화를 배웠으면 한다며 한국어를 가르쳐 달라고 했다. 당시 나는 돈이 급했다. 별말 하지 않고 그녀의 제안을 수락했다. 나는 따로 마련된 교실에서 60명 정도 가르쳤다. 그들은 대체로 초등학교 저학년의 아이들이었다. 다양한 아이들이 수업에 들어왔다. 입 한 번 뻥긋하지 않는 아이들이 많았다. 그들은 수업에 들어와서 나를 관람하기만 했다. 나는 마치 먹이를 먹기 위해 수면 위로 입을 내미는 금붕어가 된 기분이었다.

교실 안에 들어서자마자 에어컨을 켰다. 곧바로 수업이 없어서 다행이었다. 끈적한 몸에 달라붙는 옷을 펄럭였다. 더위가 가시면서 서늘해졌다. 수업 준비를 시작했다. 한 시간 후면 아이들이 수업을 들으러 올 것이었다. 나는 컴퓨터 앞에 앉아 사진을 프린트했다. 복사기가 시끄러운 소리를 내며 종이들을 뱉어 내기 시작했다.

"모자, 나무, 연필."

스무 명가량의 아이들이 옹기종기 앉아 나를 빤히 쳐다보았다. 그들은 들어오면서 시끄럽게 떠들었지만 수업을 시작하면서부터는 아무 말하지 않았다. 교실에서 내 목소리만 들려왔다. 이마에 땀이 송골송골 맺혔다. 아이들은 마치 나의 무안함을 즐기는 것처럼 보였다. 나는 사진이 프린트된 종이를 칠판에 붙였다.

"모자, 나무, 연필."

스무 쌍의 눈을 하나하나 마주했지만 그들은 내 말을 따라할 생각이 전혀 없어 보였다. 나는 이들 앞에서 평생을 해 왔던 모국어를 하고 있었다. 지금은 잊어버리고 싶은 생각이 간절했다. 내가 뒤돌아 칠판에 무언가 쓸 때마다 뒤에서 속삭이는 소리가 들렸다. 나는 영어가 유창하지 않았다. 그들은 그 점을 이용해서 내 뒤에서 알아듣지 못할 말을 했다.

내가 수업을 마치고 나올 때면 학교 앞엔 늘 존이 있었다. 그의 오토바이인 할리 데이비슨도 함께였다. 존은 낮에 무슨 일을 하는지 내게 알려 주지 않았다. 늘 시간 맞춰 날 데리러 올 뿐이었다. 나는 늘 그의 할리 데이비슨 뒷자리에 앉아 레스토랑으로 퇴근했다.

레스토랑은 셰어하우스와 두 블록 정도 떨어진 곳에 위치했다. 인터넷 카페와 겸하고 있어 넓고 쾌적한 편이었다. 나도 퇴근하기 전에 이곳에서 인터넷을 자주 하곤 했다. 사장인 폴은 40대 중반의 깐깐한 남자였다. 그는 키가 크고 말랐다. 항상 빳빳하게 다린 체크 셔츠에 멜빵을 맸다. 나는 그의 집 옷장에 색색의 체크 셔츠와 멜빵이 있을 것이라고 생각했다. 폴은 항상 사장실에 들어앉아 돈 세는 기계마냥 돈을 셌다. 손님은 끊이지 않았다. 나와 존은 백룸에서 옷을 갈아입고 나왔다. 나는 주방 구석에서 잔뜩 쌓인 접시를 닦기 위해 고무장갑을 꼈다. 세제를 두어 번 정도 눌러 거품을 많이 냈다. 미트 파이 접시는 항상 더러웠다. 소스하고 범벅된 고깃점이 눌어붙어 있었다. 뒤에서 후라이팬 휘두르는 소리와 맛있는 냄새 때문에 허기가 졌다. 내가 먹은 것이라고는 아침에 존이 부쳐 준 전밖에 없었다.

"3번 테이블 미트 파이 2접시 피시 앤 칩스 1접시!"

"29번 테이블 매시드 포테이토 6접시!"

"고기가 부족해요!"

"고기 다진 거 여기 있어요!"

주방은 항상 시끄러웠다. 그들만큼 바쁜 사람이 없어 보였다. 쉴 새 없이 후라이팬을 휘두르고 불 앞에서 떨어지지 않았다. 그들 손에서 만들어져서 나가는 레스토랑의 메뉴는 대체로 비슷했다. 미트 파이, 피시 앤 칩스 혹은 매시드 포테이토가 전부였다. 이곳은 브레이크 타임이 없었다. 한적한 시간쯤에 쫓기는 사람처럼 피시 앤 칩스나 미트 파이를 입에 구겨 넣었다. 오늘따라 존이 주방에 얼굴을 비치지 않았다. 존은 일을 시작하고 30분 정도 지나면 얼굴을 비치다 항상 리처드에게 면박을 듣곤 했다.

"수전, 잘하고 있어?"

"존, 어서 가서 서빙하지 않고 뭐해! 이번 급여도 깎이고 싶은 거야!"

나도 쉴 새 없이 들어오는 접시를 닦았다. 등줄기에서 땀이 흘렀다. 한참 접시를 닦고 있는데 주방의 총 담당자인 리처드가 날 불렀다. 그는 남들보다도 머리 반 개가 더 있는 거구의 사내로 항상 인상을 찌푸리고 있었다. 그의 미간엔 항상 줄이 세 개 그어져 있었다. 남들이 그의 직업을 모르고 그를 본다면 흔히 갱이나 뒷골목 사람이라고 생각할 것이었다. 생긴 것과는 다르게 동물을 사랑하고 맛있는 음식 먹는 것을 좋아하는 소심한 사람이었다.

"수전, 접시 닦는 일은 어때?"

"괜찮아요."

"이번엔 급여 깎이지 않도록 주의해."

"네."

처음 접시 닦는 일을 시작했을 때 몇 장인지 셀 수 없을 만큼 접시를 깼다. 그럴 때마다 리처드는 내게 멍청하다며 소리를 지르곤 했다. 물론 그가 주방에서 소리 지르는 일은 자주 있는 일이다. 나는 그가 소심한 사람임을 알고 있었다. 그는 항상 소리친 후에 따로 불러내 얘기를 했다. 브리즈번에 오고 나서 내 입버릇이나 다름없었기 때문에 기분 나쁠 일이 아니었다. 레스토랑에서 접시를 닦기 시작한 지 오랜 시간이 지났다. 그동안 급여를 깎이지 않은 날은 없었다. 한두 번씩 접시를 깨곤 했다.

"요즘 저런 스타일이 유행이야?"

"한국인이잖아."

"아무리 그래도 너무 촌티 나는 거 아니야?"

신디와 줄리는 폴의 조카였다. 둘은 자매였는데 전혀 닮지 않아서 모르는 사람이라고 해도 믿을 정도였다. 그들은 자주 백룸에 들어갔다. 백룸에서 스타일에 관해 심도 높은 토론을 하거나 손톱을 다듬는 것이 하는 일의 전부였다. 그들은 험한 일을 피하려고 했는데 음식물 쓰레기 치우는 것이나 재료를 다듬는 것들이 대부분이었다. 나는 처음엔 그들의 말을 들어 주기 위해 노력했지만 지금은 반쯤 포기한 상태였다. 그들은 내가 영어를 잘하지 못한다는 것을 가지고 크게 놀림거리라도 잡은 양 행동했다. 경박스러울 정도로 말을 빠르게 하기도 했고 빙빙 돌려서 말하기도 했다.

하루 일이 모두 끝나면 물 먹은 솜을 몸에 두르고 있는 것 같았다. 미스 샐리는 깨어 있었다. 원래 일찍 자는 사람이었다. 그녀는 거실 불을 끄고 소파에 누워 밤늦게까지 하는 고전 영화를 보고 있었다. 나는 버릇처럼 그녀의 볼에 입을 맞추고 방으로 들어왔다. 나는 곧장 책상 앞에 섰다. 벽에 붙여 놓은 브리즈번의 사진을 멍하니 바라보았다.

사진 속의 브리즈번은 여전히 조용하고 평화로워 보였다.

길을 걷다가 우연치 않게 이 사진을 보았다. 여행사의 홍보물 사진이었다. 이 사진을 본 순간 그곳이 어딘지 모르는 와중에도 그곳에 가리라 결심했다. 나는 이곳에 가면 더 이상 엄마의 접시 깨는 소리를 듣지 않아도 될 것만 같았고 덜 치열하게 살아도 될 것 같았다. 나는 무작정 이 사진 하나만을 들고 브리즈번행 비행기에 홀로 올랐다. 그러나 내 생각과는 달리 이곳은 더욱 치열하고 시끄러웠다. 위에 사는 교포는 늘 접시를 깼으며 하다못해 초등학생들에게도 무시를 당했다.

집을 나섰다. 아무도 깨어 있지 않은 새벽이었다. 슬리퍼를 질질 끌며 오솔길을 따라 걸었다. 조용한 브리즈번에는 파도치는 소리만 들렸다. 해가 다 뜨지 않아 주위는 푸르스름했다. 뒤에서 누군가 달려오는 소리가 들렸다. 길의 한쪽으로 피했다.

"수전!"

존이었다. 그는 급하게 나온 것처럼 보였다. 허리를 부여잡고 숨을 헐떡였다. 그는 몇 번이고 머리를 쓸어 넘겨 모자를 썼다. 내가 이번 그의 생일에 사 준 엘에이 다저스 모자였다.

"뭐야."

"내가 멀리서부터 같이 가자고 불렀는데 안 들렸어?"

"안 들렸어. 언제부터 네가 산책을 했다고 따라 나오고그래. Mr. drunkard."

벌써부터 시끄러워지는 기분이 들었다. 나는 계속 오솔길을 따라 걸었다. 숨을 고른 존도 내 곁에서 같이 걸었다. 나는 문득 그가 왜 내 곁에 걷고 있는가를 생각했다. 이곳은 지긋지긋한 한국도 어머니가 있는 집도 아니었다. 어쩌면 나와 전혀 상관없는 도시, 브리즈번. 이곳에서 나는 이 이질적인 서양의 남자와 길을 걷고 있었다. 나는 물끄러미 그의 엘에이 다저스 모자를 쳐다보았다.

"존, 물어보고 싶은게 있어."

"뭔데."

"내가 이곳에 처음 왔을 때 왜 날 도와줬지?"

존을 처음 만난 날, 그날은 유독 날씨가 좋았다. 나는 브로커에게 사기를 당해 모든 것을 잃었다. 짐을 잔뜩 담아 온 캐리어도 놓고 브로커에게서 도망쳤다. 걷다 지쳐 모래사장 위에 대자로 누웠다. 핸드백을 열어 보았다. 안에는 여권과 1달러만 들어 있었다. 아득했다. 한국으로 다시 돌아갈 수 없다. 누군가 옆에 앉았다.

"왜 여기 있어요?"

"돈이 없거든요."

"내가 일자리를 알아봐 줄까요?"

"누군데요?"

"나는 존이에요. 한국 사람은 브리즈번에서 처음 보는데…….
한국 사람 맞죠?"

이국적으로 생긴 존의 입에선 연신 전라도 사투리가, 한국말이 튀어나왔다. 나는 애써 놀라지 않은 척했다. 그는 쉴 새 없이 떠들었다. 이내 억세게 내 팔을 잡고 나를 일으켰다. 나는 그를 따라

셰어하우스에 입성했다. 그는 부엌에서 나온 샐리와 나를 거실 소파에 앉힌 채 한참을 주절거렸다. 샐리는 그의 말을 주의 깊게 들으면서도 나를 살펴보았다. 나는 듣기평가를 하는 수험생처럼 그들의 대화에 집중했다가 2분도 지나지 않아 포기했다.

"난 샐리예요. 당신의 이름은 뭔가요? 존의 말로는 한국인이라던데."

"수전입니다. 한국인 맞아요."

"존에게 들어 보니 돈이 없다고 하던데."

"네, 사기를 당했어요."

"저런, 어쩌다 그랬는지는 모르겠지만 존이 당신이 이곳에서 지내기를 원하는데 어떻게 하겠어요?"

"저는 돈이 없어요."

"여기서 지내면서 일을 찾아보도록 해요. 같이 살 사람을 구하고 있었거든요."

샐리는 빙긋 웃으며 말했다. 편안해졌다. 더 이상 긴장하지 않아도 될 것 같았다. 이제야 온 몸에 힘을 주고 있었다는 것을 깨달았다. 나는 천천히 몸에서 힘을 뺐다.

얼마 만에 긴장을 푸는 것인지 몰랐다. 샐리를 보며 나는 한국에 있는 어머니를 떠올렸다. 그리움이 아니었다. 차라리 샐리가 나의 어머니였으면 하는 생각. 이것은 내가 브리즈번으로 도망친 이유기도 했다.

어머니는 화가 날 때마다 거실에 있는 물건들을 모조리 깨뜨렸다. 나는 거실 한구석에 앉아 어머니가 물건을 깨는 모습을 바라보았다. 쨍그랑쨍그랑 접시가 깨지는 소리가 들렸다. 마치 내 온

몸이 깨지는 것 같았다. 어머니는 내 몸을 조각내고 있었다. 다음 날이면 깨진 접시가 가득했던 집 안은 깔끔하게 치워져 있었다. 아침상은 보기만 해도 침이 고이는 음식이 가득했다. 두껍게 잘 말린 계란말이나 뚝배기에 담긴 된장찌개, 깔끔하게 새로 담은 김 장 김치나 잘 익힌 조기 구이가 있었다. 그날 아침의 어머니는 내게 친절했다. 조기를 발라 주고 한 술 뜰 때마다 반찬을 하나씩 올려 주었다. 나는 천천히 음식을 씹었다. 모래를 씹는 것마냥 입안에서 퍼석거렸다. 엄마의 얼굴은 평소와 같았다. 평온하고 아무것도 모른다는 얼굴. 나는 그녀의 평온을 깨지 않으려고 애썼다.

시한폭탄 같은 그녀는 접시를 깨지 않으면 항상 누군가를 깨뜨리려고 했다.

"아저씨가 내 엉덩이 만졌잖아요!"

어머니는 새된 목소리로 김 씨 아저씨를 몰아세웠다. 김 씨 아저씨는 동네에서 슈퍼를 했다. 내가 자주 물건을 사러 갈 때마다 몇 백 원씩 깎아 주곤 했다. 어머니는 급기야 아저씨에게 삿대질하기 시작했다. 아저씨의 얼굴이 벌겋게 달아올랐다. 나는 아저씨와 어머니 사이에 섰다. 몇 번이고 아저씨에게 허리를 숙였다. 어머니는 지치지 않고 아저씨에게 소리쳤다.

"저 집은 그렇게 물건들을 있는 대로 다 깬다잖아요. 동네 시끄럽게."

지나가던 무리가 어머니를 향해 소리쳤다. 나는 어머니의 손을 세게 잡았다. 어머니가 외출할 때마다 나는 긴장했다.

어느 날인가 문득 그녀가 깨뜨리는 것이 과연 물건들이 맞는지 의문이 들었다. 그녀는 이 상황을 깨뜨리고 싶었던 것은 아닐까.

상황은 어머니가 만든 것이다. 어머니는 가끔 접시를 잡고 아버지에게 던졌다. 아버지는 몇 번이고 접시를 맞아 주었다. 머리가 찢어져 피가 났다. 어머니가 지쳐 잠들 때면 그는 접시를 치우고 상처를 치료했다. 내가 가끔 제대로 치워지지 않은 접시 조각을 밟았다. 후에 아버지는 몇 번이고 엎어져 거실을 닦고 또 닦았다.

"아빠, 안 자?"

"거실 좀 더 닦고 잘게. 먼저 들어가서 자고 있어. 금방 들어갈게."

어머니는 무언가 중얼거리면서 접시를 던졌다. 아버지는 그럴 때마다 더 반항을 하지 못했다. 그것은 내가 모르는, 그들만 공유하는 상처였다. 어렴풋이 예상할 수 있었다. 무엇이 문제였는지 죽은 채 태어난 아이. 죽은 아이를 열 달 동안 품고 있었던 엄마. 누구를 탓할 수 있을까.

접시에 눌어붙은 고깃점이 거슬렸다. 닦이지 않고 접시에 계속 눌어붙어 있었다. 땀이 흘렀다. 철수세미가 눈에 들어왔다. 폴은 철수세미로는 접시를 닦지 못하게 했다. 나는 세제를 더 묻혔다. 고깃점은 계속되는 수세미질에도 떨어지지 않았다. 괜히 화가 났다.

철수세미를 집었다. 아무도 내게 신경 쓰지 않았다. 나는 접시를 철수세미로 힘주어 문질렀다. 그제야 고깃점이 떨어졌다.

"수전!"

고개를 들자 사납게 나를 쳐다보는 폴이 보였다. 나는 철수세미를 내려놓았다. 그는 천천히 내게 다가왔다. 그는 연두색과 노랑색의 체크무늬 셔츠에 빨간 멜빵을 하고 있었다. 그의 모습은 늘 우스꽝스러웠다.

"내 말이 귓등으로도 안 들리는 거야? 좀 똑똑해지려고 해 봐. 여지껏 철수세미로 접시를 문질렀어? 내가 하지 말라고 했잖아. 웬만하면 닦지 말라는 말은 완전히 하지 말라는 소리야!"

그는 쉴 새 없이 말했다. 입을 열 때마다 침이 튀었다. 그는 유독 영국식 악센트를 썼다. 접시를 쥔 손에 힘이 들어갔다. 그는 몇 마디 경고를 하더니 이내 사무실 안으로 들어갔다. 얼굴을 닦고 싶었다. 폴이 튀긴 침이 얼굴을 뒤덮은 것만 같았다. 나는 고무장갑을 벗었다.

거울을 멍하니 바라보았다. 한국에서 지낼 때와 별반 차이가 없어 보였다. 이렇게 살 거면 어머니를 놓고 온 이유가 없었다. 늪에서 홀로 빠져나온 보람이 없었다. 얼굴은 여전히 생활에 찌들어 생기조차 없었다. 혈색도 없어 금방이라도 쓰러질 것만 같아 보였다. 나는 무표정하고 퀭해 보이는 얼굴이 맘에 들지 않았다.

"수전, 괜찮아?"

"한두 번도 아니고 괜찮아요."

"조심해. 폴 성격 알면서 그래."

"네."

리처드는 내 어깨를 두어 번 두드렸다. 나는 다시 고무장갑을 꼈다. 수세미를 들었다. 세제를 가득 묻혔다. 하얀 거품이 점점 많이 생겨났다. 내 삶도 닦을 수만 있다면 닦고 싶었다.

그녀들은 주방에서 한참을 보이지 않았다. 어느 정도 숨을 돌릴 수 있을 무렵이었다. 그녀들이 슬그머니 주방에 나타났다. 그녀들에게서 네일 리무버 특유의 냄새가 났다. 그녀들은 내 뒤에 앉아 재잘재잘 금세 얘기를 나누기 시작했다. 나는 음식물 쓰레기를 치웠다. 감자와 당근 껍질, 이름 모를 생선의 뼈가 수북했다. 그녀들은 이리저리 손톱을 살펴보다가 이내 자신들의 네일을 자랑하기 시작했다.

"수전, 내 손톱 좀 봐 봐. 어때?"

"너도 손톱 관리 좀 해. 어우, 끔찍해. 한 번도 안 한 거야?"

짧고 뭉툭한 손가락. 유일하게 손꼽을 수 있는 어머니와 나의 닮은 점이었다. 거칠고 관리되지 않은 손이 어머니의 손을 보는 것만 같았다. 그녀들은 진심으로 내 손이 끔찍하다는 표정을 지었다. 나는 다시 고무장갑을 꼈다. 산더미만큼의 접시가 쌓여 있었다. 시계를 보자 퇴근 시간이 가까워지고 있었다. 급해졌다. 퇴근 시간에 맞추려면 빠듯할 것 같았다. 그녀들은 계속해서 뒤에서 말을 걸었다.

"이젠 철수세미로 안 닦아?"

"이젠 폼도 안 나올 텐데. 그냥 닦지그래?"

접시를 꽉 쥐었다. 그녀들의 입에 쑤셔 넣고 싶었다. 그러면 말을 못하지 않을까. 손에 있는 접시를 쥐고 바닥에 던지면 조용해지지 않을까. 뒤를 돌아보았다. 그녀들은 상관하지 않았다. 접시를 던졌다. 쨍그랑 깨지는 소리와 함께 그녀들의 입이 닫혔다.

"시끄러워."

그녀들은 금방이라도 소리를 지를 것처럼 보였다. 나는 한 번 더 접시를 던졌다. 이젠 누군가가 주방으로 올 것이다. 누군가가 존이었으면 간절히 바랬다.

그녀들은 서서히 뒷걸음질 쳤다. 나는 한 번 더 접시를 던졌다. 깨지는 소리와 함께 존이 주방으로 들어왔다.

"이게 무슨 짓이야!"

"멍청한 것들한테 화 좀 내고 있었어."

"수전."

"왜 그런 눈빛이야? 내가 안 되는 걸 한 것도 아니고. 내가 그녀들을 때리길 했어 뭘 했어."

입었던 옷들을 벗었다. 주방 밖으로 나왔다. 밖에는 폴과 리처드가 서 있었다. 나는 그들의 앞을 당당하게 지나갔다. 뒤에서 폴과 리처드의 목소리가 들렸다. 나는 주머니를 뒤적거렸다. 존의 할리 데이비슨 키였다. 그가 내게 맡긴 것이었다. 할리 데이비슨은 세워 둔 곳에 있었다. 나는 할리 데이비슨 위에 앉아 키를 꽂았다. 부드럽게 시동이 걸렸다.

항상 존의 뒷자리에 앉아 봤던 길이었다. 내가 운전해서 가는 길은 다른 느낌이었다. 해가 지고 있었다. 바닷가에 걸친 해는 언제 봐도 멋졌다. 머리카락이 날렸다. 바닷바람이 내 곳곳에 스며들고 있었다. 바닷바람은 어느새 끈적이지 않았다.

또다시 나는 평화로운 곳을 찾아 도망치고 있었다.

칼을 새기다

고양예술고등학교 3
안소랑

손바닥에 그어진 흉터를 볼 때면 잊고 있던 기억들이 떠올랐다. 그럴 때면 나는 무딘 칼로 다시 흉터를 그었다. 흉터는 내가 경험하지 못했던 감정들을 느끼게 해 주었다. 계속 흉터를 그으면 더 많은 감정을 느낄지도 모른다는 생각을 했다. 나는 교도관 몰래 숨겨 두었던 칼로 흐릿한 흉터를 그어 댔다. 칼이 날카롭지 않았다. 흉터는 계속 흐릿한 채였다.

그날 먹은 두부의 맛을 아직도 잊지 못한다. 비닐봉지에 씌워진 두부를 손에 들었다. 크게 한입을 베어 물곤 여러 번을 씹었을 때 드디어 해방이라는 생각보단 어떻게 살아가야 할지의 막막함이 앞섰다. 두부는 꽤 오랫동안 입안에 머물렀고 눈물과 함께 삼켜졌다. 깨끗하게 살아야겠다고 다짐했던 마음은 형님들을 만나자마자 탁하게 흐려졌다. 마치 떨어진 잉크를 품에 안은 투명한 물처럼 말이다. 나는 내게 두부를 건네준 형님들을 따라 검은색 카니발에 올라탔다.

새 숙소에 와 보니 내가 수감되어 있던 곳의 주변이 꽤나 황량했다는 것을 알았다. 입고 있었던 죄수복도 여름날의 하늘처럼 시퍼런 색이었다. 가끔씩 하늘을 보면 죄수복이 떠올랐다. 다시 그 옷을 입을 날이 올까. 일개 조무래기들인 형님들과 나는 방이 두 개인 빌라에서 합숙 생활을 했다. 날에 맞춰 수금을 돌고 위에서 지시가 떨어지면 찾아가는 식의 구도였다. 처음 이곳에 들어왔을 땐 양말부터 빨았다. 시키면 어깨도 주물렀고, 맞기도 했으며 아무 이유 없이 밤을 새기도 했다. 밤을 샌 이유는 다름이 아니었다. 요새 바늘 형님이 가위에 자주 눌렸다. 그 뒤로 잠자는 게 두려웠던 모양이었다. 형님은 자신이 혹여 가위에 눌려 몸을 버둥거리면 즉시 깨우라고 말했다. 나는 형님들의 요구를 한 치의 거부 없이 모두 수용했다. 냄새 나는 양말을 하루 종일 빨아도 괜찮았다. 내가 이곳에 있을 수 있다는 것만으로 모든 게 받아들여졌다.

"막둥아, 여기 앉아 봐라."

광식 형님의 부름이었다. 나는 광식 형님과 약 10센티미터 떨어진 자리에 무릎을 꿇고 앉아 머리를 조아렸다. 형님은 내가 앉자마자 입고 있던 하와이안 셔츠를 거칠게 벗어 냈다. 어깨를 주무르라는 뜻인가, 하고 무릎을 세우자 형님이 입을 열었다.

"내가 아직도 어떤 그림을 그려야 할지를 못 정했다. 멸치 같은 새끼들도 등판이며 팔뚝이며 뭐라도 채워 넣는데. 그래도 나는 의미 있는 걸 해 놓고 싶단 말이지."

나는 형님의 말뜻을 제대로 이해하지 못해 고개를 갸웃거렸다.

그러자 형님이 답답한 듯한 표정으로 문신 말이다, 하고 말했다.

"문신 말씀이십니까?"

"그래. 내가 이것저것 알아봤는데 영 성에 안 차서 말이야. 또 그렇게 내버려 두자니 가오가 안 살고."

그렇다, 문신이었다. 조직에 몸담고 있는 형님들의 몸엔 어마무시한 그림들이 그려져 있었다. 성경책을 머리맡에 두고 자는 빵칼 형님 등판엔 부처가, 염주 팔찌를 끼고 다니는 정곤 형님 팔뚝엔 가지런히 손을 모은 채 눈을 감고 있는 예수가 그려져 있었다. 이것 말고도 다양한 문신들은 많았다. 괴상한 얼굴의 달마, 대포, 떡두꺼비, 무슨 뜻인지 알 수 없는 한자 등등 이상하게도 겹치는 것은 찾기 힘들었다. 나는 광식 형님의 찌푸려진 미간을 바라보다 어설프게 웃었다.

"제가 뭘 알겠습니까, 형님."

"니가 알지, 그럼 내가 아냐 새꺄. 암튼 기가 막힌 걸로 하나 생각해 와라. 내 마음에 안 들면 저기 검은 강을 건너게 될 것이여."

나는 대꾸 없이 90도로 고개를 숙였다. 꿇었던 무릎을 펴고 소리 나지 않게 방을 나왔다. 그러곤 각자 시간을 보내고 있는 형님들 틈을 나와 좁고 구석진 자리에 앉았다. 그러자 저 멀리 콧잔등에 안경을 올려 놓은 배식 형님이 나를 불렀다.

"막내, 우체통 안에 편지 왔나 확인 좀 해 봐라."

얼마 전부터 만나던 다방 여자의 편지를 기다리는 모양이었다. 카톡 대신 편질 쓸 줄 아는 수수한 여자라며 입이 닳도록 얘기하던 모습이 불현듯 떠올랐다. 나는 짧게 대답하곤 다른 형님들을 지나쳐 밖으로 나왔다. 집 안 곳곳에 풍겨 오는 담배 냄새에서 벗어나니 몸 전체가 개운해졌다. 기지개를 켜며 벽에 붙어 있는 은

색 우체통을 확인했다. 우체통 안엔 세 통의 편지가 들어 있었다. 하나는 광식 형님의 핸드폰 고지서, 다른 하나는 빵칼 형님의 카드 명세서, 마지막은 내 이름이 적혀 있는 편지였다. 나는 내게 온 편지를 미련 없이 찢었다. 다시 그 시절로 돌아갈 수 없을 것처럼. 벌써 네 통째였다.

편지는 내가 처음 이곳에 왔을 때부터 오기 시작했다. 첫 번째 편지는 겨울에 왔다. 나는 편지를 5분 동안 바라보다 갈기갈기 찢어 버렸다. 편지의 잔해도 완벽하게 처리했다. 그리고 머릿속에서 편지에 대한 기억을 지워 버렸다. 다음은 더운 여름이었다. 두 번째 편지가 왔다. 편지 봉투에 작은 날파리들이 옮겨 붙었다. 편지를 쓰레기통에 넣었다. 편지가 어둠에게 삼켜졌다. 세 번째 편지가 또 도착했다. 여름이 기억나지 않을 정도의 서늘함과 함께 찾아왔다. 나는 낙엽과 함께 편지를 태웠다. 재 속에서 까맣게 그을린 편지 조각이 발견되었지만 곧 잊어버리고 말았다. 편지는 잊을 만하면 그렇게 다시 나타났다. 그때처럼, 무덤덤하게.

안으로 들어가니 다시 숨이 턱 막혔다. 신발을 벗고 안으로 들어갔다. 내가 모습을 보이자 배식 형님의 눈이 반짝였다. 아마 내가 들고 들어온 편지 봉투를 발견해서였을 것이다. 나는 배식 형님에게 다가가 들어온 편지가 없다고 말했다. 그러자 형님의 낯빛이 흙빛으로 변했다. 편지가 없어? 나는 고개를 끄덕였다. 배식 형님은 짧게 깎은 머리를 긁적이고는 담배를 태웠다. 담배 끝에 빨간 불씨가 빛났다 사라졌다.

나는 형님의 눈치를 보다 광식 형님에게로 갔다. 핸드폰 고지서를 건네주자 형님이 곧바로 고지서를 뜯어 보았다. 흐메, 씨발 존나게 많이도 나왔다, 이거 사기 아니냐. 형님이 물었다. 나는 손을 매만지며 당황해했다. 그러자 형님이 고지서로 내 머리를 후려쳤다. 엎드려뻗쳐, 새끼야. 나는 광식 형님의 말에 곧바로 팔과 다리를 세워 엎드렸다. 광식 형님이 담배를 피우고 있는 배식 형님에게 말을 걸었다. 그래서 다방 년들은 안 된다니까, 꼬리 치는 스타일부터가 영 구식이잖아. 광식 형님의 말에 주변 형님들도 동조했다. 맞습니다, 형님. 어디로 내뺐는지 뒷조사나 한번 해 볼까요. 배식 형님은 아무런 말도 꺼내지 않았다. 꼿꼿이 세운 팔이 파르르 떨렸다. 점점 뼈 마디마디가 뻐근하게 아파 왔다. 배식 형님이 입을 열었다. 막내, 쉬어라. 나는 형님의 말에 감사합니다라고 대답했다. 그리고 그대로 쓰러져 버렸다.

오래전 그곳에서 쓰러진 나를 일으켜 준 건 반장이었다. 2년밖에 지나지 않았지만 내게는 너무 오래전 일같이 느껴졌다. 반장은 교복에 묻은 모래를 털어 주곤 손을 내밀었다. 반장의 하얀 손을 바라보자 속이 뒤틀렸다. 손을 잡고 싶지 않았다. 나는 땅을 짚고 일어섰다. 반장의 손보단 거친 흙바닥이 나았다. 반장을 바라보았다. 하얀색 단화와 밑단이 반듯하게 접혀 있는 교복 바지. 늘 그렇듯 단정한 차림새였다. 나를 향해 내민 반장의 손목이 보였다. 곧은 나무 같았다. 반장의 은테 안경이 햇빛에 반사되었다. 반장은 나와 다른 세계에 있는 아이 같아 보였다. 그런 아이와는 절대 친해질 수 없다고 생각했다. 나는 고개를 숙이고 반장과 한 발자국 거리를 두었다. 그러자 반장이 스탠드 쪽으로 걷기 시작했다. 나는 그 뒤를 따라갔다.

우리는 한 발자국 거리를 둔 채 스탠드에 앉았다. 반장은 미소를 지으며 운동장 너머를 바라보고 있었다. 이상하게도 반장과 함께 있을 때 생기는 침묵이 싫었다. 결국 내가 먼저 말을 걸었다. 반장, 시계 좋아 보인다. 내 말에 반장은 푸스스 미소를 지었다. 그러고는 그대로 시계를 풀어 내게 주었다. 나는 말없이 반장이 건네준 시계를 받았다.

"이거 왜 주는 거냐."

내가 말했다.

"주는 거 아니야. 나중에 와서 돌려줘."

반장이 말했다. 반장의 목소리는 따뜻했다. 너무 다정해서 계속 말을 걸고 싶을 정도였다.

중학교 때부터 반 아이들은 나를 이유 없이 따돌렸다. 아니, 이유가 있었다. 우리 집은 가난했다. 그리고 나는 가난한 만큼 약했다. 그 이유 때문에 맞기도 했고 때리기도 했지만 맞는 쪽이 더 많았다. 나는 노는 아이들의 전용 샌드백이었다. 키는 컸지만 또래 아이들보다는 말라서 멸치 새끼라는 별명도 가지고 있었다. 담임의 생일에 돈을 모을 때나, 벌금 같은 걸 걸 때 아이들은 자연스럽게 나를 제외시켰다. 처음엔 동정이라고 생각했다. 하지만 그것은 무시였다. 나는 폭력보다 이유 없는 무시를 더 싫어했다. 반장은 그런 나를 챙겨 주었다. 반장이랍시고 챙겨 주는 짓들이 거북했다. 그때부터 나는 반장을 피해 다녔다. 반장이 다가올 수 없도록 나에게 시비를 거는 아이들을 향해 주먹을 휘둘렀다. 내가 이리저리 주먹을 휘두르고 다닌다면 반장은 내게 겁을 먹고 오지 않을 것이었다. 하지만 내 방식이 틀렸던 것일까, 반장은 내가 싸운 날마다 찾아왔다. 반장은 날뛰는 동물을 잘 다루는 사육사 같았다.

"그렇게 주먹질하고 다니지 마."

반장의 주머니에는 늘 마데카솔과 밴드가 들어 있었다. 반장은 내 까진 손을 잡고 마데카솔을 발라 주고 밴드도 붙여 주었다. 왜 자꾸 찾아와, 존나 거슬리게. 반장은 아무 대꾸도 하지 않았다. 나는 반장의 그런 점에 더 화가 났다. 반장은 상처를 치료해 주고는 곧바로 교실로 돌아갔다. 다음 시간 국어야. 늦지 않게 들어와. 반장은 분명 나를 놀리고 있는 것이다.

일부러 반장의 말을 무시하며 교실에 들어가지 않았던 적이 있다. 선생이 내 이름을 불렀을 때 반장은 내가 아프다는 핑계를 대 주었다. 선생은 한숨을 내쉬며 모른 척 넘어갔다. 그럴 때면 애들은 반장이 매일 나를 감싸고도는 것에 불만을 토로했다. 왜 자꾸 저 새끼 챙겨, 반장. 반장은 미소를 지어 주며 말했다. 친구니까. 그 말을 전해 들었을 때 구역질이 나왔다. 우리가 언제부터 친구였을까. 나는 반장이 무슨 생각을 가지고 있는지 궁금했다.

배식 형님의 표정이 음산하다. 형님은 무언가를 고민할 때면 그런 분위기를 풍기곤 했다. 형님의 달라진 분위기에 다른 형님들이 입을 다물었다. 잠시 후 광식 형님이 쯧, 하고 혀를 찼다. 얼른 잊어라, 그년은 영 아닌갑다. 광식 형님이 집을 나갔다. 그 후 꽉 막힌 분위기를 참지 못하던 다른 형님들도 슬슬 따라 나갔다.

결국 넓은 거실에 배식 형님과 내가 남았다. 나는 몸을 일으켜 무릎을 꿇고 앉았다. 형님이 태웠던 담배가 뿌리를 드러냈다.

"네가 보기에도 그년은 아닌 것 같냐."

배식 형님이 말했다. 네, 그년……, 나는 이마에 흐르는 땀을 닦으며 말했다. 아니, 죄송합니다. 형님. 그분의 마음을 제가 어찌 알겠습니까. 배식 형님은 힘없이 미소를 지어 보였다. 그때 집 밖에서 다른 형님의 고함이 들려왔다. 야, 막둥아! 너한테 편지 왔는데 누가 찢어 버렸다. 이리로 와 봐라. 나는 형님의 부름에 반사적으로 몸을 튕겨 일어섰다.

문을 열고 나오니 빵칼 형님이 내게 찢어진 편지를 건네주었다. 어떤 쓰글놈이 우리 막내 편지를 찢었냐. 편지 찢은 모양이 남과 북을 연상시키는 것 같지 않냐. 자, 네가 통일시켜서 읽어 봐라. 너는 통일시킬 자격이 있는 애다. 나는 감사합니다라고 말하고는 다시 안으로 들어갔다. 내가 그 쓰글놈인데, 잘 안 보이는 곳에 숨겨 둘 걸 그랬다. 나는 깔끔하게 찢긴 편지를 바라보며 한숨을 내쉬었다. 편지에서 차가움이 느껴졌다. 나는 편지를 주머니에 구겨 넣었다.

다시 거실로 돌아와 보니 배식 형님은 두 번째 담배를 태우고 있었다. 어떻게 할까, 망설이다 배식 형님과 멀리 떨어진 곳에 자리 잡고 앉아 빨래를 개었다. 배식 형님은 창문 밖 나무를 살피는 듯했다. 나무를 향한 눈길에서 섬세함이 묻어났다.

확실히 배식 형님은 다른 형님들과는 다른 분위기를 갖고 있다. 다른 형님들이 억세 보이는 톱이라면 배식 형님은 작고 날카로운 단도였다. 형님들은 배식 형님의 얘길 할 땐 꼭 배운 사람이란 말을 썼다. 배식 형님이 전문대 출신이란 것은 익히 들은 소문이었다. 어쩌다가 이 길로 빠진 건지는 아무도 알지 못했다. 그럴 때면 나는 배식 형님의 왼손을 바라봤다. 이 와중에도 형님의 왼손이 잘게 떨리고 있었다. 저 왼손에 엄청난 사연이 있어 보였다. 하지만 함부로 물어볼 수는 없었다. 이 세계에서 저런 사연을 가진 형님들은 무수히 많았고, 형님들이 스스로 말해 주기 전까진 절대 궁금해해서는 안 되었다.

나는 그런 배식 형님 곁에 있는 게 좋았다. 함께 있으면 불안하지 않았다. 형님은 늘 보이지 않는 곳에서 다른 형님들을 챙겨 주곤 했다. 그래서 그 다방 여자한테도 잘해 주었던 걸까, 배식 형님의 깡패 같지 않은 모습에 다방 여자가 반한 것일지도 모른다. 다른 형님들의 말처럼 배식 형님은 배운 사람이었으니까. 배식 형님은 그 다방 여자를 진심으로 대해 주었다. 다른 다방 여자들에게도 친절했지만 형님의 마음은 오로지 그 여자뿐이었다. 다방 여자들은 하나같이 입을 모아 배식 형님을 칭찬했다. 막내인 내게 배식 형님의 전화번호를 달라며 협박하던 여자들도 여럿 있었다. 하지만 그 여자는 달랐다. 그 여자는 내게 손수 적은 편지를 형님에게 전해 달라고 말했다. 한동안 그 둘의 편지 배달을 해 줘야 했다.

편지 배달을 하면서 그 여자의 성이 구 씨이고, 미미라는 가명을 쓰고 있다는 것을 알았다. 진짜 이름은 알지 못했지만 미미란 이름이 잘 어울리는 것만은 알았다. 다방 여자들은 미미를 '구미호 같은 년'이라고 바꿔 불렀다. 꼬리가 아홉 개 달린 여우처럼 의뭉스럽고 어떻게 남자 등을 쳐 먹을지에 대한 궁리만 한다는 것이었다. 배식 형님 말고는 다들 미미를 좋은 시선으로 보지 않았다. 과거 미미에게 무슨 사연이 있는 것 같아 보였다. 배식 형님은 미미가 욕을 먹을 때마다 감싸 주었다. 미미는 그런 배식 형님에게 더욱 의지했고 편지에 이렇게 적었다. 우린 서로 같아요. 남에게 받은 상처의 빛깔과 크기가. 그 편지를 일부러 보려던 것이 아니었다. 그 편지를 받았던 날 배식 형님은 화장실에 들어가 펑펑 눈물을 쏟아 냈다. 눈에 뭐가 들어가서 그렇다. 배식 형님은 다 아는 거짓말로 눈물을 가렸다. 다들 그 둘이 언젠가 이 바닥을 떠날 것을 짐작하고 있었다. 광식 형님은 깡패 새끼가 어딜 가겠느냐며 욕지거릴 했지만 내심 배식 형님이 떠날 것이란 것에 서운함을 느꼈다.

그런데 사라진 것이다. 배식 형님과 아픔을 공유하던 미미가 사라진 것이다. 다방 여자들은 모두 하나같이 입을 모아 말했다. 어디로 간 건지 짐작조차 안 가요. 여자들은 전부 억울한 표정을 지었다. 배식 형님은 미미를 그리워하지 않았다. 미미가 전처럼 자신에게 편지를 줄 거라는 믿음 때문이었다. 시간이 지날수록 믿음에 점점 금이 가기 시작했지만 그래도 형님은 미미를 기다렸다. 지금처럼 담배를 태우며 말이다.

"막내야. 시간이 참 날카롭구나."

배식 형님은 흐르는 시간에 온몸이 찢겨 있었다.

그날 오전, 날카로운 통증이 손바닥부터 머리끝까지 올라왔다. 누군가가 내 책상 서랍에 칼 심을 넣어 놓은 모양이었다. 커터 칼에 넣는 칼 심이었다. 수십 개는 되어 보였다. 오른쪽 손바닥에 일자로 뻗은 칼자국이 나 있었다. 나는 비명을 지르는 대신 교실에 앉아 있는 아이들을 훑어보았다. 한 자리가 비어 있단 것을 알았다. 반장 자리였다. 선생님한테 불려 갔는지 꽤 오랫동안 자리를 비워 둔 상태였다. 그때 영철이 나에게로 다가와 내 다리를 툭 건들었다.

"씨발놈아, 너 요즘 반장 빽 있다고 존나 나대더라."

나는 영철의 말에 헛웃음을 지었다. 빽 없이 살았었던 것 같은데, 나도 모르고 있던 소리였다.

"담임이 반장한테 그랬대, 너 새끼 잘 챙겨 주면 봉사 점수 올려 준다고."

영철이 말하자 반 애들이 수군거리기 시작했다. 그렇지, 반장이 재한테 잘해 줄 이유가 없지. 순식간에 반이 시끄러워졌다. 아이들의 눈빛이 초식 동물을 바라보는 육식 동물처럼 날카롭게 변했다. 반 아이들의 말이 맞았다. 반장이 나에게 잘해 줄 이유는 손톱만큼도 없었다.

영철은 내가 아무 말이 없다는 것에 재미를 느낀 듯했다. 영철은 아이들의 수군거림을 즐겼다. 나는 영철의 올라간 입꼬리를 바라보며 주먹을 꽉 쥐었다.

"개소리 작작해라, 반장과 나는……."

영철과 애들이 침묵하며 내 말을 기다렸다. 칼에 베인 곳이 쓰라려 주먹을 더 세게 쥐었다. 친구야. 순식간에 웃음이 터졌다. 상한 우유곽마냥 교실이 비웃음으로 부풀어 올랐다. 진 기분이었다. 그때 영철이 씨익 웃으며 천천히 다가왔다. 영철은 내 귓가에 얼굴을 들이밀고 귓속말을 했다. 너 절친이면 이것도 알겠네. 우리 아빠가 형산데 나한테 그러더라고. 우리 반 아빠들 중에 감방 다녀온 사람이 있대. 영철이 슬며시 미소를 지었다. 반장네 아빠 출소자인 거 알아?

선생님의 심부름이 끝났는지 반장이 교실로 들어왔다. 어수선한 분위기에 반장이 맨 끝줄을 바라보았다. 그곳에 내가 있었다. 반장의 눈이 나를 향해 있었다. 내 옆에 서 있던 영철이 고개를 뺐다. 영철이 반장에게 소리쳤다. 반장, 그 소문 사실이야? 반장은 영철의 말에 아무런 말도 하지 않았다. 영철의 다음 말을 기다리고 있는 것 같았다. 나는 영철이 그다음 말을 꺼내지 않길 바랐다. 반장 귀에 영철의 목소리가 들어가지 않길 바랐다. 손이 제멋대로 움직였다.

서랍에 넣어져 있던 칼 심 하나를 쥐었다. 쓰라리고 아팠다. 곧 아무런 통증도 느껴지지 않았다. 칼 심을 들고 그대로 영철의 입을 그어 버렸다. 그 자국을 따라 피가 흘러 내렸다.

교실이 길게 쭉 찢어졌다. 아이들은 나를 밀치고 영철에게 다가갔다. 영철은 빽빽 소리를 질러 대며 손으로 입을 가렸다. 이, 개새끼가! 눈이 뜨거웠다. 얼굴에서 쉴 틈 없이 눈물이 흘렀다. 나는 멀찍이 반장을 바라보았다. 반장은 계속 나를 바라보고 있었다. 반장이 내 손으로 시선을 옮겼다. 주먹 쥔 손에서 피가 흘렀다. 반장이 주머니에 손을 꽂았다. 마데카솔과 밴드가 들어 있는 주머니였다. 칼 심을 반장에게 꽂았다면 상황이 달라졌을까. 나는 새 떼처럼 모인 아이들을 밀치고 교실을 뛰쳐나왔다.

다음 날, 학교 상담실에 선생들과 영철, 영철의 엄마 그리고 내가 모였다. 영철의 엄마는 검은 정장을 입고 비싸 보이는 핸드백을 들고 앉아 있었다. 마치 저승사자와도 같은 모습이었다. 아줌마는 정신적 피해보상과 병원비로 말도 안 되는 금액을 요구했다. 옆자리에 앉은 영철을 바라보았다. 영철은 뚝뚝 눈물만 흘리고 있었다. 나에게 보여 줬던 허세는 진즉에 사라져 있었다. 영철의 입에 하얀색 거즈가 붙어 있었다. 하지만 내 손엔 아무것도 붙어 있지 않았다.

아줌마는 내게 엄마를 데리고 오라 말했다. 나는 고갤 숙였다. 부모님이 어디 있는지 나조차 알지 못했다. 아버지는 내가 8살 때 개처럼 집을 나가 생사조차 알지 못했다. 엄마는 지방 함바 식당에서 일한다며 그곳이 어딘지 알려 주지 않았다. 계속 대답이 없자 아줌마가 저런 질 나쁜 새낀 감방에 가둬 놔야 한다며 삿대질을 했다. 나는 고갤 끄덕였다.

"갈게요, 감방."

그제야 아줌마가 입을 다물었다.

집으로 돌아가는 길, 나는 엄마의 뒷모습을 떠올려 보았다. 아줌마의 옷차림과는 확연히 달랐을 것이다. 엄마는 촌스러운 꽃무늬가 들어간 티셔츠와 김치 국물이 채 지워지지 않은 베이지색 체육복을 입고 왔을지도 모른다. 엄마의 어깨가 잔뜩 굽어 있었다. 엄마는 걸음을 멈췄다. 엄마가 고개를 돌려 나를 바라보았다. 엄마의 얼굴에 근심이 가득했다. 엄마의 눈 밑이, 피부가, 손톱이 그늘이 진 것처럼 검었다. 엄마가 내게로 다가왔다. 엄마의 발소리가 봄이 오는 소리처럼 포근했다. 너무 포근해서 찔끔 눈물이 났다. 엄마가 칼자국이 난 손을 감싸 쥐어 주었다. 엄마의 손가락이 상처에 닿았다. 쓰라렸다, 너무도 쓰라렸다. 나는 쓰라린 상처를 핑계로 엉엉 울었다. 반장이 떠올랐다. 난 어쩌면 반장을 위하고 있었는지 모른다.

시간이 정말 날카롭게 흘러갔다. 아줌마가 넣은 소송에선 당연히 질 수밖에 없었다. 형벌은 2년하고도 5개월이었다. 입 한 번 찢었는데, 이런 결과가 나온 것은 말이 되지 않았다. 문득 영철의 아버지가 형사라는 사실이 생각났다. 학교는 그때부터 다니지 않았다. 엄마의 도장을 빼내 자퇴서에 도장을 찍었다. 엄마는 아무것도 모를 것이었다. 나는 이해할 수 있었다.

소년원에 들어갔다. 2년 반 동안엔 옷을 사지 않아도 되었다. 나름 밥도 맛있었다. 잠자는 건 불편했지만 이 정도는 참을 수 있었다. 몇몇 형량이 높은 아이들은 처음 들어온 아이들을 찾아 보이지 않는 곳에서 다구리를 깠다. 처음 온 아이들 중에선 나도 포함됐다. 셀 수 없이 맞았던 것 같다. 처음으로 누군가에게 꼬릴 내려 보았다.

다구리를 까는 아이들은 보이지 않는 곳만 골라 때렸다. 얼굴이나 목 등을 때리면 금방 교도관에게 들켜 버린다는 것이 이유였다. 나는 신음 한번 내지 않고 악착같이 버텼다. 밤마다 몸을 구부정하게 구겨 자야 했고, 침조차 제대로 삼킬 수 없었지만 참아야 했다. 그럴 때마다 반장이 떠올랐다. 하지만 내겐 상처를 치료해 줄 반장이 없었다.

2년을 들일 무렵 다구리를 까던 아이들과 친해지게 되었다. 처음으로 친구가 생겼다. 나는 그 아이들과 함께 새로 들어온 아이를 찾아 다구리를 깠다. 새로 온 아이를 신나게 때렸다. 그 아이는 금세 울음을 터트렸다. 그리고 그날 밤 악몽을 꿨던 것 같다. 붉은 바다가 나를 덮치는 꿈이었다. 나는 그 꿈을 꾸고 난 후부터 아이들을 때리지 않았다. 당연한 것이었다.

조직에서 누군가가 찾아왔다. 그 사람은 자신을 광식이라 소개했다. 다구리를 까던 아이들 중 형량을 다 채워 나간 아이가 내 얘길 조직 사람들에게 꺼낸 모양이었다. 광식 형님은 소리만 듣고 나를 만나 봐야겠다고 생각했다. 나는 그렇게 광식 형님에게 막내로 발탁되었다. 형님은 처음 만난 내게 아무런 말도 하지 않았다. 오히려 이빨을 내보이며 웃어 주었다. 나는 그 웃음에 소심하게 답했다.

배식 형님이 허탈하게 웃었다. 배식 형님은 그동안 미미와 주고받았던 편지를 읽고 있었다. 나는 다 갠 빨래를 형님들의 옷장 안에 넣어 놓았다. 움직일 때마다 편지 구겨지는 소리가 들렸다.

편지가 자꾸 내 시선을 가로챘다. 해야 할 일을 전부 끝냈다. 나는 구석진 자리에 무릎을 꿇고 앉았다. 배식 형님은 여전히 편지를 읽고 있었다. 우린 서로 같아요. 남에게 받은 상처의 빛깔과 크기가. 라는 말이 적혀 있던 편지였다. 형님은 그 편지에서 시선을 떼지 못했다. 형님의 눈에 눈물이 고였다.

주머니에 넣어 두었던 편지를 꺼냈다. 반으로 갈라진 편지를 펼쳐 맞춰 보았다. 편지가 원상태로 돌아갔다. 찢어져 있던 글씨가 붙었다. 반장의 글씨였다. 글씨는 여전히 단정했다. 아무렇지 않았던 손이 반장의 글씨를 보자 욱신거렸다. 나는 더듬거리며 편지를 읽었다. 긴 글 읽어 본 적이 언제였더라, 가물가물했다.

편지를 읽은 건지 안 읽은 건지 답장이 없어서 계속 보내. 네 통 보냈는데 잘 받은 거 맞지? 소년원에서 얼마 전에 나왔다는 소식을 듣고 집 주소를 알아봤어. 너희 어머님한테 여쭤 봐서 안 거야. 그냥 그렇다고. 손바닥은 괜찮아? 나는 아직도 빨간색을 보면 네가 떠올라. 네가 그렇게 도망가고 영철이는 보건실로 갔어. 그리고 나는 네 자리에 있던 피를 닦았어. 그 피를 닦고, 네가 쥐고 있던 칼 심을 챙겼어. 그게 네가 주는 첫 선물 같아 보여서, 그래서 챙겼어. 그렇게 너 없이 졸업을 하고 대학에 들어갔어. 그제야 들었던 거야. 네가 영철이 입을 찢은 이유를.

난 주말마다 아버지랑 양로원으로 봉사 활동을 갔었어. 내가 가자고 졸랐어. 그냥 아버지를 이런 식으로라도 용서하고 싶었어. 그곳에서 밥도 못 먹는 할머니들, 죽은 생선처럼 앉아 있는 할아버지들과 지냈어. 너 양로원 가 봤니? 양로원에 있으면 나까지 늙고 있는 기분이 들어. 양로원 거울을 보면 까맣던 머리가 새하얗게 세고 잔뜩 주름진 내 얼굴이 보여. 그때 나는 영원히 아이로 남고 싶단 생각을 했다. 갈 때마다 봉사 시간을 두둑이 받았어. 그걸 받아야 내 원래 얼굴이 뭐였는지 기억났어. 다른 애들이 봉사 시간 때문에 머릴 감싸 맬 때 나는 공부를 했다. 그러니까 무슨 뜻인지 알겠어?

이제 날씨 따뜻하지. 집 앞에 나무 한 그루를 심어 놨어. 아직 꽃봉오리가 펴지지 않았지만 꽃이 된다면 빨간색일 거라고 하더라. 꽃이 필 때 너한테 편지가 왔으면 좋겠다. 오지 않을 걸 알아, 그래도 이 말을 꼭 써야 속이 후련해. 날 만나고 싶거든 빌려 간 시계 들고 찾아와. 주소는 뒷면에 적어 놓을게. 이젠 네가 먼저 날 찾아올 때도 됐잖아.

반장다운 담백한 편지였다. 나는 편지에서 시선을 떼지 못했다. 뒷면을 보니 반장의 집 주소가 적혀 있었다. 이곳에서 두어 시간 걸리는 곳이었다. 나는 반장의 집 주소가 적힌 부분만 꼬깃꼬깃 접어 주머니에 넣었다. 혹시나 하는 마음에서였다.

광식 형님과 다른 형님들이 집으로 돌아왔다. 배식 형님이 때맞춰 말을 걸었다. 미미가 날 기다리고 있을까? 배식 형님의 말에 다른 형님들이 고개를 주억거렸다. 광식 형님은 배식 형님의 말이 웃긴 듯 바람 빠지는 소릴 냈다. 너 배운 사람이잖아, 새끼야. 배운 새끼가 여자 마음은 그렇게 모르냐. 광식 형님의 말에 이번엔 배식 형님이 웃었다. 그러자 모두가 웃었다.

천천히 자리에서 일어섰다. 나는 조심스럽게 광식 형님에게로 다가갔다. 광식 형님이 나를 쳐다보았다. 형님, 드릴 말씀이 있습니다. 그러자 광식 형님이 뭔 말이냐며 자리에 앉았다.

"형님이 말씀하셨던 문신 그림 말입니다. 칼은 어떠십니까."

제게 아픔을 주었던 물건을 부디 몸에 새겨 주십시오. 차마 뒷말은 하지 못했다. 광식 형님은 내 말에 고개를 갸웃거렸다. 칼? 뭔 칼. 나는 머뭇거렸다. 잘못 말하면 형님에게 귓방망이를 맞을 것이었다. 형님은 주저하는 나를 바라보며 버럭 화를 냈다. 얼른 얼른 말 안 하냐! 고함에 몸이 움찔거렸다.

"커터 칼에 넣는 칼 심 말입니다."

광식 형님이 손을 들었다. 나는 곧바로 눈을 감았다. 하지만 아무런 아픔도 느껴지지 않았다. 슬며시 눈을 떠 보니 광식 형님은 머릴 긁적이고 있었다. 커터 칼? 그게 무슨 뜻이냐. 형님의 말에 나는 무수히 흘러간 과거를 회상했다. 과거의 나는 무슨 말을 했을까. 문득 궁금해졌다. 지금의 난 이런 말을 했을 것이었다. 지금의 나를 있게 해 준 없어선 안 될 물건, 하지만 이 뜻은 형님에게 포함되지 않았다. 침을 삼켰다. 그와 동시에 땀도 닦았다.

"그 어느 칼보다 날카롭습니다, 형님."

내가 할 수 있는 최선의 대답이었다.

어느 날 배식 형님이 나를 불렀다. 형님은 나를 옆에 끼고 창문 밖 나무를 가리켰다. 형님이 섬세하게 보고 있던 나뭇가지 위에 꽃봉오리가 생겼다. 드문드문 꽃이 핀 가지도 있었다. 형님은 내게 허연 이를 드러내며 웃어 보였다. 이제 꽃이 피려나 보다. 나는 형님을 따라 웃었다.

몇 년 만에 잡아 본 펜이 불편했다. 나는 단조로운 편지지를 앞에 두고 펜대를 굴렸다. 형님들이 내 등 뒤로 하나둘씩 모였다. 정곤 형님이 내게 말을 걸었다. 뭐 하냐? 나는 형님의 말에 편지를 쓰려고 합니다 하고 답했다. 그러자 다른 형님들이 재잘거리며 말을 주고받기 시작했다. 전깃줄에 모여 앉은 참새 같았다. 막둥아,

250

원래 처음은 이렇게 시작하는 거다. 완연한 봄이 와 부렀네요. 그러자 다른 목소리가 들렸다. 누가 촌시럽게 그딴 말을 씁니까, 처음에 딱 임팩트를 줘야지요. 나, 너 때문에 잠을 설쳤다. 그 말에 다른 형님들이 탄성을 질렀다. 나는 고갤 숙이고 키득 웃어 보였다. 그때 멀리서 우릴 지켜보고 있던 배식 형님이 입을 열었다. 처음엔 가장 하고 싶었던 말을 적는 거다. 형님은 미미의 편지를 읽고 있었다.

다시 펜을 고쳐 잡았다. 눈앞에 펼쳐진 공백이 두려웠다. 반장이 내 편지를 받고서 어떤 표정을 지을지 상상이 안 됐다. 맞춤법이 틀리면 어쩌지, 글씨를 못 알아보면 어쩌지. 머리가 복잡했다. 반장은 맞춤법이나 글씨 따윈 신경 쓰지 않을 것이다. 그제야 자신감이 붙었다. 펜촉을 종이에 대고 열심히 움직였다. 삐뚤빼뚤한 글씨가 쑥스러웠지만 곧 익숙해졌다. 간략하게 편지를 완성했다. 처음 부분으로 눈을 굴렸다. 그러곤 천천히 읽어 보았다.

드디어 꽃이 피었어.

헬멧 용사가 죽인 열한 번째 악당

안양예술고등학교 3
이창혁

숨이 찼다. 헉헉대다 이내 다리가 후들거려 제자리에 멈췄다. 눈앞에 끝없이 이어진 것 같은 가게들이 보였다. 보지 않으려 해도 숨을 고르는 사이 계속 간판들이 눈에 들어왔다. 컵밥과 음료를 파는 'GGG', 돌솥 비빔밥이 맛있는 '봉가네 닭갈비', 44 사이즈 이상의 옷은 팔지 않는 '낭만 고양이'……. 다리에 힘이 생겼다. 숨을 한번 크게 들이마시고는 다시 달리기 시작했다. 자꾸만 물이 생각났다. 목이 마르고 땀이 나지만 그것 때문만은 아니었다. 다리에 힘이 다시 빠지지만 달리기를 멈추지 않았다. 오른손에 든 것을 세게 움켜쥐었다. 목 안으로 침이 꼴깍 넘어갔다. 한참을 뛰다가 내가 멈춘 곳은 철거 예정인 놀이터 앞이었다. 빨간색과 하얀색이 섞인, '위험'이라는 글자가 적힌 안전띠를 넘어서 놀이터 안으로 들어갔다. 모래밭에 발을 내디뎠다. 푹 하고 다리가 들어갔다. 쭈그려 앉아 모래를 한 줌 왼손으로 걷어 냈다. 왼손에 든 것을 다시 쏟아 냈다. 모래를 파기 시작했다. 돌과 자갈이 손에 달라붙는 것 같았다. 이대로 땅끝까지 팔 수 있을 것 같은 자신감이 들었다. 아기 하나가 들어갈 수 있을 만큼 판 뒤, 오른손에 쥔 헬멧을 땅에 묻었다. 헬멧을 묻은 자리에 가만히 양손을 올려놓고 있었다. 따뜻했다. 누군가 나의 오른손 위에 축축한 왼손을 올렸다. 나는 고개를 들었다. 웃음소리가 귓가에 들렸다.

아빠가 텔레비전에 나오기 시작한 것은 석 달 전부터였다. 마땅한 직업 없이 막노동판을 전전하던 아빠에게 엑스트라 아르바이트를 제안한 사람은 방송국 소품실에서 일하는 사촌 누나였다. 사촌 누나가 엄지와 검지를 맞닿아 동그라미를 보여 주며 한 '신사임당 선생님 두 장'이라는 말에 아빠는 고민도 없이 제안을 승낙했다. 그렇게 10만 원을 받기 위해 아빠는 피난길에 적들이 쏜 대포에 맞아 죽는 무리에 끼었다. 폭삭 늙은 얼굴로 집에 돌아온 아빠는 돈이 담긴 봉투를 손에 쥔 채 말했다.

"다음에는 대사를 하는 걸로 구해 달라고 해야겠어. 내 옆에 있던 사람은 살려 주세요, 한마디 했다고 3만 원을 더 받더라고!"

촬영을 하고 2주 뒤, 단칸방에서 라면을 먹으며 지원을 받아 기본 방송은 나오는 텔레비전으로 아빠는 방송을 보았다. 본인이 촬영한 부분이 나오자 아빠는 자신이 나온다고 어서 화면을 보라 말하며 옆에서 면발을 후후 불고 있던 나의 어깨를 빠르게 두들겼다. 하지만 내가 아무리 눈 씻고 찾아봐도 보이는 것은 개미 떼 같은 사람들뿐이었다. 간간이 비치는 피난민들 사이에도, 아빠가 말한 살려 주세요를 외치고 있는 사람이 화면에 비치는 동안에도,

아빠는 보이지 않았다. 자신이 한 번도 나오지 않은 방송을 끝까지 본 뒤, 아빠는 탐탁지 않은 표정을 지으며 말했다.

"역시, 대사가 있어야 해!"

그 뒤로 아빠는 다양한 모습으로 변장하여 텔레비전에 등장했다고 주장했다. 왜놈한테 대항하는 병사들에게 주먹밥을 나눠 주는 백성 4, 여주인공의 결혼식에서 훼방을 놓는 여주인공의 옛 애인을 보며 놀라는 여주인공의 부모님 친구 2, 형사가 범인을 추적하는 와중에 밟고 지나간 노점상의 주인 등 아빠의 변장 일화를 들을 때마다 나는 아빠의 버릇을 생각했다.

내 유년의 기억에는 아빠의 버릇이 함께했다. 아빠는 곤란하거나 긴장되는 일을 마주할 때마다 주먹을 여러 번 쥐었다 폈다. 내가 어릴 적에 놀이공원에 가자고 할 때마다 아빠는 주먹을 몇 번 쥐었다 펴고는 나를 동네 놀이터로 데려갔다.

"자! 이번에는 자이로드롭이다."

바이킹이라며 그네를 흔들고 롤러코스터라며 미끄럼틀을 태워 준 아빠는 그렇게 말하면서 나의 허리를 잡아 허공에 올린 뒤 그대로 모래밭 아래로 추락시켰다. 그렇게 몇 번을 위아래를 오가던 나의 입에는 모래먼지가 가득 들어갔다. 나는 퉤, 하고 싶은 마음에 입안에 침을 모으다가 결국 꿀꺽 삼키고 말았다. 내가 캑캑거리며 헛기침을 하자 아빠는 나를 놀이터 안에 있는 수돗가로 데려가 물을 마시게 했다. 물을 마시자마자 아래에 신호가 오기 시작했다. 천 기저귀를 차고 나오는 것을 깜빡한 나는 그만 바지에 오줌을 지리고 말았고 아빠는 그런 나에게 등을 내밀었다.

"빨리 타, 이번에는 청룡열차로 집까지 간다!"

나는 아빠의 등에 올라타기 전 아빠가 주먹을 아주 빠르게 여러 번 쥐었다 폈다 하는 것을 보았다. 내가 풀썩 업히자 아빠의 등이 축축해지는 것이 느껴졌다.

　내가 스스로 천 기저귀를 갈 수 있을 때까지 내 엉덩이를 본 사람은 아빠뿐이라고 나는 생각한다. 아기 때는 모르겠지만 내 남겨진 기억 속에서 엄마는 단 한 번도 나의 천 기저귀를 갈아 주지 않았다. 나를 이상하다는 눈빛으로만 바라볼 뿐. 아빠는 내 천 기저귀를 갈아 줄 때마다 손을 쥐었다 폈다 하는 행동을 반복했는데 어릴 땐 아빠에게 그런 버릇이 있는 것조차 몰랐다. 나중에서야 나는 아빠가 어느 순간에 주먹을 쥐었다 폈다 하는지를 알 수 있었다.

　"그럼 그럴 때마다 최대한 힘을 내서 주먹을 쥐고 있어 보세요."

　"모든 일이 자기 맘대로 될 수 있다면 아마 세상에 굶어 죽는 사람은 없을 거다."

　아빠는 버릇을 고치지 않는 대신 엄마와 이혼했다. 그러니까, 카페로 아빠를 부른 뒤 엄마는 당신의 그런 버릇을 더 이상은 못 참겠다는 말로 입을 열었다. 그리고 합의 이혼 서류를 내미는 것으로 엄마는 말을 마쳤다. 아, 한마디 덧붙였다고 집으로 돌아온 아빠는 물을 한 컵 들이마신 뒤 말했다.

　"단칸방은 당신이 가져요. 애도 당신이 키워요. 난 중학생이나 돼서 기저귀 차는 애는 이제 지겨워요, 이러더라니까."

　두 사람이 그러고 있을 쯤, 나는 공중화장실에서 오줌을 지린 천 기저귀를 폭신한 새 천 기저귀로 갈고 있었다. 그날따라 유난히 더 많이 나온 오줌에 나는 분명 뭔가 특별한 일이 생길 거라는 예상을 했다. 내 가방에는 항상 두세 개의 천 기저귀가 들어 있었다. 화장실이 근처에 있다면 다행이지만 아무리 둘러보아도 없을 때는 그냥 오줌을 지리는 수밖에 없었다. 참기 힘든 많은 오줌이 자주 나오는 병, 아빠는 다뇨증과 빈뇨증이 섞인 나의 증상을 그렇게 불렀다. 어릴 때 살던 집에서는 소금이 모자랄 일이 없었는데, 내가 매일 밤마다 오줌을 지려 아침이 되면 키를 쓰고 매번 다른 집을 찾아가 소금을 얻어 왔기 때문이다. 하지만 아빠의 사업이 실패한 뒤 이웃이 거의 없는 단칸방으로 이사를 오고, 내가 내 나이에 천 기저귀를 차는 것이 정상은 아니라는 사실을 깨달은 뒤로 소금은 사 먹어야 했다. 언젠가 한번 아침에 일어나 축축해진 천 기저귀를 벗는 나를 보며 아빠는 입맛을 다셨다.

"그래도 네 덕분에 소금값은 아낄 수 있었는데……."

어느 날부터인가 엄마는 집에 들어오지 않았고 아빠는 이미 엄마가 다 챙겨 가서 몇 개 안 남은 엄마의 물건을 전부 고물상에 팔아 버렸다. 그렇게 아빠와 어머니가 합의 이혼 서류에 도장을 찍고 법정에 내고 오던 날, 엄마가 다른 남자의 차를 타고 멀리 가 버렸다고 집으로 돌아온 아빠는 내게 말했다.

"그거 택시 말하는 거죠?"

나의 물음에 아빠는 대답 없이 곱게 개켜져 있는 천 기저귀 서너 개를 걷어찼다. 나는 흩어진 천 기저귀들을 주워 담았다.

"이거 걷어찰 거면 병원이라도 제대로 데려가 주든가!"

그 후로 엄마는 한 번도 우리 곁에 나타나지 않았는데 그건 순전히 아빠의 버릇 때문이라고 나는 스스로에게 세뇌하듯 생각했다. 그런 아빠의 버릇은 텔레비전 속에서도 계속됐다. 간혹 화면 속의 아빠는 어떤 옷을 입고 있든지 긴장감이 흐르는 순간이 오면 손을 쥐었다 폈다 하고 있었다. 내가 저 버릇을 텔레비전 속에서 만큼은 하지 말라고 했을 때 아빠는 말했다.

"것도 연기다, 이놈아."

어느 날, 집으로 돌아온 아빠는 이번에는 길게 출연할 수 있게 되었다며 잔뜩 흥분된 상태로 내게 말했다. 아빠는 최근 아이들 사이에서 유행하는 「헬멧 용사의 전설」에 나오게 되었다고, 주인 공 헬멧 용사의 숙적인 대마왕을 호위하는 장군 중 한 명인 메뚜 몬의 부하 A를 맡게 되었다고 침을 튀기며 말했다.

"메뚜몬은 바퀴벌레 같은 종족이니까 아마 오래 살 거야. 그러 면 나도 더 오래 나올 수 있겠지! 돈 받으면 우리 고기 먹으러 가 자!"

첫 촬영 후, 아빠는 사촌 누나의 부축을 받으며 집에 돌아왔다. 나는 옷장에서 이불을 꺼내 방바닥에 깔았다. 아빠를 이불에 눕힌 사촌 누나는 바닥에 앉았다. 나도 따라 앉았다. 사촌 누나는 자신 의 어깨를 두들기기 시작했다. 아빠는 이불에 눕자 끙끙 앓는 소 리를 내더니 금세 잠이 들었다. 나는 아빠가 걷어찬 이불을 다시 덮어 주었다.

"피곤하셨을 거야. 큰아빠가 나이가 많아서 다른 사람으로 교 체될 뻔했는데 큰아빠가 액션 연기를 아주 몸을 날려서 해서 감독 이 그냥 넘어가 줬다. 난 무슨 홍길동 보는 줄 알았다니까."

사촌 누나는 깔깔거리며 웃었다. 그렇게 웃던 도중 사촌 누나 는 중고 시장에서 산 팔천 원짜리 가방에서 무언가를 꺼내기 시 작했다. 사촌 누나의 손에 잡혀 나온 것은 헬멧이었다. 헬멧 용사 들이 쓰는 것이었다. 가끔 텔레비전 광고에서 헬멧 용사들이 쓰고 나와 잔뜩 폼을 잡았는데, 그걸 볼 때마다 나는 헬멧이 촌스럽다고 생각했다.

"망할 헬멧 용사 놈들이 헬멧 벗으면 어찌나 담배를 뻑뻑 피워 대는지. 아주 불 한번 나 봐야 정신 차리지. 우리 고시원 앞에서 아저씨들이 흡연실처럼 피워 대는 것도 짜증 나는데. 그리고 헬멧 용사 놈들 얼마나 욕을 해 대는지. 인기 많다고 스태프하고 엑스트라들 무시하는 것도 짜증나, 진짜. 어쨌든 난 이제 헬멧이라면 지겹다. 이거 너 가져."

"뭔 헬멧을 준대."

나는 건네받은 헬멧을 훑어보았다. 역시, 촌스러웠다.

"오늘 촬영 제목이 '헬멧 용사와 적이 된 그의 분신들!'이었는데, 헬멧이 아주 산더미만큼 소품실에 쌓여 있거든. 몰래 하나 훔쳐 왔지. 요즘 아이들이 이걸 그렇게 좋아한다네."

"내가 어린애야?"

"그럼, 아직도 기저귀 차고 다니는 애가 어린애지, 아니 아기인가?"

사촌 누나는 키득대며 웃었다. 나는 얼굴을 찌푸렸다.

"이런 거 몰래 가져오다가 큰일 난다."

"뭐 어때, 내가 소품인데. 그리고 하나 사라져도 아무도 몰라. 진짜라니까!"

사촌 누나는 헬멧을 내 손에 쥐어 주며 자기는 이제 고시원에 가 봐야겠다는 말을 꺼냈다.

"밥이라도 먹고 가. 고시원에 가면 또 굶을 거잖아. 먹을 것도 없고 돈도 없으니까."

"지금 밤 11시야. 살쪄. 아, 아까 얼핏 들었는데 큰아빠는 11번이라고 하더라. 11시! 11번!"

"11번? 그게 뭔데?"

사촌 누나는 대답 대신 잘 있으라는 말을 하고선 현관문을 열고 나갔다. 사촌 누나가 떠난 뒤 한참 있다가, 나는 잠에서 깬 아빠에게 11번이 무엇을 뜻하는 것인지 물었다.

"아, 그거. 감독이 우리들 부르는 번호야. 이름 대신 그렇게 정해 놓고 부르더라고. 난 열한 번째 악당이야. 악당 11."

"왜 애매하게 11이래요. 이왕이면 딱 맞게 10 하지."

나의 말에도 아빠는 축구 인원하고 똑같다고 뭔가 힘찬 느낌이 드니까 좋지 않느냐고 했다. 나는 고개를 저었다.

"배고프다. 밥이나 먹자."

"기다려 보세요."

자신의 배를 부여잡으며 말하는 아빠의 말에 식사를 준비하려던 나는 쌀이 떨어졌다는 사실을 그제야 깨달았다. 사촌 누나가 떠나기 전 돈이라도 조금 달라고 말할걸 하는 생각이 들었지만 돈이 없는 것은 피차일반이라는 생각이 이어 머릿속에 박혔다.

"아빠, 쌀 없어요."

"그럼 사 와야지."

"돈 없어요. 수도세하고 전기세 등등 여러 가지 내느라고."

"그럼 오늘은 굶어야겠네!"

"이번에 촬영한 돈 어디 있어요?"

"아, 그거 나중에 내 분량 끝나면 한꺼번에 준다네."

"그럼 우리는 메뚜몬 살아 있을 때까지 굶어야 하는 거예요?"

내 물음에 아빠는 아무런 말없이 있다가 꼬르륵 소리가 심하게 날 테니 어서 자자며 다시 이불에 누웠다. 나는 옆에 가지런히 놓인 천 기저귀를 차려다가 한숨을 내쉬고는 발을 내렸다. 그날 밤, 나는 내 배와 아빠 배에서 나는 꼬르륵 소리 때문에 한동안 잠을 이루지 못했다. 자기가 배부르게 해 줄 테니 걱정 말라며 중얼거리는 아빠의 잠꼬대 소리를 듣다가 나는 어느 순간 잠이 들었다. 가끔 꿈에서 과거를 볼 때가 있다. 초등학교에 다니는 나의 모습이 3인칭의 시점으로 보였다. 집이 꽤 잘 사는 아이와 내가 서로 화를 내고 있는데 나는 소리를 지르다가 그만 오줌을 지리고 만다. 천 기저귀를 차지 않은 상태로. 축축해진 바지를 보며 아이들은 수군대거나 웃어 댄다. 내 앞에 서 있는, 왜 싸우는지도 모른 채 씩씩대던 아이는 나를 손가락질하며 조롱한다. 내가 울면서 집으로 돌아오자 아빠는 내 바지와 속옷을 벗기고 나를 씻겨 준다. 내 머리의 물기를 수건으로 털어 주면서 아빠는 말한다.

"밥 먹자."

중학교 때까지는 지원을 받아 어찌어찌 학교를 다녔지만 고등학생이 된 뒤에는 지원금으로 생활을 하기도 힘들어 나는 학교 대신 편의점에 다녔다. 그렇게 아르바이트를 하던 편의점에서 얼마 전 유통 기한이 지난 삼각김밥을 몰래 집에 가져오다가 점장에게 걸려 쫓겨났다. 아빠가 촬영을 나간 뒤, 새로운 아르바이트를 구하기 위해 나는 구직 신문을 뒤적거렸다. 그러다 몇 개의 아르바이트 소개란에 연필로 동그라미를 쳤고, 나는 동전을 찾기 시작했다. 휴대폰이 없기에 공중전화로 전화를 걸어야 하니 동전이 필요했다. 단칸방에서 유일하게 무언가를 넣어 둘 수 있는 옷장과 텔레비전 뒤, 좁은 방 구석구석을 뒤져 보았다. 가끔 아빠가 술을 마시고 들어왔을 때 주머니에서 굴러떨어진 동전이 숨어 있을 때가 있었다. 하지만 온 방을 뒤져 나온 것은 내 중학교 명찰뿐이었다. 얼마 전까지는 나름 부적이라 생각하며 몸에 지니고 다니던 것이었는데 어느 순간 방 안 한구석에 놓여 있었다. 동전을 찾지 못한 나는 결국 직접 가게들로 찾아가서 일자리를 구하기로 했다. 배에서 나는 꼬르륵 소리를 없애기 위해서라도 바로 일당을 받을 수 있는 아르바이트를 구해야 했다. 그렇게 발품을 팔아 새로 구한 아르바이트는 고깃집 서빙이었다. 헬멧을 묻은, 철거 예정인 놀이터와 그리 멀지 않은 곳이었다. 사촌 누나가 준 헬멧은 방 안에 둬 봤자 짐만 되고 쓸 데도 없었기에 팔 생각을 했지만 이리저리 흠집이 나 있어 그럴 수는 없었다. 결국 나는 헬멧을 철거 예정인 동네 놀이터에 가 모래밭에 묻어 버렸다. 괜히 집 안에 두면 자리만 차지해 쓸모없는, 왠지 모르게 보다 보면 기분이 나빠지는 것이었다.

고깃집에 처음 일하러 간 날, 아르바이트를 하다가 혹시나 오줌이 나오지 않을까 하는 생각이 자꾸만 들어 나는 천 기저귀를 차는 것을 잊지 않았고 여분의 천 기저귀를 봉지와 함께 가방에 넣었다. 바쁘게 서빙을 하다가 결국 걱정대로 화장실에 가지 못하고 오줌을 지린 나는 사람들과 사장의 눈치를 보고선 카운터 옆에 둔 가방을 들었다. 그리고 급하게 고깃집 안에 있는 화장실에 들어갔다. 축축해진, 입고 있던 천 기저귀는 봉지 안에 넣은 뒤 가방에 넣었다. 매캐한 담배 냄새와 곧 누군가 들어올지 모른다는 긴장감 때문에 칸 안에 들어가 있었음에도 나는 재빨리 아랫도리를 정리하고 화장실 밖으로 나왔다. 내가 화장실에서 나왔을 때 뭐라 고함을 치는 사장의 목소리가 들려왔다. 순간 나 때문인가 하고 나는 화장실에 나오던 그 상태로 멈췄다. 하지만 고깃집 출입문 앞에 서 있는 노인을 본 나는 급하게 가방을 카운터에 내려놓고 사장의 근처로 갔다. 나와 같이 서빙을 하는 종업원들은 다들 하던 일을 멈춘 채 사장 옆에 서 있었다. 사람들의 시선이 사장 쪽으로 쏠렸다. 나는 노인의 얼굴을 보자마자 그와 관련된 기억을 머릿속에서 되살릴 수 있었다. 노인은 철거 예정인 놀이터에서 노숙을 했는데 예전에 아르바이트를 하러 편의점에 갈 때 가끔 동네를 돌아다니는 노인과 마주치고는 했다. 출입문 앞에 서 있는 노인을 보자 생생하게 그려진 기억은 노인이 무언가를 손에 쥔 채, 편의점으로 가던 나에게로 달려와 놀란 날이었다. 노인은 내 눈앞에 손에 쥐고 있는 것을 내보였다. 명찰이었다.

"형식아, 우리 형식이."

노인은 명찰에 쓰인 이름의 주인이 나인 것처럼 웃음을 머금고는 나를 친근하게 불렀다. 그 순간 나는 노인을 피해야 한다는 생각과 함께 동네 아줌마들이 수군거리며 얘기한 노인의 상황을 떠올렸다. 아들과 며느리는 죽었고, 손자는 치매에 걸린 할아버지를 홀로 두고 도망……. 내가 빠른 걸음으로 자리를 벗어나도 노인은 쫓아오지 않았다. 단지 손을 흔들며 외쳤다.

"또 와! 나 잊으면 안 돼!"

고깃집 출입문 앞에 가만히 서 있던 노인은 주머니에서 무언가를 꺼냈다. 돈이었다. 오물 같은 것이 묻어 있어 축축하고 더러운 상태였다. 돈에서 나는 것인지 노인에게서 나는 것인지 알 수 없었지만 고깃집 안에 가득 퍼진 지독한 냄새 때문에 사람들은 웅성거리고 있었다. 사장은 코를 부여잡으며 종업원들에게 얼른 쫓아내라 말했고 곧 노인은 종업원 두 명에게 붙잡혀 억지로 가게 밖으로 나가야 했다. 노인은 반항하지 않고 다음에 손자랑 다시 오겠다고 말하며 크게 웃었다.

"저 노인네, 저번에도 와서 냄새 풍기더니 또 왔네. 우리 가게 망치려고. 손자는 무슨, 지 버리고 도망간 줄도 모르나."

사장은 다시 노인을 쫓아내고 온 종업원들과 멀뚱히 서 있는 나머지 종업원들에게 다시 일을 하라고 말했다. 나는 혹시 내 가방에서도 저런 냄새가 나지 않을까 생각하며 만약 그렇다면 나도 쫓겨나는 건가, 하는 불안에 잠시 휩싸였지만 이내 다시 서빙을 시작했다.

아르바이트가 끝나고 집으로 돌아왔을 때, 아빠는 아직까지 촬영 중인지 여태 들어오지 않고 있었다. 나는 텔레비전을 켰다. 이리저리 채널을 바꾸다 「헬멧 용사의 전설」이 방영되는 것을 보고선 화면을 멈췄다. 내가 땅에 묻은, 헬멧 용사의 헬멧이 수많이 필요했다던 '헬멧 용사와 적이 된 그의 분신들!' 편인지 헬멧 용사의 헬멧을 쓴 헬멧 용사의 분신들이 화면에 가득 비쳤다. 나는 그 장면을 멍하니 바라보았다. 분신들이 헬멧 용사에게 달려들었다. 분신들이 하나둘 쓰러지고, 쓰러진 것들은 악당의 모습으로 변하고, 다른 분신들이 달려들고……. 나는 쓰러지는 악당의 숫자를 세기 시작했다. 그때였다. 나는 보았다. 짧은 순간 주먹을 두 번 쥐었다 편 뒤 달려드는 분신 하나를. 달려든 분신은 몇 초 만에 헬멧 용사의 주먹에 맞아 쓰러져 악당의 모습으로 변했다. 바닥에 널브러진 악당들은 죽은 것처럼 움직이지 않았다. 화면은 바뀌어 커진 악당을 상대하기 위해 로봇을 부르는 헬멧 용사의 모습을 비쳤다. 계속 화면을 보던 나는 생각했다. 헬멧 용사가 커다란 로봇으로 악당을 해치우다가 부순 저 건물들은, 뒤집힌 차는, 다친 사람들은 누가 구해 줄까. 쓰러진 저 악당들의 이름은 뭘까. 헬멧 용사에게 당해 정말로 죽은 거라면 저 시체는 누가 치워 줄까……. 쓰러지기 전 주먹을 쥐었다 편, 그 이름조차 나오지 않은 악당은 아마 이번 화에서 열한 번째로 죽은 악당이라고 나는 믿었다. 내 주변에는 이름 없는 악당이 많았다.

나는 다시 채널을 넘겼다. 뉴스가 방영되고 있었다. 나는 아나운서 입에서 나온 화재라는 단어에 화면을 멈췄다. 곧이어 나온 실시간 중계에 어딘가가 불타고 있는 모습이 나왔다. 곧 화면 아래쪽에 나온 자막에는, 어린이 드라마 헬멧 용사 촬영장 화재로 인해…….

그대로 나는 단칸방을 나와 달리기 시작한다.

숨이 찬다. 헉헉대다 이내 다리가 후들거려 제자리에 멈춘다. 눈앞에 끝없이 이어진 가게들이 보인다. 보지 않으려 해도 숨을 고르는 사이 계속 간판들이 눈에 들어온다. 컵밥과 음료를 파는 'GGG', 돌솥 비빔밥이 맛있는 '봉가네 닭갈비', 44 사이즈 이상의 옷은 팔지 않는 '낭만 고양이'……. 간판들이 전부 노란색으로 변해 간다. 다리에 힘이 풀린다. 주저앉은 채 숨을 한번 크게 들이마신다. 자꾸만 물이 생각난다. 목이 마르고 땀이 나지만 그것 때문만은 아니다. 오줌이 마려 오는 것을 느낀다. 목 안으로 침이 꼴깍 넘어간다. 급하게 나오느라 천 기저귀를 차지 못했다. 오줌이 곧 나올 것 같다. 참을 수 없다. 문득 내가 지금 있는 곳이 철거 예정인 놀이터 앞이라는 것을 생각한다. 나는 빨간색과 하얀색이 섞인, '위험'이라는 글자가 적힌 안전띠를 넘어서 놀이터 안으로 들어간다. 다급히 모래밭으로 가 바지 지퍼를 연다. 순식간에 쏟아진 물줄기가 모래를 적신다. 적셔지는 모래 속에 무언가 나타나기 시작한다. 헬멧이다. 내가 묻고 간. 몸이 떨린다. 물줄기는 멈추지 않는다. 모래를 적시던 오줌은 이내 헬멧을 적시기 시작한다. 모든 것이 축축해지는 기분이다. 바지춤을 추스르자 시선이 밝아 온다. 노인이 내 옆에 서 있다. 노인은 웃고 있다.

"형식아, 헤헤, 우리 형식이 밥 먹자. 너 고기 좋아하잖아. 고깃집 가자. 가서 배 터지게 먹자. 밥 먹자."

노인이 내게 무언가를 내민다. 명찰이다. 나는 그것을 받아 손에 꽉 쥔다. 노인이 더 크게 웃음 짓는다. 나도 웃는다. 모래밭에 내 몸이 점점 가라앉는 것 같다.

달 죽이기

용인흥덕고등학교 3
조유정

블루라이트 차단 프로그램을 실행시키자마자 휴대폰의 화면의 밝기가 배로 어두워졌다. 덕분에 눈부심은 사라졌다. 나는 휴대폰의 상단 메뉴를 내려서 핸드폰 화면의 밝기를 올렸다. 어차피 블루라이트는 차단되었으니 눈 건강에는 나쁠 것이 없을 것 같았다. 나는 휴대폰으로 아주 중요한 숙제라도 하는 것처럼 집중해 퍼즐 맞추기 게임을 하기 시작했다. 나름 나에게는 중요한 숙제였다. 내 두뇌의 한계를 시험할 그런 중요한 숙제 말이다. 동시에 형이 이 시간까지 무엇을 하는지 눈을 흘기며 쳐다보았다. 낮에는 학교에서 수업 시간, 쉬는 시간 할 것 없이 무조건 바닥이 고른 곳이라면 지우개를 박박 문질렀다. 책상은 물론이고 학교의 바닥에서, 체육 시간 운동장의 스탠드에서, 아파서 보건실에 누워 있을 때도 보건실 벽에 대고, 버스의 벽에다 대고, 화장실 문에 대고 지우개를 문질렀다. 그런 식으로 지우개를 문지르면 지우개 가루가 무수히 나왔는데 그것을 빠짐없이 쓸어 모아 준비해 둔 비닐에 담고 편평한 곳에 앉아 그대로 뭉쳤다. 그 모든 것들을 종합해 보면 도대체 형이 언제 공부를 하는 것인지 알 수 없었다. 형이 엄청난 천재라면 지우개 문지르기를 동시에 하며 공부를 했을 수도 있다. 형은 오른손과 왼손을 모두 쓸 줄 알았다. 하지만 형은 대부분 양손으로 지우개를 문댔다. 수업 시간에 선생님께 들킨다면 혼이 나므로 조금은 조심히, 그리고 살살 문지르지만 쉬는 시간에는 어떤 광기에 이른 것처럼 누구도 신경 쓰지 않고 불꽃 튀게 마구 문댔다.

나는 퍼즐 게임이 조금 지루해져서 괜히 알람 음을 바꾸고 맞춰 놓은 시간도 1분씩 당겼다. 바빠 보이게끔 일부러 시계도 디지털 시계를 검색해 초 단위로 계속 새로 고침 하며 보았다. 나는 엎드려 있던 내 몸을 일으켜서 침대에 붙어 있는 벽에 등을 기댔다. 기대고 정면을 보면 형이 앉아 있는 책상이 보였다. 형은 오늘 하루 동안 모아 놓았던 지우개 가루들을 뭉치고 있었다. 얼마 전 형은 내가 필요해서 산 분홍색 지우개 세트를 달라고 한 적이 있었다. 나는 틀린 것을 지우는 데 사용하라고 하나 줬더니 그걸 못 참고 문질러서 지우개는 분홍색 공으로 만들어지고 있었다. 시간은 새벽 0시 35분 31초, 32초, 33초…… 를 지나고 있었다. 나는 제발 그 짓 좀 그만했으면 하는 바람에 눈 깜빡이는 것도 잊은 채 형의 뒤통수를 뚫어져라 쳐다보았다. 형의 뒤통수가 눈치를 챘는지 그제야 공을 만들던 지우개 가루들을 전용 비닐에 넣고 문제집을 꺼냈다. 그때 형이 뒤를 돌아 자기 가방을 찾았다. 나는 재빨리 다시 휴대폰을 보고 엄지손가락을 마구 움직였다. 그때 눈동자를 살짝 치켜떠서 형을 보았다. 형은 가방에서 필통을 꺼냈다. 필통에서 무엇을 꺼냈는지는 보이지 않았다. 형의 덩치가 꽤나 커서 필통이 가려졌다. 형은 어깨를 들썩이더니 필통을 옆에다 놓고 다시 팔을 움직였다. 종이가 구겨지고 스치는 소리가 들렸다. 스삭스삭. 문제집에 잘못 푼 연필 자국을 지우는 것인지, 그냥 지우개로 지우는 것인지 알 수가 없었다. 벅벅벅 스삭스삭. 종이가 손등에 밀리는 소리와 지우개가 문대지는 소리가 같이 들렸다. 나는 자꾸 눈꺼풀이 무거워졌다. 형이 마지막까지 무엇을 하는지 끝까지 지켜보고 싶었지만 디지털 시계의 화면을 그대로 띄워 놓고 잠이 들었다.

분명히 알람을 아침 7시 59분에 맞춰 놓았는데 내가 깨어난 시간은 8시 59분 이었다. 방 밖에서는 티브이 소리가 미세하게 들렸다. 남자 진행자가 다음 주제를 설명하는 듯했다. 웅얼댐과 동시에 창문 밖에서 새어 오는 바람 소리, 새소리도 겹쳐 들려서 그 프로그램의 내용을 유추하는 것은 포기했다. 형은 나보다 먼저 미리 일어나 있었다. 아니나 다를까 형은 내가 일어나 부스럭대도 지우개와 책상이 세게 문질러지는 소리를 내며 계속 팔을 움직였다. 양손에 지우개를 들고 바닥에 박박 밀었다. 나는 그걸 보면서 눈에 붙어 있는 눈곱을 떼어 침대 밖으로 튕겼다. 형은 여전히 빠르게 팔을 움직이고 있었다. 나는 잠시 침대에 다시 누워 기지개를 켰다. 다행히 주말이어서 급하게 행동하지 않아도 괜찮았다. 그때 의자가 움직이는 소리가 들렸다. 형이 잠시 방을 나간 소리였다. 나는 재빨리 일어나 형이 지우개를 문댄 자리에 손가락을 갖다 댔다. 뜨거운 열기가 느껴졌다. 그 열기는 쉽게 식지 않았다. 그곳에 손가락을 대서 열기를 나누었다. 몇 초 뒤에는 내가 지금 책상에 대고 있는 지우개의 마찰열인지 나의 체온인지 알 수는 없었지만 마치 영화에 나오는 외계인 이티와 교감을 하는 것처럼 묘한 기분이 들어 뗄 수가 없었다.

형이 지우개 공을 만드는 것을 처음 본 것은 초등학교 4학년 때였다. 거의 완벽에 가까운 구가 신기해 마구 주물럭거렸다. 모양이 다 망가졌지만 괜찮다고 생각했다. 손톱으로 누르면 쑤욱 들어가 손톱 때가 되었다. 그걸 샤프의 끝으로 빼내 바닥에 떨어뜨렸다. 어릴 때 주물렀던 찰흙 점토 같은 게 부드러웠다. 이제 와 생각해 보니, 주물거린 지 얼마 되지 않았던 것 같았다. 나는 그 쓰레기 같은 지우개 때 덩어리가 형이 나의 얼굴을 마구 때릴 정도로 소중한 것인지 몰랐다. 그때 태어나 처음 형에게 맞았다. 초등학교 4학년 때의 일이었다. 주먹으로 한 대, 두 대, 손바닥으로 배로 맞았다. 아무리 우리가 닮지 않았다고 하지만 얼굴을 때리는 것은 비겁했다. 얼굴이 퉁퉁 부었지만 아프기보다는 엄마에게 어떻게 말할까가 더 심각한 문제였다. 엄마는 나보다 형에게 고기 반찬을 한 점이라도 더 주려는 사람이었고, 외식을 하러 나가기 전 거울 앞에서 옷매무새를 다듬어 주는 것도 형을 먼저 봐 주는 사람이었다. 내가 형을 때리면 나는 집에서 옷도 입지 못하고 버려져야 할지도 몰랐다. 나는 엄마에게 걱정은 물론이고 꾸중조차 듣지 못할 것이라고 생각했는데, 그때 얼굴이 꽤나 일그러져서 얼굴이 왜 그래?라는 질문을 받기는 했다. 친구들과 놀다가 다쳤다고 얘기했다. 엄마는 아빠 눈치를 보며 그랬어? 조심해야지 하고 말했다. 나는 그냥 네 하고 대답하고 방으로 들어갔다. 형은 나에게 지금까지 그 일에 대한 얘기를 한 번도 꺼낸 적이 없으며 미안이라는 한 단어도 꺼내지 않았다. 그리고 나도 이제는 더 이상 사과를 바라지 않기로 했다. 구질구질하게 사과를 갈구하는 것 같았다. 이제는 아무래도 상관없었다.

형이 방문 앞으로 오는 소리를 듣고 재빨리 어색하지 않을 만한 행동을 생각해 내 보았다. 항상 책상 밑에는 무언가 꽂혀 있었다. 그게 무엇이든 간에 나는 우선 멀티탭에 보조 배터리 충전기를 상상했다. 그것의 플러그가 있다고 생각하고 뽑으려 허리를 숙였는데 그와 동시에 방문이 열렸다. 그런데 내 시야에 잡힌 멀티탭에는 아무것도 꽂혀 있지 않았다. 형은, 나와. 하고 말한 뒤 의자에 털썩 앉아 거칠게 책상 앞으로 의자를 끌었다. 나는 아무 말도 못하고 뻣뻣하게 몸을 피했다. 나는 침대에 다시 앉아서 휴대폰을 만졌다. 어제 새벽에 하다 만 퍼즐 게임의 일일 과제를 깨기 위해 접속했다. 아침이라 그리 눈이 부시지 않아서 휴대폰의 밝기를 최대로 올렸다. 형은 어차피 지우개 때를 만들고 있을 것이므로 휴대폰 게임의 효과음 소리를 조금 키웠다. 그 소리가 방해될 리가 없었다. 화면을 검지 손가락 지문으로 만질 때마다 귀여운 소리가 났다. 이제는 너무 많이 만져서 형의 지우개처럼 문대질 까 봐 문득 두려웠다.

어젯밤 블루스크린 차단 프로그램을 켜기 전에 형이 샤워하러 들어간 것을 확인하고 재빨리 베란다에 있는 커다란 지우개 때 뭉치를 보러 갔다. 형은 부모님 몰래 이따위 지우개 때 뭉치를 만들었다. 그것도 아주 커다란 지우개 뭉치를. 4학년 때부터 모은 지우개 때는 짐볼보다 더 커졌다. 손톱으로 누르면 쑤욱 들어가서 손톱 때가 되었다. 지금은 더럽고 싫었다. 형은 바닷가에서 두꺼비집을 만들 듯 매일 날마다 지우개 가루를 지우개 때 뭉치로 만들어 그 커다란 공에 붙였다. 그리고 잘 다듬었다. 너무나 커져 버려 손바닥으로 탁탁 쳐야 다듬어졌다. 지우개의 종류도 촉감도 다 달 랐으므로 한번 모양이 망가지면 끝장이었다. 사실 내가 처음 형의 지우개 공을 보았을 때에는 완벽에 가까운 구였는데 지금은 이미 한참 타원을 벗어난 지 오래였다. 공 안이 텅 비어 있다면 지구본 퍼즐처럼 허물고 다시 만들면 되겠지만 부피가 꽉 차 있기 때문에 그저 계속 붙이고 또 붙이는 방법밖에는 없었다. 형은 그날 낮부 터 아니, 4학년 때의 그날부터 우리가 중학교 3학년이 된 지금까 지 자기가 손수 굴리고 조물거린 조그마한 공들을 베란다에 있는 공에 붙였다. 그것은 더 커다란 지우개 공이 되었다. 공은 더 큰 공이 되었고 그렇게 야구공, 축구공, 농구공 이상이 되었다. 형은 매일 평평한 곳에 지우개를 문질렀다.

그 커다란 지우개 공은 자꾸만 나를 화나게 했다. 차라리 나에 게 무언가 말이라도 해 줬더라면 괜찮았을 텐데. 하지만 형이 나 에게 불만을 토로한 적은 아주 옛날밖에 없었다. 그 불만은 사소 한 것들뿐이었다. 아주 어렸을 때라 유치하기 짝이 없었다. 왜 자 동차 장난감을 가져갔는지, 왜 나의 윗옷이 파란색이고 본인은 바 지가 파란색인지, 목욕탕에서 같이 목욕을 하면 왜 내가 먼저 밖 으로 나갔는지, 왜 나의 눈이 더 큰지, 왜 나의 코가 더 오똑한지, 왜 우리의 생김새가 다른 것인지. 당연히 나는 이 모든 것들이 왜 인지 몰랐다. 이거 하나만 알 것 같다. 자동차 장난감은 아마 내가 갖고 싶어서였을 것이다. 아주 어렸을 때였다.

얼굴의 생김새가 다른 건 어렸을 때부터 고막에 못이 박히도 록 들었다. 우린 그냥 동시에 나온 친구인 줄 알았고, 쌍둥이는 무 조건 얼굴이 똑같아야 한다고 생각했다. 부모님의 친구들이나 친 척들이 우리에게 쌍둥이라고 할 때마다 나는 의아했다. 차라리 일

란성이면 공통점이라도 있지, 우린 얼굴부터 성격 그리고 당연하지만 마음속의 응어리도 달랐다. 형은 눈이 작고 얼굴이 둥글어서 아빠를 닮았단 소리를 많이 들었고, 나는 눈이 크고 턱이 날카로워서 엄마를 닮았단 소리를 많이 들었다. 난 엄마 뱃속에서, 형은 아빠 뱃속에서 태어난 줄 알고 살았다.

우린 꽤 풍족하게 살았다. 갖고 싶은 것이 있으면 적당한 선에서 모두 가질 수 있었다. 이상하게 형은 나보다 칭찬을 덜 들었는데 지금 생각해 보니 형은 나보다 더 많은 떼를 부렸다. 우리 가족이 대형 마트의 장난감 코너에 가면 형이 마트 바닥을 제일 깨끗하게 청소하는 청소부였다. 요란하게 울어 젖힌 날은 흰색 옷에 먼지가 마구 붙어서 내 옷까지 모두 버린 적도 있었다. 동시에 부모님은 우리에게 요구하는 것이 많았다. 엄마가 그만큼 해 줬으니까 우리 아들들도 엄마가 하라는 대로 해 줘. 엄마가 우리를 설득할 때 하는 말이었다. 그때는 부모님의 사랑이 뭔지 몰랐으므로 장난감을 더 많이 예로 들었는데 커다란 파란 외제 차 이름을 말하면 그것에 혹해서 무조건 긍정의 대답을 했다. 그래서 우리는 부모님에게 자주 놀아났다. 우리에게 비싼 과외비를 받는 선생님을 붙였고, 태권도 학원, 피아노 학원, 미술 학원, 수영 학원에 다니게 했다. 나가고 싶지도 않은 콩쿨 대회나 각종 뽐내기 대회에 나가 3등 안에 들어야 했고, 그렇지 않으면 그 학원에 또는 그 선생님과 아주 오랫동안 있어야 했다. 우린 그들에게 맞춤 인형인 셈이었다. 그중에서도 흥미가 있는 것과 하기 싫은 것으로 나뉘었는데 부모님은 그것으로 형과 나의 사이를 떼어 냈다.

형과 나는 어렸을 때부터 그런 이야기들을 자주 했었다. 주로 목욕탕에서 같이 거품 목욕을 할 때 했다. 이제 막 서로 피아노 학원에서 바이엘 네 번째 권을 끝냈을 때였다. 동시에 어린이 동요 민요집도 모두 끝낸 상태였다. 거품 속에서 첨벙이며 에델바이스를 불렀다. 미 솔 레 도 솔 파. 나는 노래를 부르며 장난감 자동차에 물을 채웠다. 형은 샛노란 정수리에 검은 물때가 껴 있는 장난감 오리에 거품을 쑤셔 넣었다. 미 미 미 파 솔 할 때면 형이 물었다.

"현준아, 우리 피아노는 체르니 30번까지만 하고 끝자."

"왜?"

"그냥. 힘들잖아."

"그래."

그리고 나는 잠시 작아진 거품을 보고 더 부풀어 오르라고 팔을 마구 휘둘러 거품을 만들었다. 천둥이 터지는 것 같은 소리가 화장실에 울렸다. 욕탕에 거품물이 파도쳐서 부글부글 부풀어 올랐다. 비눗물이 얼굴에 튀기고 콧구멍에 들어가도 재채기를 연속으로 하며 계속 첨벙거렸다. 발을 동동 물장구를 쳤다. 바닷가에 올라오는 파도의 거품처럼 스르르 하고 올라왔다. 형은 그걸 보고 말했다.

"그럼 우리 딱 수영만 끝자."

형은 항상 욕탕의 거품이 넘쳐 날 때쯤 얘기했다. 동그랗고 옹기종기 모여 있는 투명한, 허연 거품들이 욕탕에서 빠져나오고 있었다.

"왜?"

"그냥. 힘들잖아."

나는 그래 하고 물장구치며 말했다. 형은 항상 나를 끌어들였다. 좋게 말한다면 나와 함께하려 했다. 그리고 목욕할 때마다 형은 학원들을 그만 다니고 싶어했다. 그리고 형은 정말로 피아노 학원과 수영 학원을 그만두었다. 실력이 나쁜 것도 아니고, 흥미가 전혀 없는 것도 아니었다. 형은 곧 학교에서 배울 주요 교과목 학원만 다녔다. 나는 그 많은 학원들을 끊지 않고 다녔다. 엄마의 잔소리가 가시처럼 돋을 때이기도 했다. 형이 공부를 잘하니 온 관심이 형에게 쏠릴 수밖에 없었다. 차라리 나는 엄마의 가시라도 박히고 싶었다. 어린 마음에 엉엉 울기도 했지만 엄마는 그리고 아빠도 재능보다는 머리가 먼저였다. 형이 초등학교에서 우수한 성적으로 완전히 자리 잡았을 무렵, 공을 만들기 시작했다. 흑연이 묻지 않은 희고 깨끗한 지우개로만 공을 만들었다.

초등학교에 입학하기 전조차 우리는 가족과 혈연, 그리고 형제를 떠나 서로 친한 친구이고 경쟁자이며 상담가에다 또 선생님인 그런 복잡한 관계였다. 형이 지우개를 들고 벅벅 문질러 지우개 똥을 포도 알만큼 만든 그날 이후로 우린 단절되었다. 그나마 어릴 때 통했던 마음이 서로 틀어졌던 것이다. 매일 만들고 뭉치는 짐볼 지우개 때의 양만큼이나 말이다.

어젯밤의 지우개 때 공은 달빛 아래서 유난히 퍼런색을 띠었다. 음력으로 며칠인지는 모르겠지만 달이 구름에 가려져 마치 내 앞에 있는 공이 달인 것 같았다. 형은 공이 베란다의 바닥에 달라붙지 않게 물을 뿌리거나 자주 굴려 주며 애완동물처럼 공을 돌봤다. 형이 샤워가 끝나기 전에 얼른 일을 끝내야만 했다. 나는 우선 공을 베란다의 가운데로 옮기기 위해 양손을 사용해서 내 쪽으로 힘껏 당겼다. 어두워서 잘 안 보일 뿐만 아니라 내가 더듬은 그 부분은 조금 덜 딱딱했다. 화장실의 물소리가 멈추었다 다시 켜지기를 반복했다. 아마도 머리를 감고 있는 것 같았다. 형은 가장 마지막에 머리를 감았다. 머리를 감으며 얼굴도 같이 씻었다. 두피를 손으로 문지르며 손톱에 낀 지우개 때들을 자연스럽게 떨어지게 했다. 나는 형이 그 지우개 때마저 줍는다면 당장이라도 이 세상에 존재하는 모든 지우개들을 우주 저 너머로 쏘아 올릴 것이라고 다짐했다.

형은 지우개를 색깔별로 사서 본인의 정신세계를 만들어 냈다. 초등학교 방학 숙제를 지우개 때 뭉치로 내고 상까지 받았다. 지우개 때로 우리 가족의 얼굴, 몸, 손과 발을 만들었다. 얼굴의 표정은 모두 웃고 있었다. 아빠는 눈이 작고 눈썹과 가까웠기 때문에 웃을 때 눈썹과 눈이 맞닿을 듯했다. 형은 지우개 때를 만들어 뭉치면서 이쑤시개로 쑤셔서 우리 가족을 만들었다. 우리 집 거실 한가운데에 걸려 있는 가족사진의 모습을 보고 만든 듯했다. 유난히 형의 작품에서 입꼬리가 더욱 높아져 있었다. 나와 형은 똑같은 옷을 입고 앞에 앉아 있었고, 부모님은 정장을 입고 서 있었다. 다 같이 손을 맞잡고 누군가가 억지로 웃으라고 시킨 것같이 어색한 기운도 흘렀다. 그 방학 숙제는 주제가 곧 제목이었는데 형이 선택한 주제는 '과거'였다.

누가 지우개 때로 방학 숙제를 만들 생각을 했을까 싶었다. 그런 참신함과 의아함에 가득 찼던 교장은 형에게 대상을 주었다. 지금도 우리 책상 앞 벽에 붙어 있는 누렇게 바랜 상장이 바로 그 상장이다. 위 학생은 방학 숙제를 매우 성실하게 수행하였으므로 이 상장을 수여합니다. 나는 침대에 앉아서 형의 등 너머로 보이는 상장을 바라보며 속으로 읊었다.

엄마는 우리를 부르지 않았다. 아침 9시 반을 지나고 있었다. 아마 어젯밤 형과 싸운 것 때문에 입을 열지 않는 것 같다. 엄마는 형이 하루 종일 지우개 때를 만드는 것을 몰랐다. 방학 숙제를 냈을 때는 우리 아들이 정말 누구도 생각지 못한, 그리고 매우 끈기 있는 어린이라고 생각했다. 나도 그렇게 생각했다. 나보다 몇 초 더 빨리 태어난 게 그냥 무시할 것이 아니었다고 생각했다. 엄마는 얼마 전, 그러니까 형이 지우개 때를 지금의 크기보다 조금 더 작은 짐볼의 크기였을 때 알아차렸다. 베란다 청소를 한다고 무심코 들어갔다가 무지하게 큰 공인데 이게 튕겨지지도 않고 게다가 무거웠다. 누르면, 매우 장수하며 시름시름 앓는 노파의 피부처럼 들어갔다가 나오지 않았다. 희고 커다란 게 정말 떡도 아니고 떡하니 베란다 한가운데에 자리 잡고 있는 것이 소름이 돋았다. 그때 나는 방 안에서 인터넷 강의를 듣고 있었는데 엄마는 당연히 나의 작품인 줄 알고 나에게 말했다.

"현준아, 이 쓰레기 같은 건 뭐니? 갖다 버려."

"제 거 아닌데요."

"거짓말하지 마. 이거 대체 뭐니?"

"형 거예요."

"왜 자꾸 거짓말하니?"

그때 형이 방으로 들어왔다. 엄마는 베란다에서 지우개 공을 들어 올리려 하고 있었다. 그것을 본 형은 눈을 부릅뜨고 베란다로 뛰어 들어갔다. 엄마는 여전히 나의 쓰레기인 줄 알고 있었다. 나는 계속 침대 옆의 벽에 기대어 엿들었다.

"엄마, 지금 뭐하시는 거예요?"

"자꾸 현준이가 거짓말한다. 아니라고 해. 그리고 이것 좀 같이 버리자."

"건들지 마세요."

276

형은 엄마를 밀치고 공 앞에 섰다. 키가 엄마보다 10센티미터 더 큰 형이 엄마를 내려다보았다. 엄마는 아들 둘을 낳고 처음 겪는 경험에 적응하지 못했다. 베란다가 커튼에 가려져 잘 보이지 않았다. 말소리만 들렸다.

"제 거예요."

"쓰레기 아니에요."

형은 엄마와 처음으로 싸웠다. 하지만 매일 복수심에 끓어 언젠가 외나무다리에서 만나길 기다렸던 앙숙처럼 단호하고 굳건하게 싸웠다.

그게 며칠 전이었다. 난 여전히 침대에 앉아 있었다. 그때의 일 때문에 나는 엄마에 대해 원래 갖고 있던 마음이 더 커져 갔다. 그날 우리가 자고 있을 때 방문 밖에서 아빠와 말싸움을 했다. 나는 형을 정신병자로 만든 사람으로 와전되어 있었다.

"현준이 애기 때부터 알아봤어야 했어. 그냥 공부시켜야 했다고. 지 형처럼 거의 전교에서 일이 등을 달리게끔 했어야 했는데 너무 욕심을 부렸어. 예체능은 무슨 예체능이야. 그치? 우리 예쁜 첫째 아들 어떡해…… 동생 때문에 어떡해. 상담사 붙일까? 당신 인맥 총동원해서 유명하고 잘하는 사람으로 하나 알아봐 줘. 응?"

"여보, 둘 다 미치거나 정신병에 걸린 거 아니니까 적당히 해."

"모르겠어? 누가 봐도 현준이가 형 질투해서 따라하게 하는 거 아니야. 그래, 안 그래."

"그 지우갠지 공인지 그게 뭔데 그래? 당신 미쳤어? 애들이 들으면 어쩌려고 그래."

형은 작은 전등을 켜고 계속 공을 만들고 있었다. 책장에 전시된 색색의 지우개 공들이 침대에서 보였다. 나는 지우개 때를 만들 시간도 없었고 지우개 때를 뭉쳐서 공을 만든 적도 없었다. 형은 스스로 선택한 미친 짓을 즐긴 것뿐이었다. 나는 그날 밤 침대에 누워서 잠을 자야 했다. 학교에서 내 준 그날 못한 숙제를 할 생각이었다. 하지만 난 잘 수가 없었다. 눈을 감아도 엄마와 아빠의 대화가 머릿속 신경까지 파고들었다. 나는 눈을 감고 엄마를 떠올렸다. 엄마는 내가 어떤 음식을 좋아하며, 어떤 과목을 좋아하고, 어떤 취미를 갖고 있으며, 나는 어떤 아이인 것 같은지, 그리고 내가 내년에 어느 고등학교로 진학하고 싶어 하는지, 어떤 직업을 생각하는지, 어떤 미래를 그려 내고 싶어 하는지 묻지도 알려고도 하지 않았다. 반면에 형은 딱히 이야기해 주지 않아도 알고 있었다. 아니, 형에게는 묻지 않고 그저 짐작할 뿐이었다. 엄마는 형이 지우개 공을 목성만큼, 태양만큼, 시리우스처럼 크게 뭉치고 팽창시키려는 사실을 아는지 모르는지 모두 내 탓으로 돌렸다.

그래서 어젯밤, 나는 형이 샤워를 하고 있을 때 공을 보며 생각했다. 공을 투신시켜야 한다. 그러기 전에 우선 다시는 살아나지 못하게 갈기갈기 떼어 내고 싶었다. 이 지우개 공만 없앤다면 엄마의 입에 내 이름이 조금은 덜 올려질 것 같았다. 힘껏 들어 올려서 베란다 밖으로 떨어뜨린다면, 형이 그동안 모아 두었던 선반 위의 작은 공들까지 내던져 버리면 조금이나마 편해질 것 같았다. 분명히 지우개 공이 이미 걷잡을 수 없이 커져 버려서 자기 마음속에 세뇌시킨 것이 틀림없었다. 나는 오늘 밤, 형의 공을 죽이기로 했다.

난 식구들 모두가 잘 때까지 기다렸다. 공부한다고 핑계를 대고 형 눈치를 봤다. 형은 손에 지우다 말아서 때가 붙은 지우개를 들고 잠들었다. 엄마와 아빠하고는 어떠한 이야기도 나누지 않았다. 아마 그때 싸운 것 때문일 것 같았다. 어둠으로 휩싸인 거실을 확인하고 작은 전등이 켜진 내 방으로 뒷걸음질 쳤다. 형은 여전히 눈을 감고 있었다. 난 그 모습을 확인하고 베란다로 갔다. 몇 년 동안 썩고 있던 커다란 지우개 공은 형이 아까 낮에 정돈해 둔 탓인지 다시 완벽한 구 같았다. 하늘에 올리면 달이 될 것이라고 생각했다. 분화구만 조금 더 뚫는다면 정말 완벽한 달일 것 같았다. 밤하늘에 구름이 끼여 있는지 달은 보이지 않았다. 마지막으로 동그란 달을 공에게 보여 주고 싶었는데, 내심 아쉬웠다. 나는 다시 방으로 들어와서 선반 위에 올려져 있는 작은 지우개 공들을 비닐에 우두두 담았다. 무언가 아까웠다. 이게 다 하나의 두 개의 수백 개의 지우개에서 나온 지우개 때였다. 이 작은 공들은 우주에 떠다니는 작은 행성들 같았다. 베란다에 있는 공은 달이니 달의 위성으로 치는 게 나을 것 같았다. 이렇게 형이 만든 지우개 때들이 모여 새로운 공이 되었다. 새롭게 태어났지만, 과연 그들이 원한 것이었을까 하는 의문이 들었다. 난 그렇게 생각하고 10층의 높이에서 작은 공들부터 모두 떨어뜨려 버렸다. 풀 더미에, 나무에 떨어지는 소리가 들렸다. 스삭스삭. 마지 형이 지우개를 평평한 곳에 문대는 것처럼. 베란다의 난간을 잡고 쳐다보았다. 내가 떨어뜨린 곳에는 다행히 아무도 없었다. 그리고 지우개 달을 들었다. 방충망을 걷었다. 붙어 있던 벌레들이 날아가거나, 날아 들어왔다. 얼굴에 붙은 벌레를 입 바람으로 떼어 냈다. 도대체 얼마나 많은 지우개 때를 투자한 것인지 너무나도 무거웠다. 죽이는 것도 쉽지가 않았다. 공범이 왜 생기는지 조금은 알 것 같았다. 나는 달을 힘껏 들어서 베란다 밑으로 떨어뜨렸다. 내 얼굴의 여섯 배는 더 되는 달은 묵직한 소리를 내며 중력을 거스르지 못했다. 떨어뜨린 곳이 늪이었으면. 그렇다면 땅속으로 저 깊은 곳으로 스며들 텐데. 나는 달이 뭉개진 것을 확인했다. 어두워서 잘 보이진 않았지만 휴대폰 빛으로 비추어 보니 그것의 위성들도 모두 추락한 것을 확인할 수 있었다. 이렇게 나는 모든 공을 죽였다. 그리고 달도 죽였다. 나는 화장실에 가서 손톱에 낀 달의 잔해들을 씻어 냈다. 흰색, 회색, 짙은 회색, 검은색의 국수가 삐져나왔다. 나는 비누로 깨끗이 씻고 물기를 탈탈 털었다. 어두운 복도를 지나 다시 내 방으로 와 침대에 누웠다. 나는 왜인지 모르게 가슴이 두근거림을 느끼고 눈을 감았다. 나는 속으로 생각했다. 모든 공은 죽었다고. 달을 내가 죽였다고.

주객

호남고등학교 3
지석환

그녀가 외마디 비명을 지르며 벌떡 일어난 것은 자정 무렵이었다.

차갑게 서린 방 안의 공기가 발갛게 달아오른 그녀의 얼굴을 어루만져 주었고, 어두운 침묵이 짙게 감돌던 방은 곧 그녀의 가쁜 숨소리로 조금씩 차기 시작했다. 이불을 덮고 있어도 온몸에 한기가 드는 이유는 뭘까. 자리를 박차고 일어난 그녀가 재빨리 전등 스위치를 켜고 주변을 살펴보았지만 다행히 주위에는 아무것도 없었다. 어느 늦여름 밤의 스산함과 창문 틈새를 비집고 들어오는 새하얀 달빛, 두려움에 핏기가 가신 얼굴을 하고 있는 그녀 자신을 제외하고는.

언제부턴지 정확히 기억이 나지 않지만 익숙하며 소름끼치는 악몽이 밤마다 그녀의 머리맡을 찾아왔고, 그때마다 그녀는 짧게

281

비명을 내지르며 일어나 불을 켜곤 했다.

데자뷔 같던 악몽은 어느덧 그녀의 일상이 되어 있었다. 하루 일과를 마치고 깊은 잠을 자기 위한 마지막 관문처럼. 놀란 가슴을 애써 다독이며 눈을 감았지만 잠은 쉽사리 오지 않았다.

"또 끔찍한 꿈을 꾼 거예요?"

여느 때처럼 다시 이불을 뒤집어쓰고 취침을 하려는데 벽을 타고 한 여자의 목소리가 들려왔다. 옆방 여자 Y 씨다. 이곳에서 두 달 동안 함께 지내 온 이웃이었다. 이곳의 방과 방 사이 벽이 매우 얇아 방음이 전혀 되지 않는다는 점이 그녀에겐 조금 위로가 되었다. 그 덕분에 낮이건 밤이건 Y 씨와 벽에 기대어 두런두런 이야기를 나눌 수 있었기에.

"또 그 악몽이에요?"

"……예."

"힘든 일 있으면 이야기해요. 들어줄 테니까."

"고마워요."

"소리를 듣고 있자니 안쓰러워서요."

그녀는 후, 한숨을 쉬었다. 그러게 말이에요 나도 내가 왜 이러는 건지 모르겠어요라고 Y 씨에게 말해 주고 싶었다. 가만히 Y 씨의 말을 듣고 보니, 그녀 본인이 의도치 않게 밤마다 타인에게 피해를 준 것 같았다. 그녀는 곧바로 Y 씨에게 사과했다.

"죄송해요. 저도 모르게 자꾸 Y 씨가 잠자는 걸 방해하고 있었네요."

"아니에요. 어서 푹 자고 내일 다시 이야기해요."

"안녕히 주무세요."

그날 또 하루, 새카만 밤은 아무 일도 없었다는 듯이 연기처럼 지나갔다.

다음 날, 아침이 밝았다. 그녀는 양팔을 쭉 펴며 하품을 했다. 정말 아무 일도 없었던 걸까 하는 착각이 들 만큼 따뜻한 햇살이 가득 들어찬 방은 너무나도 평온했다.

그녀가 이곳, 그러니까 '뷔페원'에 찾아온 건 대략 두 달 전쯤이었다. 주(住)와 식(食)을 제공하는 곳인데, 방은 고시원에 있는 것보다 작으면서 아침, 점심, 저녁은 임금님 수라상 못지않게 진수성찬으로 차려 주기 때문에 붙은 별칭이었다. 현재 이곳에서 지내는 사람들 중 뷔페원의 원래 이름을 아는 사람은 없었고, 그녀 본인도 별칭을 부르는 것이 편했으므로 더 이상 궁금해하지는 않았다.

취업도 못하고 매일같이 컴퓨터 앞에 앉아 이력서를 보내고 메일을 확인하는 스물여섯 살 아가씨에게 뷔페원은 더할 나위 없이 적합한 곳이었다. 밥 꼬박꼬박 잘 챙겨 주고, 디저트에 야식까지 제공하는 고시원이 세상에 또 어디 있을까. 오로지 수면을 취하는 것에만 충실한 것처럼 방은 조금 비좁았지만, 빈약한 자신의 주머니 사정에 이런 조건의 방을 구한 건 정말 행운이라고, 그녀는 생각했다. 위대한 개츠비가 살고 있는 웨스턴 에그의 어느 으리으리한 성처럼 뷔페원은 실로 웅장한 골격을 갖추고 있었고, 복도마다 좌우로 40여 개에 달하는, 많은 방이 빼곡히 박혀 있었다.

어쩌면 방이 좁으니까 더 많이 자리 잡고 있는 걸 수도 있지.

그녀는 빽빽하게 들어찬 방들을 바라보며 농장에 있는 닭장을 떠올리곤 했다. 다닥다닥 붙어 있는 방들이 닭장과 진배없었다. 그녀는 생각하는 것을 매우 좋아하는 사람이었다. '생각'이란 건 어떤 형태로든 모든 일에 도움을 줄 수 있는 일종의 에너지라고 이해했으며 생각이 깊은 사람은 그러한 에너지를 만사를 처리하는 데 적절하고 능숙하게 이용할 것이라고 믿었다. 어떻게 보면 당연한 사실이겠지만, 그녀 본인이 생각이 깊은 사람으로 거듭나는 것은 상당히 어려웠다. 그래서 그녀는 언젠가부터 다소 불편하더라도, 주변의 모든 사물과 사건에 관심을 가지고 다양한 시각으로 그것들을 바라보면서, '생각 놀이'를 하는 것을 즐겼다. 가령이런 식이었다. 나흘 전 그녀는 고시원 내 뷔페에서, 저녁 식사로 나온 먹음직스러운 비프스테이크와 훈제 닭고기를 물끄러미 바라보며 생각에 잠겼다. 접시 위에 담긴 소와 닭은 어디에서 왔을까, 그들은 자기들이 이렇게 음식이 되어 사람들의 저녁 식사로 나올 운명임을 미리 알고 있었을까. 미리 알고 있었더라면…… 어떤 심정이었을까.

한 가지 분명한 건 그들이 어디에서 태어나 자랐는지는 사람들에게 그다지 중요한 문제가 아니라는 것이다. 사람들에게 소와 닭은 단지 허기진 배를 채워 주고 주린 혓바닥을 즐겁게 해 줄 수단에 불과했다. 그렇게 생각하고 나니 마음이 조금 불편해졌지만, 그러나, 그녀는 말없이 닭고기 한 조각을 집어 입안에 넣었다. 그녀는 허기졌고 눈앞에 차려진 음식을 무시하기엔 코를 찌르는 스테이크의 갈릭 소스 향이 너무 강했다.

어느 날은 옆방의 Y 씨가 그녀에게 물었다.

"왜 그렇게 생각을 많이 하고 살아요?"

그러더니 곧 자신의 질문이 무례하게 느껴질 수 있다는 것을 깨닫고 얼른 덧붙여 말했다.

"오해는 하지 말아 주세요."

"괜찮아요, 이해했어요."

벽 너머로 Y 씨가 안도하듯 휴 하고 한숨을 내쉬는 소리가 들려왔다.

"생각…… 어쩌면 그림 그리기 연습이라고 느껴질 수 있어요."

"감이 안 오는데요."

"추상적인 개념이잖아요, 생각이라는 건."

"예."

"명확하지가 않으니까, 그래서 어쩌면 생각이란 건."

"……."

"새하얀 도화지에 이것저것 그림을 그리는 행위를 관념화한 것일지도 몰라요."

Y 씨가 무슨 생각을 하고 있는 건지, 잠시 동안 그녀와 Y 씨 사이에 침묵이 흘렀다. 그녀는 '추상적'이라는 단어를 매우 좋아하는 사람이었다. 어떤 사물이나 사실이, 지각할 수 있는 일정한 형태나 성질을 가지고 있지 않은 것이 그녀에겐 매혹적으로 느껴졌다. 눈으로 볼 수도 만질 수도 피부로 느낄 수도 없지만 분명히 존재하는 것. 그것도 일상 깊숙이 가까이에. '사랑', '믿음', '행복' 등의 단어들이 참 아름답다고, 그녀는 생각했다. '생각'이라는 단어 또한 추상적이었다. 어쩌면 스케치북과 그림은 '생각'을 나타내는 도해일지도 몰라. 그녀는 피식 웃었다. 그래서 내가 그렇게 생각하는 걸 좋아했나? 장난기 어린 표정을 짓고 자세를 고쳐 앉아 오른쪽 팔꿈치를 무릎 위에 기대고 턱을 괴었다. 마치 로댕처럼.

"무언가를 생각하고 있으면, 제가 살아 있다고 느껴져요."

침묵하던 Y 씨가 입을 떼었다. 살아 있다라……. 그럴 수도 있겠다고 생각했다. 생각이라는 건, 자기 삶의 주체로 일어설 수 있는 원동력이 틀림없다. 생각하지 못하는 사람은 죽은 존재이다. 걸어 다니는 송장이라고나 할까? 자기 생각이 없는 존재는 그저, 다른 누군가의 꼭두각시에 불과하지 않을까. 그녀는 생각했다.

나는 생각한다. 고로 나는 존재한다.

언젠가 고등학교에 다니던 시절, 윤리와 사상 수업 시간에 배운 르네 데카르트의 코기토 명제가 떠올랐다. 사실 데카르트의 명제는 논리적으로 틀렸다. 그러나 데카르트가 사람들에게 진심으로 전달하고자 했던 건 논리적 구조가 아니었다. 자기 삶의 주인이 되지 못하고 타인의 생각에 고리처럼 매달려 있는 건 진정한 사람으로서 가지고 있어야 할 의식이 결여되어 있음을 의미했다.

"생각하는 데에 익숙해질 필요가 있겠어요."

Y 씨의 말에 과거의 기억을 더듬던 그녀는 정신이 퍼뜩 들었다.

"조금…… 어려울 수도 있지만, 생각하는 일은 즐겁잖아요."

그렇게 그날 Y 씨와 한 대화는 나름 괜찮았다고 그녀는 생각했다. Y 씨가 먼저 호기심을 가지고 이야기를 꺼낸 것도 참 고마웠고. 사실 호기심이 있다는 것을 표명하는 건 무척 어려운 일이었지만, Y 씨는 당당하게 물어봐 주었다. 뷔페원에 와서 Y 씨를 알게 된 지 겨우 두 달 남짓 되었다. 그때부터 방음이 되지 않는 벽을 통해 자주 이야기를 나누었는데, Y 씨의 호의적인 성격 때문인지 금방 어색함 없이 편하게 대화를 나눌 수 있었다. 대화의 주제가 약간 수위가 있는 것이라 하더라도, 이를테면 쓰리 사이즈라던가.

덕분에 답답하기만 할 것 같던 뷔페원에서 인간미를 느낄 수 있었다. 각자 뷔페원에 오기 전의 생활에 대해 이야기를 들려주었고, 경청했다. 자신은 어떤 사람인지, 어떻게 이곳으로 오게 되었는지, 좋아하는 음식은 무엇인지, 꼭 이루고 싶은 꿈은 무엇인지.

그녀의 옆방엔 갈색 티셔츠를 입은 아주머니가 살았다. 그러니까, 그녀의 오른쪽 벽 너머엔 Y 씨가, 왼쪽 벽 너머엔 아주머니가 살고 있는 것이다. 아주머니는 이곳 뷔페원에서 지낸 지 근 13년이 다 되었다고 한다. 전에 두 아이를 낳아 직접 기르려고 했지만 방이 너무 좁아 뷔페원의 주인 여자가 무료로 뷔페원 1층에 있는 보육원에 두 아이를 맡겨 주었다고 했다.

"정말 따뜻한 사람이야."

"그러게요. 이곳 숙박비도 얼마 들지 않는데, 개개인의 사정까지 봐주다니."

"Y 씨랑 저는 그분을 몇 번 뵙지 못한 것 같아요."

어느 날 뷔페에서 점심 식사를 하러 갔다가 셋은 만났다. 옹기종기 앉아 오랜만에 얼굴을 마주 보고 대화를 나눴다. 마음속에 묵혀 두었던 이야기보따리를 꺼내 풀어놓으며 세 사람은 조금 더 가까워졌음을 느꼈다.

"근데 건넛방 처녀는 몇 살이야? 꽤 어려 보이는데."

Y 씨를 유심히 바라보던 아주머니가 그녀에게 물었다. 겉보기론 나랑 비슷해 보이는데…… 내 또래 아닐까, 그녀는 나름 머릿속으로 추측해 보았지만 스무 살이라는 Y 씨의 대답에 깜짝 놀라고 말았다. 이어서 Y 씨는, 휴학하는 동안 아르바이트도 구하고 취직 준비도 할 겸해서 이곳에 왔어요 하고 말했다. 두 달 전, 이

곳에 처음 도착해서 비좁은 방 하나를 체크인하고(뷔페원이 호텔은 아니지만 주인 여자는 그렇게 부른다.) 가이드북을 챙겨 앞으로 4년간 거주할 그녀의 '작은 집'으로 발걸음을 옮겼다. 언뜻 보면 원룸 느낌도 드는 방이었는데, 그보다 더 작았다. 집이 없고, 취직을 하지 못한 여성들을 위해 지어진 이곳 뷔페원은, 한번 입주할 때 정확한 입주 기간을 책정하는 것이 필수 절차였다. 계약을 마치고 나면 자신이 정한 기간 동안은 무조건 거주해야 한다고, 주인 여자가 그녀에게 말했다. 이유인즉슨, 이곳은 많은 여성들이 입주하기를 희망하는 곳이니만큼 항상 계약을 분명하게 지켜 타인에게 피해를 주거나 뷔페원의 입주 시스템에 조금이라도 문제가 생기는 사태를 방지하기 위함이라고 했다. 또한 이곳은 직업이 없어 수입이 없는 사람들을 위한 곳이므로 현 직업인은 소득이 적든 많든 뷔페원에 입주할 수 없었다.

이 두 가지의 조건이 다소 까다롭다고 여겨질 수 있으나, 그 대신 이곳의 생활필수품과 편의 시설이 매우 잘 갖추어져 있어 썩 나쁘지는 않다고, 그녀는 생각했다. 대여섯 걸음만 걸어도 벽에 코가 닿는 좁은 방 안에 짐을 풀고 가이드북을 펼쳐 본 그녀는 몇 가지 독특한 점을 발견했다.

첫 번째, 이 거대한 건물에는 작은 계단 한 칸조차도 없다는 것. 그녀가 처음 이곳에 왔을 때부터 알아차릴 수 있었지만, 이 건물에는 거주자의 편의를 위해서인지 계단이 전혀 존재하지 않았다. 대신, 널찍한 엘리베이터 두 대가 뷔페원의 맨 우측과 좌측에서 가동되며 각 층과 층 사이를 연결해 준다.

두 번째, 거주자 중 임산부는 아이를 낳으면 아이를 이곳에서 키울 수 없다. 임산부 스스로 다른 적절한 조치를 취하든가, 별다른 방법이 없다면 주인 여자를 통해 뷔페원에 위치한 보육원에 특정 기간 동안 맡길 수 있다. 이는 아이를 기를 양육비가 부족한 사람과 취직 준비에 전념해야 하는 사람들을 배려한 것으로, 아이의 모는 언제든지 아이를 보러 보육원에 갈 수 있다. 보육원은 뷔페원의 1층 로비에 지어져 있다. 계약 기간이 만료되면 아이와 함께 뷔페원을 나가야 하지만, 다시 계약을 체결할 수 있다. 이는 거주자 전원에게 허용된다.

세 번째, 거주할 수 있는 방은 지상 1층부터 30층까지이고, 지하 1층은 이곳 뷔페원에서 일하는 직원들이 머무는 공간이므로 관계자 외 출입은 금지한다. 만일 거주하는 동안 시설에 오류가 생겨 생활에 불편함이 느껴진다면 지상 1층 로비에 있는 데스크 안내원을 통해 주인 여자와 통화하도록 한다.

마지막으로 네 번째, 뷔페원에서는 전력을 절약하고, 거주자들의 충분한 수면을 보장하는 차원에서 강제 소등을 실시하고 있다. 소등 시간은 밤 9시, 거주자들은 강제적으로 소등을 실시하기 전에 각각 자율적으로 알맞은 시각에 소등을 해 달라는 것이었다. 소등 시간이 너무 이른 것 같다고 그녀는 생각했지만, 조금 일찍 잠자리에 든다고 해서 본인에게 해가 될 것은 없었기에 그냥 수긍하기로 했다.

마지막 세 개의 조항은 필수적으로 지켜야 할 유의점으로, 가이드북에서 각 조항에 당구장 표시를 해 두었다. 과하다 싶을 정도로 조항을 지키지 않는 사람은 협의 후 퇴출시키겠다는 문장이 필수 조항 밑에 큼지막한 글씨로 적혀 있었다. 정신없이 짐을 풀고 열아홉 페이지짜리 가이드북을 숨 돌릴 틈도 없이 읽고 나니 몸이 나른해지기 시작했고, 정신이 아득해지면서 졸음이 쏟아지기 시작했다. 얼마간 시간이 흘렀을까, 방구석에서 아무렇게나 몸을 누인 채 정신없이 잠을 자던 그녀는 누군가의 목소리에 흐릿한 눈을 천천히 떴다. 아직 덜 가신 피곤함 때문인지, 눈썹이 천근만근 무거워 거북이 기어가는 것처럼 느리게 눈을 깜빡거렸다.

누구지?

이윽고 두 눈동자에 초점이 돌아왔을 때, 그녀는 현관문 아래 밑바닥에 꽂혀 있는 작은 쪽지 한 장을 발견했다. 그녀는 어리둥절한 표정으로 쪽지를 주워 주섬주섬 펼쳐 읽어 보았다.

저는 옆방에 들어온 Y라고 합니다. 아까 보니 오늘 들어오신 것 같은데, 저는 어제 저녁에 입주했거든요. 얼마 동안 머무실 건지는 잘 모르겠지만 잘 부탁드려요. 배고프실 것 같아 뷔페에서 음식 좀 싸 왔어요. 맛있게 드세요! 아, 한 가지 덧붙여 말씀드리자면 지금 주무시면 저녁에 잠 못 자요. 소등 시간이 이르니까 잠을 아껴 두세요. 혹시라도 대화가 하고 싶으시면 오른쪽 벽을 가볍게 두드려 주세요.

현관문을 열어 보니 자그마한 접시 위에 바게트 빵, 김밥, 떡과 음료수 등 여러 종류의 음식이 담겨 있었다. 사려 깊게 음식을 싸 주고 손수 쪽지까지 써서 남긴 Y라는 사람이 누구인지 궁금했던 그녀는 곧장 오른쪽 벽을 두드렸고, 그때부터 Y 씨랑 그녀와의 인연이 시작되었다.

그런데 여태껏 나이 한번 물어보지도 않았네. 그녀는 오묘한 기분이 들었다. 상대방의 나이도 모르면서 편하게 담소를 나누었다는 사실이 놀랍기도 했다.

"아주 부지런한 학생이네!"

아주머니가 Y 씨에게 방긋 웃어 주며 말했다.

"그냥, 이것저것 해 보고 싶은 게 많은 나이잖아요."

"하고 싶은 게 많은 나이가 따로 어디 있어? 백 살 먹은 늙은이 가슴속에도 열정은 있어."

아주머니의 말에 Y 씨는 부끄러운 듯 얼굴을 붉혔다. 발갛게 달아올라 수줍어하는 그 모습이, 새삼 귀엽게 느껴졌다. 저런 친구가 나를 처음 보고 그런 호의를 베풀었다니, 마음씨도 좋네. 그녀는 이곳에 와서 처음 대화를 나누며 사귄 사람이 Y 씨라는 사실에 참 감사했다.

"아주머니 뱃속에 아이는 어때요?"

"응?"

"아직 임신을 안 해 봐서 그러는데, 막 발로 배를 차나요?"

Y 씨가 묻자 아주머니는 소리 내어 웃음을 터뜨렸다. 둘의 대화를 그녀는 집중해서 듣고 있었다. 사실, 그녀도 궁금했다. 정말 임신을 하면 아이가 움직이는 것이 느껴지는지. 가끔씩 발로 찬다고 흔히 그러던데, 그것이 사실인지. 아이가 자궁 안에서 움직이면 몸이 아프지는 않은지. 어떤 느낌인지. 태아가 자랄수록 자궁이 20배 이상 늘어난다는데, 어떻게 배가 수박만 하게 부풀어 오를 정도로 늘어날 수 있는 건지. 궁금한 게 산더미 같았다.

"그럼. 아이가 가끔씩 발로 차기도 하지."

"아프거나 하진 않아요? 아, 아직 힘이 없어서 아프지 않을 수도 있겠다."

"전혀. 오히려 사랑스러운걸."

아주머니는 부드럽게 미소를 지었다.

"내 배 안에 있을 땐 마치 귀중한 보석 같았어."

이게 어머니의 사랑인가 보구나. 그녀는 생각했다. 내 눈, 내 몸속에 넣어도 아프지 않을 것만 같은 자식이, 그저 사랑스럽게만 보이는 건. 아직 눈으로 볼 순 없지만 그래도 사랑스럽게만 보이는 건. 나중에 아이의 몸이 자라서 배를 가르고 그를 꺼낼 때조차, 붉은 피가 흥건하게 흘러내리고 온몸이 찢어지는 고통을 느낄 때조차, 변함없을 것이다.

"나중에 아이를 눈으로 직접 보는 순간은 더 말할 것도 없지."

벌써 아이 두 명을 낳고 또다시 아기를 밴 아주머니는 처음 아기를 낳을 때와 같은 모습을 하고 있었다. 뱃속에 웅크려 있는 아이가 어떤 모습이더라도 한없는 사랑을 하겠노라고, 눈빛으로 말하고 있었다.

Y 씨에게 전해 들은 소식이지만, 옆방 아주머니의 출산이 매우 순조롭게 끝났다고 한다. 분만 과정이 이전과 같이 매우 고통스러웠겠지만 아주머니는 비명 한번 크게 지르지 않고 잘 견뎌 내셨다고 했다. 막 엄마의 뱃속에서 나온 갓난아기는 갑자기 눈에 들어오는 밝은 빛에 놀랐는지, 얼굴을 찌푸리며 응애응애 울었다고 한다. 어찌나 울음소리가 당차던지 이곳 전체에 소리가 울려 퍼졌다고 했다. 그 어린 것은 곧 보육원으로 가게 되었고, 아주머니는 조금 씁쓸했지만 밝게 웃으며 Y 씨를 마주했다고 한다.

그녀는 오늘 밤 또다시 악몽을 꾸었다. 평소와 별반 다를 것 없이 무대 위에서 칼을 맞는 꿈을. 그러나 오늘은 조금 달랐다. 칼을 맞고 고통스러움에 몸부림치는 사람의 얼굴이 흐릿했지만 그녀의 것은 아니었다. 그렇다고 생판 모르는 사람의 것은 아니었고 왠지 모르게 익숙한 얼굴이었다.

꿈속에서 헤어 나오려 허우적거리면서, 그녀는 어렴풋이 누군가의 비명 소리를 들었다. 그 애절한 비명이 칼을 맞고 있는 저 사람의 입에서 나온 것 같았지만, 확신이 들지는 않았다. 괴로워하는 사람의 모습을 눈앞에서 그냥 지켜볼 수밖에 없는 그녀도 괴로웠기 때문에 꿈에서 깨어나려 안간힘을 써 보았지만, 몸이 말을 듣지 않았다. 길고도 깊은 밤이었다.

다음 날 아침, 그녀는 퀭한 낯빛으로 침대에서 일어났다. 악몽 때문일까, 잠자리가 너무 불편했다. 평범하지만 다른 하루의 시간을 알리는 뜨거운 햇살이 반쯤 열린 창문으로 쏟아져 들어왔다. 언제부터 악몽을 꾸기 시작한 걸까, 그녀는 지끈거리는 머리를 손으로 지그시 누르며 잠시 생각해 보았다. 언제부터였나. 언제부터였을까. 뷔페원에 오기 전 그녀는 세상을 살아가는 여느 사람들과 같이, 바쁘게 하루하루를 보냈다.

취직해서 돈을 벌고 자급자족하는 것. 짧은 문장이지만 이것을 실현하기 위해서 보낸 준비의 시간은 너무나 길었다고, 그녀는 생각했다. 본인의 삶이라도 기름진 땅으로 일구어 내기 위해 그녀는 이곳, 뷔페원으로 향했다. 뷔페원에 오니 생활이 한결 편해졌다. 그녀는 이곳의 시설이 만족스러웠고, 제대로 준비를 할 수 있을 것만 같았다. 보다 자신에게 신경을 쓰면서.

정확하게 기억은 나지 않지만, 분명 뷔페원에 오고 난 이후로 악몽을 꾼 것 같아. 그녀는 하품을 크게 했다. 덕분에 매일 밤을 뒤척였어야 했지. 그녀는, 얼굴을 비추어 주는 햇살이 달갑지 않게 느껴졌다.

오늘 밤도 또 악몽을 꾸겠지.

심리적 고통을 거듭하는 것, 그것이 너무 싫었다. 그녀는 언젠간 자신이 악몽에 익숙해져 잔인하고 끔찍한 상황을 현실에서 직접 마주했을 때, 아무런 괴로움도 느끼지 못할까 봐 두려웠다. 무감각해지는 것. 살아 있지 못한 것…….

"똑똑똑."

그때 벽을 두드리는 소리가 들렸다. Y 씨인가, 그녀는 벽 가까이로 다가가 앉았다.

"거기 계세요?"

"예."

"조금 전에 일어나신 거예요?"

"예."

"또 악몽을 꾸셨나 해서요."

그녀는 찌푸리고 있던 미간을 풀었다. 악몽 때문인지, 그녀 자신도 모르게 얼굴을 구기고 있었다.

"괜찮아요?"

"덕분에요."

"별거 안 했는데요, 뭘."

"Y 씨는 잘 잤어요?"

"예. 조금 뒤척이긴 했지만요."

"취업 준비는 잘돼 가고?"

"최선을 다해 보고 있어요."

"잘해 봐요."

"예."

"잘되면 내가 한턱 쏠게."

보이진 않았지만 그녀는 벽 너머로 Y 씨가 배시시 웃고 있는 게 눈에 훤했다. Y 씨가 진심으로 잘되었으면 좋겠다고 생각했다. 진심으로 축하해 주고 싶었다. 그땐 Y 씨의 미소가 세상에서 가장 아름다우리라 믿어 의심치 않았다.

문득 그녀의 머릿속에 하나의 궁금증이 연기처럼 피어올랐다. Y 씨는 취직을 하고 나면 무엇을 꼭 하고 싶어 할까.

"Y 씨, 나 물어보고 싶은 게 있는데."

"뭔데요?"

"Y 씨는 꼭 해 보고 싶은 일이 있어요?"

"취직요."

"그거 말고."

"음……."

Y 씨는 생각을 깊게 하는 것 같았다. 과연 뭘까, Y 씨가 하고 싶은 일은. 길어지는 침묵의 시간은 그녀의 궁금증을 배로 자아 냈다. 세계 여행 같은 것도 해 볼 만한데. 하지만 곧이어 들려온 Y 씨의 대답은 예상 외로 허무했다.

"사랑하는 사람이랑 영화 한편 보러 가는 거요."

"너무 소박한 거 아니에요?"

"지금은 잘 모르겠지만, 저는."

"……."

"사랑하는 사람이 생긴다면 굉장히 낭만적일 것 같아요."

"동감이에요."

"그런 사람과 함께 편안하게 두 시간 앉아 있는 것은 정말."

"편안하고 사랑스럽고 그렇죠."

그녀는 잠깐 동안 자신의 꿈은 무엇인지 생각해 보았다. 이리 저리 고민하다가, 중요한 한 가지가 핏 하고 머릿속에 떠올랐다. 마치 전등이 켜지듯.

다소 과한 꿈일지도 모르겠다. 흐릿했던 기억이 조금씩 선명해지자 그녀의 눈가가 촉촉해졌다. 돌아가신 부모님과 함께 식사 한 끼 하는 것. 하하 호호 웃으면서. 그것이 그녀의 꿈이었다. 부모님의 따뜻한 웃음소리가 그리웠다. 취직을 하고 나서 성공한 딸의 모습도 보여 드리고 싶었는데, 그녀는 말없이 고개를 숙였다. 그녀가 어릴 적에 돌아가신 부모님은 그때나 지금이나 여전히, 49살 47살 아버지 어머니였다. 그녀는 꿋꿋이 혼자 힘으로 26년을 버텨 왔고 어느새 부모님의 뒷모습과 가까워지게 되었다. 여기까지 살아온 것만으로도 그녀 자신이 한없이 대견했지만, 부모님 사진 한 장 없는 방의 모습이 생경한 느낌으로 다가올 때가 허다했다. 일생의 반을 잃어버린 것처럼 빈 곳이 너무나 허전하게 느껴졌다.

"똑똑똑."

벽 너머로 가볍게 두드리는 소리가 들려왔다.

"취직하면, 꼭 해 보고 싶은 일이 뭐예요?"

Y 씨가 그녀에게 물었다. 사실 이미 생각해 봤지만 입이 쉽게 떨어지지 않았다. 하고 싶은 일이 너무 많았다. 부모님과 함께 밥을 먹고 수다도 떨고 공원에 나들이도 가고 옷도 사러 가고 함께 영화도 보고 안마도 해 드리고 싶고……. 하지만 이 모든 걸 다 이루려고 하는 건 욕심이라고, 그녀는 생각했다. 오랜만에 부모님 생각을 하니 기분이 좋아졌다. 자꾸만 이유 없이 가볍게 웃음이 나왔고 눈두덩이 뜨거워졌다.

"사랑하는 사람과 밥 한번 먹는 거."

"저랑 비슷하네요!"

"그러네요. 꼭 한 번만……. 해 보고 싶은데."

하고 싶은 일은 산더미같이 많았지만 그것 하나로도 족할 것 같았다. 둘의 대답이 비슷하다는 게 마음에 드는지 벽 너머로 Y 씨의 웃음소리가 들려왔다. 그 웃음소리를 듣자 그녀도 저절로 웃음이 나왔다. 귀여운 웃음소리였다. 그녀는 고개를 숙인 채 웃었다. 간간이 어깨를 들썩이면서.

시리게 불어오는 밤바람이 어느 폐공장의 낡은 철문을 세차게 때렸다. 쿵쿵 소리가 공장 안에 넓게 울려 퍼졌고, 그와 함께 뚜벅뚜벅 걷는 누군가의 발걸음 소리가 작게 울렸다. 검은 외투를 입고 하얀 마스크를 낀 알 수 없는 사람은 손에 무언가를 들고 어둠 속 수많은 철창으로 걸음을 옮겼다. 보폭이 좁은지, 그는 한참을 걷다 마침내 철창 앞으로 모습을 드러냈다. 그리고 손에 든 검은 봉투를 바닥에 내려놓고 안에 든 것을 주섬주섬 꺼냈다. 그가 꺼낸 것은 사료였다. 그는 주머니에서 목장갑을 꺼내 양손에 끼고, 사료를 풀어 철창 앞에 놓여 있는 접시 위에 그것을 쏟았다. 그러자 동물은 머리를 수그리고 코를 접시에 박은 채 정신없이 사료를 먹어 치웠다. 꿀꿀거리며 사료를 받아먹는 동물의 모습을 가만히 지켜보던 그는 걸음을 옮겨 다른 철창들 앞에 놓인 접시 위에도 사료를 부었다. 그러곤 조용하게 검은 봉투를 공장 한쪽 구석에 처박아 둔 채, 장갑 낀 손을 탁탁 털며 철문 쪽으로 향했다.

얼마 지나지 않아 육중한 철문이 쿵 소리와 함께 닫혔고, 문 밖으로 들려오던 그의 발소리는 조금씩 희미해져 갔다. 이제 폐공장 안에는 아무도 없었다. 어느 늦여름 밤의 스산함과 녹슨 창문 틈새를 비집고 들어오는 새하얀 달빛, 허겁지겁 사료를 먹어 치우는 가녀린 동물들을 제외하고는.

친구 파일

하얀중학교 3
최현서

드디어 A를 만나러 간다. 옆에서는 친구인 N이 기쁨을 주체하지 못하고 있다. A가 알려 준 주소와 페인트가 벗겨져 얼룩덜룩한 아파트를 번갈아 쳐다보았다.

"M, 근데 여기 확실해? A가 사는 곳이라기엔 너무 평범하지 않아?"

"그러게."

계단을 올라 엘리베이터로 향했다. N은 아파트 주변을 슥 둘러보더니 종종걸음으로 나를 따라왔다. 엘리베이터는 마침 내려오는 중이었다. 얼마 지나지 않아 문이 열렸고 안에는 아무도 없었다. 나와 N은 엘리베이터에 올라탔다. 주소 쪽지를 확인하고 버튼을 눌렀다. 7층이다.

"M, 나 너무 긴장돼. A를 취재하는 건 우리가 최초지?"

"그렇지. 사전 정보가 아무것도 없어서 큰일이다."

띵. 문이 열립니다. 친절한 언니의 기계적인 목소리와 함께 다시금 문이 열렸다. 오른쪽 맨 끝 집. 숨을 한 번 들이켜고 초인종을 눌렀다. 드디어, A의 정체가 밝혀질 시간이다.

1

A, 유명 블로그 '친구'의 주인이다. A에 대한 유일한 정보는 여자라는 것, 그 외에는 전혀 없다. 그녀는 친구에 대한 글을 올리거나 독자들과 일 대 일 상담을 해 주고는 했다. 그녀의 글들은 학생들의 SNS 프로필에 단골로 등장했고 실제로 상담 효과를 봤다는 후기들이 올라오기 시작하면서 독자 수는 배로 늘어났다. 그리고 개중에는 그녀를 실제로 만나 보고 싶어 하는 독자들이나 소규모 인터넷 신문 기자들이 다수 포함되어 있었다. A는 하루에도 몇 번씩 취재 요청을 받았고 결국엔 '기자가 아닌 일반인에 한해서 단 한 팀, 인터뷰를 허락한다'는 공지를 올렸다. 그리고 자칭 A의 팬인 N의 성화에 얼결에 댓글을 달았던 나는 얼마 후 주소와 날짜가 담긴 메일을 받았다. 주소를 따로 옮겨 적고 나자 N에게 전화가 왔다.

"M, 진짜 너무 사랑해!"

"당장 내일이야. 너 카메라 있지? 그거 가져와."

"옙!"

N이 괴성을 질러 댔다. 귀에서 웅웅 소리가 날 지경이었다.

2

현관문이 둔탁한 소리와 함께 열렸다.

"누구세요?"

N과 나는 서로를 마주 봤다. 앞치마를 두른 아주머니가 문손잡이를 잡은 채 서 있었다.

"혹시 A 맞나요? 친구 블……."

말이 채 끝나기도 전에 집 안쪽에서 누군가 뛰어나왔다.

"엄마, 내 친구들."

"아, 네 친구들이었어? 들어오렴."

아주머니가 사라지고 N과 나는 급하게 방 안으로 밀어 넣어졌다. A는(이번엔 진짜 A가 틀림없었다.) 들어오지 않았다. 정신없이 돌아가는 뇌가 가장 먼저 담은 건 방 안의 모습이었다. 내 친구들 중 하나의 방이라도 해도 이상하지 않을 듯했다. 침대, 책상, 그리고 책장에 한가득 꽂힌 문제집들. 3-1이라는 글자가 선명히 보였다. N을 돌아봤다. 예상대로 놀라고 있었다.

"A가, 우리랑 동갑이었어?"

생각해 보면, 당연한 일이었다. 또래의 고민을 가장 잘 아는 사람은 당연히 그 또래가 아닌가. 그런데도 N은 납득이 잘 안 되는지 멍한 표정이었다. 나 역시 침착한 척했지만 생각 외로 완전히 평범해 보이는 A 때문에 꽤나 당황한 상태였다. 그런 상황에서 방문이 다시 열렸다. A는 한 손에 과일 접시를 들고 있었다.

"안녕하세요."

"아, 안녕하세요. A 맞죠? 생각보다 너무 어려서 깜짝 놀랐어요."

"이왕이면 친구가 제일 편하니까 동갑으로 뽑았어요."

우리가 인터뷰할 수 있었던 이유가 나이 때문이었나 보다. 내가 열여섯이라 다행이야. 작게 한숨을 내쉬고 있는데 A가 멋쩍게 웃더니 말했다.

"이쪽 벽에서 할게요. 혹시 사진 찍으실 거면 얼굴은 가려 주세요."

하고 싶은 말이 많다던 나의 친구는 어디로 사라졌는지 N은 아아, 어, 네 하고 더듬거렸다. 어쩔 수 없이 인터뷰 진행은 내가 맡았다. N의 주머니에서 질문 쪽지를 꺼냈다. A는 살짝 긴장한 듯 자세를 고쳐 잡았다.

Q1. 블로그를 만들게 된 계기가 무엇인가요?

"음, 내가 하고 있는 프로젝트가 있는데 거기에 도움이 될 것 같아서."

Q2. 올라오는 글들이 하나같이 '현실적이다'라는 평을 받고 있는데, A의 경험인가요?

"경험이라면 경험이겠죠."

Q3. 상담을 원하는 독자들이 하루에도 100명이 넘어가는데, A만의 상담 비결은?

"노코멘트."

Q4. ……

"……미안해요. 말해 줄 게 별로 없어서."

질문할 것은 꽤 많이 남아 있었지만 A의 태도를 보아하니 가망이 거의 없을 듯했다. 그새 정신을 차린 N은 실망한 표정으로 카메라를 내렸다. N의 표정을 보고 A의 눈빛이 약간 흔들렸다. 이대로 인터뷰가 끝나면 독자들뿐 아니라 내 자신도 나를 용서하기 힘들 듯싶었다. 나는 A의 흔들린 눈빛 사이를 집요하게 파고들기 시작했다.

"A, 왜 대답이 점점 짧아져요?"

"A, 지금 제대로 한 인터뷰가 없어요. 이대로 가면 제가 독자들한테 맞아 죽어요."

"A, 조금만 더 알려 줘요. 앞으로도 인터뷰 기회 없을 거라면서 너무 심하다고 생각 안 해요?"

말을 내뱉고 보니 거의 협박조였다. 아뿔싸, 실수한 건가 하는 생각에 눈동자를 굴리고 있는데 A가 벌떡 일어섰다. N이 귀에다 대고 너무 심했다며 귓속말을 했다. 입술을 살짝 깨물고 A의 다음 행동을 기다렸다.

"그럼 이렇게 하면 안 될까요?"

다행스럽게도 화가 나진 않은 듯했다. A는 책상 서랍을 열고 두꺼운 클리어파일 하나를 꺼냈다. 딱 봐도 뭔가 많이 들어 있을 듯했다. 인터뷰를 이어 갈 수 있다는 희망에 눈을 반짝이는데 A의 단호한 말투 때문에 또 한 번 실망할 수밖에 없었다.

"단, 이건 다른 사람은 몰라야 해요."

결국 인터뷰는 물 건너갔단 소리였다. 그래도 뭔가 얻고 욕먹는 게 그냥 욕먹는 것보다 낫겠다는 생각에 고개를 끄덕였다. N도 같은 의견이었다. 우리가 가까이 다가가자 A는 클리어파일의 표지를 보여 주었다.

"친구?"

"네, 이 '친구' 파일이 글의 출처이자 상담하는 데 도움이 되는 자료라고 할 수 있어요."

A는 민망한 듯 웃었다. 그 모습을 가만히 보고 있던 N이 입을 뗐다.

"직접 만든 건가요?"

"맞습니다."

N은 다시 조용해졌다.

"그럼 보여 드릴게요."

마침내 '친구' 블로그의 핵심이 공개되는 순간이었다. 와, 나 이런 게 이렇게 스릴 있을 줄 몰랐어. 안 그래, N? N을 힐끗 돌아보니 표정이 그리 좋지 않았다. 하지만 지금은 N의 기분보다는 파일이 조금 더 중요했다.

"우앙!"

우스꽝스러운 감탄사가 튀어나왔다. 비닐 아래로 끼워진 종이에는 검은 글씨가 빼곡하게 채워져 있었다. 맨 첫 장의 종이를 빼내 자세히 살펴보기 시작했다. N은 클리어파일을 통째로 들고 읽어 내려갔다. A는 부끄러운 표정으로 접시에서 방울토마토 하나를 집어 들었다.

친구 O

얼굴: 얼굴이 동그랗고 눈이 큼(쌍꺼풀)

키: 160cm 초반

몸무게: 40~50kg

성격: 부탁을 거절 못함

인지도: SNS 평균 댓글 50개

관심사: 연예인

성적: 평균 80점대 후반

특이사항: ……

"와... 이런 걸 언제 다 만들어요?"

"그냥 평소에 알게 되는 걸 정리한 거죠. 이런 파일이 세 개 정도 더 있어요."

"친구가 그렇게 많아요?"

"뭐, 학교 애들도 있고……."

A는 잠시 망설이더니 입을 열었다.

"상담하는 사람들도 따지고 보면 친구니까."

"아, 그 사람들도 여기 있어요?"

"애초에 블로그 자체가 이 파일을 위해서 만든 거예요."

A는 파일을 분석하고, 내용을 추가하면서 사람을 파악한다고 했다. 그제야 퍼즐들이 맞아떨어져 가고 있었다. 파일을 만들다 보면 사람 보는 눈이 좋아지는 것은 당연한 일이었다. 그건 A 본인의 친구 관계 형성에도 도움이 되었을 것이고 상담을 해 줄 때에도 유용했을 것이다.

"A, 아이큐 몇이에요? 대박이다."

A는 살짝 웃으며 파일을 덮었다. 곧이어 서랍이 열렸고 그 안에는 몇 개의 파일이 언뜻 보였다.

"나머지 파일도 봐도 되나요?"

"여기까지만 봐도 충분하지 않을까요."

하기야 파일의 정체를 안 것만으로도 큰 수확이었다. 다른 독자들에게 알려 줄 수는 없겠지만 나와 N의 궁금증은 해소되었으니. 이런 프로젝트를 아는 사람이 세 명밖에 없다는 것은 안타까운 동시에 조금은 짜릿했다. 마치 어릴 적 친구 몇 명이서 공유하던 사소한 비밀 같은 느낌이랄까. 게다가 뭔가를 더 물어보기엔 A가 우리가 있는 걸 그리 좋아하는 것 같지 않았다. 애초에 한

팀만 뽑아 인터뷰를 한다는 게 이해되지 않았는데 직접 보니 A는 유명해지기를 원하는 사람보다는 자신의 프로젝트를 완성시키는 게 목표인 사람 같았다. 슬슬 일어나려 N을 돌아보다가 흠칫했다.

"N, 너 왜 그래?"

아까부터 그리 좋지 않았던 N의 얼굴이 이제는 화난 것처럼 보였다. N이 A에게 질문을 하는데 누가 들어도 비꼬는 말투라 내가 다 눈치를 봤다.

"A, 그럼 이 파일 안의 사람들은……."

N이 서랍에 반쯤 들어가는 중이었던 파일을 손가락으로 톡톡 두드렸다.

"자기가 여기 들어 있다는 걸 알고 있나요?"

A는 N의 기분을 아는지 모르는지 한결같은 웃는 얼굴로 대답했다.

"이건 그냥 개인적인 분석인데요. 굳이 알아야 할 이유가 없죠."

"그렇지만 주관적인 거잖아요, 다른 사람들이 기분 나빠 할 만한 내용도 있을 거 아니에요."

"원래가 저만 보는 파일이라서 괜찮아요."

N이 반박하려 했지만 분위기가 험악해질까 두려웠던 내가 끼어들었다.

"N, 그만해. 충분히 많은 걸 알았으니 이제 가자. A, 이제 가 볼게요. 불러 줘서 고마워요."

"비밀은 꼭 지켜 주세요. 잘 가요."

뭔가 할 말이 남은 듯한 N을 힘겹게 문 밖으로 끌고 나왔다. 아주머니, 그러니까 A의 엄마가 벌써 가느냐며 엘리베이터까지 배웅했다. N은 엘리베이터 문이 닫히자마자 내게 짜증을 내기 시작했다. 그때까지 A의 아이디어가 놀랍기만 했던 나로서는 N의 행동을 이해할 수 없었다. N은 다시는 A의 블로그를 보고 싶지 않다고 격한 어조로 말했다.

"어제까지만 해도 팬이라며. 태세 변환 속도 존경합니다."

"넌 소름 끼치지 않냐? 지가 CCTV야 뭐야, 왜 남들을 감시하고 있어?"

"감시가 아니고 그냥 알게 된 걸 적은 거잖아."

"M, 넌 지금 남 일이라고 쉽게 말하는 거야. 만약 쟤가 네 이름을 파일에 적고 멋대로 분석하면 과연 네가 지금처럼 말할 수 있을 거 같아?"

원래 쉽게 흥분하는 성격이긴 했지만 N은 전에 없이 분노한 모습이었다. 이해할 수는 없었지만 N을 진정시키는 게 먼저였다. 큰 동작으로 고개를 끄덕여 보였다.

3

"M, 아무래도 안 되겠어."

N은 시간이 지나도 파일에 대한 생각을 떨치지 못했다. 매번 내게 찾아와 A에 대한 뒷담화 비슷한 것을 하고 갔다. 평소 같았으면 맞장구를 치며 신나게 욕했을지도 모른다. 하지만 이상하게도 A를 욕하는 것에 동참하고 싶지는 않았다. 그런 나와는 정 반대로, N은 팬이 등을 돌리면 무섭다는 걸 제대로 느끼게 해 주었다. N은 그야말로 토론 대회 참가자처럼 왜 A가 싫은지, A가 무엇을 잘못했는지를 하나하나 나열한 뒤 입을 닫았다. 심지어 논리적이어서 나도 모르게 고개를 끄덕일 때도 있었다. 하지만 나는 항상 N의 말이 끝나고 반론을 펼쳤다.

"넌 A가 왜 그렇게 싫은 거야?"

"말했잖아, 소름 끼친다고!"

그리고 다시 한 번 토론이 시작된다. 제일 이상한 건 N의 논리가 맞는 것 같다는 생각이 드는데, 전혀 공감할 수가 없다는 것이다. N은 그런 내가 답답했는지 결국엔 벌떡 일어섰다.

"알았어, 내가 확실한 근거를 찾아온다. 딱 기다려, M."

무슨 근거? 하고 물어도 N은 비장한 표정을 지을 뿐 아무런 대답이 없었다. 그리고 N은 며칠간 찾아오지 않았다. 오랜만에 N 대신 나를 찾아온 평화를 누렸다. 그리 오래 가지는 못했지만.

띵. 메신저를 켰다. N이다. 글자 몇 개가 한껏 흥분한 N을 대변하고 있었다. 곧이어 사진 몇 개가 등장했다. 굳이 확대하지 않아도 무엇인지 알 수 있었다. A의 파일이었다. 어쩌자는 걸까 하고 핸드폰을 내려놓았다가 문득 N이 인터뷰 때 파일 사진을 찍은 적이 없다는 걸 떠올렸다. 뭔가 잘못되었다고 느꼈을 때 다시 핸드폰이 울렸다. 띵.

'A의 실체.'

추리 소설 제목이라도 될 법한 네 글자는 사진 바로 다음에 도착한 N의 메시지였다. 그제야 사진을 확인했다. 분명 A의 파일이었는데 뭔가 이상 느낌이 들었다. 처음부터 꼼꼼하게 읽다가 헙 하고 숨을 삼켰다. 맨 위에 깔끔한 글씨로 쓰여 있는 건 분명 내 이름이었다. 인터뷰할 때 잠깐 본 것뿐인데 종이에는 나에 대한 정보들이 꽤나 많이 들어 있었다. 딱히 기분이 나쁘지도 좋지도 않았지만 뭐라고 적었는지는 역시 궁금했다. 항목마다 확대해 가며 일일이 살펴보기 시작했다. 오, 키랑 몸무게를 정확히 알아

맞혔어. 눈썰미가 좋네. 눈치가 좋다. 하기야 내가 그날 눈치를 좀 보긴 했다. 예의가 없다? 아, 설마 인터뷰 조금만 더 해 달라고 졸랐던 것 때문에 그런가. 괜히 씁쓸했다. 인터뷰를 졸랐기 때문에 이 파일을 알게 됐고 그 대신 A에게 예의 없는 아이로 낙인찍힌 셈이다. 솔직히 말해서 지금은 어떻게든 이 누명을 벗어야겠다는 생각보다는 우선 A에게 네가 뭔데, 하고 말하고 싶은 생각이 더 강했다. N의 의도도 아마 이거겠지. 핸드폰을 내려놓으려다가 바로 밑의 사진이 눈에 들어왔다. 확대해 보니 이번엔 N에 대한 내용이었다. 그날 파일이 공개되고 난 후 둘 사이의 미묘한 분위기 탓이었는지 나보다는 훨씬 부정적인 내용이 많았다. A는 생글생글 웃고 있었지만 역시 N의 표정을 제대로 읽었던 거였다. 성질이 급하다, 조용하다가 하고 싶은 말이 생기면 갑자기 흥분한다, 말투가 짜증난다. 어느 정도는 맞는 말이라 N이 더 화가 난 걸지도 모른다. 그렇지만 말투 같은 건 주관적인 판단인데 굳이 여기 적을 필요가 있나? 그렇게 생각하고 있을 무렵 핸드폰이 다시 울렸다. 평소에는 잘 울지도 않으면서 오늘따라 시끄럽다.

"여보세요?"

"M, 사진 다 봤어?"

"응, 그새 파일에 우리도 추가했네. 추진력이 대단한 친구야."

"넌 화도 안 나?"

"화가 난다면 나는 것도 같고, 글쎄, 잘 모르겠어. 조금 기분 나쁜 것 같기도."

N은 집요하게 대답을 요구했다. 뭐라고 말해야 할지 고민하다가 문득 잊고 있던 다른 질문이 떠올랐다.

"N! 근데 너 이거 언제 찍은 거야?"

"아, 말하자면 길어. 내가 증거 찾아온다고 했잖아."

순간 내 머릿속에는 검은색 옷을 입고 모자를 눌러쓴 다음 아파트를 오르는 N의 모습이 떠올랐다. A의 집에 잠입해서 자고 있는 A의 방을 살금살금 돌아다니다가 목표물을 빠르게 꺼내고 무음 카메라를 이용해 증거를 수집하는……

"혼자 이상한 상상 말고."

N의 말과 함께 나의 망상도 끝이 났다. 순간 N이 어디선가 지켜보고 있는 듯한 착각이 들었다. 내일 반으로 찾아오겠단다. 얼마 만인지 모르겠다.

오랜만에 본 N은 한껏 의기양양한 표정이었다.

"어때, 봤지? 걔 인성이 그렇다니까. 친구라면서 반말하자고도 안 하고, 딱 봐도 무슨 의도가 있었던 거였어."

"그건 됐고 어떻게 된 건지나 말해 봐."

"운이 좋았어."

이어진 N의 말을 대충 요약하자면 이랬다. 원래는 그냥 담판을 지을 작정으로 다짜고짜 찾아가서 초인종을 눌렀는데 A의 엄마만 있고 A는 없었다고 한다. A의 엄마가 방에 들어가 있으라 했고 방에 앉아서 과일을 먹던 도중(이 부분을 말하던 N은 "그러고 보니까 저번에 인터뷰하러 갔을 때 제 혼자만 방울토마토 열심히 먹고 있었어! 우리는 줄 생각도 안 하고!"라며 흥분했다.) 갑자기 파일이 있던 서랍이 눈에 들어와서 열었더니 그때 봤던 파일 몇 개가 차곡차곡 쌓여 있었고 맨 위에 있는 파일을 펼치자마자 자신의 이름이 있었단다.

"뭐, 말투가 짜증 나? 웃기고 있네."

"근데 그렇게 몰래 찍어도 괜찮은 거야? A랑은 만났어?"

"걔가 먼저 몰래 우리 이야기를 썼는데 뭐. A는 친구네 집에서 자고 온다고 연락이 왔다 그러시길래 그냥 나왔지."

그나마 둘이 안 만난 게 다행이다 싶었다. 둘이 싸우게 되면 중재는 내 몫일 것만 같아서.

"사실 이거 확 인터넷에 뿌려 버릴까 하다가 그러기엔 내 간이 조금 작아서 참았다."

N의 폭탄 발언에 나는 눈을 동그랗게 떴다. 별거 아닌 해프닝으로 끝날지 아니면 독자들 사이에서 큰 논란이 될지, 어디까지 번질지조차 알 수 없는 문제였다. N에게 참아 주셔서 감사합니다, 하고 인사라도 해야 할 지경이었다. 내 머리를 흔들어 놓은 당사자는 오히려 태연한 표정인데 나만 가슴을 졸였다. 어쨌든 간에 N은 내게 모든 것을 알려 주었다는 생각에 후련해 보였다. 모든 게 깔끔하게 끝이 났다고 생각했는지 N은 그 뒤로 A의 이야기를 하지 않았다. 자연스럽게 A는 우리의 대화 주제에서 삭제됐다. 단지 나는 가끔씩 내가 왜 N에게 공감할 수 없었는지 고민하곤 했다. 그 이유를 알게 된 건 시간이 꽤 지난 후였다.

4

시간은 상상보다 훨씬 더 빠르게 흘렀다. 두 번째 졸업이 끝나고 한창 고등학교에 적응 중이었다. 그동안 많은 게 잊히고 많은 게 새로 기억 속을 채웠다. 그런 바쁜 상황에서도 N과는 틈틈이 연락을 주고받았다. N은 우리 학교와 그리 멀지 않은 학교에 다녔다. 오가다 가끔 만나기도 했다. 아주 가끔은 주말에 약속을 잡았다. 가령 오늘 같은 날에.

"······그래서, 친구 많이 사귐?"

"같이 다니는 애는 있어. 너는?"

"나도. 여기 내 옆에 여자애 어때?"

N은 핸드폰 갤러리를 뒤지더니 사진 하나를 보여 주었다. 사진 속에서는 N과 한 여자아이가 볼을 한껏 부풀리고 있었다.

"이게 뭐람. N, 너무 귀여워서 못 쳐다보겠어. 치워."

"역시 M, 보는 눈이 있어."

설마 진짜로 네가 귀엽다고 생각하는 건 아니지? 목 끝까지 차오르는 말을 삼키고 N의 질문에 답했다.

"좀 노는 애 같은데?"

"너도 그렇지? 나도 그런 줄 알았는데, 아니더라. 엄청 착해. 그리고 진짜 예뻐. 키는 160 조금 넘나? 그리고 진짜 말랐어······."

"눈 진짜 크다. 이름이 뭐야?"

"한번쯤 들어 봤을걸?"

N이 액정을 몇 번 터치하자 어떤 SNS 계정이 모습을 드러냈다.

"이름 O."

O? 어딘지 모르게 익숙한 이름에 얼굴을 찌푸렸다. 어디서 봤더라? 옆에서 사진을 올리면 댓글도 많이 달린다는 등 설명을 해 주고 있었지만 내 정신은 오직 이름에 집중되어 있었다. N은 계속 떠들어 댔다. 후식으로 나온 방울토마토 샐러드를 열정적으로 먹으면서 설명까지 하는 N을 보자니 존경스럽기 그지없었다. 가만 있으라고 소리를 지르려다가 순간 멈칫했다. 잠깐, 방울토마토? 순간 전기가 통하듯 한순간에 파일을 보여 주며 방울토마토를 씹던 A가 생각났다. 마침내 생각났다. O는, A의 파일에 있는 아이였다.

이것도 인연이라면 인연일까. 파란색 파일의 첫 장을 넘기던 순간부터 감탄했던 내 모습까지 모든 기억들이 파노라마처럼 펼쳐졌다. 그러고 보니 언뜻언뜻 생각나는 O에 대한 정보들은 조금 전까지 N이 알려 준 정보와 거의 일치했다. A의 파일과 N의 설명이 눈앞에서 어른거리더니 겹쳐졌다. 동시에 의문 하나도 사라졌다.

"어?"

"왜 그래, M?"

"어, 알겠다."

옆에서 N이 눈빛으로 무슨 말이냐고 물었다. 별거 아니야, 작게 웃어 주고는 다시 생각했다. 내가 N의 의견에 공감할 수 없었던 이유를, A를 미워할 수 없었던 이유를 알아냈다고 말한다면 N은 어떤 반응을 보일까. 결코 식사의 끝이 평화롭진 못할 것이다. 그럼에도 불구하고 말은 입 밖으로 나오고야 말았다. 그것도 주어를 빼먹은 채로.

"있잖아, N."

"왜."

"생각해 보면 똑같았어."

"아, 나랑 O가? 하기야 나 좀 예뻐지긴 함."

한 대 때릴까 하다가 그만두었다. 대신에 N에게 차마 말할 수 없는 이유를 곱씹었다. N, 결국엔 너랑 나도 A와 다름없었던 거야. 다른 게 있다면 종이와 펜을 사용하지 않은 정도일까. 방금 네가 했던 설명들을 종이에 적으면 A의 파일이 될 거라고. 그렇다면 난 내 자신을 미워할 수 없기에 A도 미워하지 못했던 셈이었다. 잠깐, 그러면 N은 N 자신을 욕한 셈이네? 우스워져서 쿡쿡 웃었다. N이 대체 무슨 생각을 하느냐며 발을 쾅쾅 굴렀다.

"아무것도 아니야."

지금은 아무것도 아닐 필요가 있었다.

5

N, 우리는 결국에 A와 같았던 거야. 우리뿐만이 아니라 많은 사람들이 종이 대신 머리에다가 파일을 만들고 있겠지. A의 프로젝트에 참여한 인원은 우리 예상보다 훨씬 많은 것 같다. 너는 과연 이 사실을 인정할 수 있을까?

언젠가는, N에게 해야 할 말이었다.

안 웃어도 돼요

하안중학교 3
최현서

전단지 두어 장이 바람에 실려 어딘가로 사라져 버렸다. 바람이라는 놈은 일주일째 내 아르바이트를 방해 중이었다. 그렇다고 바람에게 항의를 할 수도 없는 노릇이었다. 툴툴거리면서도 전단지 뭉치를 꽉 끌어안았다. 내 자신도 들을 수 없을 만큼 가냘픈 한숨을 내뱉고선 얼굴에 미소를 걸었다. 요 앞에 새로 헬스 클럽 오픈했습니다. 오셔서 상담 받아 보고 가세요. 내가 말하면서도 어이가 없기는 하다. 나부터가 약골인데 지금 누구한테 헬스를 권하는 건지. 뭐 어차피 난 틀린 것 같으니 날 대신해 건강해지세요. 성큼성큼 걸어가는 근육질의 남자에게 전단지를 건넸다.

들고 있기 버거울 만큼 쌓여 있던 것이 어느새 한 손으로 다른 일을 할 수 있을 만큼 줄어들었다. 그리고 어김없이 그 아이가 나타났다. 전단지를 두 손으로 받아 들고 웃으며 안녕하세요 하고 인사하는 그 아이는 내 일주일 알바 인생에서 가장 큰 낙이었다. 짜증 섞인 수령 거부나 버릴 준비부터 하는 수많은 사람들 사이에서 초등학생이나 될 법한 그 아이만이 매일 웃어 주었다. 가령 지금처럼.

"안 그래도 아빠가 체력 좀 키우라는데."

"그래. 가서 운동해라, 인마."

아이는 그래야 할까 봐요, 하며 다시금 작게 웃었다. 고개를 꾸벅 숙이며 발걸음을 재촉하는 아이를 향해 손을 흔들어 주었다. 괜스레 웃음이 나고 손이 가벼워졌다. 잠깐, 가볍다고? 아, 또 날아갔다. 난 이제 모르겠다.

비록 매일이 시련의 연속이었지만 끝나 갈 즈음에 항상 그 아이를 볼 수 있었다. 애초 목적이었던 돈 역시도 차곡차곡 쌓여 가고 있었다. 그런 생각을 하자 괜히 들떴고 나는 어느새 콧노래를 부르며 며칠 전에 본 어느 걸그룹의 안무 발동작을 따라하고 있었다.

"아얏."

물컹한 느낌이 발바닥에 퍼짐과 동시에 눈을 번쩍 떴다. 오, 이런. 벌써 그 아이가 오는 시간이었구나. 내 발 아래 깔린 그 아이의 발을 잠시 쳐다보다가 화들짝 놀라 발을 들었다. 흰 운동화 위에 선명히 찍힌 검은색 발자국을 본 아이가 울음을 터뜨리지는 않을까 걱정하며 고개를 들었다. 뭔가 이상한 느낌이 들었다. 아이는 여전히 웃고 있었다. 괜찮냐 물어보아도 미소를 띤 채로 그럼요, 대답할 뿐이었다. 아무렇지 않게 운동화를 털고 언제나처럼 인사를 한 뒤 멀어지는 뒷모습을 차마 전처럼 웃으면서 지켜볼 수가 없었다. 이미 무언의 결심 같은 게 선 상태였다.

여러 번의 실험을 거쳤고 결론이 나왔다. 발을 밟고 어깨를 치고 구정물을 튀겨도(물론 양심에 조금 찔리긴 했다.) 짜증 한번 내지 않고 웃는 아이를 보면서 내린 결론은 '그 아이는 웃는 게 아니었다.' 정도. 언젠가부터는 그 웃음이 내게 보인 호의가 아니고 어떤 의무처럼 느껴지기 시작했다. 구조 요청 같기도 했고. 어떻게 해야 할까 고민만 더해졌다. 한참 머리 싸매고 고민하다 보니 나가야 할 시간이었다. 현관에 쌓인 전단지를 갈무리하다가 퍼뜩 답이 떠올랐다. 등잔 밑이 어둡다더니 딱 그 짝이다. 방에 들어가 A4 용지 하나를 꺼냈다. 잉크를 거의 다 써 잘 나오지 않는 유성 매직도 찾아 손에 쥐었다. 뭐라고 쓸지 고민하다가 결국 시간에 쫓겨 종이 위에 남은 건 한 문장이었다. 전단지 사이에 끼워 넣고 계단을 향해 달렸다. 아, 늦겠다.

평소보다 한참 많이 남은 전단지를 보고 고개를 갸웃했지만 역시나 웃고 있는 아이에게 전단지를 건넸다. 밑에 종이 한 장이 겹쳐져 있는 채로였다. 몇 발짝 걸어가다 겹쳐져 있는 종이를 발견한 아이를 뚫어져라 쳐다보면서 제발 하고 생전 안 해 본 기도를 하기 시작했다. 누군가 내 말을 들으셨는지 아이가 멈춰 섰다. 종이가 구겨졌다. 그 아이의 첫 번째 감정 표현이었다. 이름도 모르는 아이의 감정을 느낀 게 그렇게 다행일 수가 없었다. 이윽고 뒤돌아선 아이의 눈가에 뭔가 그렁그렁했다.

"진짜 안 웃어도 돼요?"

"너 하고 싶은 대로 해."

"엄마가 웃어야 된다고 그랬는데에."

"아냐. 울고 싶으면 울어도 된다니까?"

"사실은 오늘 학교에서 혼났어요……."

말꼬리를 늘이며 이야기하는 아이의 모습에 안도감이 찾아왔다.
그제야, 웃음이 났다.

D의 경계에서

동원중학교 3
권성주

내 눈이 먼 지도, 그러니까 내 눈꺼풀을 들어 올리는 것조차 나 스스로 포기한 지도 이제로 벌써 3년이 넘어가고 있었다. 분명히 그 전의 난 볼 수 있었다. 그러나 나는 어느덧 어떻게 해야 눈을 뜰 수 있는지조차 잊어버리고 말았다. 귓등으로 슬몃 또다시 목소리가 들려오면, 나는 이미 망가질 대로 망가진 내 귀에 또 한 번 칼을 꽂는다. 그렇게 나는 살아간다. 눈먼 자들의 세상에서도.

내가 기억하는 한, D는 갑자기 나타났다. 그는 자물쇠를 꽂고 닫혔던 우리의 눈꺼풀을 들어 올리더니 조용하고 달콤하게 속삭였다. D에게서는 빛이 났다. 그러나, 전혀 밝지 않았다. 아니, 단한 순간도 그가 밝다고 생각한 적 없었다. 오히려 그는 끝없이 암울하고, 고요한 공허함에 가까웠다. 그는 모두가 간절하게 뻗고 있는 열망의 집합체였다. 자유, 욕망, 변화, 무질서함, 특별함. 모두에게 존재하지만, 억눌려 있던 그들이 가시화되어 D를 만들기에 이르렀다.

이들은 D를 사랑했다. 이는 D의 운명이자, 의무였다. 저를 향한 그들의 열망과 사랑과 증오. 그는 꿀처럼 달콤하고 꽃보다 아름다웠다. 몸속 깊숙이 밴 자유의 향기가 그를 더욱 특별하게 만들었다. 당장 앞에 놓인 거대한 현실의 벽을 잊기 위해 더 소리 높여 그를 부르짖었다. 그러나, 그의 빛이 사라졌을 때 이미 검게 뒤덮여 버린 자신의 모습에 대한 원망과 책임은 오로지 D에게 보냈다. 그는 항상 고달팠지만, 그래서 더 매력적이었다. D는 더 이상 상처받지 않았고, 이들은 D에게서 멀어지려고 끊임없이 시도했다.

이윽고 D가 온전히 그의 모습을 드러낸 순간, 아침 눈 뜬 순간부터 새벽 눈 감는 순간까지 비쩍 꼴은 종이 잉크와, 메마른 지 오래인 퀴퀴한 흑연, 교육용으로 전락해 버린 기기 속 화소만 들여다보던 우리들에게 큰 혼란을 빚어냈다. 모든 이들이 넋이 나간 채 D를 올려보았고, D란 존재는 고교 3학년이었던, 일말의 한숨조차 허용하지 않았던 우리에게 가장 크게 다가왔다. 구속에 종속된 죄수의 발악 또는 욕구 분출. 우린 D를 주시하고, 집착했으며, 자신의 삶을 반 정도 의탁했다. 또 어떤 이들은 D를 향해 저주를 쏟아부으며, 증오해 댔다. 하지만 D는 우리 모두에게 무관심인지, 즐김인지, 도통 알 수 없는 태도로 일관했더랬다. 그는 늘 자신만만했고, 특히 그의 입술은 가히 치명적이었다.

나는 D에게서 눈을 떼려 무던히도 노력했다. D를 좇는 이들과

D를 부정하는 이들 사이로 난 눈을 돌리지 않았다. 정말 마음이 흔들리고 내 박약한 의지가 내 마음 깊은 곳의 본성에 억눌려지려 할 때면, 권태로운 삶에 완전히 질려 역겨울 때면, 난 그곳을 찾았다.

그곳은 나만의 비밀 장소와도 같은 곳이다. 학교 지도상엔 제3도서관이라 표기되어 있고, 용도는 책 창고쯤이다. 책상과 의자는 온데간데없고 온통 책으로만 뒤덮여 있다. 비추이는 햇살 속에서 먼지가 자유롭게 유영하는 그런 곳이다. 난 그럴 때면 꼭 먼지가 되어 보고 싶었다. 그곳엔 수행 평가에 반영된다면 앞다투어 몸이라도 팔 학생들도, 삐딱하게 눈을 꼬며 저 자신을 중심으로 돌아가지 않는 세상과 사회에 욕을 지껄이는 학생들도, 지겨운 타성에 젖어 자기 자신만을 위하여 약한 학생들을 몰아붙이는 선생님도 없었다. 어떠한 전의도, 경쟁도, 시기도 없는 무결한 공간이었다. 온전히 순수한 열정으로 가득 찬 그곳에서 난 최선의 안락을 얻을 수 있었다. 또, 그곳은 별관으로 혼자 동떨어져 있기 때문에, 그곳으로 가기 위해선 넓고 긴 다리를 건널 수밖에 없었는데, 난 늘상 거기서 걸음을 멈추었다. 물론 오늘도 마찬가지였다.

지독하게 내가 자살하기만을 바라는 적개심으로 가득 찬 그 교실에서 한 순간도 더 있기 싫었다. 나는 흰색으로 빽빽이 채워진 다리 위를 걸었다. 코를 향유하는 향긋한 봄의 냄새가, 페인트와 대리석 껍질이 결합된 지긋지긋한 냄새가 아니라는 사실만으로도 눈물이 났다. 지극히 순결한 그 자연의 숨결이 내 몸을 감싸 오는 것 같았다.

가만히 눈을 감고 서 있으면, 신기하게도 시간이 참 느리게 갔다. 째깍거리는 시곗바늘에 몸을 파묻고, 내 머리칼을 쓰다듬는 바람이 하는 말을 듣다 보면 몸이 치유되는 기분이었다. 나는 내 어깨맡에 자리 잡은 꽃씨에게 싱긋 웃으며 물었다. '오늘 뭐 할 거야?' 그녀는 다분히 기대되는 듯 빠르고, 부드럽게 소리쳤다. '저 멀리, 뒷동산 쪽으로 날아가려고.'

탐욕스러운 인간들이 이들의 여유와 아름다움을 시기하여 이들을 괴멸시켰지만, 그들은 아직도 유유히 우리 앞에서 그들의 색을 과시하고 있었다. 난 꽃씨를 떠나보낸 후 조용히 눈을 감고 당장에 내가 하고 싶은 것을 생각했다. 일주일 중에서 유일하게 가지는 나만의 시간이었다.

그래, 지금의 난 법전이 읽어 보고 싶다.

법에는 재미있는 구석이 많았다. 법이란 건 사실, 그 시대의 시대상을 가장 적나라하게 보여 주는 실체다. 법은 그 시대를 주도하는 이들의 야심의 결정체이자, 사회상을 비춰 주는 거울이다. 평등을 중시하지만, 불평등을 묵인하는 게 법이다. 그래서 난 법이 재미있었다.

먼지가 겹겹이 쌓인 법전 중 하나를 무작위로 골라 폈다. 콜록콜록, 기침이 나왔지만 먼지 쌓인 이 책이 무언가 친숙해 싫지 않았다. 그 책의 귀퉁이엔 운명처럼 글귀가 적혀 있었고, 나 역시도 운명처럼 눈길이 갔다. 운명은 무의식의 별칭이었고, 무의식은 저 자신의 내면 가장 깊숙한 곳에서 나오는 최초의 산물이었다.

Duties towards the body in respect of sexual impulse.

'성적 충동, 에 관한, 몸을 향한, 도덕적 의무? 이건 대체……'

갑자기 머리가 지끈거리고, 혼란스럽다. 해석은 되지만 이해는 되지 않는다. 마치 수능 영어 독해 마지막 문제를 푸는 듯했다. 엉킨 실타래는 풀릴 기미가 보이지 않았고, 나는 실을 엉킨 채로 두지 못하는 사람이었다. 나는 당장에라도 졸도할 듯이 머리를 싸맸다. 어쩌면 고3의 특징일지도 모른다. 문제에 너무 길들여져 버린 나머지 영어 하나하나가 문제화되어 당장에 나를 옥죄어 왔다. 나는 까득까득, 이미 헐 대로 헐어 피가 여러 번 난 자국이 있는 손톱을 물어뜯었다. 두터운 무게감이 목 끝까지 차올라 숨을 헐떡였다. 나의 빛바랜 꿈과 사라진 자유가 무거운 무게감에 짓눌려 터진 깊은 그 진물 틈새로, D가, 내 세상 가장 큰 달이 나타났다.

"임마누엘 칸트, 맞지?"

조용하던 도서관을 울리는 소리에, 이윽고 보이는 찬란한 그의 모습에 번쩍 눈이 뜨였다. 난 나만의 시간 속에 홀연히 잠입한 그를 바라보았다. 울려 퍼지는 그의 목소리가 유혹적이었다. 그는 내 앞으로 다가서더니, 나를 또렷이 바라보았다. 그 선명한 시선의 색이 부끄러워 나는 가만히 고개를 숙였다. 시곗바늘이 움직이는 소리조차 내 귀에 생생히 들렸다.

"칸트가 윤리학 강의에서 했던 말이야. 성욕에 대한 몸을 향한 도덕적 의무. 존엄한 존재가 가져야 할 무의식적인 본능에 대한 제재."

"잠시만, 잠시 나한테 생각할 시간 좀."

"너의 내일을 사랑하고, 너의 오늘에 목숨을 바치며, 너의 어제에서 나를 찾아봐. 저 문장이 무슨 뜻인지는 네가 더 잘 알 것 같은데. 네가 직접 생각해 봐. 네가 누군지. 네가 좋아하는 건 뭔지. 그게 과연, 지금의 네 현실에 어떠한 형태로라도 존재하는지."

그득한 심연 속에서 뭔가가 울부짖었다. 윙윙 울리는 소리에 가슴이 종소리 치듯 박동했다. 칸트라는 그 이름 두 글자에 아직도 심장이 아릿하게 쿵쾅거렸다.

나는 그를 전심으로 경애했다. 그는 나의 첫 번째 순정이었다. D는 내 마음을 훤히 들여다보며 길쭉한 장도로 가슴을 후벼 팠다. 문득 옛 기억이 떠올랐다. 실로 끔찍한 기억이었다. 나의 지금이 조금도 행복하지 않기에 나의 과거 역시 단 한 순간도 행복하지 않았다. 칸트, 칸트. 내가 이 문장을 잊어버리다니. 기억이 모두 파쇄된 듯 모든 기억이 사라져도 잊지 않았던 문장이었는데.

내가 그를 알게 된 건 초등학교 6학년 때였다. 이제는 굳게 닫혀 버린 나의 그 찬란한 두 눈이 분명하고 똑바르게 뜨여 있던 그 시절 말이다. 그 당시 내 집에 있는 책은 오직 위인전뿐이었는데, 그 시리즈의 마지막 권이 바로, 임마누엘 칸트였다. 그의 생애는 고통의 연속이었으나, 그가 남긴 말들, 사상들, 생각들은 모두에게 추앙받고 있었다. 그의 어두운 생애는 그의 업적에 비춰진 그림자와도 같았다. 그 당시엔 정언 명령이든, 형이상학의 기초든, 그런 건 몰랐다. 칸트란 이가 멋졌고, 그를 닮고 싶었다.

멋모르던 그 시절, 내가 칸트를 닮고 싶다 당당히 소리쳤을 때 어머니가 지으신 표정이 아직도 뇌리에 단단히 꽂혀 있다. 아버지는 위인전을 사 오신 어머니에게 소리를 질러 댔고, 당장 내 책꽂이엔 위인전 대신 문제집과 전과, 과학과 수학 기본서가 자리하게 되었다. 나중에 어머니가 나를 따로 불러 나를 엿 먹이는 거냐고 뺨을 날리던 일 역시 아직 생생하다. 그때의 난 수학의 정석을 풀고 있었는데, 그녀는 이내 진정하더니 네가 집중할 일은 오직 공부 하나뿐이라며, 다른 일은 신경 쓰지 말라고 덧붙였더랬다. 그녀는 곧 내가 칸트에 대해 모은 자료들을 모두 갖다 불살랐는데, 내가 서랍 밑에 숨긴 종이 한 장에 적힌 내용만이 재가 되지 않았다. 마지막 남아 있던 희망이기에, 무슨 뜻인지도 모른 채 달달 외웠다. 듀티스 투워즈……

그러다 아무런 계기도 없이 그저 세월에 밀려 사라졌다. 애써 기억하려 했던 것도 결국은 잠시뿐이었다. 당장에 닥쳐온 것이 너무도 많아 끔찍한 기억으로 점철된 과거 따위 돌아보지 않았다. 나는 칸트를 좋아하는, 그 어린 마음을 결국 죽이고 말았다. 그 마음은 내가 처음 만났던 행복이었고, 내면의 존재였다. 마치 D와도 같은. 다만 여즉 살아 있는 D와는 비교되게, 그는 이미 죽어 있다. 이를 어머니가 죽인 거라 탓하며 비루하게 책임을 돌리고 싶진 않다. 결국 인과는 모두 내게 있는 것을.

"난 많은 사람을 죽였어. 자유를 갈망하는 무기징역수도 무모하게 죽였고, 시험을 망쳐 버려 울던 그 어린아이들도 잔인하게 죽였어. 종교조차 억압당한 채 카타콤에서 벗어난 적 없던 그 착한 소녀도 내가 죽였어. 내가 죽인 거야. 아니, 내가 해방시킨 거야. 그들은 하나같이 무언가에 억눌려 있었지. 그들을 향한 다양한 형태의 압박과 억압에 시달려 더는 정상적일 수 없었고, 치명적인 두려움이 저들의 목을 졸랐어. 난 그들의 숨통을 끊어 해방시킨 거야. 진정한 자유를 그들에게 안겨 주었어."

난 초점 없는 눈으로 그를 바라보았다. 동조하지도, 부정하지도 않았다. 그는 D였다. 나의 동조 따위, 바라지도 필요치도 않는다. 진저리쳐지게 잔혹한 그는, 우리의 이면이었다. 그는 분명히 존재했고, 내 앞에 서 있었다. 난 더 이상 그를 무시할 수 없었고, 그를 무시하고 싶지 않았다. 난 비로소 눈을 똑바로 뜨고 그를 바라보았다. 나는 더 이상 소경이 아니다.

D와는 제대로 된 대화를 하기 어려웠다. 나 역시 D와 시시콜콜한 대화를 나누고 싶지 않았다. 그는 항상 이상한 단어들을 내뱉었고, 문맥과 관계없는 말들을 뇌까렸다. 그는 코카인보다 끌리고, 니코틴보다 더 깊게 다가왔다. 타의 추종을 불허하는 최초의, 최상의, 최고의 마약이었다. 그의 말은 눈앞에 수증기처럼 존재함에도 존재하지 않았고, 그저 우리 머릿속을 유영했다. 가까이 다가온 것 같다가도 손을 뻗어 닿으려 하면 저 멀리 가 있었다. 그러다 D에게 잠식되어 탈출하려 애쓸 때에서야 비로소, 중독되었다는 걸 깨닫는다. D는 존경의 대상이기도 했고, 증오의 대상이기도 했다. 그건 다만 그들 스스로의 몫이었다. D는 우주보다 더 먼저 발생하고, 모든 만물의 마지막 순간에서야 소멸할, 그저 존재하는 것이기 때문이다.

D는 의심을 지독히 싫어했다. 내가 의심을 하는 듯 보이면 입꼬리를 바르르 떨며 수치스러워 했다. 우리 마음속에 뻗어 있는 원초적인 의심 자체를 여지없이 불쾌해했다. 그러다가 다시 금세 표정을 바꾸어 언제 그랬냐는 듯 어깨를 툭툭 털어 냈다. 그 빈틈없이 이중적인 태도가 가히 고결했다. 나는 그 고결한 D에게 말을 걸 때면 항상 조심스러웠다. 언뜻언뜻 파르스름한 잔상으로만 남아 손을 휘휘 저으면, 이미 수년간 마주친 적 없던 꿈속 노을의 낙일과도 같이 사라질까 두려웠다. 나의 가장 원초적인 본성을 마주한다는 건 가장 추악한 나를 인정하는 걸지도 모른다. 눈에 띄

게 D와 가까워진 나다.

"이해가 안 돼. 어째서 네가 그렇게 악착같이 공부에만 매달리는지. 좀 더 솔직해 보는 건 어때. 너는 왜 그렇게 네 의지, 네 의도, 네 마음 따위와 전혀 관계없는 행동을 매일매일 몇 년도 넘게 반복하는 거야?"

나는 내 곁에서 입속말로 중얼거리는 D의 말을 입 부근에서 한번 곱씹었다. 나도 이유는 모른다. 사람은 종종 말도 안 되는 일을 아무렇지도 않게 해 나간다. 처음 번엔 괴로움에 몸부림치던 불평등조차 반복되면 익숙해지게 된다. 예전 로마 시대 원형 경기장에선 그리스도교도를 몰아넣고 사자에게 죽임당하는 걸 보며 낄낄 웃어 댔고, 단지 피부색이 까맣단 이유로 아무렇지 않게 침을 뱉어 대던 일도 불과 200년이 채 지나지 않았다. 차이점이 있다면 다만 당장 눈으로 보이지 않는단 것뿐. 공부라는 길 이외의 모든 길을 천박하게 대하며 우리를 철저히 가두고 머릿속 생각의 틈마저 막는 것 역시 극도로 혐오스러운 일이 아닐 수 없다.

나는 D에게 문득 이름을 지어 주고 싶어졌다. 늘 곁에 있는 D였기에 굳이 부를 만한 명칭이 필요치 않았지만 이름으로 하여금 그를 특별하게, 아니 사실은 그를 부르는 내가 그에게 특별해지고 싶었다. 추상적으로나마 위태롭게 존재하는 그는 마치 종교적인 절대자와 같았기에 나의 굳은 믿음으로써 존재가 실현되는 것이다. 따라서, 그의 이름이 나에겐 절실했다.

"내가 여러 번 말했지만 이름은 누군가를 보고 있는 다른 이들이 붙이는 시선의 실제야. 예를 들어 어떤 제비 한 마리가 참새의

외형, 울음소리, 냄새와 습성을 모두 떤다면 그를 더 이상 제비라 할 수 없지. 그건 참새거든. 그러나, 우리 모두 그를 갈매기라 부른다 하면 그건 제비도 참새도 아닌 갈매기야. 나 또한, 마찬가진걸.”

나는 고개를 끄덕였다. 빈틈없이 정확하고 독단적인 그의 지론에 반박할 논리는 없었다. 동경해 마지않던 그의 순결이었지만 답답함이 입안에 텁텁하게 맴돌았다. 나는 재차 물었다.

“그러지 말고, 이름이라도 제대로 알려 주면 안 되는 거야?”

“음, 그럼. 흐음, 뭐가 좋을까. 아, 이름으로 ‘기억 속의 들꽃’은 어때? 인상 깊게 봤거든, 특히 마지막에 나오는 부분이 특히 매력적이었어. 뭐, ‘명선’이라고 불러도 상관없다고.”

삽시간에 표정이 굳어졌다. 꼭 이렇게까지 해야 했을까. 그는 내 쪽을 흘깃 보며, 미안했는지 헛기침을 큼큼 해 댔다. 이는 오래전 일이 아니다. 기억 속의 들꽃. 나의 기억의 잔해는, 그 끔찍한 파편은 기어이 피를 보고야 말았다. 이 일은 부디 잊으려 했건만. 안타깝게도 D는 나를 샅샅이 꿰고 있다. 그는 내가 나의 더럽고 추악한 면까지 드러내길 원했지만, 나는 늘 외면해 왔었다. 나는 역겨운 대장균을 토해 내듯 구역질하며 그때의 기억을 회고했다.

거창한 게 아니다. 오히려 지루하리만치 뻔한 스토리다. 몰래 숨어서 읽던 소설책을 들켜서 결국 뺏기고, 찢겼다는. 그러나 나는 창피할 만큼 애원했었다. 이제 벌써 자그마치 3년 전 이야기다. 그러니까, 눈이 완전히 닫히게 된, 눈을 비로소 포기하게 된 계기가 되는 일이었다.

“어머니, 끝까지 한 번만 읽게 해 주세요. 제발, 제발, 부탁드려요.”

"참 나, 넌 이게 그렇게도 중요하니? 아주 죽고 못 사는구나. 내가 발견 못 했으면 어쩔 뻔했니. 모의고사 점수도 그따위로 맞아 놓고는 이까짓 책이 눈에 들어오니?"

"저 지금까지 어머니 말 어긴 거 없었잖아요. 그러니까, 이번만 모르는 척해 주시면……."

그녀가 왜 그렇게까지 모질게 대했는지는 아직도 알지 못한다. 그녀는 나를 위한다는 핑계로 갖가지 모진 일들을 스스럼없이 해 댔다. 나한테도, 내 친구들한테도. 그때 읽었던 소설의 글귀는 아직까지도 머릿속에서 맴돌았지만, 난 여전히 그 소설의 결말을 알지 못한다. 그때는 보고 싶어도 볼 수 없었지만, 이젠 명선이란 말만 들어도 거북한 토기가 올라온다. 이건 썩어 문드러져 버린 나의 추잡한 자존심이 올라오는 소리다.

괜히 또 나오는 눈물에 고개를 숙이니 D는 가만히 나를 들여다 보고는 말했다.

"꿈. 꿈이라고 불러. 난 너의 꿈이고, 너의 어머니의 꿈이었고, 우리 모두의 꿈이야. 난 실제로 실현되기도 하고, 곁에서 속삭이기도 하고, 이렇게 나타나기도 해. 무의식적인 꿈이 아니라, 가장 의식적일 때 실현되는 꿈이야, 난. 너의 가장 영롱한 눈이 끝끝내 감기기 전까지 나는 네 곁에 있어. 하지만 그때라도 내가 다시 보고 싶어지면 주저 말고 나를 바라. 언제라도 나는 고스란히 너와."

눈이 뻑뻑하게 감기려는 걸 두고 보지 못하겠다. 나는 이제 네 번째로 다 써 낸 일기장을 덮었다. 내 눈물방울이 아직도 떠나지 못한 그 일기장엔 D의 입술이 스며들어 있었다. 잔잔한 내면의 호수에서 자그마한 파동이 일 때면 그때부터 난 그 내면과의 대화를 적어 나갔다. 내가 끝내 알지 못한 그의 이름을 D로 한 이유는 그가 스며든, 그가 담긴 공책의 이름이 노트 D라는 까닭이었다. 반절도 채 못 채우고 덮이던 이전과는 달리 한 권을 넘어간 D에게 작게나마 사랑을 전해 본다. 노트 맨 뒷장에 이죽이며 끄적거린다. 내 원은 오직 나의 해방.

방학 땐 기숙사 대신 매일 밤마다 집으로 돌아가야 했다. 나의 거처는 부모가 사는 곳이 아닌 새로운 곳이 되었고, 나는 항상 새 것엔 낯을 가렸고, 겁을 집어먹었다. 그곳은 사무친 외로움에 추웠고, 암울한 공기에 어두웠다. 돌아가고 싶지 않았고, 들어가고 싶지 않았다. 그러나 이미 외로움과 절망에 길들여진 나는 이내 받아들였다. 해가 떠오를 때 침대에서부터 조용히 햇살이 비춰 오는 걸 본 후로 어쩌면 조금은 만족했을지도 모른다. 나의 바람은 그저 작은 미풍이다. 문득 D가 보고 싶었다.

그날은 평소와 다름없었지만, 분명 달랐다. 끝도 없이 깊은 밤 길에서, 집 앞 공원에 혼자 켜져 있는 가로등을 보던 난 울컥하며 느닷없이 눈물을 쏟아 냈다.

'난, 도대체 뭘 위해서…….'

수없이 되뇌던 말이었지만, 입 밖으로 꺼낸 적은 결단코 한 번도 없었다. 이 길의 끝은 어딜까, 어디까지 참으면 행복해지는 걸까. 이 길이 옳은 길이길 간절히 바랐다. 묶여 있는 내 손과 엉덩이를 보며 이게 맞을 거라 믿었다. D가 맞을지도 모른다는, 인정하고 싶지 않았던 자유와 선택의 부재를 비로소 인정할 때, 눈물이 멈추지가 않았다. 눈을 감고 눈물을 멈추고 싶었지만, 흘러나

오는 눈물에 눈을 감을 수조차 없었다. 나는 내 앞길이 너무 버거울 때면, 엄두조차 나지 않을 때면, 눈을 감는 버릇이 있다. 눈을 감고 멀리 나의 위치를 돌아보면 책임감의 무게에 짓눌려 이겨 낼 수 있기 때문이다. 나는 꿋꿋이 눈을 감았다. 대부분은 이겨 내는 것보다 포기하는 것에 더 큰 용기가 필요하다는 걸 모른다. 비록 내가 도피했을지라도 나는 비겁하지 않다. 나는 이렇게 혼잣말로 중얼거리며 또다시 도피해 나간다.

심야로 접어드는 그 시간의 틈새에서 D가 내 옆으로 뚜벅뚜벅 걸어왔다. 다 알면서, 위로의 말 한마디 하지 않는 D가 미웠지만, 어쩐지 더 이상 원망조차 나오지 않았다. D에게 책임을 전가하는 것도 이젠 질렸다. 나중에 웃으면서 지금의 심연 같은 나날을 회상할 수 있을 줄 알았는데, 엄마라는 짧은 단어조차 입 밖으로 내민 지 까마득했다. 난 외롭지 않은 것도, 힘들지 않은 것도 아니었다. 그저 체념했을 뿐이다.

"너 자신은 너만이 알아. 네가 아닌 다른 이에 의해 너를 구속하지 마. 슬프면 울고, 아프면 소리쳐. 그렇게 꽁꽁 싸매고 네 맘속에 숨겨 놓고 있으면, 누구도 너에 대해 알 수 없어. 그 누구도, 너를 이해할 수 없어."

D는 또 새파랗게 날이 선 말로 머리를 후려쳐 대곤 피어오른 증기에 사라지려 했다. 사라지려는 D가 더없이 비열해 보였다. 나 스스로를 이기는 방법은 어디서도 단 한 번도 배운 적 없었다. 나는 장롱 속에 들어가 몸을 숨긴 후에야 비로소 눈물을 내보낸 채 엉엉 울었다. 비참함이 온몸을 전율할 때, 난 후련함을 느꼈다. 모든 걸 인정하고 내려놓은 나에게 더 이상 두려울 건 없었다. 내 귀

에서는 더 이상 피가 나지 않았다. 지금의 내가 미련히 내 귀에 칼을 꽂질 않기 때문이다. 나는 비로소 깨달았고, 이를 피하지도, 포기하지도 않았다.

울음을 멈추고 장롱 속에서 책장 속에 꽂혀 있는, '기억 속의 들꽃'을 가만히 보았다. 찢어 발겨진 소설책을 바라보며 울던 나에게 그녀가 했던 말이 머릿속에서 둥둥 떠올랐다.
'엄마는 너를 위해 그러는 거란다. 너도 다 커 보면 알게 될 거야, 엄마가 왜 이랬는지.'

아아, 어머니. 이젠 알겠습니다. 이젠 알겠어요.

당신이 말하는 그 성공의 의미를, 가치를 이제 진정 알겠습니다. 당신과 나의 소원함이 낳은 그 참혹한 결실을 부디 직접 눈으로 마주하기를, 잘못된 교육과 피지 않은 사랑, 기어이 수면 위로 떠오른 그 탐욕스러운 자존심에게 짓밟혀 죽어 버린 나의 그 무엇보다 소중한 그들에게 사죄하기를 나는 간절히 소망합니다.

못내 떨리는 온몸에 간헐적으로 숨을 들이쉬었다. 나는 끼이익 소리를 내며 이내 열린 장롱 문 쪽으로 고개를 돌렸다. 단 한 번도 열린 적 없는 문이었다. 두려움에 몸서리쳐질 때에는 언제고 찾던 낡은 장롱이지만, 결단코 스스로 열린 적은 없었다. 언제나 누군가에 의해 수동적으로 꺼내졌던 나였다. 옷에는 떨어진 눈물자국이 선명히 남아 있었고, 나는 놀라움에 주먹을 꼭 쥐었다. 이렇게 쉽게 열리는 문인 줄 알지 못했다. 나는 어째서 문 한 번 두드리지 않았을까.

　나는 조심스레 몸을 일으킨다. 엄지발가락 첫 마디부터 허벅지 끝자락까지 소름이 끼쳐 온다. 발가락을 세우고 장롱 밖으로 천천히, 조심스럽게 내 세상 첫발을 내딛는다. 발목에 매여 있던 퀴퀴하고 무거운 철 뭉치는 이미 내던져진 지 오래였다. 고개를 들어 창밖을 바라보니, 크나큰 달이 보였다. 나는 달을 향해 날아간다. 내 발을 채는 감정들을 훌훌 털어 날려 보낸다. 찬 밤바람이 볼을 때리고 내 손 가득 채워진 것들을 한번에 담아 들쳐 멘다. 어쩌면 그녀는 내가 사라졌다는 사실조차 눈치채지 못할 것이다. 내 통장엔 언제나처럼 생활비가 들어올 것이고, 내가 살던 곳은 으레 그렇듯 공기마저 정체되어 고요함의 극한으로 치달을 것이다. 나는 어머니를 알지 못한다. 그녀의 생각, 속마음, 나를 보는 시선마저도 나는 결단코 알지 못했다. 그러나 그녀 또한 나만큼, 절대 내가 이렇게 막무가내로 집을 나가리라곤 예상하지 못했을 것이다. 언제나 숨을 죽이며 그녀의 생각에 거스르지 않으려 노력하던 나였으므로.

　나는 달을 향해 갈 것이다. D가 있는, 내 꿈에서마저 바라 왔던, 그곳 말이다. 내가 슬퍼 울 때면 언제나 나를 위로해 주던 달이었다. 내 방 한 켠에는 언제나 떠날 수 있도록 짐이 싸여 있었다. 난 맹세코 이곳을 떠나고 싶지 않은 적이 없었다. 나는 그저 나의 오래된 숙원을 이룬 것이다. 상쾌한 새벽 공기가 내 뺨을 스치니 난 드디어 큰 소리로 웃는다. 너절히 해져 더 이상 나오지 않을 줄 알았던 나의 웃음조차 더는 놀랍지 않다. D의 호탕한 웃음소리가 함께 들려온다. 그러다 난 딱 발걸음을 멈추어 D를 보고 입속말로 무어라 말을 했다. 이는 내가 지금껏 감춰 둔, 혹여나 들킬까 누구에게도 말하지 않은 나의 진정한 꿈. 남 몰래 펼쳐 보던 그 무엇보다 찬란한 나만의 꽃이 마침내 그 모습을 드러내었다.

발걸음이 멎고 드디어는 내 발자국 하나하나 선명하게 드러난다. 이윽고 다다른 달에 뒤돌아서 있는 D가 보였다. 난 D의 그림자조차 본 적 없었지만, 나는 이미 그가 D라는 것을 알고 있었다. 나는 제멋대로 떨리는 마음을 가누려 애쓰며 그에게 다가갔다.

"D."

처음으로 그의 이름을 입에 담았다. 머금어 온 그의 눈부신 이름을 뱉어 내니 차츰 숨이 벅차올랐다. 이윽고 D가 천천히 뒤를 돈다. 난 비로소 그의 모든 걸 내 눈에 오롯이 담았다.

"너는. 너는, 어째서 네가!"

네가, 나인 거야……. 어째서 네가, 나인 거냐고……. 내 머릿속에서 타오르는 복잡하고 뜨거운 불길이 내 머리 회로를 녹였다. 생각이 뚝 끊긴 듯 간단한 말조차 제대로 나오지 않았다. D와 함께했던 모든 순간들이 내 머릿속을 끊임없이 배회했다. 나의 D는 그 무엇도 아닌 나 자신이었다. 나의 꿈, 나의 생각, 나의 욕망을 넘은 나 자신 그 자체. 나를 가장 잘 알지만, 나를 이해하지 못했던 바로 나 자신이었다. 괜히 또 눈물이 터져 나왔다.

돌연 뒤를 가리키는 D에 뒤를 돌아보니, 쏟아지는 빗방울이 보였고, 그 방울들 사이에서 아이들이 보였다. 저 달에서 본 지구는 어떨까 궁금했었는데, 이렇게 늦게서야 알아 버렸다. 아직 저만의 D조차 없이 당장의 점수에만 억압받는 아이들, D를 포기하고 스스로에게 좌절하며 그저 남들의 발자국만 좇는 아이들, D의 옷자락을 미약하게나마 움켜쥐었지만 이 굳센 장롱을 박차고 나올 힘도, 용기도 없어 두려움에 떠는 아이들까지. 장롱 틈새로 보이는 D의 모습에 침을 흘리며 동경하지만, 어떠한 시도도 없이 체념하는 그들을 보니 마치 나를 보는 것 같아 입술을 짓이겼다.

누군가 내 등을 톡톡 두드렸다. 나는 다시 뒤를 돌았다. D는 어느새 정장을 차려입고 있었다. 어릴 적부터 날이 지새도록 꿈꿔 왔던, 미래의 나였다. 그는 특유의 반짝이는 그 웃음을 보여 주다가, 이내 내게 손을 내밀며 말했다.

"오래 기다렸어, 나의 지구."

까만 사람들

장위중학교 2
김선아

　나는 매연을 마신다. 방 안이 흐리멍덩하게 부연 이유는 저 매연 때문이다. 아직 찬 새벽 공기가 달라붙은 창문을 열어 새 매연을 들여보낸다. 답답한 기침 소리가 바람에 창밖으로 날아간다. 걸음 끝에 매달린 검은 발자국은 이미 바닥에 가득하다. 검은 것들이 몸속에 잔뜩 잔뜩 응어리져 폭삭 무너지기를 반복한다.

　우리 집은 매연을 마신다. 녹진하게 묵은 공기는 부유할 힘이라도 남은 건지 집 안을 동동 떠다닌다. 가린 시야에 스위치를 누르자 깜박이던 형광등이 불안하게 빛난다. 되감기를 계속해 누르는 듯 반복되는 일과는 오늘도 어김이 없다. 매연색 교복을 입고 거울 속 나를 본다. 누가 매연이고 누가 나인지 구분할 수 없게 된 건 이미 오래다. 잘 움직여지지 않는 발을 떼어 셀 수 없이 가던 곳으로 향한다. 그새 내 어깨에는 하얀 먼지가 풀풀 날아다닌다.

사람들은 매연을 마신다. 웅웅거리며 차가 매연을 뿜어 내고는 달린다. 파란불로 껌뻑거리던 신호등이 빨갛게 멈춰 섰다. 차는 여전히 속력만 줄인 채 도로를 지난다. 옆에 서 있던 아이가 걷기 시작한다. 사람들이 그 뒤를 따른다. 나는 빨간불에 횡단보도를 건넌다. 뒤인지 앞인지 모를 곳에서 갖은 차 소리가 울린다. 한 발짝 나가자면 차가 내 옆에서 급히 멈춘다. 내가 횡단보도를 다 건널 때까지 반복되는 일이다. 옆을 보자니 차마다 빨간 불 두 개씩, 끝이 없는지 주욱 늘어진다. 차들이 열심히 매연을 하늘로 올린다. 가는 기둥들이 하늘과 맞닿는다.

누군가에 부딪혀 휘청거리는 새에 차가 내 코앞을 지나간다. 내 옆을 치고 지나간 남자를 보다 눈이 마주쳤다. 두꺼운 마스크를 쓴 남자의 얼굴에서는 건조한 눈밖에 보이지 않는다. 톡 튀어나온 것이 웃기게 생겼다. 숨은 쉴 수나 있을까. 남자는 내 텅 빈 입가를 보더니 다시 몸을 돌려 길을 건넌다. 나는 그 아슬아슬한 기분에 한동안 오도카니 서 있다가, 곧 파란불로 바뀔 신호등에 남자의 뒤를 따라 걸음을 시작했다. 내 입은 까맣다. 날 스친 남자의 입은 하얗다.

"오늘은 날씨가 좋구나."

선생님이 창밖을 보신다. 선생님의 말에 따르자면 까맣기만 하던 어제의 하늘도 화창했다. 선생님은 매일 오늘 날씨의 감상을 말하신다. 선생님의 눈동자 안에 회색빛이 가득이다. 하늘은 언제나 회색이다. 나의 아침은 유난히 축축했다. 오늘 날씨는 좋지 않다. 선생님은 어떻게 날씨를 구분하시는 걸까.

336

이른 아침부터 수군거리는 소음이 교실 안 가득이다. 개미 떼 수백이 이유도 모른 채 내 등을 타고 기어간다. 뒤를 돌아보면 하얀 마스크만이 보일 뿐이다. 나를 향해 돌아가는 눈동자들이 내 입을 본다. 허전한 입이다. 나는 까만 것들이 덕지덕지 붙은 손으로 급하게 입가를 매만졌다. 다시 튀어나오려는 기침을 가까스로 삼킨다. 목구멍 너머로 뱉지 못한 매연이 느껴진다.

"새 마스크야. 이거, 어디서 봤지?"

아이가 자랑스럽게 자신의 마스크를 손가락으로 가리켰다. 아주 새하얀 것이 정말 비싼 거구나. 내 느낌은 그것이 한계였는데, 다른 아이들 눈에는 무엇이 달라도 다른 건지 저게 그 광고에서 나온 정품이야, 디자인이 더 세련되네, 얇아졌는데 매연은 더 잘 걸러 준대 등의 소리를 하나씩 건넨다. 나는 저 마스크 밑으로 올라갈 아이의 콧대를 상상한다. 아이의 눈동자가 빛난다.

어느새 아이들의 하얀 마스크는 조금씩 거뭇한 때가 묻어 간다. 나는 옆에서 그만한 매연을 마신다. 매연이 폐 속으로 들어갔다 뱉어진다. 매연의 정확한 원인은 아직 밝혀지지 않았다고 했다. 2주 전 뉴스에서는 나라가 매연과의 공식적인 전쟁을 선포했다는 것을 알렸다.

마스크 사업이 번창하기 시작하고 사람들의 원성이 하늘을 뚫었을 때였다.

"매연이 빠른 시일 안에 완전히 없어질 수 있도록 총력을 기울이겠습니다. 송구스럽게도 매연의 원인은 아직 정확히 밝혀내지 못한 상태입니다. 이 점에 대해 유감을 표하며 국민 여러분께서는 되도록 마스크를 착용하고 생활하여 주시기를 권고드립니다."

아버지는 질긴 오징어를 물어뜯다가 중얼거렸다. 서너 시간이면 새까매질 마스크가 하나에 몇 만 원을 훌쩍 넘어 버리는데 마스크는 무슨. 나도 오징어를 하나 입안에 밀어 넣었다. 목구멍에 까끌거리는 촉감이 걸렸다. 짠 오징어가 입안에 가득 달라붙었다. 나는 내가 먹고 있는 것이 저 뉴스에서 말하는 매연인지 오징어인지 몰랐다. 매연이 방 천장을 기어 다니던 날이었다.

　나는 간질거리는 코를 신경질적으로 문댄다. 이상하게도 요즘 매연은 먼지가 많이 섞여 더 목이 뻑뻑했다. 검지로 책상을 툭툭 치다 고민 끝에 아껴 두었던 마스크 하나를 쓰기 위해 자리에서 일어나려 할 즈음 문소리가 들린다. 나는 반쯤 떼었던 몸을 다시 의자에 뉘었다. 의자가 긁히는 소리를 내며 뒤로 밀린다. 내 입은 여전히 까맣다.

　어머니가 방을 데우고 매운 연기에 눈물을 글썽이며 후다닥 방으로 들어온다. S야, 불 꺼. 나는 시선을 텔레비전에 고정한 채로 더듬더듬 스위치를 찾아 눌렀다. 불이 꺼짐과 동시에 어머니와 나는 동시에 큼큼거리며 기침했다. 이불을 감싸 맨 동생이 칭얼거리며 잠꼬대를 한다. 깜깜하고 좁은 집에는 거친 소리를 내는 텔레비전의 중얼거림만 나돈다. 아버지가 틀어 놓은 뉴스 채널이 시작되고 나와 어머니는 이불 깊숙이 몸을 파묻었다. 기침에 목이 따갑다. 조금씩 잠이 찾아올 즈음 누군가 문을 두드렸다. 아버지가 비척이며 일어나 문을 연다. 처음 보는 사람이다. 머리부터 발끝까지 하얀 옷, 달리 말하자면 비닐을 입고 얼굴도 마스크로 꽁꽁 감싼 남자는 홀로 고고하다. 그가 정중히 인사한다. 그러고는 말하는 것이다.

　"매연긴급대책위원회에서 나왔습니다."

아버지는 코웃음을 쳤다. 건너 들어오는 남자의 목소리는 매연의 원인으로 보잘것없는 우리 집 보일러를 탓하고 있다. 찬바람에 잠에서 깬 동생이 이불을 머리끝까지 뒤집어쓴다. 반쯤 몸을 일으켰다가 다시 몸을 뉘인 엄마와 나는 또다시 따가운 목으로 기침한다. 거친 기침 소리에 남자가 나를 바라봤다. 눈이 마주쳤다고 생각할 새도 없이 남자는 다시 아빠에게 말을 늘어놓았다. 나는 동생이 숨어 있는 이불 아래로 함께 들어갔다. 얼굴에 발갛게 물이 든다. 남자의 하얀 마스크와 옷이 눈에 아른거린다. 무엇인지는 몰라도 분명 오늘 보았던 그 아이의 마스크보다는 훨씬 비쌀 것이다. 나는 다시 내 입가로 손을 댄다. 기침이 목구멍 뒤로 넘어가는 기분은 언제 느껴도 불쾌하다.

이불 너머로 아버지가 성을 내는 것이 들린다. 우리 가족 마스크 사 줄 돈도 없는데 보일러는 어디서 난 돈으로 삽니까. 매연은 저어기 지금도 빵빵거리면서 달리고 있는 자동차한테나 물어보세요. 우리가 내는 매연은 저것에 비하면 티끌일 겁니다. 나는 오늘도 줄을 서서 뒤로 매연을 슬그머니 내보내던 자동차들을 생각하며 속으로 고개를 끄덕였다. 하얀 남자는 말이 없다. 무언가 부스럭거리는 소리가 들린다. 아마 하얀 남자가 입고 있는 비닐이 내는 소리 같다. 남자는 한동안 움직이는 듯하더니 조그만 목소리로 무언가 중얼거린다. 그때부터 아빠와 남자의 이야기는 들리지 않았다.

나는 귀를 꼭 닫고 숨어 내가 어서 잠에 들기를 기다렸다.

"어마어마한 비가 내릴 거래."
"많아 봐야 얼마나 오겠어. 가뭄이 몇십 년째인데."

"아니, 아니. 정말이야. 이 도시가, 전부 잠길 만한 비가 온다고."

이른 아침부터 학교는 떠들썩하다. 어제 보지 않은 뉴스에서는 또 무슨 말이 있었는지 아이들은 그 '엄청난 비'에 대해 제멋대로 재잘거리기 바쁘다. 들었어? 무슨 일이지? 등의 말들이 아이들의 대화 속에 섞여 나왔다. 비가 온다고 했다. 아이들에게 비는 희귀하다. 작년만 해도 비가 몇 번 오고 말았고, 눈은 아예 오지 않았다. 그러기에 아이들의 입에서 나오는 '도시가 잠길 만한 비'는 현실감이 없는 말이었다.

매연은 회색이다. 내 위에 펼쳐진 하늘은, 매연색이다. 먹구름은 조금 더 짙은 회색이다. 색깔을 잘 구별하지 못하는 나는 늘 머리에 찬 물방울을 맞고서야 비가 온다는 걸 실감한다. 사실 비가 오는 경우는 별로 없어서 불편한 것도 아니지만, 비가 오는 걸 깨닫고 나면 나는 막연히 우울해졌다. 지금 내가 보고 있는 하늘도, 각종 방송에 나오는 하늘도, 심지어는 동화책의 하늘 빛깔도 회색인데, 나는 그 회색 하늘에서 파란 하늘을 상상하고 만다. 그건 할아버지의 어릴 적 이야기에서부터 시작되었다.

할아버지는 종종 나를 앉혀 놓고 하늘이 맑갛던 시절 얘기를 늘어놓으셨다. 본디 하늘은 새파랗단다. 몽실몽실한 하얀 구름이 파란 하늘을 동동 날았지. 해는 마주 보면 눈이 부셔 나는 해의 색을 본 적이 없어. 나는 현실감 없는 얘기다 여기면서도 그 순간 눈을 반짝였다. 나는 아직 파란 하늘을 보지 못했다. 어쩌면 나는 나중에 가서도 구름이 떠다닌다는 그 하늘을 보지 못할지도 모른다. 뉴스에서는 늘 계속해서 악화되어 가는 하늘을 수치로 나타내며 이대로 가다간 우리는 얼마 살지 못할 것이라고 위협했다. 나는 그 말을 부정할 수 없다.

종이 치기 무섭게 아이들이 우르르 운동장으로 떼 지어 나간다. 나는 조용히 그 뒤를 따랐다. 체육 시간은 아이들에게 버거운 시간이다. 마스크를 쓴 아이들은 쉽게 지친다. 운동장 구석에서 반대쪽 끝까지 왕복하던 중 초반에는 재잘거리기까지 하던 아이들은 어느새 말도 않고 급하게 숨쉬기만을 반복한다. 마스크 안에서 부족한 공기를 힘껏 마시던 아이가 눈치를 보며 자신의 입과 코를 가린 그것을 만지작거린다. 이내 아이는 나와 눈이 마주쳤다. 나는 그 꺼림칙한, 근래 들어서는 한 번도 받아 보지 못한 눈빛의 의미를 깨달았다.

　아이는 순간 나를 부러워했다. 부족한 공기 대신 매연을 몸속으로 마음껏 욱여넣는 나를 보며 마스크를 벗고 싶어 한다. 나는 문득 허탈해졌다. 자신의 새 마스크를 자랑하던 아이였다. 벗고 싶다면 벗을 것이지 손은 입가 주위를 맴돌고 있으면서 나는 왜 보는 걸까. 떨어질 데도 없는데 아이는 기어코 시선 하나로 나를 저 밑바닥으로 밀어붙인다.

　오늘은 뉴스를 틀었다. 그렇게 많은 비가 온다는 것이 사실일지 궁금했다. 자던 동생이 일어나 나를 본다. 마주 보자니 아이가 씩 웃는다. 뼈마디가 드러난 아이의 손을 잡았다. 앙상한 손이 피부에 닿는다. 내 아래로 하나인 동생은 태어나서부터 몸이 약했다. 이유는 몰랐다. 다만 아버지는 동생을 보다 종종 회색빛 하늘로 시선을 돌리며 한숨을 폭 내쉴 때가 있었다.

　"매연긴급대책위원회에서 연구한 바에 따르면, 현재까지 발표된 원인은 대표적으로 첫째로 우리 생활 속에서 꾸준히 발생하는 매연, 그다음으로 낙후된 난방 시설의 연기, 마지막으로 쓰레기를 소각할 때 생성되는 매연이라고 합니다. 따라서 현재 정부에서는 난방 시설의 적극적인 교체를 지원하고 있으며 각 가구의 쓰레기 배출량을 한정하고 매연세를 도입하는 방안을 통과 중에……."

아버지가 내 손에서 낚아챈 리모컨으로 아직 할 말이 많은 뉴스를 꺼 버린다. 아버지를 빤히 바라보자니 아버지는 그저 어서 자라는 말만 할 뿐이다. 지난번 그 남자와 관련된 일일까. 아버지도 나도 별말을 꺼내지 않는다. 리모컨을 바닥에 내려놓는 아버지가 작아 보인다.

"신경 쓸 것 없다."

나는 아버지의 무덤덤한 말 속 깊이 숨은 것을 찾는 재주가 없다. 눈치껏 눈을 감았다. 나의 무지에 대해 생각했다. 신경 쓸 것 없다는 말은 늘 아버지를 비밀스러운 사람으로 만든다. 이 세상에는 어려운 것투성이다. 고작 숨을 마음껏 들이켠다고 날 순간이나마 부러워하던 아이나, 흐린 하늘을 유심히 살피며 날씨를 말하는 선생님이나, 알 수도 없는 말을 반복하는 뉴스나 다 어렵다.

우르릉, 하늘이 울었다.

눈을 뜨자 차가운 색이 피부에 닿는다. 바닥을 손으로 짚고 일어난다. 온몸에 모래주머니가 달랑거린다. 유독 매연이 몸속에 달라붙는 것만 같다. 아직 잠에 빠진 동생을 확인하고 불을 켰다. 옅은 전등 빛이 방 안에 퍼지자 구석구석 숨어 있던 먼지와 이미 비워진 아버지의 자리가 보인다. 괜히 마음에 돌부리가 걸린 듯했다.

"넌 왜 마스크를 안 써?"

아이가 처음으로 내게 말을 걸었다. 몇 개월 내내 통성명도 없다가 난데없이 등장해 나를 들춘다. 눈을 빛내는 것을 보니 딴에는 얘기하기 좋은 주제라 생각하는 것 같다. 지난번 체육 시간에 눈이 마주쳤던 아이다. 내가 아이를 안 좋아하는 걸 알고는 있는 건지 아무 적의도 없는 눈빛이 제일 싫다. 마스크에 온 얼굴이 가려지고 코 위만 보이는 아이는 항상 반짝이는 눈이다. 오늘 아침 마스크를 새로 끼고 나왔는지 새하얀 마스크를 입에 매달고 있다. 나의 시선이 아이의 마스크로 향하는 것을 본 건지 대답을 재촉한다. 왜, 마스크를 안 쓰는 거야?

"돈이 없어."

"아."

네 입에 위태롭게 달린 마스크를 나는 수없는 고민 끝에야 한 번 쓸 수 있다는 걸 넌 알까. 입안에서 뒹구는 말들이 바르작거리며 목 뒤로 넘어갔다. 안절부절못하는 손끝이 눈에 걸린다. 손마저 새하얗다. 문대면 먼지가 쓸릴 것만 같은 내 손이 싫다. 나는 내 피부가 정말 회색일지 아이처럼 사람의 피부색일지 궁금하다. 그러다 지난번 체육 시간 아이의 눈을 떠올렸다.

"마스크가 벗고 싶으면 벗어."

"……난 벗고 싶다고 한 적 없어. 생각한 적도 없는데."

나는 계속해서 이어지던 아이의 말이 점점 혼잣말로 변해 가는 것을 본다. 마스크 벗으면 위험하댔어. 그러면서 또 나를 흘끗 훔친다. 모질게 말을 했으면 하고 말 것이지 내 반응을 신경 쓰는 아이가 기가 차다. 저 아이는 아마 어렸을 때부터 마스크를 꼭 써야 건강하다 수없이 교육받았을 것이다. 맞는 말이었지만, 그 앞엔 '돈이 있다면'이라는 말이 빨간 글씨로 붙어야 했다.

"저기, 나는 L이야."

"아, 응."

"너는?"

L이 내 이름을 묻는다.

"나, 나는 S야."

"자신의 특징을 살려 그려 보세요."

요즈음 들어 학교 폭력과 더불어 정서가 불안한 아이들이 많아졌다며 학교에서는 그림 치유 수업을 만들었다. 내 앞에 내밀어진 백지에 아무것도 그리지 못하고 뭉툭한 연필심 끝으로 책상을 톡톡 쳐 댔다. 한동안 나름대로 집중해서 무언가를 끼적이던 아이들은 이내 그것도 시들해졌는지 끼리끼리 수다를 떨기 바쁘다. 아이들의 종이 속에는 모두 각자의 생각 속 자신이 들어 있다.

나는 막상 '나'를 그리라 할 때 아무것도 그리지 못한다. 내 특징이라면 먼지로 얼룩진 손과 마스크 없는 입가, 매연과 견주어도 다른 점이 없을 회색 덩어리로 설명할 수 있을 것이다. 그걸 그리고 싶진 않다. 한참을 망설이던 손이 움직이기 시작했을 때야 나는 안심한다. 종이 위 나는 새하얀 손과 새하얀 얼굴을 가지고 있다. 이외에는 아무 특징이 없다. 난 이걸 보면 누가 보아도 나로 알지 못할 것이라 생각했다. 어차피 나만 볼 것이니 괜찮을 것이라 생각해 귀퉁이에 조심히 마스크를 그리던 손을 옮겨 내 입에 그를 끼워 넣었다.

"우아. S야, 너 대박이다."

갑자기 다가와 찰싹 달라붙은 L이 검은 때가 묻은 내 그림을 빼앗듯 들었다. 빛나는 눈빛이 마치 지난번 통성명을 했을 때의 그 눈 같다. 그림으로 칭찬을 받은 건 정말 까마득한 일이라 아무 말도 못하고 얼굴에 분홍물이 든다. L은 유심히 나를 보더니 내 종이를 든 채 키득거리며 노는 아이들에게로 다가간다. 자신을 붙잡는 나의 손을 무시한다. 자기 그림인 양 L은 아이들에게 내 그림을 자랑한다. L의 눈이 또다시 빛난다. 아이들의 눈은 내 그림이 아니라 주변에 덕지덕지 붙은 검은 때로 향하는 것만 같다. 내 치부를 남에게 들킨 것만 같다. 얼굴이 다시 붉어졌다. 아까와는 분명 다른 얼굴색으로.

얻은 반응도 없으면서 신나 돌아온 L은 나에게 자신의 종이를 내민다. 나도 그려 줘. 나는 가만가만 아이의 피부처럼 하얀 종이를 받은 내 까만 손을 본다. 허연 종이는 내 안에서 얼마지 않아 까만 손과 똑 닮은 색으로 가득해질 것이다. 부끄럽다. L은 그것도 모르고 계속해서 아이들의 종이를 끌어와 내게 모아 준다. 하지 말라 외치고 싶었지만, 꾹 다물어진 입은 아무 말도 하질 못한다. 나는 알아주길 바라지 않아. 하얀 종이가 내 현실을 매섭게 일깨운다. 네 손은 회색이구나. 얼굴도 회색이야. 넌 색이 다르네. 하얀 우리와는 달라.

L에게 종이를 빼앗긴 아이들이 내게 다가온다. 나는 무서워졌다. 내 손 안 L의 종이를 꽉 쥐었다. 아이들은 내 앞에 서더니 움츠린 내 어깨와 회색 입을 바라본다. 내 몸 구석구석을 쳐다본다. 곧 아이들이 웃었다. 그와 동시에 손이 바르르 떨린다. 그림으로 모욕을 받았다. 수치심이 가득 인다. 어렸을 적만 해도 아이들의 손에 하나씩 들려 주면 세상을 다 가진 듯 좋아했던 그림이었는데. 아이들의 하얀 손과 내 손의 차이가 무엇인지도 몰랐다. 아이들은 L처럼 눈을 빛내며 나의 그림을 원했을 뿐이었다. 나는 발발 떨리는 내 손끝을 멈추지 못한다. 생각해 보면 잘못한 것도 없어

서, 나는 당당해야 마땅하다. 나의 잘못이라고는 매연이 내 몸에 덕지덕지 붙어 있다는 것밖에 없는데. 내 팔과 다리와, 얼굴이 회색이라는 것밖에는.

"L. 쟤 입 좀 봐."

한 아이가 매섭게 내 손에서 종이를 채간다. 종이에 남은 내 검은 손자국이 시야 끝에 걸린다. 나는 마스크가 없어서 아이들의 종이에 그림을 그릴 자격이 없다. 내 검은 입과 검은 손은, 검은 나는 하얀 아이들에게 닿으면 안 되는 것이다. 나는 순간 아이의 얼굴에서 무감정한 얼굴로 매연에 대해 논하던 뉴스 앵커를 겹쳐보았다. 온몸에 달라붙은 매연들이 내 모든 걸 옥죈다. 나는 고개를 숙인 L을 마주 본다. L의 얼굴엔 하얀 마스크밖에 보이지 않는다. 너도 결국은 하얀 아이면서.

나는 까만 매연 안에 갇혔다.

머리 위로 찬 물방울이 떨어졌다. 그제야 나는 깨달았다. 정말 비가 오기 시작했다.

등교 때 간간이 떨어지던 빗방울은 하교 때가 되어서 감당할 수 없이 내려오기 시작했다. 까만 하늘에서는 간간이 벼락에 구름이 갈라지고 하늘에서 쏟아지는 비는, 아니 비라고 부르는 것이 맞는지도 모를 양의 물은 땅에서 부서진다. 내가 본 이래로 가장 세찬 비임에도 나는 고작 창 하나를 두고 완전히 분리된 것처럼 그 광경을 바라본다. 현실감이 없어서일까. 오랜만에 보는 비에 좀 전만 해도 신기해하던 아이들은 점점 불안에 떨기 시작한다.

하교 시간이 되자 학교 운동장에 거대한 흙빛 웅덩이가 생겼다. 도로의 가장자리에는 이미 물이 강이 된 듯 흐르기 시작한다.

기껏 쓴 우산이 무색하게 사방에서 빗줄기가 쏟아져 내린다. 입에서는 부연 김이 나온다. 학교 구석구석에 뒤집히고 부서진 우산이 가득이다. 시든 듯한 나무들은 비바람에 이리저리 줏대 없이 휘날린다. 분명 시간은 낮인데도 하늘은 음산하다.

엘리베이터가 작동하지 않는다. 겨우 비가 오는 것뿐일 텐데 계속해서 이유 없는 불안이 뒤를 따라다닌다. 천천히 계단을 오르다 집에 가까워질 쯤에야 나는 달리기 시작했다. 방에 낯선 울음소리가 들린다. 문을 열자 울음소리가 비바람에 묻혔다. 발소리를 줄일 생각도 못한 채 축축한 발로 이불 속에 파묻혀 있을 아이를 향해 다가갔다. 집에 빗소리가 우르릉 울린다. 집 천장 가장자리에서 후드득 물방울이 떨어지는 것 같다. 그제야 나는 이 상황이 아이에게 무서울 것이라는 걸 깨달았다.

아이가 오래전 파란색이었을 회색 이불 속에 숨어 웅크려 있다. 인기척을 느낀 건지 얼굴만 빼내 나를 확인한다. 눈가가 발갛다. 달달 떨리는 손끝이 내 손을 쥐어 잡아당긴다. 눈물로 범벅이 되어 진득거리는 손이다. 필사적으로 나를 잡는다. 아이의 잇새로 한참은 참은 것 같은 울음소리가 비집고 흐른다. 더는 울 것도 없이 퉁퉁 부은 눈가에서도 다시 눈물이 고인다. S. 나를 부르는 목소리가 평소보다 얇다. 마치 내 목소리 같다.

오래된 텔레비전은 무엇이 문제인지 흑백 화면만을 비춘다. 거센 비 때문인 것 같다. 다급한 손으로 창문을 열었다. 쏟아지는 비바람보다 먼저 점점 차오르기 시작하는 물이 보인다. 하교 때보다 물이 무섭게 불어나 있다. 물은 까맣다. 까만 강이 도시를 점령한다. 나는 새삼 매연과 먼지가 얼마나 많은지 실감한다. 많았던 사람들은 모두 종적을 감췄다.

볼 수 없는 뉴스에서는 아마 수도에서는 일어날 수 없는 대규모 홍수의 원인이나 현재 대책 따위를 떠들고 있을 것이다. 앵커는 여느 때와 같은 표정이거나, 어쩌면 조금 더 심각한 표정을 가장할지도 모른다. 내 뒤에 숨어 계속 울고 있는 아이를 보지 않는다. 지금 내가 아이를 달랠 수 있을 리 없다. 하늘에 닿은 아파트의 밑바닥에서는 흙빛은커녕 검은빛 물이 술렁술렁 밀려 들어온다. 바닷가에서나 들을 법한 철썩이는 소리가 빗소리 속에 섞여 있다. 검은 물에는 하얀 것이 물결을 따라 떠다닌다. 하얀 것들. 나는 한참을 바라본 후에야 그것이 무엇인지 알아챘다.

홍수에서 나는 수만 개의 마스크를 보았다. 세차던 회색 빗줄기는 결국 모두의 마스크를 벗겨 버렸다. 사람들의 마스크가 검게 물들었다. 마스크가 사라진 사람들은 모두 자신의 것이 무엇인지 모른다. 마냥 하얗지만은 않은 입들이 드러났다.

하늘을 가리고 우뚝우뚝 솟은 아파트들 사이에서 숨어 있는 사람들의 머리카락을 본다. 하나같이 마스크가 벗겨진 채로 떨고 있다. 홍수와 숨바꼭질을 하는 이들 중에는 횡단보도에서 나를 치고 내 입가를 보더니 무시한 남자가 있을 것이다. 그들 중에는 분명 내 손에 들렸던 종이를 매섭게 채가던 아이가 있을 것이다. 그 끝에는 L이 있다. 동생의 울음소리가 커져 갔다.

아이의 얼굴에 비가 멈추지 않는다. 회색 하늘에 회색 비가 멈추지 않는다. 검은 물에 수백, 수만의 빗방울이 제각기 파동을 만든다. 차는 물에 쓸려 내려가고 공장들은 물에 잠긴다. 사람들은 매일 어디론가 향하기 급급하던 모든 행동을 중지한다. 너무 늦게 알아 버렸지만, 지금 이 도시 어디에서도 매연은 만들어지지 않았다. 매연은 없다. 생각하고 나는 다시 한 번 속으로 되뇌었다. 매연이 보이질 않아.

정말, 하늘을 떠다니던 매연들은 비 하나에 모두 땅으로 녹아내렸다. 내 짧은 인생 속 끊임없이 참견해 대던, 그러나 절대 사라지지는 않던 괴물에게서 드디어 나는 자유롭다. 비는 아무 말 없이 쏟아질 뿐이다. 매서운 벼락 소리에 아이가 내 품속으로 숨었다. 헐떡이는 숨소리만 아이가 끌어안은 내 등가에 간간이 전해진다.

방 안 울음소리가 잦아든다. 아이는 울다 지친 것이다. 나는 여전히 미숙하다. 뒤를 돌 수 없다. 힘 빠진 아이에게 어설픈 위로라도 해 주고 싶지만, 그렇다고 울지 말라는 말을 하고 싶지는 않다. 방구석에서 떠는 나를 달래던 엄마를 기억한다. 어린 시절 나는 혼자 숨바꼭질을 했다. 찾는 이 하나 없이 숨기만을 반복하는 것이다. 그런 나에게 엄마는 내 눈에 쏟아지던 눈물을 회색 손으로 닦아 내며 울지 말라는 말만 했다. 그때 난 내가 아니라 엄마가 울고 있는 것 같았다. 엄마의 텁텁한 회색 얼굴을 타고 메마른 눈물이 흘렀다. 울지 말라는 말은 나를 더 슬프게 했다.

하늘에서 끊임없이 쏟아지던 비는 한계를 보인 듯 점점 잦아들기 시작한다. 슬며시 내다본 땅은 우리 아파트의 두 층은 메우고도 남았을 깊이의 물로 가득했다. 시간상 한밤이 되었던 때였고, 동생이 내 품속에서 지쳐 잠에 빠지던 시간이었다. 마침내 비가 멈추자 아직 검은 강이 도시를 가득 메우고 있었는데도, 사람들은 제각기 검은 물속으로 빠진 자신의 소중한 것들을 찾으려 숨바꼭질을 끝냈다. 사람들은 자신의 마스크를 찾으러 그렇게도 싫어하던 검은 곳 속으로 뛰어들었다. 검게 변한 자신의 마스크를 찾기 위해.

나는 그 광경의 끝에서 한 아이를 봤다. 처음으로, 아이를 마주한다. L이 웃었다. 늘 아이를 가리던 것은 없어진 채로, 아이의 얼굴에서 잔뜩 문드러진 이가 보인다. L의 맨 얼굴은 개의치 않고 나를 향한다. 검고, 노란 이다. 나는 뉴스 앵커와 다를 바가 없었다는 걸 깨달았다. 내 회색 손을 생각했다. 하얀 아이는 없다.

뉴스가 시작된다. 앵커는 여느 때와 같이 무감한 얼굴로 매연을 없애기 위한 대책을 논한다. 메마른 도로와 메마른 하늘이다. 비는 오지 않았다. 동생은 이불에 감싸여 잠에 들었다. 하늘은 여전히 회색이다. 나는 먹구름 짙은 하늘의 색을 안다. 무작정 집을 나선다. 비는 오지 않는다. 비가 오지 않을 것이라는 걸 난 알았다.

신호등이 파랗게 물든다. 저 멀리서 그를 확인하고 나는 달리기 시작한다. 신호등이 얼마 지나지 않아 깜박인다. 사람들은 빨간불을 위해 멈춰 있다. 나는 눈을 감았다 뜨기를 반복하는 신호등을 건너기 시작했다. 하늘에 얼핏 푸른빛이 비친다. 한 순간의 환상이라고 해도 그 묘한 색을 지금은 믿기로 했다.

오늘은 날씨가 좋아. 나는 막연히 생각한다.

제24회 대산청소년문학상 수상 작품집

헬멧 용사가 죽인
열한 번째 악당

1판 1쇄 찍음 2016년 10월 25일
1판 1쇄 펴냄 2016년 10월 31일

지은이   김희성, 임동민 외
발행인   박근섭, 박상준
펴낸곳   (주)민음사

출판등록   1966. 5. 19. 제16-490호
주소   서울시 강남구 도산대로 1길 62(신사동)
           강남출판문화센터 5층 (우편번호 06027)
대표전화   515-2000 | 팩시밀리   515-2007
www.minumsa.com
www.daesan.or.kr

ISBN 978-89-374-3360-3 (03810)